Les Éditions du Boréal
4447, rue Saint-Denis
Montréal (Québec) H2J 2L2
www.editionsboreal.qc.ca

Du côté de Castle Rock

DU MÊME AUTEUR

Les Lunes de Jupiter, nouvelles, Albin Michel, 1989; Rivages poche, 1995.

Amie de ma jeunesse, nouvelles, Albin Michel, 1992; Rivages poche, 1996.

Secrets de Polichinelle, nouvelles, Rivages, 1995; Rivages poche, 2001.

L'Amour d'une honnête femme, Rivages, 2001; Rivages poche, 2003.

La Danse des ombres heureuses, nouvelles, Rivages, 2002; Rivages poche, 2004.

Un peu, beaucoup, pas du tout, nouvelles, Rivages, 2004; Rivages poche, 2006.

Loin d'elle, Rivages poche, 2007.

Fugitives, Boréal, 2008; L'Olivier, 2008.

Alice Munro

Du côté de Castle Rock

nouvelles

traduit de l'anglais (Canada)
par Jacqueline Huet et Jean-Pierre Carasso

Boréal

Les Éditions du Boréal reconnaissent l'aide financière du gouvernement
du Canada par l'entremise du Programme d'aide au développement
de l'industrie de l'édition (PADIÉ) pour ses activités d'édition et remercient
le Conseil des Arts du Canada pour son soutien financier.

Les Éditions du Boréal sont inscrites au Programme d'aide aux entreprises
du livre et de l'édition spécialisée de la SODEC et bénéficient du Programme
de crédit d'impôt pour l'édition de livres du gouvernement du Québec.

L'édition originale de cet ouvrage a été publiée en 2006 par Alfred A. Knopf
sous le titre *The View from Castle Rock*.

Diffusion au Canada : Dimedia

*Catalogage avant publication de Bibliothèque et Archives nationales du Québec
et Bibliothèque et Archives Canada*

Munro, Alice, 1931-

   [View from Castle Rock. Français.]

   Du côté de Castle Rock

   Traduction de : The view from Castle Rock.
   Publ. en collab. avec L'Olivier.

   ISBN 978-2-7646-0679-7

   I. Huet, Jacqueline. II. Carasso, Jean-Pierre. III. Titre. IV. Titre : View from Castle Rock.
Français.

PS8576.U57V5314   2009   C813'.54   C2009-941772-3
PS9576.U57V5314   2009

Dédié à Douglas Gibson,
qui m'a soutenue à travers bien des épreuves,
et dont l'enthousiasme pour ce livre-ci en particulier
l'a même envoyé fouiner à travers le cimetière
d'Ettrick Kirk, probablement sous la pluie.

Avant-propos

Voilà dix ou douze ans, je me suis mise à m'intéresser un peu plus qu'en passant à l'histoire d'une branche de ma famille, dont le nom est Laidlaw. Il existait pas mal de documents accessibles au sujet des membres de cette lignée – et même en quantité inhabituelle si l'on considère qu'il s'agissait de gens obscurs et plutôt pauvres, installés dans la vallée de l'Ettrick, que la *Revue statistique de l'Écosse* (1799) décrit comme ne possédant *aucun avantage.* Étant allée passer quelques mois en Écosse près de la vallée de l'Ettrick, j'ai pu découvrir leurs noms dans les histoires locales que possèdent les bibliothèques publiques de Selkirk et de Galashiels et ce que James Hogg avait à raconter à leur sujet dans *Blackwoods Magazine.* La mère de Hogg était une Laidlaw, et il emmena Walter Scott la voir quand ce dernier collectait des ballades pour *Chansons de la frontière écossaise.* (Elle en fournit quelques-unes mais s'offusqua par la suite qu'elles fussent publiées.) Et j'ai eu la chance que dans chaque génération de notre famille se trouvât apparemment quelqu'un d'enclin à rédiger de longues lettres très franches, voire scandaleuses, et des recueils de souvenirs détaillés. L'Écosse fut ce pays, ne l'oublions pas, où John Knox décida que chaque enfant apprendrait à lire et à écrire dans une manière d'école de village, afin que tout le monde pût lire la Bible.

Les choses n'en restèrent pas là.

J'assemblai tout ce matériel au cours des années et, presque à mon insu, il commença à prendre, ici et là, la forme d'espèces de nouvelles. Certains personnages me furent donnés par leur propre discours, d'autres surgirent de leurs diverses situations. Leurs mots et les miens, curieuse recréation d'existences, dans un cadre donné aussi véridique que notre idée du passé le sera jamais.

Au cours de ces années j'étais aussi occupée à écrire un ensemble de nouvelles différentes des autres. Elles ne furent pas incluses dans les livres de fiction que j'assemblais à intervalles réguliers. Pourquoi? J'avais le sentiment qu'elles n'y avaient pas leur place. Sans être des mémoires, elles étaient plus proches de ma propre vie que les autres nouvelles que j'avais écrites, même à la première personne. Dans d'autres récits à la première personne, j'avais puisé le matériau dans mon expérience personnelle mais j'en avais ensuite fait ce que bon me semblait. Parce que mon premier souci était de fabriquer une histoire. Dans les nouvelles dont je n'avais pas fait de recueils, telle n'était pas exactement ma démarche. Elle était plus proche de ce qu'on fait quand on rédige ses mémoires – j'y explorais une vie, la mienne, mais pas d'une manière austère ni avec un respect rigoureux des faits. C'était moi-même que je plaçais au centre et j'écrivais au sujet de ce moi, le scrutant avec toute l'attention possible. Mais les figures qui l'entouraient prirent des couleurs et une vie qui leur étaient propres et firent des choses qu'elles n'avaient pas faites dans la réalité. Elles devenaient membres de l'Armée du Salut, elles révélaient qu'elles avaient autrefois vécu à Chicago. L'une d'entre elles, un homme, s'électrocutait, et une autre tirait un coup de fusil dans une écurie pleine de chevaux. De fait, certains de ces personnages se sont tellement éloignés de leurs débuts que je ne me rappelle plus qui ils étaient à l'origine.

Ce sont des *histoires*.

On pourrait dire que de telles histoires accordent plus d'attention à la vérité d'une vie que ne le fait d'ordinaire la fiction. Mais pas assez pour en faire un témoignage sous serment. Quant à la partie de ce livre qu'on pourrait appeler histoires familiales, elle s'est élargie pour donner de la fiction, mais sans jamais sortir du cadre d'un récit véridique. Avec cette double évolution, les deux courants se sont suffisamment rapprochés pour me donner l'impression de pouvoir se rejoindre en un seul canal, ainsi qu'ils le font dans le présent livre.

PREMIÈRE PARTIE

Aucun avantage

Aucun avantage

Notre paroisse ne possède aucun avantage. Sur les collines le sol est en plus d'un lieu couvert de mousse et bon à rien. L'air en général est humide. Cela est occasionné par la hauteur des collines qui attirent continuellement les nuages et par la vapeur qu'exhale continuellement le sol moussu. [...] Le marché le plus proche est distant de six lieues et les routes sont si boueuses qu'elles sont presque impraticables. La neige aussi est par moments une grande incommodité, souvent nous n'avons, des mois durant, aucune relation avec le genre humain. Et un grand désavantage est le manque de ponts, qui fait obstacle au voyageur quand les eaux sont en crue. [...] Orge, avoine et pommes de terre sont les seules cultures. Blé, seigle, navets et choux ne sont jamais essayés. [...]
Il y a dix propriétaires terriens dans notre paroisse : nul d'entre eux n'y réside.

Contribution du pasteur de la paroisse d'Ettrick,
dans le comté de Selkirk,
à la *Revue statistique de l'Écosse*, 1799

La vallée de l'Ettrick s'étend à quatre-vingts kilomètres environ au sud d'Édimbourg et à une cinquantaine de kilomètres au nord de la frontière anglaise, voisine du tracé de la muraille qu'Hadrien fit bâtir pour contenir les peuplades sauvages du Nord. Pendant le règne d'Antonin, les Romains poussèrent plus loin et bâtirent une ligne de fortifications entre l'estuaire de la Clyde et celui du Forth mais celle-là fut moins durable. La terre située entre les deux murs a été occupée longtemps par un mélange de peuples – Celtes dont certains étaient venus d'Irlande et appelés Scots, et aussi Anglo-Saxons du Sud, Scandinaves d'au-delà de la mer du Nord et peut-être aussi quelques survivants pictes.

Le domaine de hautes terres pierreuses que ma famille occupa pendant un certain temps dans la vallée de l'Ettrick s'appelait Far-Hope. Le mot *hope* en usage dans la géographie locale est ancien, c'est un mot scandinave – des mots scandinaves, anglo-saxons et gaéliques sont tous mélangés dans cette région comme on pourrait s'y attendre avec un ajout de vieux brittonique indiquant une présence galloise très ancienne. *Hope* signifie baie, baie non pas remplie d'eau mais de terre, en partie fermée de collines, qui sont en l'occurrence les hautes collines dénudées, les quasi-montagnes des Southern Uplands. Black Knowe, Bodesbeck Law, Ettrick Pen, voilà les trois grandes collines et le mot même de *colline* en trois langues. Certaines de ces collines sont en cours de reforestation par des plantations d'épicéas, mais aux XVIIe et XVIIIe siècles, elles devaient être nues, ou presque nues – la grande forêt d'Ettrick, terrain de chasse des rois d'Écosse, ayant été abattue et transformée en pâturages ou en landes à bruyère un siècle ou deux auparavant.

Far-Hope se dresse tout au bout de la vallée au-dessus de laquelle démarre l'épine dorsale de l'Écosse, ligne de partage des eaux qui s'écoulent vers l'ouest dans l'estuaire de la Solway et l'océan Atlantique, et vers l'est dans la mer du Nord. À une quinzaine de kilomètres au nord, il y a la plus célèbre chute d'eau du pays, la Grey Mare's Tail (la Queue de la Jument grise). À huit kilomètres de Moffat, qui devait être le bourg où les habitants de l'extrémité de la vallée venaient au marché, s'ouvre le Devil's Beef Tub, vaste faille entre les collines, où l'on cachait, croit-on, le bétail volé – c'est-à-dire volé aux Anglais par les pillards d'un XVIe siècle sans lois. Dans la vallée inférieure de l'Ettrick se trouvait Aikwood, demeure de Michael Scott, le philosophe et sorcier des XIIe et XIIIe siècles qui figure dans *L'Enfer* de Dante. Et si cela n'était pas suffisant, le guérillero William Wallace, héros des Écossais, se cachait là, dit-on, des Anglais, et on raconte que Merlin – oui, Merlin – fut traqué et assassiné, dans la vieille forêt, par des bergers d'Ettrick.

(Que je sache, mes ancêtres, génération après génération, furent des bergers d'Ettrick. On s'étonnera peut-être que des bergers soient employés dans une forêt, mais les territoires de chasse étaient apparemment des forêts semées de nombreuses et vastes clairières.)

La vallée ne m'en a pas moins déçue la première fois que je l'ai vue. Les lieux qu'on a d'abord imaginés peuvent produire cet effet. C'était le tout début du printemps et en cette période de l'année les collines sont brunes, ou d'une espèce de brun lilas qui me rappelait celles qui entourent Calgary. Les eaux de l'Ettrick étaient rapides et claires mais il était à peine aussi large que la Maitland qui coule près de la ferme où j'ai grandi, dans l'Ontario. Les cercles de pierres que j'avais à première vue pris pour d'intéressants restes d'un culte celtique étaient trop nombreux et bien entretenus pour être autre chose que de commodes enclos à moutons.

Je voyageais seule, et j'étais venue de Selkirk par le car qui passe deux fois la semaine et ne va pas plus loin qu'Ettrick Bridge. Là je m'étais vaguement promenée en attendant le facteur. On m'avait dit qu'il m'emmènerait dans la vallée. La principale chose à voir à Ettrick Bridge était, apposé sur une boutique fermée, un panneau publicitaire pour Silk Cut. Je ne parvenais pas à imaginer ce que cela pouvait bien être. Il s'avéra que c'était une marque de cigarettes très connue.

Au bout d'un moment le facteur arriva et me conduisit en voiture jusqu'à Ettrick Church. Il s'était mis à pleuvoir, très fort. L'église était fermée. Et elle aussi m'a déçue. Ayant été bâtie en 1824, elle ne soutenait pas la comparaison, pour l'apparence historique ou le caractère sinistre, avec les églises que j'avais déjà vues en Écosse. Il me semblait que ma présence était ostentatoire, déplacée, et j'avais froid. Blottie contre le mur j'attendis que la pluie s'interrompe quelque temps, puis j'entrepris d'explorer le cimetière dont les hautes herbes mouillées me trempèrent les jambes.

Là je découvris, d'abord, la pierre tombale de William Laidlaw, mon ancêtre direct, né à la fin du XVIIe siècle et connu sous le nom de Will O'Phaup. Cet homme-là acquit, du moins localement, un peu de l'éclat du mythe, et il y parvint au tout dernier moment de l'histoire – c'est-à-dire, de l'histoire des habitants des îles Britanniques – où un homme pouvait encore le faire. La même pierre porte les noms de sa fille Margaret Laidlaw Hogg, qui s'en prit à sir Walter Scott, et de Robert Hogg, son époux, locataire d'Ettrickhall. Puis directement à côté je vis la pierre tombale de l'écrivain James Hogg, qui était leur fils et le petit-fils de Will O'Phaup. On le connaissait comme le Berger d'Ettrick. Et non loin de là se dressait la pierre du révérend Thomas Boston, qui fut un temps célèbre dans toute l'Écosse pour ses ouvrages et ses prêches, célébrité qui ne le porta toutefois pas à un quelconque ministère plus important.

Et aussi, parmi divers Laidlaw, une pierre au nom de Robert Laidlaw, qui mourut à Hopehouse le 29 janvier 1800 à l'âge de soixante-douze ans. Fils de Will, frère de Margaret, oncle de James, qui ne sut probablement jamais qu'il resterait dans les mémoires à cause de ses liens avec ces trois-là, pas plus qu'il n'aurait pu connaître la date de sa propre mort.

Mon arrière-arrière-arrière-arrière-grand-père.

J'étais en train de déchiffrer ces inscriptions quand la pluie recommença, légèrement, et je me dis que mieux valait me remettre en route, à pied, vers Tushielaw, où je devais prendre le car scolaire pour regagner Selkirk. Il ne fallait pas traîner, parce que le car risquait d'être en avance et la pluie de redoubler.

J'étais la proie d'un sentiment que j'imagine familier à bien des gens dont les antécédents remontent loin dans l'histoire d'un pays éloigné du lieu où ils ont grandi. J'étais une Nord-Américaine naïve, en dépit du savoir que j'ai accumulé. Le passé et le présent amalgamés là formaient une réalité banale et pourtant troublante au-delà de tout ce que j'avais imaginé.

HOMMES D'ETTRICK

Will O'Phaup

Ci-gît William Laidlaw, le très fameux Will O'Phaup, qui pour ses exploits de luron, son agilité et sa force fut sans égal de son temps...

Épitaphe composée par son petit-fils James Hogg, sur la tombe de Will O'Phaup, dans le cimetière d'Ettrick.

Il s'appelait William Laidlaw mais dans la légende son nom est Will O'Phaup, Phaup étant simplement la forme locale de Far-Hope, le nom de la ferme qu'il reprit à l'extrémité de la vallée d'Ettrick. Il semble que Far-Hope était abandonnée depuis des années quand Will vint l'habiter. Ou, plutôt, que la maison avait été abandonnée, parce qu'elle était située si haut au bout de cette vallée retirée qu'elle était exposée aux pires tempêtes récurrentes de l'hiver et aux chutes de neige pour lesquelles la région était bien connue. La maison de Potburn, sa première voisine, en contrebas, passait jusqu'à il y a peu pour la maison habitée la plus élevée de toute l'Écosse. Elle est à l'abandon aujourd'hui, en dehors des moineaux et des pinsons qui s'activent autour de ses dépendances.

La terre elle-même ne devait pas appartenir à Will, il ne devait même pas la tenir à bail – il avait sans doute loué la maison ou en jouissait comme d'une part de ses gages de berger. Ce ne fut jamais la prospérité matérielle qu'il recherha.

Seulement la gloire.

Il n'était pas natif de la vallée, bien qu'il y eût des Laidlaw dans sa population et ce depuis qu'on avait commencé à tenir des registres. Le premier homme de ce nom que j'aie rencontré figure dans les minutes du tribunal du XIIIᵉ siècle et était accusé du meurtre d'un autre Laidlaw. Pas de prisons en ce temps-là. Seulement des culs-de-basse-fosse, surtout pour la classe supérieure ou les gens de quelque stature politique tombés dans la disgrâce de leurs maîtres, et des exécutions sommaires – mais ces dernières se produisaient principalement pendant les périodes les plus agitées, comme celles des raids frontaliers au XVIe siècle, quand un maraudeur risquait d'être pendu devant sa propre porte, ou de monter à la potence sur la grand-place de Selkirk, ainsi que le firent seize voleurs de bétail du même nom – Elliott – en un seul jour de châtiment. Mon Laidlaw s'en était tiré avec une amende.

On disait que Will était «un des vieux Laidlaw de Craik» – au sujet desquels je n'ai pas pu découvrir quoi que ce soit, sinon que Craik est un village presque disparu, le long d'une voie romaine complètement disparue, dans une vallée voisine au sud d'Ettrick. Il aura franchi les collines à pied, adolescent en quête de travail. Il était né en 1695, quand l'Écosse était encore un pays distinct, bien que partageant un monarque avec l'Angleterre. Il avait douze ans au moment de l'Union controversée, était un jeune homme lors du rude échec de la rébellion jacobite de 1715, avait passé la cinquantaine au moment de Culloden. Rien ne permet de savoir ce qu'il pensa de ces événements. Quelque chose me dit que sa vie fut vécue dans un monde encore retiré et indépendant qui possédait sa propre mythologie et ses merveilles locales. Et il fut l'une d'entre elles.

La première histoire que l'on raconte de Will porte sur ses prouesses à la course. Son premier emploi dans la vallée d'Ettrick fut celui de berger au service d'un certain Mr. Anderson, lequel avait remarqué que Will courait droit sur un mouton au lieu de faire une manœuvre tournante quand il voulait l'attraper. Il savait donc que Will était un coureur rapide, et quand un champion anglais vint dans la vallée, Mr. Anderson paria une forte somme d'argent sur Will contre le champion. L'Anglais s'esclaffa, ses partisans s'esclaffèrent, et Will gagna. Mr. Anderson perçut un joli tas de pièces et Will pour sa part eut une veste d'étoffe grise et une paire de hauts-de-chausse.

C'est justice, dit-il, car la veste et les hauts-de-chausse représentaient autant pour lui que tout cet argent pour un homme comme Mr. Anderson.

L'histoire est classique. J'en ai entendu des versions – avec d'autres noms, d'autres exploits – pendant mon enfance dans le comté de Huron, en Ontario. Un étranger arrive, jouissant d'une réputation flatteuse, se vante de ses capacités et se fait battre par le champion local, un cœur simple que n'intéresse même pas la perspective d'une récompense.

Les mêmes éléments reviennent dans un autre récit des débuts, dans lequel Will franchit les collines pour se rendre à Moffat faire des commissions, ignorant que c'est jour de foire, et se laisse convaincre de participer à une course publique. Il n'est pas bien vêtu pour l'occasion et pendant la course perd ses braies campagnardes. Sans plus s'en préoccuper, il s'en débarrasse d'un coup de pied, poursuit sa course avec sa chemise pour tout vêtement et il gagne. On lui fait fête, on est aux petits soins pour lui, on l'invite à dîner à l'auberge avec des gentilshommes et de gentes dames. Il avait probablement déjà remis son pantalon, mais il n'en rougit pas moins et refuse l'invitation, prétendant être mortifié devant ces dames.

Peut-être l'était-il, mais c'est évidemment l'admiration desdites dames pour un jeune athlète si bien pourvu qui fait tout l'intérêt grivois et plaisant du récit.

Will se marie, à un moment donné, il épouse une nommée Bessie Scott et ils commencent à élever leur famille. Pendant cette période, le héros juvénile se mue en simple mortel, bien qu'il y ait encore des exploits physiques. Tel point de la rivière Ettrick devient «Le Saut de Will» pour commémorer un bond qu'il a fait en allant chercher des soins ou des remèdes pour un qui était malade. Mais nul exploit ne lui rapporta d'argent et la nécessité de gagner de quoi nourrir sa famille, combinée à sa nature conviviale, semble avoir fait de lui un trafiquant d'alcool occasionnel. Sa maison est bien située pour recevoir l'eau-de-vie qui traverse les collines en contrebande depuis Moffat. On est surpris qu'il ne s'agisse pas de whisky mais d'eau-de-vie française, entrant sans aucun doute illégalement dans le pays par l'estuaire de la Solway – comme elle continuera de le faire plus tard dans le siècle en dépit des efforts de Robert Burns, poète et fonctionnaire de la régie des alcools. Phaup devient un haut lieu de beuverie ou au moins de grande convivialité. Le nom du héros reste synonyme de conduite honorable, de force et de générosité, mais plus de sobriété.

Bessie Scott meurt assez jeune et c'est probablement après sa mort que les fêtes commencent. Les enfants auront été relégués, le plus vraisemblablement, dans quelque dépendance ou dans un dortoir du grenier de la maison. Il ne semble pas y avoir eu de graves manquements à la loi ou à la respectabilité. Peut-être convient-il toutefois de ne pas oublier cette eau-de-vie française, à la lumière des aventures que Will va connaître dans sa maturité.

Il est dans les collines quand le jour vire au soir et il ne cesse d'entendre un bruit comme un pépiement ou un gazouillis. Il connaît tous les chants d'oiseaux et comprend qu'il ne peut s'agir d'un oiseau. Cela semble provenir du plus profond d'un vallon, non loin. Il rampe donc très doucement jusqu'au bord du vallon et s'y aplatit, levant juste assez la tête pour regarder de l'autre côté.

Et que voit-il en contrebas, sinon toute une compagnie de créatures de la taille d'un enfant de deux ans mais dont aucune n'est un enfant. Ce sont de petites femmes, toutes mignonnes et vêtues de vert. Et affairées autant qu'on peut l'être. Certaines à cuire du pain dans un four minuscule, et d'autres à verser à boire de tonnelets dans des pichets de verre, d'autres encore à en coiffer certaines et toutes fredonnant et babillant sans cesse et sans jamais lever les yeux, ni la tête, mais gardant le regard fixé sur leur travail. Et plus il les écoute, plus il croit entendre quelque chose de familier, et cela devient de plus en plus clair – ce petit gazouillis qu'elles font. Finalement cela devient aussi clair que le tintement d'une cloche.

Will O'Phaup, Will O'Phaup, Will O'Phaup.

Son propre nom est tout ce qu'elles disent. Le chant qui lui semblait plutôt suave quand il l'a d'abord entendu cesse de l'être, il est plein de rire mais pas d'un rire comme il faut. Il fait ruisseler une sueur froide dans le dos de Will. Et il se rappelle en même temps qu'on est à la veille de la Toussaint, la nuit d'Halloween, le moment de l'année où ces créatures sont libres d'agir à leur guise envers tout être humain. Alors il se lève d'un bond et se met à courir, il court tout au long du chemin jusqu'à sa maison, plus vite qu'aucun démon lancé à sa poursuite.

Tout du long il entend ce chant de *Will O'Phaup, Will O'Phaup* résonner juste derrière ses oreilles sans jamais décroître ou s'affaiblir. Arrivé chez lui, il entre et verrouille la porte et rassemble tous ses enfants autour de lui et se met à prier à voix aussi haute qu'il peut et tant qu'il prie il n'entend pas. Mais qu'il s'arrête seulement pour reprendre haleine et cela descend par la cheminée, s'infiltre par les fentes de la porte, et enfle à mesure que les créatures luttent contre sa prière et il n'ose s'interrompre jusqu'à ce qu'au premier coup de minuit il s'écrie *Ô Seigneur ayez pitié* et se taise. Et l'on n'entend plus rien des créatures qui ne pipent plus mot. La nuit est aussi calme que nuit peut l'être et la paix des cieux enveloppe la vallée.

Puis une autre fois, en été mais vers l'heure où le soir s'assombrit, il est en chemin pour son foyer après avoir rentré les moutons quand il croit voir certains de ses voisins dans le lointain. Il s'avise qu'ils doivent revenir de la foire de Moffat, puisque c'est bien le jour de cette foire. Il pense donc saisir l'occasion d'aller leur parler pour s'enquérir des nouvelles et de la façon dont s'est passée leur journée.

Dès qu'il est assez près il les hèle.

Mais personne ne le remarque. Et alors il appelle encore, mais aucun d'entre eux ne se retourne ni ne regarde dans sa direction. Il les voit parfaitement tous de dos, des campagnards avec leurs plaids et leurs bonnets, des hommes et des femmes, et de taille normale, mais il ne parvient pas à voir leurs visages, ils se détournent de lui. Et ils n'ont pas l'air pressé, ils flânent en cancanant et en bavardant et il entend le bruit qu'ils font sans distinguer les paroles.

Il les suit donc de plus en plus vite et finit par se mettre à courir pour les rattraper, mais aussi vite qu'il coure, il n'y arrive pas – alors qu'ils ne se dépêchent pas du tout, ils continuent de flâner. Et il a l'esprit si occupé par l'idée de les rattraper qu'il ne s'avise pas pendant un certain temps qu'ils ne vont pas du tout dans la direction de leurs foyers.

Ils ne descendent pas la vallée mais remontent une espèce d'étroit vallon adjacent parcouru d'un ruisselet qui s'écoule vers l'Ettrick. Et dans la lumière déclinante, ils semblent s'estomper mais devenir plus nombreux, c'est étrange.

Et des hauteurs vient un souffle d'air glacé alors que c'est une chaude soirée d'été.

Et soudain Will comprend. Ce ne sont pas des voisins. Et ils ne l'entraînent vers aucun lieu où il souhaiterait se retrouver. Et aussi vite qu'il a couru derrière eux, tournant les talons, il court maintenant dans la direction opposée. Comme c'est une nuit ordinaire, et pas celle d'Halloween, ils n'ont pas le pouvoir de lui courir après. Sa peur est différente de celle qu'il a éprouvée l'autre fois, mais tout aussi glaciale, à cause de l'idée qu'il a que ce sont des fantômes d'êtres humains ensorcelés et devenus des fées.

On se tromperait en pensant que tout le monde croyait à ces contes. Il y avait le facteur eau-de-vie. Mais la plupart des gens, qu'ils y croient ou pas, ne les entendaient pas sans trembler. Ils éprouvaient un peu de curiosité, et un peu de scepticisme, mais surtout une bonne part de peur pure et simple. Fées et fantômes et religion n'étaient jamais mêlés sous quelque désignation bénigne (*puissances spirituelles*?) comme c'est souvent le cas aujourd'hui. Les fées n'étaient ni gaies ni captivantes. Elles appartenaient aux temps anciens, pas ceux, historiques, de Flodden, où tous les hommes de Selkirk périrent à l'exception de celui qui apporta la nouvelle, ni des hors-la-loi dont les raids nocturnes ravageaient les terres litigieuses de la frontière, ni de la reine Mary – ni même ceux qui les avaient précédés, les temps de William Wallace, d'Archibald, cinquième comte d'Angus, ou de la Vierge de Norvège, mais les temps vraiment ténébreux, avant le mur d'Antonin, et avant que les premiers missionnaires chrétiens venant d'Irlande eussent traversé la mer. Elles appartenaient aux temps

des puissances maléfiques et de la confusion satanique et leurs attentions étaient trop souvent malignes, voire mortelles.

Thomas Boston

En Témoignage d'Estime pour le
Révérend Thomas Boston Senior
dont le caractère privé fut hautement respectable,
dont les œuvres publiques furent
une bénédiction pour plus d'un et
dont les écrits ont beaucoup contribué à promouvoir
les progrès d'un christianisme vivant.
Ce monument a été érigé par un public
pieux et reconnaissant.

Efforcez-vous d'entrer par la porte étroite : car je vous le dis,
beaucoup essaieront d'entrer et ne le pourront pas.

Luc XIII, 24

Les visions de Will ne lui auraient certainement pas valu les bonnes
grâces de l'Église, et pendant la première partie du xviiie siècle, l'Église
était particulièrement puissante dans la paroisse d'Ettrick.

Son ministre à cette époque était un prédicateur nommé Thomas
Boston, qu'on se rappelle aujourd'hui – si on se le rappelle – comme
l'auteur d'un livre intitulé *Human Nature in its Fourfold State* (La
nature humaine dans son état quadruple), dont on disait qu'il figurait
à côté de la Bible sur une étagère de tous les foyers pieux d'Écosse.
Et tous les foyers presbytériens d'Écosse étaient tenus d'être pieux.
La vie privée y était constamment soumise à enquête et la foi y faisait
l'objet de révisions torturées pour parvenir à ce résultat. Il n'y avait
pas de rituel apaisant, pas de cérémonial élégant. La prière n'y était
pas seulement formelle mais personnelle, douloureuse. Le degré de
préparation de l'âme à la vie éternelle y était toujours mis en doute,
toujours en danger.

Thomas Boston entretenait cette tragédie sans répit, pour lui-même
et pour ses paroissiens. Dans son autobiographie, il parle de ses propres

misères récurrentes, ses accès d'impuissance quand son inspiration tarissait, son sentiment d'indignité et de sottise au beau milieu d'un prêche de l'Évangile, ou pendant qu'il priait, dans son étude. Il implore de se voir accorder la grâce. Il offre au ciel sa poitrine dénudée – au moins symboliquement – dans son désespoir. Il se lacérerait sûrement les chairs en se fouettant d'épineux si ce comportement n'était pas papiste, ne constituait pas de fait un péché de plus.

Parfois Dieu l'entend, parfois non. Sa soif de Dieu ne l'abandonne jamais mais il ne peut jamais compter qu'elle sera satisfaite. Il peut s'élever, touché par l'Esprit et se lancer dans des marathons de prédication, il préside à de solennels festivals de communion dans lesquels il sait être le Vaisseau de Dieu et témoigne de la transformation de bien des âmes. Mais il a soin de ne pas s'en attribuer le mérite. Il se sait trop capable du péché d'orgueil et sait aussi que la grâce pourrait lui être très vite retirée.

Il s'efforce, il tombe. De nouveau les ténèbres.

Pendant ce temps le toit de la demeure fuit, les murs sont humides, la cheminée fume, sa femme, ses enfants et lui-même sont souvent malades des fièvres. Leur gorge s'infecte et ils souffrent de rhumatismes. Certains de ses enfants meurent. Sa toute première fille naît affligée de ce qui me semble bien être un spina-bifida et meurt peu après. Son épouse est folle de douleur, et tout en faisant de son mieux pour la réconforter, il se sent aussi tenu de la blâmer pour ses plaintes contre la volonté divine. Il se reprochera à lui-même par la suite d'avoir soulevé le couvercle du cercueil pour un dernier regard au visage de son préféré, un petit garçon de trois ans. Quelle méchanceté, quelle faiblesse de sa part, d'aimer ainsi cette parcelle de chair pécheresse et d'oser questionner la sagesse du Seigneur qui l'a reprise. Il faut encore lutter, s'infliger des châtiments, et prier, encore et toujours.

Lutter non seulement contre sa propre sottise mais aussi avec la majorité de ses collègues car il se prend d'un profond intérêt pour un traité intitulé *The Marrow of Modern Divinity* (La Moelle de la théologie moderne). Il est accusé d'être un *marrow-man*, un tenant de cet ouvrage, et de courir le danger de passer à l'antinomianisme. L'antinomianisme procède logiquement de la doctrine de la prédestination et pose une question simple et directe – pourquoi, si l'on est dès le début un des élus, ne pourrait-on n'en faire qu'à sa guise en toute impunité ?

Mais minute. Minute ! Qui pourra jamais être sûr de faire partie des élus ? Et le problème pour Boston n'est certainement pas d'agir à sa guise en toute impunité, mais qu'il ne puisse s'empêcher, et c'est tout à son honneur, de suivre un raisonnement jusqu'au bout.

Il recule toutefois *in extremis* devant l'erreur. Il bat en retraite. Il est sauf.

Son épouse, au milieu des naissances et des morts et des soins aux enfants survivants et des ennuis du toit et de la pluie froide qui ne cesse de tomber, est terrassée par une maladie des nerfs. Elle ne peut plus quitter son lit. Sa foi est vigoureuse, mais viciée, à ce qu'il dit, sur un point essentiel. Il ne dit pas ce qu'est ce point. Il prie avec elle. Comment se débrouille-t-il dans la maison, nous ne le savons pas. Son épouse, elle qui fut naguère la belle Catherine Brown, reste apparemment au lit pendant des années, à l'exception d'un intermède touchant qui voit tous les membres de la famille abattus par quelque infection contagieuse. Alors elle se lève pour prendre soin d'eux, infatigable et tendre, avec la vigueur et l'optimisme dont elle faisait montre dans sa jeunesse, quand Boston était tombé amoureux d'elle. Tout le monde guérit et quand il est de nouveau question d'elle, elle a retrouvé son lit. Elle est bien avancée en âge mais encore vivante quand le pasteur lui-même est mourant, et l'on peut espérer qu'elle se lèvera alors pour aller vivre sous un toit étanche avec quelques relations agréables dans une ville civilisée. Gardant la foi, mais la tenant en respect, peut-être, pour jouir d'un peu de bonheur séculier.

Son époux prêche depuis la fenêtre de sa chambre quand il est trop faible et proche de la mort pour aller à l'église et monter en chaire. Il exhorte avec autant de bravoure et de ferveur que jamais et des foules s'assemblent pour l'entendre, alors qu'il pleut, comme d'habitude.

La plus morne, la plus désespérée des existences, vue de l'extérieur sous n'importe quel angle. Ce n'est que de l'intérieur de la foi qu'il est possible de se faire la moindre idée de la récompense qui va de pair avec la lutte, de l'accoutumance que crée la recherche de la pure vertu, de l'ivresse d'avoir entrevu la faveur de Dieu.

Je trouve donc bizarre que Thomas Boston ait justement été le pasteur que Will O'Phaup venait entendre tous les dimanches de sa jeunesse, et probablement celui qui le maria avec Bessie Scott. Mon ancêtre, un presque païen, joyeux drille, buveur d'eau-de-vie, sur qui l'on prend des paris, qui croit aux fées, a forcément écouté, et cru, les restrictions et les rudes espérances de cette féroce foi calviniste. Et d'ailleurs, quand Will était poursuivi la veille d'Halloween, n'a-t-il pas imploré la protection du même Dieu que celui auquel Boston s'adressait en implorant qu'on soulageât son âme du fardeau – d'indifférence, de doute, de chagrin – qui pesait sur elle? Le passé est plein de contradictions et de complications, égales peut-être à celles du présent alors que ce n'est pas ce que nous croyons d'ordinaire.

Comment ces gens n'auraient-ils pas pris au sérieux leur religion, avec ses menaces d'un enfer inévitable, avec Satan si rusé et si acharné à infliger des tourments, et la population du paradis si réduite? Et c'est bien ce qu'ils faisaient, ils la prenaient au sérieux. Ils étaient appelés pour leurs péchés à s'asseoir sur la sellette et assumer leur honte – d'ordinaire pour une quelconque affaire sexuelle, solennellement évoquée sous le nom de fornication – devant l'assemblée des fidèles. James Hogg y fut convoqué à deux reprises au moins, accusé de paternité par des jeunes filles du lieu. Dans un cas il avoua sans détour et dans l'autre accorda seulement que c'était possible. (À quelque cent vingt kilomètres de là vers l'ouest, à Mauchline, dans l'Ayrshire, Robert Burns, qui avait onze ans de plus que Hogg, subit précisément la même humiliation publique.) Les membres du Conseil de l'église allaient de maison en maison pour s'assurer qu'on n'y faisait pas la cuisine le dimanche et à tout moment, de leur main de fer, n'hésitaient pas à pincer cruellement le sein des femmes soupçonnées d'avoir

26

accouché d'un enfant illégitime, afin qu'une goutte de lait pût les trahir. Mais le fait même qu'une telle vigilance fût jugée nécessaire montre que, dans leur existence quotidienne, les croyants sortaient du droit chemin à l'appel de la nature, comme les gens le font toujours. Un membre du Conseil de l'église de Burns note : « Seulement 26 fornicateurs depuis le dernier sacrement », comme si ce chiffre marquait effectivement un pas dans la bonne direction.

Et ils sortaient aussi du droit chemin dans la pratique même de la foi, par le fonctionnement de leur propre esprit, entraînés par les arguments et les interprétations qui ne pouvaient manquer de surgir.

Cela tenait peut-être au fait qu'ils étaient la paysannerie la mieux éduquée d'Europe. John Knox avait voulu cette éducation pour qu'ils pussent lire la Bible. Et ils la lisaient, pieusement, mais avidement aussi afin d'y découvrir l'ordre de Dieu, l'architecture de Son esprit. Beaucoup de ce qu'ils y trouvaient les laissaient perplexes. D'autres pasteurs contemporains de Boston se plaignent que leurs paroissiens soient si raisonneurs, *même les femmes*. (Boston n'évoque pas cela, trop occupé qu'il est à battre sa coulpe.) Ils n'acceptent pas en silence les heures et les heures de sermon mais s'en saisissent comme d'une nourriture intellectuelle, les jugent comme s'ils participaient tout au long de leur vie à des débats d'un sérieux absolu. Ils ne cessent de triturer des points de doctrine et des passages des Écritures auxquels ils seraient plus avisés de ne pas toucher, disent leurs pasteurs. Mieux vaut s'en remettre à ceux qui ont été formés pour traiter ce genre de choses. Mais ils n'en font rien, et le fait est que la formation des pasteurs ne les empêche pas parfois d'aboutir à des conclusions que d'autres pasteurs doivent condamner. Il en résulte que l'Église est divisée, que les hommes de Dieu se prennent fréquemment à la gorge, comme les ennuis de Boston l'ont montré. Et c'est peut-être cette tache sur sa réputation, d'avoir été un *marrow-man*, un antinomien, d'avoir suivi sa propre pensée inévitable, qui le tint si longtemps dans ce coin perdu, à Ettrick, n'ayant jamais jusqu'à sa mort bénéficié d'une translation (comme on disait alors) dans un lieu un peu plus confortable.

James Hogg et James Laidlaw

Il fut toujours un personnage singulier et fort amusant qui chérissait toutes les idées dépassées et réduites en miettes dans la science, la religion et la politique. [...] Rien n'excitait davantage son indignation que la théorie de la terre tournant sur son axe et autour du soleil. [...]
[...] jadis, et pendant plusieurs années, il parla de l'Amérique et lut à son sujet jusqu'à s'en rendre parfaitement malheureux, et il se décida enfin, quand il approchait de la soixantaine, à se mettre réellement en route pour chercher un foyer provisoire et une tombe dans le Nouveau Monde.

> James Hogg, écrivant au sujet
> de son cousin James Laidlaw.

Ce pauvre Hogg a passé le plus clair de sa vie à concocter des mensonges...

> James Laidlaw, écrivant au sujet de son cousin James Hogg,
> poète et romancier écossais du début du XIXᵉ siècle.

C'était un homme qu'avait la tête sur les épaules, malgré toutes les bêtises qu'il écrivait...

> Tibbie Shiel, aubergiste, enterré lui aussi
> dans le cimetière d'Ettrick, parlant de James Hogg.

James Hogg et James Laidlaw étaient cousins germains. Tous deux naquirent et furent élevés dans la vallée d'Ettrick, le genre de lieu où les hommes de leur espèce ne sont guère considérés – de leur espèce, c'est-à-dire qui ne s'accommodent pas facilement de l'anonymat et d'une existence discrète et taciturne.

Qu'un homme de ce genre devienne célèbre et c'est évidemment une autre histoire. Vivant, on le chasse à coups de pied au derrière, mort, on l'accueille en enfant du pays. Au bout d'une génération ou deux, c'est une autre histoire.

Pour s'évader, Hogg se réfugia d'abord dans le rôle malaisé du comique naïf, du rustaud génial, à Édimbourg, puis, devenu l'auteur de la *Confession du pécheur justifié*, dans une gloire durable. Laidlaw, manquant des autres dons de son cousin, mais apparemment pas de l'art de se donner en spectacle, ni de son besoin d'une autre scène que la taverne de Tibbie Shiel, acquit un certain renom en rassemblant les membres les plus dociles de sa famille pour les transporter en Amérique – plus précisément au Canada – quand il fut assez vieux, comme le relève Hogg, pour avoir un pied dans la tombe.

Se donner en spectacle était très mal vu dans notre famille. Encore que, maintenant que j'y pense, telle ne fût pas exactement l'expression utilisée. On parlait d'*attirer l'attention*. *Se faire remarquer*. L'opposé n'étant pas exactement la pudeur mais une maîtrise et une dignité opiniâtres, une espèce de refus. Le refus de ressentir un quelconque besoin de transformer sa vie en histoire, que ce soit pour d'autres ou pour soi-même. Et quand j'étudie le cas des gens de la famille dont j'ai connaissance, il semble bien que certains d'entre nous aient éprouvé ce besoin dans une large et irrésistible mesure – assez pour que les autres se contractent de gêne et d'appréhension. C'est pourquoi ce jugement, ou cette mise en garde, devait être prononcé si fréquemment.

Quand ses petits-fils – James Hogg et James Laidlaw – étaient devenus de jeunes hommes, le monde de Will O'Phaup avait déjà presque disparu. Il existait une conscience historique de ce passé récent, qu'on pouvait même chérir ou exploiter, ce qui est possible seulement quand les gens sentent qu'ils en sont pour de bon dégagés. James Hogg éprouvait manifestement ce sentiment, alors qu'il était si profondément un homme d'Ettrick. C'est surtout dans ses écrits que j'ai trouvé ce que je sais de Will O'Phaup. C'était à la fois de l'intérieur et de l'extérieur que Hogg notait et façonnait industrieusement et – il l'espérait – profitablement la vie des siens. Sa mère – la fille aînée de Will O'Phaup, Margaret Laidlaw, qui avait grandi à Far-Hope – était pour lui une excellente informatrice. Hogg intervenait sur la matière première par quelques travaux de jardinage et de broderie. Quelques mensonges adroits du genre qu'on peut à coup sûr escompter d'un écrivain.

Walter Scott était plutôt ressenti comme un étranger, magistrat d'Édimbourg assigné à un poste important sur le territoire traditionnel de sa famille. Mais lui aussi comprit, comme on le fait parfois mieux de l'extérieur, l'importance de ce qui était en train de disparaître. Quand il devint shérif – c'est-à-dire juge – du Selkirkshire, il se mit à parcourir la région en collectant les chansons et les ballades anciennes qui n'avaient jamais été couchées par écrit. Il allait les publier dans *Les Chansons de la frontière écossaise*. Margaret Laidlaw Hogg était célèbre alentour pour la quantité de couplets qu'elle avait dans la tête. Et Hogg – songeant autant à la postérité qu'à l'avantage qu'il pourrait en retirer dans le présent – eut soin d'emmener Scott voir sa mère.

Elle cita une abondance de couplets, y compris la récente « Ballade de Johnie Armstrong » qu'elle dit que son frère et elle tenaient « du vieil Andrew Moore qui la tenait lui-même de Bebe Maitland qui était gouvernante du Premier Lord de Tushielaw ».

(Il se trouve que ce même Andrew Moore avait été le domestique de Boston et que c'était lui qui avait raconté que Boston avait « chassé le spectre » qui figure dans un des poèmes de Hogg. Nouvel éclairage sur le pasteur.)

Margaret Hogg mena grand tapage quand elle vit le livre que Scott avait fait paraître en 1802 et où figurait sa contribution.

« Elles étaient faites pour être chantées, pas imprimées, aurait-elle déclaré. Et maintenant, on ne les chantera plus jamais. »

Elle se plaignit en outre qu'elles ne fussent « ni bien mises en page ni bien orthographiées », ce qui peut paraître étrange de la part d'une personne qui avait été présentée – par elle-même ou par Hogg – comme une simple vieille campagnarde dotée d'un minimum d'éducation.

Probablement était-elle à la fois simple et avisée. Tout en ayant su ce qu'elle faisait, elle ne pouvait s'empêcher de regretter ce qu'elle avait fait.

Et maintenant on ne les chantera plus jamais.

Peut-être prit-elle aussi plaisir à montrer qu'il en fallait plus qu'un livre imprimé, qu'il en fallait plus que le shérif de Selkirk, pour l'impressionner. Les Écossais sont comme ça, je crois. Ma famille était comme ça.

Cinquante ans après que Will O'Phaup eut serré ses enfants sur son cœur en implorant la protection divine la veille d'Halloween, Hogg et quelques-uns de ses cousins – il ne donne pas leurs noms – ont rendez-vous dans cette même maison haut perchée, à Phaup. À l'époque, elle ne sert plus qu'à loger un berger célibataire qui a la responsabilité des moutons d'alpage, et les autres sont présents ce soir-là non pour se soûler et raconter des histoires mais pour lire des essais, oui, des essais. Dont Hogg dit qu'ils sont enflammés et débordent d'emphase, et de ces mots, comme de ce qui en fut dit par la suite, on peut conclure que ces jeunes gens du fin fond de l'Ettrick ont entendu parler des Lumières, encore qu'ils ne les appellent probablement pas ainsi, et des idées de Voltaire et de Locke et de David Hume, leur compatriote originaire des Lowlands. Hume avait grandi à Ninewells près de Chirnside, à quatre-vingts kilomètres de là, et c'était à Ninewells qu'il s'était retiré quand il avait fait une dépression à l'âge de dix-huit ans – peut-être accablé, provisoirement, par l'immensité de la tâche d'investigation qu'il voyait se profiler devant lui. Il était encore en vie quand ces jeunes gens naquirent.

Je peux certes me tromper, mais ce que Hogg nomme essais étaient peut-être des récits. Membres du Covenant presbytérien traqués pendant leurs offices religieux de plein air par des dragons en tunique rouge, histoires de sorcières, de morts vivants. Ces jeunes gens étaient prêts à tenter toutes les formes de composition, prose ou poésie. Les écoles de John Knox avaient accompli leur tâche, et comme une éruption, comme une fièvre, littérature et poésie affectaient toutes les classes. Quand Hogg traversait sa période la plus basse, travaillant comme berger sur les collines désolées de Nithsdale, habitant dans une de ces cabanes grossières qu'on appelle *bothy* en Écosse, les frères

Cunningham – l'apprenti tailleur de pierre et poète Allan, et son frère James – avaient parcouru à pied la campagne pour le rencontrer et lui dire leur admiration. (Hogg s'en était d'abord inquiété, pensant qu'ils venaient l'accuser de quelque histoire de femme.) Le trio, confiant au chien Hector la garde des moutons, s'était installé pour parler poésie toute la journée, puis avait franchi courbé en deux la porte basse du *bothy* pour boire du whisky et parler poésie toute la nuit.

Cette réunion de bergers à Phaup, à laquelle Hogg prétend que lui-même n'avait pas réussi à assister, alors qu'il avait un essai en poche, se tint en hiver. Le temps avait été bizarrement chaud. Cette nuit-là, pourtant, une tempête se leva qui se révéla la pire du demi-siècle. Les moutons gelèrent dans leur enclos, des hommes et des chevaux furent pris au piège et gelés sur les routes pendant que les maisons étaient enfouies sous la neige jusqu'au toit. Trois ou quatre jours durant, la tempête fit rage, dévastatrice, et quand elle fut finie, et que les jeunes bergers redescendirent dans la vallée vivants, leurs familles furent soulagées mais pas moins furieuses contre eux.

La mère de Hogg lui dit sans détour que c'était un châtiment attiré sur toute la région par l'œuvre du démon que représentaient les lectures et les conversations qui eurent lieu à Phaup cette nuit-là. Nul doute que nombre d'autres parents pensaient la même chose.

Quelques années plus tard, Hogg écrivit une belle description de cette tempête, et elle fut publiée dans *Blackwoods Magazine*. *Blackwoods* était la lecture favorite des petites Brontë dans le presbytère de Haworth. Et quand elles choisissaient chacune un héros à incarner dans leurs jeux, pour Emily, c'était le berger d'Ettrick, James Hogg. (Charlotte choisissait le duc de Wellington.) *Les Hauts de Hurlevent*, le grand roman d'Emily, commence par la description d'une terrible tempête. Je me suis souvent demandé s'il existe un lien.

Je ne crois pas que James Laidlaw ait été présent à Phaup cette nuit-là. Ses lettres ne manifestent rien d'un esprit sceptique, théorique ou poétique. Certes, les lettres que j'ai lues furent écrites quand il était vieux. Les gens changent.

Indiscutablement c'est un loustic quand nous faisons sa connaissance, décrit par Hogg à l'auberge de Tibbie Shiel (qui est toujours là, à plus d'une heure de marche de Phaup à travers les collines, tout comme Phaup est encore là, devenu un *bothy*, qui sert de refuge sur le Southern Uplands Way, un chemin de randonnée). Il joue une petite comédie qu'on pourrait considérer comme relevant du blasphème. Blasphématoire, risquée et drôle. À genoux, il prie pour plusieurs des membres de l'assistance. Il implore le pardon en précisant les péchés qui ont été commis, préfaçant chacun d'un *et s'il est vrai…*

Et s'il est vrai que l'enfant né voilà une quinzaine de l'épouse de —— présente une forte ressemblance avec ——, veuille, ô Seigneur, accorder Ta miséricorde à tous les participants…

Et s'il est vrai que —— —— a escroqué —— —— de vingt pièces d'argent à la dernière foire aux moutons de St. Boswell, nous Te prions, ô Seigneur, en dépit d'une action si démoniaque…

Comme on n'arrivait pas à retenir certains de ceux qu'il avait nommés, ses amis durent entraîner James hors de l'auberge avant qu'il lui arrive des ennuis.

À l'époque, il était déjà probablement veuf, laissé à lui-même, trop pauvre pour qu'une femme accepte de l'épouser. La sienne lui avait donné une fille et cinq garçons puis était morte en accouchant du dernier. Mary, Robert, James, Andrew, William, Walter.

Écrivant à une société d'émigration aux environs de la date de Waterloo, il se présente comme un excellent candidat, à cause des cinq fils vigoureux qui l'accompagneront dans le Nouveau Monde. Reçut-il ou non une aide pour émigrer, je l'ignore. Probablement pas, puisque nous entendons de nouveau parler de lui quand il a du mal à trouver l'argent du voyage. Une dépression a suivi la fin des guerres napoléoniennes et le cours du mouton s'est effondré. Et il a cessé de vanter les mérites des cinq fils. Robert, l'aîné, est parti pour les Highlands. James – James junior – s'est embarqué seul pour l'Amérique, qui inclut le Canada, et il semble qu'il n'ait pas envoyé un mot pour dire où il est ou ce qu'il fait. (Il est en Nouvelle-Écosse, maître d'école dans un bourg nommé Economy, alors qu'il n'est pas qualifié pour cette tâche en dehors de ce qu'il a appris à l'école d'Ettrick, mais qu'il possède probablement un bras vigoureux.)

Quant à William, l'avant-dernier, encore adolescent et qui sera mon arrière-arrière-grand-père, il est absent lui aussi. Quand nous réentendons parler de lui, il est installé dans les Highlands, régisseur d'un des nouveaux grands élevages de moutons établis sur des terres débarrassées des petits fermiers. Et il méprise tant la région de sa naissance qu'il écrit – dans une lettre à la jeune femme qu'il épousera par la suite – qu'il serait impensable pour lui de vivre de nouveau un jour dans la vallée d'Ettrick.

La pauvreté et l'ignorance le chagrinent, apparemment. La pauvreté qui lui semble délibérée et l'ignorance qui, dans son jugement, ignore jusqu'à sa propre existence. C'est un homme moderne.

Du côté de Castle Rock

La première fois qu'Andrew mit les pieds à Édimbourg, il avait dix ans. Avec son père et d'autres hommes, il gravit une rue noire et glissante. Il pleuvait, l'odeur de fumée de la ville emplissait l'air et les doubles vantaux des portes des tavernes étaient ouverts sur leur intérieur qu'éclairait un feu brûlant dans l'âtre. Il espérait qu'ils entreraient dans l'une d'elles parce qu'il était trempé jusqu'aux os. Mais non, ils allaient ailleurs. Plus tôt dans l'après-midi, ils avaient été dans un de ces établissements, mais ce n'était guère plus qu'un renfoncement, une niche dans le mur, avec des planches sur lesquelles on posait des bouteilles et des verres en échange de pièces de monnaie. Il n'avait cessé de se faire bousculer et expulser de cet abri vers la rue et la flaque qui recevait l'eau dégoulinant du rebord au-dessus de l'entrée. Pour empêcher que cela se reproduise, il s'était immiscé tête baissée entre les paletots et les peaux de mouton, enfoncé comme un coin parmi les buveurs, sous leurs bras.

Il était surpris du nombre de gens que son père semblait connaître dans la ville d'Édimbourg. Il se serait attendu à ce que les buveurs de l'établissement soient des étrangers pour lui, mais à l'évidence non. Au milieu des discussions et de toutes ces voix à l'accent bizarre, celle de son père était la plus forte. *L'Amérique*, disait-il en abattant sa main sur la planche pour attirer l'attention, exactement comme il faisait à la maison. Andrew avait entendu ce mot-là prononcé sur le même ton bien avant de savoir que c'était un pays de l'autre côté de l'océan. Il était prononcé comme un défi et une irréfutable vérité, mais de temps à autre – quand son père n'était pas là – comme un sarcasme ou une blague. Ses grands frères s'interrogeaient parfois l'un l'autre,

35

«Tu pars en Amérique?» quand l'un d'eux mettait son plaid pour sortir et s'acquitter d'une corvée, rentrer les moutons par exemple. Ou encore, «Va donc te faire voir en Amérique!» quand ils se disputaient et que l'un d'eux voulait montrer que l'autre était idiot.

Les intonations de la voix paternelle dans le discours qui succéda à ce mot étaient si familières à Andrew et la fumée lui piquait tant les yeux qu'il s'était bientôt mis à dormir debout. Il s'était réveillé quand un groupe était en train de se frayer un chemin vers l'extérieur, son père étant du nombre. L'un d'entre eux dit, «C'est ton gamin çui-là ou un petit gueux qui s'est faufilé pour nous faire les poches?» et son père avait ri et pris la main d'Andrew et ils s'étaient mis à gravir cette rue. Un homme avait trébuché, un autre s'était cogné à lui et avait juré. Deux femmes avaient balancé de grands coups de leur panier contre le groupe et fait quelques remarques pleines de mépris avec leur drôle d'accent, Andrew n'avait pu saisir que les mots «des gens comme il faut» et «laisser passer le monde».

Puis son père et ses amis virèrent dans une rue beaucoup plus large qui était en fait une cour pavée de gros blocs de pierre. Son père se tourna alors vers Andrew pour s'intéresser à lui.

«Sais-tu où tu te trouves, petit gars? Tu es dans la cour du château, et c'est le château d'Édimbourg qui se dresse comme ça depuis dix mille ans et se dressera pendant dix mille ans encore. Des choses terribles ont eu lieu ici. Ces pierres ont ruisselé de sang. Le sais-tu?» Il leva la tête de telle sorte que tous écoutèrent ce qu'il avait à dire.

«C'est le roi Jacques qui invita les jeunes Douglas à souper et quand ils furent bien assis, le voilà qui dit, oh, pas la peine de s'embêter avec le souper, qu'on les emmène dans la cour et qu'on leur coupe la tête. Et ce fut fait. Ici même dans la cour où nous sommes.

«Mais ce roi Jacques est mort de la lèpre», poursuivit-il avec un soupir puis un grognement, les amenant tous à méditer sur ce destin.

Et il secoua la tête.

«Ah non, ce n'était pas lui. C'est le roi Robert Bruce qui est mort de la lèpre. Il est mort roi mais il est mort de la lèpre.»

Andrew ne voyait rien que d'énormes murs de pierre, des grilles fermées, un soldat en tunique rouge qui allait et venait. Son père ne lui laissa guère de temps, de toute manière, mais le fit avancer d'une bourrade et passer sous une arcade en disant, «Attention à vos têtes ici les gars, les bonshommes étaient petits en ce temps-là. Des tout petits bonshommes. Comme l'autre Poléon, le Français, c'est très agressif les petits bonshommes. »

Ils avaient entrepris de gravir des marches de pierre, certaines aussi hautes que les genoux d'Andrew – il lui fallait alors grimper à quatre pattes – à l'intérieur de ce qui lui sembla bien être une tour dépourvue de toit. Son père lança, «Vous êtes encore là, vous êtes partants pour l'ascension ? » et quelques voix disséminées lui répondirent. Andrew eut l'impression que la bande était nettement moins nombreuse que dans la rue.

Ils montèrent longtemps par l'escalier en spirale et débouchèrent enfin sur une roche nue, une plate-forme au sommet d'une pente fort raide. La pluie avait cessé pour l'heure.

«Nous y voilà, dit le père d'Andrew. Où sont donc passés tous ceux qu'on avait sur les talons jusqu'ici ? »

Celui qui arrivait à la dernière marche dit alors, «Y en a deux ou trois qui sont allés voir la Meg».

«Les machines de guerre, dit le père d'Andrew. Ils ont d'yeux que pour les machines de guerre. Attention qu'ils n'aillent pas se faire sauter. »

«Ils n'avaient pas le courage de monter l'escalier, c'est plutôt ça», dit un autre homme qui était haletant. Et le premier reprit joyeusement, «Ils ont eu peur de grimper jusqu'ici, peur de tomber dans le vide. »

Un troisième – et c'était le dernier du lot – traversa la plate-forme d'un pas chancelant comme si c'était précisément ce qu'il comptait faire.

«Et où qu'il est ? brailla-t-il. On y est sur le trône d'Arthur ? »

«Pas du tout, dit le père d'Andrew. Regardez ce que vous avez devant vous. »

Le soleil brillait à présent, éclairant l'amoncellement de pierres que formaient les maisons et les rues en contrebas, et les églises dont les clochers n'atteignaient pas à cette hauteur, et encore des petits arbres et des champs, puis une vaste étendue d'eau argentée. Et au-delà, une terre vert pâle et gris-bleu, partie au soleil, partie à l'ombre, légère comme une brume que le ciel aspirait.

« Je vous l'avais pas dit ? reprit le père d'Andrew. L'Amérique. C'en est qu'un petit bout, remarquez, rien que la rive. C'est là que chaque homme se tient au milieu de ses propriétés et que même les mendiants se promènent en voiture à cheval. »

« Ma foi, la mer n'a pas l'air aussi large que j'aurais cru, dit l'homme qui avait cessé de chanceler. On dirait pas qu'il faut des semaines pour la traverser. »

« C'est l'effet de l'altitude où on se trouve, dit celui qui se tenait à côté du père d'Andrew. L'altitude où on se trouve diminue d'autant la largeur. »

« On a de la chance. C'est une bonne journée pour la vue, dit le père d'Andrew. Il y a bien des jours où en montant ici on ne voit que le brouillard. »

Il se tourna pour s'adresser à Andrew.

« Alors voilà, mon petit gars, tu as vu l'Amérique à l'horizon, dit-il. Que Dieu t'accorde de la voir un jour de plus près, et par toi-même. »

Andrew était allé encore une fois au château depuis lors, avec un groupe de gamins d'Ettrick, qui voulaient tous voir le grand canon, la Meg de Mons [1]. Mais rien n'avait l'air à la même place et il n'avait pas retrouvé le chemin qu'ils avaient suivi pour monter au sommet sur le rocher. Il vit un ou deux endroits où des planches barraient ce qui aurait pu être le passage en question. Mais il n'essaya même

---

1. Énorme bombarde de six tonnes, coulée à Mons en Belgique, offerte par le duc de Bourgogne Philippe le Bon à Jacques II en 1457. (*Toutes les notes sont des traducteurs.*)

pas de regarder par les fentes entre les planches – il ne souhaitait pas dire aux autres ce qu'il cherchait. Malgré ses dix ans, il avait bien vu que les hommes qui accompagnaient son père étaient ivres. S'il n'avait pas compris que son père lui-même l'était – à cause de son pas assuré, de sa détermination, de son comportement impérieux –, il s'était bien rendu compte que quelque chose clochait. Il savait que ce n'était pas l'Amérique qu'il avait vue, même s'il devait encore s'écouler quelques années avant qu'il connaisse assez bien les cartes pour savoir qu'il s'agissait de Fife.

N'empêche, il ignorait si les hommes rencontrés à la taverne s'étaient moqués de son père ou si c'était son père qui leur avait joué un tour de sa façon.

James le Vieux, le père. Andrew. Walter. Leur sœur Mary. L'épouse d'Andrew, Agnes, et leur fils James, moins de deux ans.

Dans le port de Leith, le 4 juin 1818, ils mirent le pied sur un navire pour la première fois de leur vie.

James le Vieux en informe l'officier du navire qui pointe les noms sur sa liste.

«La première fois, monsieur, de toute ma longue vie. Nous sommes d'Ettrick. C'est une partie du monde enclavée dans les terres.»

L'officier dit un mot, pour eux inintelligible mais dont la signification est évidente. Avancez. Il a barré leurs noms d'un trait. Ils avancent ou se font pousser, James le Jeune chevauchant la hanche de Mary.

«Qu'est-ce que c'est que ça? dit James le Vieux, considérant la foule sur le pont. Où allons-nous coucher? D'où sort toute cette canaille? Vous avez vu leur tête? Seraient-ce des moricauds?»

«Plutôt des nègres des Highlands», dit son fils Walter. C'est une blague, marmonnée entre les dents pour que son père n'entende pas – les habitants des Highlands étant l'une des engeances que le vieil homme méprise.

«Il y a trop de monde, poursuit son père. Le bateau va couler.»

«Non, réplique Walter, élevant la voix. Ce n'est pas souvent qu'un bateau coule parce qu'il y a trop de monde. Le bonhomme était là pour ça, pour compter les gens.»

À peine à bord du vaisseau, ce morveux de dix-sept ans prend des airs de monsieur Je-sais-tout, il contredit son père. La fatigue, l'étonnement, et le poids de son gros pardessus empêchent James le Vieux de le calotter.

Toute l'affaire de la vie à bord a déjà été expliquée à la famille. Expliquée d'ailleurs par le vieil homme en personne. Il était celui qui savait tout des provisions, du couchage et des gens que l'on trouverait à bord. Tous des Écossais, des gens comme il faut. Pas de naturels des Highlands, pas d'Irlandais.

Mais à présent il crie qu'on dirait l'essaim d'abeilles dans la carcasse du lion.

«Un ramassis de vauriens, un ramassis de vauriens. Oh, quelle idée d'avoir quitté notre terre natale!»

«Nous ne l'avons pas encore quittée, dit Andrew. C'est encore Leith que nous avons sous les yeux. Nous ferions mieux de descendre au pont inférieur pour trouver de la place.»

Nouvelles lamentations. Les châlits sont étroits, des planches nues avec des paillasses de crin de cheval dures et piquantes.

«C'est mieux que rien», dit Andrew.

«Oh, comment me suis-je laissé mettre en tête de nous amener ici, sur ce sépulcre flottant?»

Personne ne le fera donc taire? songe Agnes. Il est capable de continuer comme ça pendant des heures, comme un prédicateur ou un fou, quand ça le prend. Cela lui est intolérable. Elle souffre plus pour le moment qu'il ne souffrira vraisemblablement jamais.

«Alors, nous nous installons ici ou pas?» demande-t-elle.

Des gens ont suspendu leurs plaids ou leurs châles pour protéger un peu leur famille de la promiscuité. Elle passe à l'action et en fait autant.

L'enfant fait des cabrioles dans son ventre. Elle a le visage brûlant comme une braise et la chair enflée entre ses jambes qui l'élancent – ces lèvres que l'enfant devra bientôt écarter pour sortir – n'est plus qu'un sac de douleur ébouillanté. Sa mère aurait su quoi y faire, elle aurait su quelles feuilles piler pour confectionner un emplâtre apaisant.

À la pensée de sa mère un tel malheur l'accable qu'elle voudrait distribuer des coups de pied.

Andrew plie son plaid et en fait un siège confortable pour son père. Le vieux s'assied, grognant, et se couvre le visage des mains, de sorte que sa parole sonne creux.

«Je ne verrai plus rien. Je ne prêterai pas l'ouïe à leurs voix grinçantes, à leurs langues de démons. Je n'avalerai pas une bouchée de viande ni de porridge avant de voir les rivages de l'Amérique.»

Ça en fera d'autant plus pour nous, a envie de dire Agnes.

Pourquoi Andrew ne parle-t-il pas carrément à son père, que ne lui rappelle-t-il qui a eu cette idée, quel fut celui qui a harangué, emprunté, imploré pour les emmener précisément là où ils sont maintenant? Andrew ne le fera pas, Walter se contentera de plaisanter, quant à Mary, c'est tout juste si la voix ne lui reste pas dans la gorge en présence de son père.

Agnes vient d'une grande famille de tisserands de Hawick, dont les membres travaillent désormais dans les filatures mais ont travaillé à domicile pendant des générations. Là ils ont appris toutes les subtilités de l'art de se remettre les uns les autres à leur place, de se chamailler et de survivre à l'étroit. Elle est encore surprise par les manières rigides, la déférence et les silences qui prévalent dans la famille de son époux. Elle a pensé d'emblée que c'étaient de drôles de gens et elle le pense encore. Ils sont aussi pauvres qu'on l'est chez elle mais se font une haute idée d'eux-mêmes. Et de quoi donc peuvent-ils bien se targuer? Le vieux a péroré à la taverne pendant des années et leur cousin est un poète loqueteux et menteur qui a dû partir pour Nithsdale voyant que personne ne voulait lui confier ses moutons à Ettrick. Ils ont tous été élevés par trois sorcières de tantes qui avaient si peur des hommes qu'elles fuyaient se cacher dans l'enclos des moutons quand elles voyaient s'avancer sur la route des gens qui n'étaient pas de leur famille.

Comme si ce n'étaient pas les hommes qui auraient dû les fuir, elles. Walter est revenu après avoir descendu leurs possessions les plus pesantes dans les profondeurs du navire.

« Jamais vous n'avez vu une telle montagne de cartons et de malles et de sacs de farine et de pommes de terre, dit-il excité. Il faut escalader le tout pour arriver au tuyau d'eau. Impossible de ne pas en renverser en revenant et les sacs seront trempés et ce qu'ils renferment va pourrir. »

« Ils n'auraient pas dû emporter tout ça, dit Andrew. On s'est bien engagés à nous nourrir quand nous avons payé notre passage ? »

« Oui, dit le vieil homme. Mais cela sera-t-il mangeable ? »

« Alors c'est une bonne chose que j'aie emporté mes biscuits », dit Walter qui est encore d'humeur à plaisanter de tout. Il tapote du pied la bonne boîte de métal pleine de biscuits d'avoine que ses tantes lui ont offerte spécialement parce qu'il est le plus jeune et qu'elles continuent de voir en lui l'orphelin de mère.

« Tu verras comme tu seras content si nous mourons de faim », dit Agnes. Walter est une calamité à ses yeux, presque autant que le vieux. Elle sait qu'il n'y a probablement pas de risques qu'ils meurent de faim, parce que Andrew semble impatient, mais pas inquiet. Certes, il en faut beaucoup pour inquiéter Andrew. En tout cas il ne semble pas inquiet pour elle, puisqu'il a pensé d'abord à confectionner un siège confortable à son père.

Mary est remontée sur le pont avec James le Jeune. Elle avait senti qu'il était anxieux en bas dans la demi-obscurité. Il n'a pas besoin de geindre ou de se plaindre – elle sait comment il se sent rien qu'à la façon dont il enfonce ses petits genoux en elle.

Les voiles sont étroitement ferlées. « Regarde là-haut, regarde là-haut », dit Mary, montrant du doigt un matelot qui s'affaire très haut dans les haubans. Le petit garçon qu'elle porte sur sa hanche fait le son qui pour lui veut dire oiseau. « Matelot-tuite, matelot-tuite », fait-elle. Elle dit le mot juste pour *matelot* mais le mot du petit pour *oiseau*. Elle et lui communiquent ainsi dans ce langage moitié-moitié

– moitié ce qu'elle lui enseigne, moitié ce qu'il invente. Elle croit que c'est l'un des enfants les plus intelligents jamais venus en ce monde. Étant l'aînée de sa famille, et la seule fille, elle s'est occupée de tous ses frères, a été fière de chacun d'eux à un moment donné, mais jamais elle n'a connu d'enfant comme celui-ci. Nul autre qu'elle n'a idée de son degré d'originalité, d'indépendance et d'intelligence. Les hommes ne s'intéressent pas aux si jeunes enfants, et Agnes, sa mère, n'a aucune patience avec lui.

« Parle comme tout le monde », lui dit Agnes, et s'il ne le fait pas, elle risque de lui assener une taloche. « Qu'est-ce que tu es ? demande-t-elle. Un homme ou un lutin ? »

Mary redoute la colère d'Agnes mais au fond elle ne lui en veut pas. Elle pense que les femmes comme Agnes – les femmes des hommes, les femmes mères – mènent une vie épouvantable. D'abord avec ce que les hommes leur font – même un aussi brave homme qu'Andrew – et ensuite ce que les enfants leur font, en sortant. Elle n'oubliera jamais sa propre mère, qui resta couchée dans l'égarement de la fièvre, ne reconnaissant aucun d'entre eux, jusqu'à sa mort, trois jours après la naissance de Walter. Elle avait hurlé contre le chaudron noir pendu au-dessus du feu, pensant qu'il était plein de démons.

Ses frères appellent Mary *Pauvre Mary*, et d'ailleurs la maigreur et la timidité de plusieurs des femmes de leur famille ont fait que ce qualificatif s'est attaché au prénom qu'elles avaient reçu en baptême – prénoms qui étaient eux-mêmes altérés, perdant un peu de substance et de grâce. Isabel était devenue Pauvre Tibbie ; Margaret, Pauvre Maggie ; Jane, Pauvre Jennie. Le fait était, disait-on à Ettrick, que la beauté et la haute taille n'étaient allées qu'aux hommes.

Mary mesure moins d'un mètre cinquante, elle a un petit visage froncé avec un bout de menton en avant, et une peau sujette à de violentes éruptions qui mettent longtemps à s'estomper. Quand on lui parle, sa bouche tressaute comme si les mots s'y entortillaient avec la salive et ses petites dents tout de traviole, et la réponse qu'elle parvient à proférer est un vague bafouillis si faible et embrouillé qu'il est difficile aux gens de ne pas la croire simple d'esprit. Elle éprouve une grande difficulté à regarder quiconque en face – même les membres de sa famille. C'est seulement quand elle pose le garçon à califourchon sur sa hanche étroite qu'elle est capable d'une parole cohérente et décidée – et surtout quand elle s'adresse à lui.

Quelqu'un est en train de lui dire quelque chose. C'est une personne presque aussi petite qu'elle – un petit homme brun, un matelot, avec des favoris gris, et plus une seule dent. Il la regarde droit dans les yeux puis regarde James le Jeune et elle de nouveau – au beau milieu de cette foule qui pousse ou lambine, ébahie ou curieuse. Elle croit d'abord que c'est une langue étrangère qu'il parle, puis elle parvient à distinguer le mot *voche*. Elle ne peut s'empêcher de répondre le même mot et il rit et agite les bras, montrant du doigt quelque chose plus loin sur le navire, puis James, et recommençant à rire. Quelque chose qu'elle devrait faire voir à James. Il faut qu'elle lui dise, «Oui, oui», pour interrompre son bredouillis, et elle n'a plus qu'à partir dans cette direction afin qu'il ne soit pas déçu.

Elle se demande de quelle partie du pays ou du monde il peut bien être originaire, puis se rend compte que c'est la première fois de sa vie qu'elle a parlé à un inconnu. Et qu'en dehors de la difficulté à comprendre ce qu'il disait, elle s'en est tirée plus facilement que lorsqu'il lui faut parler à un voisin d'Ettrick ou à son propre père.

Elle entend le beuglement de la vache avant de la voir. Les rangs de la foule se resserrent autour d'elle et James, forment un mur devant elle et la poussent par-derrière. Puis elle entend le beuglement dans le ciel et, levant les yeux, voit la bête marron suspendue dans les airs, tout encagée de cordes et ruant des quatre pattes en meuglant frénétiquement. Elle est suspendue par un crochet à une grue qui l'entraîne maintenant hors de vue. Autour d'elle, les gens poussent des hourras et tapent dans leurs mains. Une voix d'enfant s'élève qui s'exprime dans la langue qu'elle comprend et demande si la vache sera jetée dans la mer. Une voix d'homme lui dit que non, elle part avec eux sur le navire.

«Vont-ils la traire, alors?»

«Oui. Tiens-toi tranquille. Ils vont la traire», dit l'homme d'un ton réprobateur. Puis une autre voix plus forte, plus gaillarde, s'élève à son tour.

« On la traira jusqu'au coup de merlin, et après ça t'auras du boudin pour ton dîner. »

Voici que suivent, voltigeant à travers les airs, des caisses pleines de poules caquetant en un grand frisson de plumetis dans leur entassement et s'assenant des coups de bec quand elles le peuvent, de sorte que quelques plumes s'échappent et descendent en flottant au vent. Et après elles, un cochon encordé comme la vache, glapissant avec quelque chose d'humain dans sa détresse et chiant comme un fou au beau milieu des airs, ce qui a pour effet de faire monter des hurlements scandalisés ou enchantés selon qu'ils viennent des conchiés ou de ceux qui les voient.

James rit aussi, il reconnaît la merde et crie le mot personnel dont il la désigne, qui est *grunuche*.

Peut-être un jour il se le rappellera. *J'ai vu une vache et un cochon voler à travers les airs.* Puis se demandera si c'était un rêve. Et il n'y aura plus personne – elle n'y sera certainement plus – pour lui dire que ce n'était pas un rêve, que c'était arrivé sur ce navire. Il saura qu'il avait été autrefois sur un navire, parce qu'on le lui aura dit, mais il est possible qu'il ne revoie jamais de navire semblable de toute sa vie. Elle n'a pas idée de l'endroit où ils iront quand ils atteindront l'autre rive, mais elle imagine que ce sera quelque part dans les terres, parmi les collines, un endroit comme Ettrick.

Elle ne pense pas qu'elle vivra longtemps, où qu'ils aillent. Elle tousse été comme hiver, et quand elle tousse, la poitrine lui fait mal. Elle est sujette aux orgelets, aux crampes d'estomac et ses menstrues sont rares mais peuvent durer jusqu'à un mois quand elles viennent. Elle espère néanmoins qu'elle ne mourra pas tant que James restera de taille à chevaucher sa hanche ou qu'il continuera d'avoir besoin d'elle, c'est-à-dire avant un certain temps. Elle sait que le moment viendra où il se détournera d'elle comme ses frères l'ont fait, où il aura honte de son lien avec elle. Elle se dit que cela arrivera, mais comme tous les amoureux elle ne peut y croire.

Pendant un voyage à Peebles avant leur départ de la maison, Walter s'est acheté un cahier pour écrire, mais pendant plusieurs jours trop de choses accaparent son attention et il n'a ni l'espace ni le silence nécessaires sur le pont, ne serait-ce que pour l'ouvrir. Il a aussi une fiole d'encre, dans une bourse de cuir attachée à sa poitrine sous sa chemise. C'était l'astuce dont usait leur cousin Jamie Hogg, le poète, quand il était dans la nature à Nithsdale, surveillant les moutons. Quand un poème venait à Jamie, il tirait une liasse de papiers de la poche de son pantalon, débouchait l'encre que la chaleur de son cœur avait empêché de figer et il consignait le tout, où qu'il fût et par tous les temps.

Du moins était-ce ce qu'il racontait. Et Walter s'était proposé de mettre cette méthode à l'épreuve. Mais cela avait dû être plus facile au milieu des moutons qu'au milieu des gens. Sans compter que le vent peut certainement souffler plus fort sur la mer qu'il pouvait souffler même à Nithsdale. Et il lui est bien sûr indispensable de n'être pas vu de sa famille. Andrew risquerait de se moquer gentiment de lui mais Agnes serait féroce, portée qu'elle est à s'exaspérer de l'idée qu'on puisse faire ce qu'elle-même n'a pas envie de faire. Mary ne dirait évidemment pas un mot, mais le petit sur sa hanche, ce petit qu'elle idolâtre et qu'elle gâte, ne demanderait qu'à lui arracher plume et papier pour les détruire. Quant à leur père, on ne pouvait savoir jusqu'à quels extrêmes il pousserait son intervention.

Pour l'heure, après avoir un peu inspecté le pont, il a trouvé un endroit propice. La couverture de son cahier est rigide, il n'a pas besoin de table et l'encre réchauffée sur sa poitrine coule aussi facilement que du sang.

Nous sommes montés à bord le 4 juin et avons longé les 5, 6, 7 et 8 les routes de Leith pour amener le navire là où nous pourrions mettre à la voile, ce qui fut fait le 9. Nous avons doublé le coin du Fifeshire tous en bonne santé et rien qui vaille d'être noté jusqu'à ce jour du 13 au matin quand nous avons été réveillés par un cri, la maison de John O'Groats. Nous la voyions parfaitement et avons fait une excellente traversée du détroit de Pentland, bénéficiant de la marée et d'un vent favorable, et ce n'était nullement dangereux contrairement à ce que nous avions entendu dire. Il y a un enfant qui est mort, du nom d'Ormiston, et son corps a été jeté par-dessus bord cousu dans une pièce de toile avec un gros morceau de charbon aux pieds…

Il s'interrompt dans son écriture pour songer au sac lesté s'enfonçant à travers les eaux. Elles s'assombrissent de plus en plus, la surface s'éloignant au-dessus, luisant faiblement comme le ciel nocturne. Le morceau de charbon ferait-il son office, le sac s'enfoncerait-il tout droit jusqu'au profond de la mer ? Ou le courant serait-il assez fort pour le soulever et le laisser retomber sans cesse, le poussant par le travers, l'emportant jusqu'au Groenland ou vers le sud jusqu'aux eaux tropicales pleines d'algues luxuriantes, la mer des Sargasses ? À moins qu'un poisson féroce ne surgisse pour déchirer le sac et se repaître du corps avant même qu'il ait quitté la partie supérieure des eaux, la région éclairée.

Il avait vu des dessins de poissons grands comme des chevaux, et aussi de poissons cornus, et dotés d'innombrables dents aiguisées comme un couteau d'écorcheur. Et puis d'autres qui sont lisses et souriants, pervers et aguicheurs, possédant des seins de femme, mais pas les autres parties vers lesquelles la vue des seins conduit les pensées des hommes. Le tout dans un livre de récits illustrés de gravures qu'il avait emprunté à la bibliothèque de Peebles.

Ces réflexions ne le troublent pas. Il entreprend toujours de penser clairement aux choses les plus déplaisantes ou choquantes, et si possible de se les représenter avec précision, de façon à réduire leur pouvoir sur lui. Ce qu'il se représente pour l'heure, c'est que l'enfant se fait dévorer. Pas avalé tout rond comme Jonas mais mastiqué et réduit en morceaux comme lui-même mastiquerait une savoureuse portion de mouton bouilli. Mais il y a la question de l'âme. L'âme quitte le corps à l'instant de la mort. Mais de quelle partie du corps s'en va-t-elle, où était-elle logée au juste ? La meilleure conjecture semble être qu'elle émerge avec le dernier soupir, ayant été cachée quelque part dans la poitrine au voisinage du cœur et des poumons. Cependant Walter a entendu une plaisanterie qu'on racontait à propos d'un vieux bonhomme d'Ettrick, si sale qu'à sa mort son âme lui était sortie par le trou du cul, et qu'on l'avait entendue sortir, avec une puissante explosion.

On aurait pu s'attendre à ce que ce soient les pasteurs qui dispensent ce genre d'enseignement – sans évoquer bien sûr le trou du cul ni quoi que ce soit de la sorte mais en expliquant un peu la situation correcte de l'âme et sa sortie. Mais la question les effarouche. Ils ne peuvent pas expliquer non plus – du moins n'en a-t-il jamais entendu aucun expliquer – comment les âmes se soutiennent à l'extérieur des corps jusqu'au jour du Jugement ni comment ce jour-là chacune retrouve et reconnaît le corps qui est le sien et s'y réunit alors qu'il n'est même plus un squelette. *Alors qu'il n'est que poussière.* Il doit y en avoir qui ont fait assez d'études pour savoir comment tout cela s'accomplit. Mais il y en a aussi certains – il l'a appris récemment – qui ont étudié, lu et réfléchi pour aboutir à la conclusion qu'il n'y a point d'âme du tout. Nul ne tient à parler de ces gens-là non plus, et d'ailleurs le seul fait de penser à eux est terrible. Comment peuvent-ils vivre avec la peur – non, avec la certitude – de l'enfer qui les attend ?

Un homme de cette espèce était venu de la région de Berwick, le gros Davey, comme on l'appelait, parce qu'il était si gros qu'il avait fallu découper la table pour lui permettre de s'asseoir devant son repas. Et quand il mourut à Édimbourg, où il occupait une quelconque fonction à l'université, les gens attendirent dans la rue devant sa maison de voir si le diable venait le chercher. Un sermon avait été prononcé à ce sujet, à Ettrick, prétendant, pour ce que Walter en avait compris, que le diable ne se livre point à ce genre de démonstration et que seuls des gens vulgaires, superstitieux et papistes pouvaient s'attendre à une telle chose de sa part, ce qui n'empêche pas son étreinte d'être bien plus horrible encore et accompagnée de tourments plus subtils que ce que ces esprits grossiers pouvaient imaginer.

Le troisième jour à bord, James le Vieux se leva et se mit à se promener. À présent il se promène tout le temps. Il s'arrête pour parler à quiconque semble disposé à l'écouter. Il décline son nom et dit qu'il vient d'Ettrick, de la vallée et de la forêt d'Ettrick, où les anciens rois d'Écosse allaient à la chasse.

« Et à Flodden, dit-il, après la bataille de Flodden, on rapporte que sur le champ de bataille on pouvait aller et venir parmi les cadavres et distinguer les hommes d'Ettrick, parce que c'étaient les plus grands, les plus vigoureux et les plus beaux de ceux qui gisaient là. J'ai cinq fils et ce sont tous de bons gars vigoureux mais deux seulement sont avec moi. L'un de mes fils est en Nouvelle-Écosse, c'est celui qui porte mon prénom et la dernière fois que j'ai eu de ses nouvelles il était en un lieu qui s'appelle Economy, mais nous ne savons plus rien de lui depuis et j'ignore s'il est vivant ou mort. Mon fils aîné est parti travailler dans les Highlands, et mon avant-dernier s'est mis en tête d'y aller aussi, et je ne reverrai jamais ni l'un ni l'autre. Cinq fils, et la miséricorde de Dieu a fait que tous grandissent pour devenir des hommes, mais la volonté du Seigneur n'était pas que je puisse les garder avec moi. Leur mère est morte après la naissance du dernier. Elle a attrapé une fièvre et ne s'est plus jamais relevée de son lit après avoir accouché. La vie d'un homme est pleine de chagrin. J'ai une fille aussi, l'aînée des enfants, mais elle est presque naine. Sa mère a été poursuivie par un bélier quand elle la portait. J'ai trois grandes sœurs toutes pareilles, toutes naines. »

Sa voix couvre la rumeur de la vie à bord et ses fils détournent leurs pas au comble de la gêne, chaque fois qu'ils l'entendent.

L'après-midi du 14 un vent venant du nord a commencé à secouer le navire comme si chacune de ses planches allait se détacher de toutes les autres. Les seaux débordaient du vomi des gens malades et leur contenu glissait tout au long du pont. Tout le monde reçut l'ordre de descendre mais beaucoup s'étaient affalés contre le bastingage, indifférents aux vagues qui risquaient de les emporter. Personne de notre famille n'a toutefois été malade et maintenant le vent est tombé et le soleil est revenu et ceux qui étaient indifférents à la mort au milieu de toute cette saleté quelques instants plus tôt se sont levés pour se traîner jusqu'à l'endroit où ils seront lavés par les matelots qui répandent des seaux d'eau sur les ponts. Les femmes s'affairent aussi à laver et rincer et tordre tous les vêtements souillés. C'est la pire misère et la plus soudaine guérison que j'aie vues de ma vie…

Une fillette de dix ou douze ans regarde Walter écrire. Elle est vêtue d'une jolie robe et coiffée d'un joli bonnet sur ses boucles châtain clair. Un visage qui a moins de beauté que d'effronterie mutine.

«Vous voyagez dans une des cabines?» demande-t-elle.

Et Walter, «Non».

«Je le savais. Il n'y en a que quatre, une pour mon père et moi, une pour le commandant et une pour sa mère, qui ne sort jamais, et une pour les deux dames. Cette partie du pont est réservée à ceux qui voyagent dans une des cabines.»

«Ma foi, je ne le savais pas», dit Walter mais il ne fait pas mine de s'éloigner.

«Je vous ai déjà vu écrire dans votre cahier.»

«Moi je ne vous ai pas vue.»

«Non. Vous étiez occupé à écrire, alors vous n'avez rien remarqué.»

«Oui, eh bien, dit Walter, j'en ai terminé pour le moment de toute façon.»

«Je n'en ai rien dit à personne», lance-t-elle avec insouciance, comme si ce n'était qu'une question de choix et qu'elle pouvait fort bien changer d'avis.

Et ce même jour mais environ une heure plus tard, il se fait un grand cri à bâbord qu'on peut contempler l'Écosse une dernière fois. Walter et Andrew s'y rendent pour voir cette image, et Mary avec James le Jeune sur la hanche et bien d'autres. James le Vieux et Agnes n'y vont pas – elle parce qu'elle refuse à présent de se déplacer où que ce soit, et lui par pur entêtement. Ses fils l'ont pressé d'y aller mais il a dit, «Cela ne m'est rien. J'ai vu Ettrick pour la dernière fois, j'ai donc déjà vu l'Écosse pour la dernière fois.»

Il s'avère que cette invitation vociférée à faire ses adieux était prématurée – une bande de terre grise restera visible pendant des heures encore. Beaucoup se fatigueront de la regarder – ce n'est qu'une terre, comme bien d'autres – mais quelques-uns resteront près du bastingage jusqu'à ce que le dernier lambeau s'en estompe, avec la lumière du jour.

«Tu devrais aller faire tes adieux à ton pays natal et pour la dernière fois à ta mère et à ton père car tu ne les reverras plus, dit James le Vieux à Agnes. Et les pires souffrances sont encore à venir pour toi. Ouiche, tu peux m'en croire. La malédiction d'Ève est sur toi.» Il dit cela avec la délectation doucereuse d'un prédicateur et Agnes le traite de vieille bouse entre ses dents, mais elle a à peine l'énergie de froncer les sourcils.

Vieille bouse. Toi et ton pays natal.

C'est fini, Walter peut noter une unique phrase.

Et cette nuit de l'an 1818 nous avons perdu l'Écosse de vue.

Les mots lui semblent majestueux. Il est plein d'un sentiment de grandeur, de solennité et d'importance personnelle.

Le 16 était un jour très venteux avec le vent venant du sud-ouest la mer était grosse et le navire a eu un tangon de foc brisé en raison de la violence du vent. Et ce même jour notre sœur Agnes a été transportée dans la cabine.

Sœur, a-t-il écrit, comme si elle était la même pour lui que la pauvre Mary, mais tel n'est pas le cas. Agnes est une grande femme bien bâtie à l'épaisse chevelure brune et aux yeux noirs. Le rouge d'une de ses joues se fond dans une tache d'un brun pâle de la taille d'une main. C'est une tache de naissance, et c'est dommage, disent les gens, parce que sans cela elle serait belle. Walter en supporte à peine la vue, mais ce n'est pas parce que c'est laid. C'est parce qu'il meurt d'envie de la toucher, de la caresser du bout des doigts. Cela ne ressemble pas à une peau ordinaire mais au pelage velouté d'une biche. Les sentiments qu'il éprouve pour Agnes sont si troublants qu'il ne peut lui parler que désagréablement – quand il lui parle. Et elle lui rend la pareille, bien assaisonnée de mépris.

Agnes croit qu'elle est dans l'eau et que les vagues la soulèvent avant de l'aplatir de nouveau. Chaque vague qui la rejette ainsi est pire que la précédente et elle s'enfonce et coule plus profond, et l'instant de répit passe avant qu'elle ait pu s'en saisir, car la vague rassemble déjà ses forces pour la frapper de nouveau.

Puis par moments elle sait qu'elle est dans un lit, un lit inconnu d'une mollesse inconnue, mais ce n'en est que pire parce que quand elle s'enfonce il n'offre pas de résistance, pas d'endroit solide où la douleur doit s'arrêter. Et là ou sur l'eau des gens ne cessent d'aller et venir précipitamment devant elle. Elle les voit tous de côté et tous sont transparents, parlant très vite de sorte qu'elle ne peut saisir ce qu'ils disent et ne faisant par méchanceté nullement attention à elle. Elle voit Andrew et deux ou trois frères d'Andrew parmi eux, certaines des filles qu'elle connaît sont là aussi – les amies avec lesquelles elle s'amusait à Hawick. Et elles n'ont pas un regard, décidément pas la moindre attention, pour le triste sort qui est le sien à présent.

Elle leur crie de déguerpir, mais nul n'y prend garde, et elle en voit de plus en plus arriver en traversant le mur. Jamais encore elle ne s'était rendu compte qu'elle avait tant d'ennemis. Ils sont en train de la broyer en faisant mine de ne pas même s'en apercevoir. Leur mouvement la broie à l'en faire mourir.

Sa mère se penche sur elle et dit d'une voix indolente, froide et traînante, « Il faut faire un effort, ma petite. Allons, encore plus fort. »

Sa mère a de beaux habits et son langage est châtié comme celui d'une dame d'Édimbourg.

On lui verse quelque chose d'infect dans la bouche. Elle essaie de le recracher, sachant que c'est du poison.

Je n'ai qu'à me lever pour me sortir de là, songe-t-elle. Elle se met à essayer de s'arracher à son corps, comme si ce n'était qu'un tas de haillons enflammés.

Une voix d'homme résonne, donnant des ordres.

«Tenez-la», dit-il, et elle est fendue en deux, écartelée, grande ouverte au monde et au feu.

«Ah… ah… ahh», fait la voix d'homme, pantelante comme s'il venait de disputer une course.

Puis une vache d'un poids considérable, meuglant, lourde de lait, vient s'asseoir à reculons sur le ventre d'Agnes.

«Voilà. Voilà», fait la voix de l'homme, et il grogne à bout de forces en essayant de soulever la bête.

Les imbéciles. Les imbéciles, comment ont-ils pu la laisser entrer.

Elle n'est pas allée mieux jusqu'au 18 où elle fut délivrée d'une fille. Comme nous avons un médecin à bord il ne s'est rien passé. Rien ne s'est produit jusqu'au 22 qui fut la plus rude journée que nous ayons connue jusque-là. Le tangon de foc a été brisé une deuxième fois. Rien qui vaille la peine d'être mentionné Agnes se remettant normalement jusqu'au 29 où nous avons vu un grand banc de marsouins et au 30 (hier) où la mer était très grosse avec un vent soufflant de l'ouest et où nous avons plutôt reculé qu'avancé…

«Dans la vallée d'Ettrick se trouve ce qu'on appelle la plus haute maison d'Écosse, dit James, et la maison qu'habitait mon grand-père était encore plus haute que celle-là. L'endroit s'appelle Phauhope, on dit Phaup, mon grand-père était Will O'Phaup et voilà cinquante ans vous auriez entendu parler de lui d'où que vous soyez du sud du Forth au nord des Terres litigieuses.»

À moins de se boucher les oreilles, que faire d'autre qu'écouter ? pense Walter. Il y en a qui pestent de voir le vieil homme approcher mais il semble bien que d'autres accueillent avec plaisir la moindre distraction.

Il parle de Will et de ses courses et des paris qu'on faisait sur lui et d'autres sottises plus que Walter n'en peut supporter.

« Et il épousa une nommée Bessie Scott et l'un de ses fils fut baptisé Robert et ce même Robert était mon père. Mon père. À moi tel que vous me voyez ici devant vous. »

« D'un seul bond Will franchit la rivière Ettrick et le lieu en est marqué. »

Pendant les deux ou trois premiers jours James le Jeune a refusé de quitter la hanche de Mary. Il n'a pas eu peur mais seulement s'il pouvait rester là. Il dormait dans la cape de Mary, pelotonné à côté d'elle, et elle s'éveillait courbatue du côté gauche d'être restée raide toute la nuit pour ne pas le déranger. Puis en l'espace d'une matinée, le voilà qui quitte son perchoir pour courir partout, lui donnant des coups de pied si elle tente de le prendre dans ses bras.

À bord du navire, tout mobilise son attention. Même la nuit, il essaie de l'enjamber pour partir en courant dans le noir. Elle se lève donc doublement dolente, de ses courbatures et du manque de sommeil. Une nuit, cédant à la fatigue elle s'endort et le petit s'échappe mais trébuche fort heureusement sur son père dans sa tentative d'évasion. Dorénavant, Andrew va exiger qu'on l'attache tous les soirs. Il braille bien sûr, et Andrew le secoue et le corrige, alors seulement il se berce de sanglots et s'endort. Mary s'allonge près de lui en lui expliquant doucement que c'est nécessaire pour l'empêcher de tomber du navire dans l'océan, mais dans ces moments-là il la considère comme son ennemie et si elle avance la main pour lui caresser le visage il essaie de la mordre avec ses dents de lait. Chaque nuit il s'endort en proie à la rage, mais le matin quand elle le détache, encore ensommeillé et plein de sa douceur de bébé, il s'accroche à elle dans un demi-sommeil et elle est inondée d'amour.

La vérité c'est qu'elle aime jusqu'à ses braillements, ses rages, ses coups de pied, ses morsures. Elle aime toutes ses odeurs, de saleté, de lait caillé, de fraîcheur et de propreté. À mesure qu'il émerge du sommeil, la clarté de ces yeux bleus qui regardent les siens s'emplit d'une merveilleuse intelligence et d'une volonté impérieuse qui semble à Mary venir directement du Ciel. (Alors que sa religion lui a toujours enseigné que la volonté opiniâtre vient de la direction opposée.) Elle aimait ses frères aussi quand ils étaient mignons et déchaînés et qu'il fallait les empêcher de tomber dans la rivière, mais certainement pas avec autant de passion qu'elle aime James.

Puis un jour il disparaît. Elle fait la queue pour l'eau, elle se retourne et il n'est plus à côté d'elle. Elle a seulement échangé quelques mots avec la femme devant elle, répondu à une question sur Agnes et le nouveau-né, elle n'a fait qu'énoncer son prénom – Isabel – et aussitôt il est parti. Pendant qu'elle prononçait ce nom, Isabel, elle a éprouvé un surprenant désir de tenir dans ses bras ce nouveau petit bout emmailloté, d'une exquise légèreté, et quand elle abandonne sa place dans la file pour se lancer à la recherche de James, il lui semble qu'il a dû sentir son infidélité et disparaître pour la punir.

Tout est bouleversé en un instant. La nature du monde est altérée. Elle court çà et là, criant le nom de James. Dans sa course elle aborde des inconnus, des matelots qui lui rient au nez quand elle les implore, «Avez-vous vu un petit garçon, avez-vous vu un petit garçon haut comme ça, il a les yeux bleus?»

«Des petits garçons aux yeux bleus, j'en ai vu cinquante ou soixante depuis cinq minutes», lui dit l'un d'eux. Une femme s'efforçant d'être gentille dit qu'il va réapparaître, que Mary ne devrait pas s'en faire, qu'il sera allé jouer avec d'autres enfants. Il y a même des femmes qui lancent des regards à gauche et à droite comme si elles étaient prêtes à l'aider dans sa recherche, mais bien sûr elles ne peuvent pas, elles ont leurs propres responsabilités.

Mary ne le voit que trop clairement dans ces moments d'angoisse – le monde qui s'est mué en horreur pour elle n'a pas changé pour tous ces gens, il reste le monde ordinaire et le restera même si James a disparu pour de bon, même s'il a franchi le bastingage à quatre pattes – elle a repéré, partout sur le navire, les emplacements où cela serait possible – et a été englouti par l'océan. Le plus cruel et impensable de tous les événements à ses yeux pourrait sembler à la plupart des autres une simple mésaventure, triste mais pas extraordinaire. Il ne serait pas impensable pour eux.

Ni pour Dieu. Car à vrai dire, quand Dieu fait un petit d'homme rare et remarquablement beau, n'est-Il pas particulièrement tenté de reprendre Sa créature, comme si le monde ne la méritait point ?

Mais elle ne cesse de Lui adresser sa prière, pendant tout ce temps. D'abord elle n'a fait qu'évoquer le nom du Seigneur. Mais à mesure que sa recherche se fait plus précise et par certains aspects plus incongrue – elle passe sous le linge étendu par les gens pour préserver leur intimité, elle n'hésite pas à les interrompre quoi qu'ils soient en train de faire, elle soulève le couvercle de leurs coffres et fourrage dans les draps et les couvertures, n'entendant même pas les imprécations qu'ils font pleuvoir sur elle –, ses prières aussi deviennent plus compliquées et plus audacieuses. Elle cherche ce qu'elle pourrait offrir, qui serait le prix à payer pour que James lui soit rendu. Mais que possède-t-elle ? Rien qui soit à elle – ni santé ni espérances ni estime de qui que ce soit. Il n'est pas d'heureux hasard ni même d'espoir auxquels elle puisse offrir de renoncer. Ce qu'elle a, c'est James.

Et comment peut-elle offrir James en échange de James ?

Voilà ce qui tourne dans sa tête.

Mais son amour pour James ? L'amour extrême et peut-être idolâtre, peut-être démoniaque, qu'elle éprouve pour une autre créature. C'est à cela qu'elle va renoncer, trop heureuse d'y renoncer, si seulement il n'a pas disparu, si seulement on peut le retrouver. Si seulement il n'est pas mort.

Elle se rappelle tout cela une heure ou deux après que quelqu'un a remarqué le petit garçon coulant un regard de dessous le seau retourné où il s'est caché, attentif à la rumeur. Et qu'elle s'est aussitôt rétractée. Elle l'a saisi dans ses bras et serré très fort contre elle en prenant de profondes inspirations sifflantes pendant qu'il se débattait pour se libérer.

La compréhension qu'elle a de Dieu est peu profonde et instable, et à vrai dire, en dehors des épisodes de terreur comme celui qu'elle vient de vivre, elle ne s'en soucie pas vraiment. Elle a toujours éprouvé le sentiment que Dieu, ou même l'idée de Dieu, était plus éloigné d'elle que des autres. Et aussi qu'elle ne craint pas Ses châtiments après la mort comme elle le devrait, et qu'elle ne sait même pas pourquoi. Il y a une indifférence têtue dans son esprit, que nul ne soupçonne. De fait, tout le monde croirait plutôt qu'elle s'accroche en secret à la religion parce que si peu d'autres choses lui sont accessibles. Ce serait une erreur complète, mais maintenant qu'elle a de nouveau James, loin d'en rendre grâce au Seigneur, elle songe qu'elle a été bien bête et qu'elle n'aurait pas pu renoncer à l'amour qu'elle a pour lui, pas plus qu'elle ne pourrait arrêter son propre cœur.

Après cela, Andrew exige que James soit attaché non seulement la nuit mais aussi le jour, au montant du châlit ou à leur corde à linge sur le pont. Mary souhaite l'attacher à elle mais Andrew dit qu'un bambin de cette trempe aurait vite fait de la mettre en pièces à coups de pied. Andrew lui a administré une volée pour le tour qu'il a joué, mais le regard de James dit qu'il n'en a pas fini de jouer des tours.

L'ascension à Édimbourg, la vue sur l'autre rive, Andrew n'en a jamais rien dit même à ses frères – l'Amérique étant déjà un sujet suffisamment douloureux. L'aîné, Robert, est parti pour les Highlands sitôt qu'il fut assez grand, quittant le foyer sans un adieu, un soir que son père était chez Tibbie Shiel. Il avait clairement établi qu'il le faisait afin d'éviter d'avoir à se joindre à toute expédition que leur père risquait d'envisager. Puis leur frère James était, non sans malice, parti seul pour l'Amérique, déclarant que cela aurait au moins l'avantage de lui épargner d'en entendre parler à l'avenir. Et enfin Will, plus jeune qu'Andrew, mais depuis toujours le plus contrariant et le plus farouchement remonté contre le père, Will avait fui lui aussi, pour rejoindre Robert. Cela ne laissait que Walt, qui était encore assez puéril pour rêver d'aventures – il avait grandi en se vantant qu'il irait un jour combattre les Français, de sorte qu'il pensait peut-être à présent qu'il allait combattre les Indiens.

Et puis il y avait Andrew lui-même, qui depuis ce jour à Castle Rock n'avait jamais cessé d'éprouver à l'endroit de son père un profond sentiment de responsabilité éberluée très proche du chagrin.

Mais il faut dire qu'Andrew se sent responsable de chacun des membres de sa famille. De sa jeune épouse, dont la mauvaise humeur est fréquente et qu'il a encore une fois mise en péril, de ses frères éloignés et de celui qui est à ses côtés, de sa pitoyable sœur et de son fils inconscient du danger. C'est là son fardeau – il ne s'aviserait jamais de le nommer amour.

Agnes ne cesse de demander du sel, au point qu'elles commencent à craindre, si elle continue de s'agiter, qu'elle n'attrape de la fièvre. Les deux femmes qui veillent sur elle sont les passagères d'une cabine, des dames d'Édimbourg qui s'en sont chargées par charité.

«Tenez-vous tranquille, voyons, lui disent-elles. Vous ne vous rendez pas compte de la chance que vous avez eue, ma petite, que Mr. Suter soit à bord avec nous.»

Elles lui racontent que l'enfant était tourné du mauvais côté. Tout le monde a craint que Mr. Suter doive lui ouvrir le ventre, au risque de la tuer. Mais il était parvenu à le retourner et à l'extraire ainsi.

«Il me faut du sel pour mon lait», dit Agnes, qui ne va pas se laisser remettre à sa place par leurs reproches et leurs tournures d'Édimbourg. Elles sont idiotes de toute manière. Elle doit leur expliquer qu'il faut additionner d'un peu de sel le premier lait du nourrisson, en en plaçant quelques grains au bout de son doigt sur lequel on presse une ou deux gouttes de lait qu'on fait ensuite avaler à l'enfant avant de le mettre au sein. Sans cette précaution, le risque est grand d'élever un demeuré.

«Est-elle seulement chrétienne?» demande l'une des deux à l'autre.

«Autant que vous», dit Agnes. Mais à sa propre surprise et à sa grande honte, elle fond en sanglots bruyants et le bébé se met à crier avec elle, par sympathie ou par faim. Et elle refuse toujours de le nourrir.

Mr. Suter entre pour s'assurer de son état. Il demande la cause de tout ce chagrin et elles lui expliquent ce qui ne va pas.

«Un nouveau-né, lui mettre du sel dans l'estomac – où est-elle allée chercher ça?»

Mais lui, «Donnez-lui le sel». Et il reste pour la voir presser le lait sur son doigt salé, qu'elle pose sur les lèvres du nourrisson et fait suivre du téton.

Il lui demande la raison et elle la lui fournit.

«Et cela fonctionne à tous les coups?»

Elle répond – un peu surprise qu'il soit aussi bête qu'elles, encore que plus gentil – que cela ne rate jamais.

«Et là d'où vous venez, il n'y a donc pas de demeurés? Et toutes les filles sont-elles vigoureuses et belles comme vous?»

Elle lui répond que c'est là ce qu'elle ne saurait dire.

Il arrivait parfois que des jeunes gens de passage, instruits et venant de la ville, s'attardent auprès d'elle et de ses amies, les complimentant et s'efforçant d'engager la conversation, et elle estimait toujours qu'il fallait être sotte pour y consentir, même quand le garçon était beau. Mr. Suter est loin de l'être – il est trop maigre et son visage est affreusement grêlé, si bien qu'elle l'a d'abord pris pour un vieux bonhomme. Mais sa voix est pleine de gentillesse, et s'il la taquine un peu, c'est forcément en tout bien tout honneur. Nul homme n'aurait assez de tempérament pour s'intéresser à une femme après l'avoir vue écartelée, révélant ses parties les plus intimes comme une viande sur un étal.

«Avez-vous mal?» demande-t-il, et elle croit voir une ombre sur ses joues ravagées, une légère rougeur qui monte. Elle dit qu'elle ne souffre pas plus qu'il n'est normal et il approuve de la tête, lui saisit le poignet et se penche dessus, palpant vigoureusement son pouls.

«Vif comme un cheval de course», dit-il, les mains encore au-dessus d'elle comme s'il ne savait où les mettre ensuite. Puis il décide d'écarter la chevelure d'Agnes pour lui appliquer ses doigts sur les tempes ainsi que derrière les oreilles. Elle se rappellera ce contact, cette curieuse pression, ce doux picotement, avec un mélange confus de dégoût, de colère et de désir pendant bien des années.

«Bien, fait-il. Pas la moindre fièvre.»

Il considère un moment l'enfant qui tète.

«Tout va bien pour vous, à présent, dit-il, avec un soupir. Vous avez une belle petite fille et elle pourra dire toute sa vie qu'elle est née en mer.»

Andrew arrive plus tard et se tient au pied du lit. Il ne l'a jamais vue dans un lit semblable à celui-ci (un vrai lit, sinon qu'il est fixé à la paroi). Il est rouge de honte devant les dames qui ont apporté la bassine pour faire sa toilette.

«Alors, c'est ça?» demande-t-il avec un mouvement de tête – pas un regard – en direction du nourrisson emmailloté à côté d'elle.

Elle rit d'un air contrarié et demande à quoi donc il s'attendait. Il n'en faut pas plus pour le désarçonner, dégonfler le faux-semblant de sa tranquille assurance. Voilà qu'il se raidit, encore plus rouge, brûlant. Ce n'est pas seulement ce qu'elle a dit, c'est la scène tout entière, l'odeur du nourrisson, du lait et du sang, par-dessus tout la bassine, les linges, les femmes qui attendent, avec leurs airs convenables qu'un homme peut croire pleins à la fois de réprobation et de dérision.

Il a beau chercher, il ne trouve plus rien à dire, c'est donc elle qui vient à son secours non sans brusquerie, l'invitant à se retirer parce qu'il y a à faire ici.

Agnes se rappelle ce que certaines des filles disaient autrefois : quand on finissait par céder à un homme et coucher avec lui – même si ce n'était pas celui qu'on aurait d'abord choisi –, on en éprouvait de l'impuissance mais aussi du calme et même de l'agrément. Mais elle ne se rappelle pas avoir éprouvé cela avec Andrew. Tout ce qu'elle avait senti, c'est qu'il était honnête, que c'était le garçon qu'il lui fallait dans sa situation, et qu'il ne s'aviserait jamais de l'abandonner.

Walter a continué de gagner le même coin tranquille pour écrire dans son cahier et personne ne l'y a surpris. En dehors de la fillette, bien sûr. Mais tous deux sont à égalité désormais. Un jour quand il est arrivé elle l'avait devancé et sautait à la corde, avec une corde ornée de pompons rouges. En le voyant elle s'était arrêtée, hors d'haleine. Et elle n'avait pas sitôt repris son souffle qu'elle s'était mise à tousser, de sorte qu'il lui fallut plusieurs minutes avant de pouvoir parler. Elle s'était laissée tomber contre le tas de grosses toiles qui dissimulait l'endroit, le sang aux joues et les yeux brillants de larmes d'avoir toussé. Il était resté à la regarder, alarmé de cet accès mais ne sachant que faire.

« Voulez-vous que j'aille chercher une de ces dames ? »

Il lui arrive maintenant d'échanger quelques mots avec les femmes d'Édimbourg, à cause d'Agnes. Elles se sont prises d'un intérêt attendri pour la mère et l'enfant, et pour Mary et James le Jeune, et jugent le vieux père comique. Andrew et Walter les amusent aussi parce qu'elles les trouvent si gauches dans leur timidité farouche. En fait Walter a la langue un peu plus déliée qu'Andrew, mais toute cette affaire d'accouchement chez les êtres humains (alors qu'il y est habitué chez les moutons) l'emplit de consternation voire carrément de dégoût. Agnes a perdu une grande part de son charme hostile pour cette raison. (Ainsi que cela s'était déjà produit, quand elle avait donné naissance à James le Jeune. Mais par la suite, graduellement, ce pouvoir répréhensible lui était revenu. Ce qui ne se reproduira vraisemblablement pas, pense-t-il. Il a vu du pays, à présent, et à bord de ce navire il a vu des femmes.)

La fillette qui tousse secoue violemment sa tête bouclée.

« Je n'ai pas besoin d'elles, dit-elle quand elle est en mesure de hoqueter ses mots. Je n'ai jamais dit à personne que vous venez ici. Alors vous ne devez parler de moi à personne. »

« Mais vous avez le droit d'être ici. »

Elle secoue de nouveau la tête et lui fait signe du geste d'attendre qu'elle puisse parler plus facilement.

«Non, dire que vous m'avez vue sauter à la corde. Mon père a caché ma corde à sauter mais j'ai découvert la cachette – et il ne le sait pas.»

«Ce n'est pas le jour du Seigneur, dit Walter d'un ton raisonnable. Qu'y a-t-il donc de mal à sauter à la corde?»

«Comment le saurais-je? répond-elle, retrouvant son ton impertinent. Peut-être me juge-t-il trop vieille pour cela. Jurez-vous de ne le dire à personne?» Elle brandit ses deux majeurs pour en faire une croix. Le geste est innocent, il le sait, mais il n'en est pas moins choqué, sachant comment certains pourraient le considérer.

Il se dit pourtant prêt à jurer.

«Je jure aussi de ne dire à personne que vous venez ici.»

Après avoir prononcé ces mots très solennellement, elle fait la grimace.

«De toute façon je ne l'aurais dit à personne.»

Quelle drôle de petite personne prétentieuse. Elle parle seulement de son père, il pense donc qu'elle ne doit pas avoir de frères ou de sœurs ni – comme lui – de mère. C'est probablement ce qui a fait d'elle une enfant gâtée et solitaire.

À la suite de ces serments, la fillette – elle s'appelle Nettie – vient fréquemment rendre visite à Walter quand il a l'intention d'écrire dans son cahier. Elle dit toujours qu'elle ne veut pas le déranger, mais après avoir ostensiblement gardé le silence pendant cinq minutes environ elle l'interrompt par une question sur sa vie ou en lui livrant tel ou tel détail de la sienne. Il est vrai qu'elle n'a pas de mère, et qu'elle est fille unique, et elle n'est même jamais allée à l'école. Elle parle surtout de ses animaux familiers – ceux qui sont morts et ceux qui vivent dans sa maison à Édimbourg – et d'une nommée Miss Anderson qui voyageait autrefois avec elle et lui donnait des cours. Elle avait semble-t-il été très contente que cette femme la quitte, et on peut être sûr que Miss Anderson fut elle-même heureuse de s'en aller après tous les tours qu'on lui avait joués – la grenouille vivante dans une de ses bottines et la souris de laine, aussi vraie que nature, dans son lit. Sans compter que Nettie piétinait les livres qui n'avaient pas sa faveur et faisait semblant de devenir tout à coup sourde et muette quand elle se fatiguait de réciter ses leçons.

Elle a fait trois fois le voyage d'Amérique et retour. Son père est un négociant en vins que ses affaires appellent à Montréal.

Elle veut tout savoir de la façon dont Walter et les siens vivent. Ses questions sont parfaitement impertinentes selon les critères campagnards. Mais cela ne dérange pas vraiment Walter – dans sa propre famille il n'a jamais été en position de former, d'instruire ni de taquiner plus jeune que lui. Et d'une certaine façon cela lui fait plaisir.

Il est certainement vrai, pourtant, que dans son monde à lui nul n'aurait pu impunément se montrer aussi hardi, direct et inquisiteur que cette Nettie. Qu'est-ce que la famille de Walter mange pour dîner quand elle est chez elle, comment se couche-t-elle? Y a-t-il des animaux dans la maison? Les moutons ont-ils des noms et quels sont les noms des chiens de berger qui les gardent? Peut-on en faire des animaux de compagnie? Et sinon pourquoi? Comment les élèves prennent-ils place en classe à l'école, sur quoi écrivent-ils, les maîtres sont-ils cruels? Que veulent dire certains des mots qu'il emploie et qu'elle ne comprend pas et est-ce que tout le monde parle comme lui là d'où il vient?

«Oh, oui, dit Walter. Même Sa Majesté le Duc parle ainsi. Le duc de Buccleugh.»

Elle éclate de rire et lui martèle sans façon l'épaule de son petit poing.

«Vous vous moquez de moi. Je le sais. Je sais qu'on ne dit pas Votre Majesté aux ducs. J'en suis certaine.»

Un jour elle apporte du papier et des cartons à dessin. Elle dit que c'est pour s'occuper afin de ne pas l'ennuyer. Elle dit qu'elle lui apprendra à dessiner s'il le désire. Mais ses tentatives la font rire et il s'y prend délibérément de plus en plus mal, jusqu'à ce qu'elle rie tant qu'elle a une de ses quintes de toux. (Quintes qui ont cessé de l'inquiéter autant depuis qu'il a vu qu'elle s'arrange toujours pour y survivre.) Puis elle dit qu'elle va faire quelques dessins au dos de son cahier, afin qu'il les garde pour se rappeler la traversée. Elle fait un dessin des voiles au-dessus de leurs têtes et d'une poule qui a réussi à s'échapper de sa cage et s'efforce de voyager comme un oiseau de mer au-dessus de l'eau. Elle dessine de mémoire son chien qui est mort. Pirate. Elle a d'abord prétendu qu'il s'appelait Walter mais finit par reconnaître que ce n'était pas la vérité. Et elle dessine l'image des icebergs qu'elle a vus, plus hauts que des maisons, au cours d'une des autres traversées avec son père. Le soleil couchant brillait à travers ces icebergs et leur donnait l'apparence – dit-elle – de châteaux d'or. Couleur de rose et d'or.

« Si seulement j'avais ma boîte de couleurs. Je pourrais vous montrer. Mais je ne sais pas où elle est dans les bagages. Et d'ailleurs je ne peins pas très bien, je suis meilleure en dessin. »

Tout ce qu'elle a dessiné, y compris les icebergs, a quelque chose de candide et de moqueur à la fois, exprimant à merveille sa personnalité.

« L'autre jour je vous parlais de ce Will O'Phaup qui fut mon grand-père mais il y a plus à raconter sur lui que je n'en ai dit. Je ne vous ai pas dit qu'il était le dernier homme d'Écosse à converser avec les fées. Il est certain que jamais je n'en ai entendu mentionner d'autre, de son temps ou par la suite. »

Walter s'est laissé prendre au piège et doit entendre cette histoire – qu'il a, bien sûr, déjà entendue plus d'une fois, encore que pas de la bouche de son père. Il est assis dans un recoin où quelques matelots sont occupés à réparer les voiles déchirées. Ils bavardent entre eux de temps en temps – en anglais, peut-être, mais pas un anglais que Walt peut saisir facilement – et à l'occasion ils semblent écouter un peu du récit de James le Vieux. Aux réactions sonores qui jalonnent l'histoire de bout en bout, Walter devine que l'auditoire pour lui invisible se compose surtout de femmes.

Mais il y a un homme de haute taille, bien vêtu – passager d'une cabine, à n'en pas douter – qui s'est immobilisé pour écouter dans le champ de vision de Walter. Une silhouette se tient juste de l'autre côté du monsieur et, à un moment du récit, elle passe la tête pour regarder Walter et il voit que c'est Nettie. Elle semble sur le point d'éclater de rire mais pose un doigt sur ses lèvres comme pour intimer à elle-même – et à Walter – le silence.

Le monsieur est certainement son père. Ils écoutent sans rien dire jusqu'à la fin.

Puis le monsieur se tourne et s'adresse directement, d'une façon familière et pourtant courtoise, à Walter.

« Pas moyen de savoir ce qu'il est advenu des moutons de ce berger. J'espère que les fées ne les ont pas pris. »

Walter s'inquiète et ne sait que dire. Mais Nettie le calme d'un regard rassurant et d'une ombre de sourire avant de baisser les yeux modestement et d'attendre près de son père comme il convient à une petite demoiselle bien sage.

« Êtes-vous occupé à noter ce conte et ce que vous en avez retenu ? » demande l'homme en indiquant d'un mouvement de tête le cahier de Walter.

« Je tiens un journal de la traversée », dit Walter avec raideur.

« Voilà qui est intéressant. Je dis intéressant parce que je tiens moi aussi un journal de cette traversée. Je me demande si nous jugeons les mêmes choses dignes d'être notées. »

« Je n'écris que ce qui se passe », dit Walter, voulant clairement établir qu'il s'agit pour lui d'une tâche à accomplir et non de quelque plaisir oisif. Il sent pourtant qu'un supplément de justification est requis. « J'écris pour garder la trace de chaque jour de façon à pouvoir envoyer une lettre chez nous à la fin de la traversée. »

La voix du monsieur est plus douce et ses manières plus amènes que celles des gens qui s'adressent d'ordinaire à Walter. Il se demande si l'on ne s'amuse pas subtilement à ses dépens. Ou si le père de Nettie est le genre de personne qui crée des liens avec vous dans l'espoir de vous soutirer de l'argent pour on ne sait quel investissement sans valeur.

Ce ne sont pourtant ni l'allure ni le vêtement de Walter qui le désignent comme une cible prometteuse.

«Ainsi vous ne décrivez pas ce que vous voyez? Seulement ce qui "se passe" – comme vous dites?»

Walter s'apprête à dire non, puis oui. Car il vient de s'aviser que, s'il écrit qu'il souffle un vent violent, c'est plutôt une description. Oui ou non? On ne sait jamais où on en est avec ce genre de personne.

«Vous n'écrivez pas sur ce que nous venons d'entendre?»

«Non.»

«Cela en vaut peut-être la peine. Il y a en ce moment même des gens qui parcourent l'Écosse dans ses moindres recoins pour noter tout ce que ces vieux campagnards ont à dire. Ils pensent que de vieilles chansons et de vieux contes sont en train de disparaître qui valent d'être collectés. Je ne saurais le dire, ce n'est pas mon domaine. Mais je ne serais pas surpris que les gens qui ont noté tout cela découvrent qu'ils n'ont pas perdu leur temps – j'entends, que cela rapportera de l'argent.»

Nettie prend inopinément la parole.

«Oh, tais-toi, papa. Le vieux bonhomme s'apprête à recommencer.»

Walter n'a jamais entendu une fille s'adresser ainsi à son père mais le monsieur semble prêt à en rire, baissant sur elle un regard plein d'affection.

«Il faut que je vous pose une dernière question, dit-il. Que pensez-vous de cette histoire de fées?»

«Je pense que ce sont des âneries.»

«Maintenant il a recommencé», dit Nettie, contrariée.

Et de fait, la voix de James le Vieux a retenti pendant ce bref échange, interrompant avec détermination et une nuance de reproche ceux des membres de son auditoire qui avaient peut-être cru le moment venu de se lancer dans leurs conversations.

«... et une autre fois encore, mais en été, quand les jours sont longs, dans les collines, vers la fin de la journée mais avant que l'obscurité soit tombée...»

Du haut de sa haute taille, le monsieur approuve de la tête mais son expression semble dire qu'il a encore quelque chose à demander à Walter. Levant le bras, Nettie lui plaque une main en travers de la bouche.

«Et je dois vous dire et je le jure sur ma vie que Will ne pouvait pas mentir, car dans son jeune âge il fréquentait l'église de Thomas Boston, qui faisait entrer la peur du Seigneur comme un poignard en chaque homme et chaque femme jusqu'au jour de leur mort. Non, jamais. Il n'aurait pas pu mentir.»

«Ainsi ce n'étaient que des âneries? demande le monsieur à voix basse quand il est certain que le récit a pris fin. Ma foi, j'incline à vous donner raison. Avez-vous un tour d'esprit moderne?»

Walter répond que oui, c'est un fait, et sa parole est plus assurée qu'auparavant. Il a entendu ces histoires que son père débite, et d'autres semblables, tout au long de sa vie, mais ce qui est curieux, c'est qu'avant d'embarquer sur ce navire jamais il ne les avait entendues de la bouche de son père. Le père qu'il a connu jusqu'à tout récemment n'aurait eu, il en est sûr, que mépris pour tout cela.

«C'est une région épouvantable que nous habitons, disait d'ordinaire son père. Les gens croient à des âneries et ont toutes sortes de mauvaises habitudes et même la laine de nos moutons est si grossière qu'on ne peut pas la vendre. Les routes sont si mauvaises qu'un cheval ne peut y parcourir plus de deux lieues en une heure et pour retourner la terre on se sert d'une bêche ou de la vieille charrue écossaise alors qu'il existe ailleurs de bien meilleures charrues depuis plus de cinquante ans. Ah, oui, oui, qu'ils disent quand on les interroge, ah oui, mais les pentes sont trop raides par ici, la terre est trop lourde.»

«Naître dans la vallée d'Ettrick, c'est naître dans une région arriérée, affirmait-il. Où les gens croient tous à de vieilles histoires et voient des fantômes, et je vous le dis, c'est une malédiction d'être né dans la vallée d'Ettrick.»

Et il était fort probable que cela le conduise jusqu'au sujet de l'Amérique, où toutes les bénédictions de l'invention moderne étaient avidement mises en pratique et où les gens ne s'arrêtaient jamais d'améliorer le monde qui les entourait.

Mais à présent il faut l'entendre.

«Je ne crois pas que c'étaient des fées», dit Nettie.

«Crois-tu alors que c'étaient seulement ses voisins? demande son père. Crois-tu qu'ils lui jouaient un tour?»

Jamais Walter n'a entendu père parler à son enfant avec une telle indulgence. Malgré toute l'affection qu'il éprouve maintenant pour Nettie, il ne peut approuver cette attitude. Son seul effet sera de la convaincre qu'il n'est opinion sur terre plus digne d'être écoutée que celles de sa petite personne.

«Non, ce n'est pas ce que je crois», dit-elle.

«Eh bien, quoi alors?» demande son père.

«Je crois que c'étaient des morts.»

«Que sais-tu donc des morts? dit son père, adoptant enfin une attitude plus sévère. Les morts ne se lèveront que le jour du Jugement. Je ne veux pas t'entendre parler à la légère d'un tel sujet.»

«Je ne parlais pas à la légère», répond négligemment Nettie.

Les matelots se tortillant pour se dégager des voiles montrent du doigt le ciel à l'ouest. Ils doivent y voir quelque chose qui excite leur intérêt. Walter se permet de demander, «Sont-ils anglais? Je ne comprends pas ce qu'ils disent.»

«Quelques-uns sont anglais, mais viennent de régions dont l'accent nous est étranger. D'autres sont portugais. Je ne les comprends pas non plus mais je crois qu'ils disent voir les mergules. Ils ont tous les yeux très perçants.»

Walter est convaincu d'avoir lui aussi les yeux perçants, mais il lui faut encore un moment avant d'apercevoir ces oiseaux, ceux qui doivent s'appeler mergules. Des vols et des vols d'oiseaux de mer qui étincellent très haut dans le ciel, simple nuée de points brillants.

«Ne manquez pas d'en parler dans votre journal, dit le père de Nettie. Je les ai vus lors d'une précédente traversée. Ils se nourrissent de poissons et nulle part ils ne sont mieux qu'ici. Bientôt, vous verrez aussi les pêcheurs. Mais quand les mergules emplissent le ciel, c'est le tout premier signe que le navire a atteint les Grands Bancs de Terre-Neuve.

«Il faut que vous veniez sur le pont supérieur pour bavarder avec nous, conclut-il en disant au revoir à Walter. Je dois penser à mes affaires et je ne tiens guère compagnie à ma fille. Il lui est interdit de courir un peu partout parce qu'elle a pris froid cet hiver et qu'elle n'est pas entièrement remise. Mais elle aime à s'asseoir pour causer.»

«Je crois que le règlement m'interdit d'y aller», dit Walter, un peu dérouté.

«Non, non, ne faites pas attention à ça. Ma petite fille est trop seule. Elle aime lire et dessiner mais elle aime aussi la compagnie. Elle pourra vous apprendre à dessiner, si vous voulez. Cela ajouterait à votre journal.»

Si Walter rougit, nul ne le remarque. Nettie reste parfaitement impassible.

Les voilà donc assis, sans plus se cacher, pour dessiner et écrire. Quand elle ne lui fait pas la lecture du livre qu'elle préfère, *Les Chefs écossais*. Il sait déjà beaucoup de ce qui se passe dans cette histoire – qui n'a pas entendu parler de William Wallace? – mais elle lit sans heurt et juste à la bonne vitesse, sachant rendre tel passage solennel, tel autre terrifiant, tel autre encore comique, de sorte qu'il est aussi passionné par le livre qu'elle l'est elle-même. Alors que, comme elle le dit, elle l'a déjà lu une douzaine de fois.

Il comprend un peu mieux maintenant pourquoi elle a tant de questions à lui poser. Lui et les siens lui rappellent certains des personnages du livre. Des gens comme il y en avait sur les collines et dans les vallées dans l'ancien temps. Que penserait-elle si elle savait que *le vieux bonhomme*, le vieux conteur qui pérore sur tout le bateau, rameutant et parquant les gens pour qu'ils l'écoutent comme s'ils étaient des moutons et lui un chien de berger – si elle savait que c'était le père de Walter?

Elle serait probablement enchantée, plus curieuse que jamais de la famille de Walter. Elle ne les regarderait pas de haut, ou alors d'une manière qu'elle ne maîtrise pas ou qu'elle ignore.

Nous avons atteint les bancs de pêche de Terre-Neuve le 12 juillet et le 19 nous avons vu la terre et ce fut un joyeux spectacle pour nous. C'était un bout de l'île de Terre-Neuve. Nous sommes passés entre Terre-Neuve et l'île St. Paul et poussés par une bonne brise le 18 et le 19, nous nous sommes retrouvés dans le fleuve au matin du 20, en vue du continent d'Amérique du Nord. On nous a réveillés vers 1 heure du matin et je crois qu'à 4 heures il ne restait plus un seul passager couché, tous s'étant levés pour contempler la terre, laquelle était entièrement couverte de bois, spectacle tout à fait nouveau pour nous. C'était la côte de Nova Scotia, belle région vallonnée. Nous vîmes plusieurs baleines ce jour-là, des créatures comme je n'en avais jamais vu de ma vie.

Et voici le jour des merveilles. La terre est couverte d'arbres comme une tête l'est de cheveux, et derrière le navire le soleil se lève, effleurant la cime des arbres de ses rayons. Le ciel est clair et brillant comme une assiette de porcelaine et la brise joue avec la surface de l'eau, la froissant à peine. Les derniers lambeaux de brume se sont dissipés et l'air est plein de l'odeur résineuse des arbres. D'éclatants oiseaux de mer planent au-dessus des voiles, tout dorés comme des créatures du paradis, mais les matelots tirent quelques coups de feu pour les tenir à l'écart des haubans.

Mary soulève James le Jeune à bout de bras afin qu'il puisse se rappeler toujours cette première vision du continent qui sera à tout jamais sa patrie. Elle lui dit le nom de cette terre – Nova Scotia.

« Ça veut dire Nouvelle-Écosse », explique-t-elle.

Agnes l'entend.

« Alors pourquoi ne pas le dire ainsi ? »

Et Mary, « C'est du latin, je crois. »

Agnes pousse un grognement d'impatience. Le nourrisson a été réveillé tôt par tout ce brouhaha, toutes ces manifestations de joie et il est maintenant dans un état lamentable, veut téter sans arrêt, braillant chaque fois qu'Agnes essaie de l'arrêter. James le Jeune, observant la scène de près, fait une tentative pour téter l'autre sein et Agnes le repousse d'une claque si rude qu'il titube.

«Têtard», lui dit-elle. Après quelques vagissements, il passe derrière elle à quatre pattes et pince les orteils du bébé.

Nouvelle claque.

«Espèce de petite pourriture, lui dit sa mère. J'en connais une qui t'a tellement gâté que tu te prends pour le cul du bon Dieu.»

Quand Agnes élève la voix, Mary a toujours l'impression qu'elle-même ne va pas tarder à recevoir une gifle.

James le Vieux est avec elles sur le pont mais n'accorde pas la moindre attention à ce petit drame familial.

«Veux-tu venir regarder le pays, père? suggère timidement Mary. On a une meilleure vue du bastingage.»

«Je le vois bien assez comme ça», répond James le Vieux. Rien dans sa voix ne donne à penser que toutes ces révélations lui sont agréables.

«La vallée de l'Ettrick était couverte d'arbres, dans l'ancien temps, poursuit-il. Elle appartint d'abord aux moines, après quoi ce fut la forêt royale. Des hêtres, des chênes, des sorbiers.»

«Autant d'arbres qu'ici?» demande Mary enhardie par la splendeur de toutes ces nouveautés.

«Des arbres supérieurs. Plus vieux. Elle était célèbre dans toute l'Écosse. La forêt royale d'Ettrick.

«La Nouvelle-Écosse, c'est là qu'est notre frère James», poursuit Mary.

«Peut-être, peut-être pas. Il serait facile de mourir ici sans que personne soit au courant de votre mort. Il a peut-être été dévoré par des bêtes sauvages.»

«Si tu t'approches encore de mon bébé, je t'écorche vif», dit Agnes à James le Jeune qui tourne autour d'elle et du nourrisson en faisant semblant de ne pas s'intéresser à eux.

Agnes se dit qu'il n'aurait que ce qu'il mérite, ce garçon qui partit sans une explication, sans un mot d'adieu. Mais elle doit espérer qu'il réapparaîtra un jour ou l'autre pour la voir mariée à son frère. De sorte qu'il se posera des questions. Et aussi qu'il comprendra que pour finir ce n'est pas lui qui a eu le dessus.

Mary se demande comment son père peut tenir un tel langage, imaginer que des bêtes sauvages ont dévoré son fils. Est-ce ainsi que les chagrins des années s'emparent de vous pour transformer votre cœur de chair en cœur de pierre, comme dit cette vieille chanson? Et si c'est vrai, avec quelle insouciance et quel dédain parlerait-il d'elle, qui a toujours si peu compté à ses yeux, à côté des garçons?

Quelqu'un a apporté un violon sur le pont et l'accorde pour en jouer. Les gens qui se sont attardés au bastingage en se montrant du doigt les uns aux autres ce que chacun d'eux voyait fort bien tout seul – de même qu'ils répétaient le nom qu'à présent tout le monde connaît, Nova Scotia – se laissent distraire par ces sons et réclament à grands cris qu'on danse. Ils lancent les titres des quadrilles et des branles qu'ils veulent que le violoneux joue. On dégage un espace et des couples s'alignent dans un ordre relatif puis, après bien des grincements de violon et des cris d'encouragement impatients, la musique surgit et prend de l'autorité et la danse commence.

Bal à 7 heures du matin.

Andrew remonte de la cale où il est allé chercher leur ration d'eau quotidienne. Il s'immobilise et considère quelques instants la scène puis à la surprise de Mary lui demande si elle veut danser.

«Qui surveillera le petit? interroge Agnes aussitôt. Je ne me lèverai pas pour lui courir après.» Elle aime beaucoup danser, mais en est empêchée pour l'heure, non seulement par le bébé qu'elle nourrit mais par la meurtrissure des parties de son corps qui ont tant souffert pendant l'accouchement.

Mary est déjà en train de refuser en disant qu'elle ne peut s'éloigner mais Andrew réplique, «Nous lui mettrons sa laisse».

«Non, non, dit Mary, je n'ai pas besoin de danser.» Elle croit qu'Andrew l'a prise en pitié, se rappelant qu'elle était d'ordinaire tenue à l'écart des jeux à l'école et faisait tapisserie au bal, alors qu'elle peut parfaitement courir et danser. Andrew est le seul de ses frères capable d'une telle considération, mais elle aimerait autant qu'il se comporte comme les autres, et la laisse ignorée comme elle l'a toujours été. La pitié l'exaspère.

James le Jeune se met à braire, ayant reconnu le mot *laisse*.

« Toi, tais-toi, dit son père. Tiens-toi tranquille ou je te donne une paire de claques. »

C'est alors que James le Vieux les surprend tous en s'intéressant soudain à son petit-fils.

« Toi, là. Petit gars. Viens t'asseoir avec moi. »

« Oh, il ne s'assiéra point, dit Mary. Il se sauvera en courant et vous ne pourrez point l'attraper, père. Je vais rester. »

« Il va s'asseoir », dit James le Vieux.

« Mais décide-toi, enjoint Agnes à Mary. Pars ou reste. »

Le regard de James le Jeune va de l'une à l'autre et il renifle avec méfiance.

« Il ne comprend donc pas un seul mot ? dit son grand-père. Assis. Petit. Ici. »

« Il connaît toutes sortes de mots, proteste Mary. Il connaît le nom du tangon de foc. »

James le Jeune répète, « Tangon ».

« Tiens ta langue et assieds-toi », intime James le Vieux. James le Jeune s'assied, en rechignant, à l'endroit indiqué.

« Maintenant vas-y », dit James le Vieux à Mary. Et toute confuse, au bord des larmes, elle se laisse entraîner.

« Quel têtard elle a fait de lui », dit Agnes, sans s'adresser précisément à son beau-père. Elle a parlé presque avec indifférence, taquinant la joue du bébé avec son téton.

Les gens dansent, pas seulement dans le quadrille avec ses figures mais en dehors, un peu partout sur le pont. Saisissant le premier venu, ils se mettent à tourbillonner. Ils saisissent même certains des matelots quand il en passe à portée. Des hommes dansent avec des femmes, des hommes dansent avec des hommes, des femmes dansent avec des femmes, des enfants dansent par couples ou tout seuls et sans la moindre idée des pas, dans les jambes des danseurs – mais tout le monde est dans les jambes de tout le monde et cela n'a pas d'importance. Certains enfants dansent sur place, tournant sur eux-mêmes les bras en l'air jusqu'à s'étourdir et tomber. Deux secondes après ils sont debout, ayant retrouvé le sens de l'équilibre et prêts à refaire la même chose.

Mary a saisi les mains d'Andrew, il la fait tourner puis la passe à d'autres qui se penchent vers elle et font virevolter sa petite personne. Elle a perdu de vue James le Jeune et ne peut savoir s'il est resté avec son grand-père. Elle danse au niveau des enfants mais avec moins d'audace et d'insouciance. Parmi tant de corps pressés les uns contre les autres, elle est impuissante, elle ne peut s'arrêter – elle doit marquer les pas et tourner au rythme de la musique sous peine d'être renversée.

«Écoute-moi donc et je vais te raconter, dit James le Vieux. Un vieil homme, Will O'Phaup, mon grand-père – c'était mon grand-père comme je suis le tien – Will O'Phaup était assis devant sa maison, le soir, à se reposer, dans la douceur de l'été. Tout seul, il était tout seul.

«Et voilà que trois petits gars, à peine plus grands que toi, débouchent au coin de la maison de Will. Ils lui souhaitent le bonsoir. *Bonsoir à vous, Will O'Phaup*, qu'ils lui disent.

«*Ma foi bonsoir à vous, les gars, que puis-je faire pour vous?*

«*Pourriez-vous nous donner un lit pour la nuit ou un endroit où nous coucher*, qu'ils disent. Et *Si fait*, qu'il dit, *si fait, m'est avis que trois petits bouts comme vous voilà ne devraient pas être trop durs à caser.* Et il entre dans la maison et ils le suivent et disent, *Et à propos, pourriez-vous nous donner la clé, aussi, la grosse clé d'argent que vous avez reçue de nous?* Bah, Will cherche partout, il cherche la clé, jusqu'à ce qu'il se dise par-devers lui, quelle clé était-ce donc?

Et il se retourne pour le leur demander. *Quelle clé était-ce donc ?* Car il savait que jamais de sa vie il n'avait eu une telle chose en sa possession. Une grosse clé, une clé d'argent, jamais il ne l'avait eue. *De quelle clé me parlez-vous ?* Et il se retourne et ils ne sont plus là. Il sort de la maison, en fait le tour, regarde la route. Rien, rien de rien. Regarde vers les collines. Rien non plus.

«Alors Will a compris. Ce n'étaient pas du tout des petits gars. Ah, que non. Pas des petits gars. Pas du tout.»

James le Jeune n'a pas émis le moindre son. Dans son dos le mur épais et bruyant des danseurs. Sur le côté, sa mère avec la petite bête griffue qui la mord pour s'incruster en elle. Et devant lui, ce vieux à la grosse voix, insistante mais lointaine, qui lui souffle une haleine d'amertume, sa rancœur et le sentiment de son importance aussi absolu que celui dont le petit est pénétré. Sa nature avide, roublarde et tyrannique. C'est la première rencontre consciente de James le Jeune avec quelqu'un d'aussi parfaitement égocentrique que lui.

C'est tout juste s'il est capable d'appliquer son intelligence pour montrer que sa défaite n'est pas complète.

«Clé, fait-il. Clé?»

Agnes, qui regarde la danse, aperçoit Andrew, le visage rouge et l'allure lourdaude, bras dessus bras dessous avec diverses femmes joviales. Ils sont en train de danser le «Strip the Willow» à présent. Il n'est pas une fille dont la beauté ou la danse donnent à Agnes sujet à s'inquiéter. Andrew ne lui donne jamais le moindre sujet d'inquiétude de toute manière. Elle voit Mary projetée à la ronde avec même un peu de couleur aux joues – encore qu'elle soit trop timide, et trop petite, pour regarder quiconque en face. Elle voit cette sorcière presque édentée, la femme qui a accouché d'un enfant une semaine après elle, danser avec son homme aux joues creuses. Rien d'endolori chez elle. Elle a dû expulser cet enfant sans effort, comme un petit rat, avant de le confier à l'une ou l'autre de ses filles aux allures souffreteuses pour qu'elle s'en occupe.

Elle voit Mr. Suter, le chirurgien, hors d'haleine, repoussant une femme qui voudrait le retenir et traversant la ligne des danseurs pour venir la saluer.

Elle préférerait qu'il n'en fasse rien. Il va voir qui est son beau-père et devra peut-être écouter les radotages du vieux fou. Il regardera leurs ternes vêtements de paysans, même pas propres à présent. Il la verra pour ce qu'elle est.

«Ah, vous voilà, dit-il. Vous êtes là avec votre trésor. »

C'est un mot que jamais Agnes n'a entendu utiliser pour désigner un enfant. On dirait bien qu'il lui parle comme il pourrait le faire à une personne de son milieu, à une dame, pas comme un médecin parle à une patiente. Un tel comportement la gêne et elle ne sait comment répondre.

«Votre bébé va bien ? » demande-t-il, adoptant une démarche plus terre-à-terre. Il est encore un peu essoufflé d'avoir dansé, et son visage, sans être rouge, est couvert d'une fine sueur.

«Oui. »

«Et vous-même ? Les forces vous sont revenues ? »

Elle hausse à peine les épaules, pour ne pas décrocher le nourrisson de son téton.

«Vous avez de bonnes couleurs, en tout cas, c'est bon signe. »

Elle croit qu'il pousse un soupir en disant cela et se demande si ce n'est pas parce que son teint à lui, dans cette lumière matinale, est verdâtre comme le petit-lait.

Il sollicite alors sa permission de s'asseoir pour bavarder avec elle quelques instants et, troublée une fois encore par son ton cérémonieux, elle n'en répond pas moins qu'il fasse comme il lui plaira.

Son beau-père décoche au chirurgien – et à elle aussi – un regard méprisant, mais Mr. Suter ne s'en aperçoit pas, peut-être même ne comprend-il pas que le vieil homme et l'enfant blond assis le dos bien droit face à ce dernier ont quoi que ce soit à faire avec elle.

«Le bal est très animé, dit-il. Et il n'y a pas moyen de choisir avec qui l'on voudrait danser. On se fait entraîner par tout le monde et n'importe qui. » Puis il demande, «Que ferez-vous dans l'Ouest canadien ? »

Cela lui semble la plus sotte des questions. Elle secoue la tête – que peut-elle dire ? Elle fera la lessive, la couture, la cuisine et donnera presque certainement la tétée à de nouveaux enfants. L'endroit où cela se passera n'a guère d'importance. Ce sera dans une maison, et pas des plus belles.

Elle sait maintenant qu'elle plaît à cet homme, et de quelle façon. Elle se rappelle ses doigts sur sa peau. Mais que peut avoir à craindre une femme avec un nourrisson au sein ?

Quelque chose la pousse à lui montrer un peu d'amitié.

« Que ferez-vous ? » demande-t-elle.

Il sourit et dit qu'à son avis il continuera de faire ce pour quoi il a reçu une formation et que les gens en Amérique – ainsi qu'il l'a entendu dire – ont besoin de médecins et de chirurgiens autant qu'ailleurs.

« Mais je n'ai pas l'intention de me laisser enfermer dans une ville. J'aimerais aller jusqu'au Mississippi, au moins. Au-delà du fleuve, toute la région appartenait à la France autrefois, vous savez, mais désormais elle dépend de l'Amérique et est ouverte à tous, chacun peut y aller, à cela près qu'on risque de rencontrer les Indiens. Cela ne me dérangerait pas non plus. Là où on se bat contre les Indiens, il y aura d'autant besoin d'un chirurgien. »

Elle ignore tout de ce fleuve, le Mississippi, mais ce qu'elle sait c'est que cet homme-là n'a pas l'air d'un combattant – il n'a même pas l'air de taille à affronter une querelle avec les jeunes gens bagarreurs de Hawick, pour ne rien dire des Peaux-Rouges.

Un couple de danseurs vient pirouetter si près d'eux qu'un souffle d'air leur effleure le visage. C'est une jeune fille, une enfant à vrai dire, dont les jupons volent – et avec qui faut-il qu'elle danse, sinon le beau-frère d'Agnes en personne, Walter. Ce dernier fait une espèce de révérence ridicule à Agnes, au chirurgien, et à son père, et la fille le pousse et le fait pivoter sur lui-même et il lui rit au nez. Elle est élégamment vêtue comme une demoiselle, avec des nœuds de ruban dans les cheveux. Le plaisir illumine son visage, elle a les joues rouges comme des lumignons et elle traite Walter avec une grande familiarité, comme si elle avait mis la main sur un gros jouet.

«Ce garçon est votre ami?» demande Mr. Suter.

«Non. C'est le frère de mon époux.»

La fille est maintenant secouée d'un fou rire inextinguible, parce qu'elle et Walter – mais par la faute de son inattention à elle – ont failli renverser un autre couple de danseurs.

Elle ne tient plus debout tellement elle rit, et Walter doit la soutenir. Puis il apparaît que ce n'est pas le rire qui la secoue, mais une quinte de toux, et chaque fois que la quinte semble sur le point d'arrêter, elle rit et recommence à tousser. Walter la tient contre lui et la porte presque jusqu'au bastingage.

«Voilà une jeune fille qui n'aura jamais un enfant au sein, dit Mr. Suter dont les yeux se posent brièvement sur le nourrisson qui tète avant de retourner à la fille. Je doute même qu'elle vive assez longtemps pour voir grand-chose de l'Amérique. N'a-t-elle donc personne pour veiller sur elle? On n'aurait pas dû lui permettre de danser.»

Il se lève pour ne pas perdre de vue la fille que Walter soutient devant le bastingage.

«Voilà, on l'a arrêtée, constate-t-il. Pas d'hémorragie. Du moins cette fois.»

Agnes ne fait pas attention à la plupart des gens, mais elle perçoit des choses chez tout homme qui s'intéresse à elle, et elle voit pour l'heure qu'il tire satisfaction du verdict qu'il a prononcé sur cette jeune fille. Et elle comprend que cela doit être à cause d'une affection dont il souffre lui-même – qu'il doit penser qu'il n'est pas si mal loti, par comparaison.

Un cri s'élève près du bastingage, rien à faire avec la fille et Walter. Un autre cri, et bien des gens, cessant brusquement de danser, se hâtent d'aller regarder l'eau.

Mr. Suter se redresse et fait quelques pas dans cette direction, suivant la foule, puis se retourne.

«Une baleine, annonce-t-il. Ils disent qu'il y a une baleine qu'on peut voir à côté du navire.»

«Reste ici!» crie Agnes avec colère, et il se retourne vers elle, surpris. Mais il voit que ses paroles s'adressaient à James le Jeune, qui est debout.

«C'est donc votre petit garçon? dit Mr. Suter comme s'il venait de faire une découverte remarquable. Puis-je le prendre dans mes bras et le porter là-bas pour qu'il regarde?»

Et c'est ainsi que Mary – levant par hasard le visage au milieu de la presse des passagers – aperçoit James le Jeune, fort ébahi, traversant le pont dans les bras d'un inconnu qui se hâte, homme pâle et déterminé encore qu'avec une apparence de courtoisie sournoise, très brun, qui ne peut être qu'un étranger. Un voleur d'enfant, ou un assassin d'enfant, qui se dirige vers le bastingage.

Elle pousse un cri perçant si farouche que quiconque l'entend doit croire qu'elle est elle-même entre les griffes du démon et les gens s'écartent devant elle comme ils feraient devant un chien enragé.

«Arrêtez-le, au voleur! Au voleur, arrêtez-le! hurle-t-elle. Reprenez-lui l'enfant. Attrapez-le. James. James. Saute!»

Elle se précipite et saisit l'enfant par les chevilles et tire dessus si bien qu'il braille de peur et d'indignation. L'homme qui le porte manque tomber en avant mais ne le lâche pas. Il s'accroche en repoussant Mary du pied.

«Saisissez-lui les bras», crie-t-il à ceux qui sont autour d'eux. Il a le souffle court. «Elle fait une convulsion.»

Andrew s'est frayé un chemin parmi les gens qui dansent encore et ceux qui se sont interrompus pour assister au drame. Il arrive tant bien que mal à saisir Mary et James le Jeune et à faire clairement comprendre que l'une est sa sœur et l'autre son fils et qu'il n'est point là question de convulsion. James le Jeune se jette des bras de son père à ceux de Mary puis se met à ruer pour qu'on le pose par terre.

Toute l'affaire est brièvement expliquée avec courtoisie et excuses par Mr. Suter – pendant que James le Jeune, tout à fait remis et rendu à lui-même, crie sans arrêt qu'il veut voir la baleine. Il y tient comme s'il savait parfaitement ce qu'est une baleine.

Andrew le prévient de ce qui va arriver s'il ne cesse pas son vacarme.

« Je m'étais arrêté pour bavarder quelques minutes avec votre épouse, lui demander si elle allait bien, dit le chirurgien. Je n'ai pas pris le temps de lui dire au revoir, je vous prie donc de le faire pour moi. »

Il y a des baleines à voir pour James le Jeune tout au long de la journée et pour tous ceux qui veulent prendre la peine de les regarder. Les gens finissent par s'en fatiguer.

« Qui d'autre qu'une belle figure de canaille voudrait s'asseoir pour causer avec une femme aux seins dénudés », dit James le Vieux, s'adressant au ciel.

Puis il cite la Bible concernant les baleines.

« Là des navires se promènent et Léviathan que tu formas pour t'en rire. Le serpent tortueux, le dragon qui habite la mer. »

Mais il refuse de faire le moindre mouvement pour aller regarder.

Mary n'a pas été convaincue par la déclaration du chirurgien. Il avait bien fallu qu'il dise à Agnes qu'il emmenait l'enfant regarder la baleine. Mais cela n'en fait pas la vérité. Chaque fois que l'image de cet homme démoniaque emportant James le Jeune lui traverse l'esprit, et qu'elle sent dans sa poitrine la puissance de son propre cri, elle en est étonnée et heureuse. Elle demeure convaincue qu'elle l'a sauvé.

Le père de Nettie s'appelle Mr. Carbert. Il vient parfois écouter sa fille faire la lecture et bavarde avec Walter. Le lendemain du bal et de toutes ces réjouissances, alors que beaucoup de gens sont d'une humeur morose due à la fatigue ou à la consommation de whisky et que personne ou presque ne regarde le rivage, il se met en quête de Walter à qui il veut parler.

« Nettie s'est si bien entichée de vous, dit-il, qu'elle s'est mis dans l'idée que vous devez venir avec nous à Montréal. »

Il rit comme pour s'excuser et Walter rit aussi.

« C'est qu'elle doit penser que Montréal est dans l'Ouest canadien », répond-il.

« Non, non. Je ne plaisante pas. Je vous cherchais afin de vous parler exprès en son absence. Vous êtes un excellent compagnon pour elle et cela la rend heureuse d'être avec vous. Et je vois que vous êtes un garçon intelligent et prudent et que vous feriez merveille dans mes affaires. »

« Je suis avec mon père et mon frère, dit Walter, si surpris que sa voix retrouve un tremblement juvénile. Nous allons acheter de la terre. »

« Fort bien. Vous n'êtes pas le seul fils de votre père. Peut-être n'y aura-t-il pas assez de bonne terre pour vous tous. Peut-être aussi ne souhaiterez-vous pas toujours rester paysan. »

Par-devers lui, Walter se dit que cela est vrai.

« Or, ma fille, quel âge croyez-vous qu'elle ait ? »

Walter n'en a pas idée. Il secoue la tête.

« Elle a quatorze ans, près de quinze, reprend le père de Nettie. On ne le croirait pas, n'est-ce pas ? Mais cela n'a pas d'importance, ce n'est pas ce dont je suis en train de vous parler. Il ne s'agit en rien de Nettie et vous dans les années à venir. Le comprenez-vous ? Il n'est pas question d'années à venir. Mais j'aimerais que vous veniez avec nous pour qu'elle reste l'enfant qu'elle est et puisse avoir dans le présent le bonheur que lui procure votre compagnie. Après quoi il est tout naturel que je veuille m'acquitter envers vous, et il y aurait aussi du travail pour vous, et si tout se passait bien, vous pourriez compter sur de l'avancement. »

L'un et l'autre remarquent à cet instant Nettie qui vient vers eux. Elle tire la langue à Walter si rapidement que son père ne le remarque apparemment pas.

« Pour l'instant taisons-nous. Réfléchissez-y et choisissez le moment de me répondre, conclut Mr. Carbert. Mais le plus tôt serait le mieux. »

Calme plat le 21 et le 22 mais nous avons eu un peu plus de vent le 23 mais dans l'après-midi fûmes tous alarmés par une bourrasque accompagnée de tonnerre et d'éclairs qui fut très terrible et nous avons eu une de nos voiles de misaine qui venait d'être réparée déchirée de nouveau en lambeaux par le vent. La bourrasque a duré 8 ou 10 minutes environ et le 24 nous avons eu bon vent et avons bien remonté le Fleuve qui est devenu plus étroit de sorte que nous voyions la terre des deux côtés du Fleuve. Mais de nouveau calme plat jusqu'au 31 où nous avons eu de la brise seulement pendant deux heures…

Walter n'a pas mis longtemps à se décider. Il remercie Mr. Carbert, conscient que sa proposition le mérite, mais dit qu'il ne pensait pas travailler en ville ni à un quelconque emploi entre quatre murs. Il a l'intention de travailler avec sa famille jusqu'à ce qu'elle dispose d'une maison à peu près digne de ce nom et de terres à cultiver puis, quand elle n'aura plus autant besoin de son aide, il songe à faire du commerce avec les Indiens, à devenir une espèce d'explorateur. Ou chercheur d'or.

« À votre guise », répond Mr. Carbert. Ils font quelques pas ensemble, côte à côte. « Je dois avouer que je vous ai cru un peu plus sérieux que cela. Heureusement je n'ai rien dit à Nettie. »

Mais cette dernière ne s'en est pas laissé conter sur le sujet de leurs causeries à deux. Elle harcèle son père jusqu'à ce qu'il soit contraint de lui faire savoir comment les choses se sont passées, puis elle va trouver Walter.

« Je ne vous parlerai plus dorénavant, dit-elle, d'une voix plus adulte qu'il ne lui en a jamais connu. Ce n'est pas parce que je suis en colère mais seulement parce que, si je continue de vous parler, je devrai penser sans cesse qu'il me faudra bientôt vous dire adieu. Tandis que, si j'arrête maintenant, je vous aurai déjà dit adieu de sorte que tout cela sera fini plus vite. »

Elle passe le temps qui reste à se promener calmement avec son père, revêtue de ses plus beaux atours.

Walter a du chagrin quand il la voit – sous ses manteaux et ses bonnets de dame, elle semble perdue, elle a plus que jamais l'air d'une enfant, et la hauteur qu'elle affecte est touchante – mais tant de choses attirent son attention qu'il pense rarement à elle quand elle est hors de sa vue.

Des années passeront avant qu'elle réapparaisse dans ses pensées. Mais quand elle le fera, il découvrira qu'elle est la source d'un bonheur qui lui restera accessible jusqu'au jour de sa mort. Parfois même il se bercera des images de ce qui aurait pu arriver s'il avait accepté l'offre. Au plus secret de son être, il imaginera une guérison radieuse, Nettie ayant grandi et acquis un corps de jeune femme, leur vie ensemble. Ce genre de pensée bébête qu'un homme peut avoir en secret.

Plusieurs bateaux sont venus de la terre se ranger le long du nôtre avec du poisson, du rhum, des moutons vivants, du tabac, etc. qu'ils ont vendus très cher aux passagers. Le 1ᵉʳ août nous avons eu une légère brise et au matin du 2 avons doublé l'île d'Orléans et vers 6 heures du matin nous fûmes en vue de Québec en aussi bonne santé je pense que nous avions quitté l'Écosse. Nous appareillerons pour Montréal demain sur un vapeur…

Mon frère Walter comme première partie de la présente lettre a rédigé un long journal que j'ai l'intention de résumer dans un petit registre. Nous avons fait un voyage fort prospère notre santé ayant été merveilleusement préservée. De trois cents passagers 3 seulement sont morts, dont deux étaient déjà en mauvaise santé en quittant leur terre natale, l'autre étant un enfant né sur le navire. Notre famille est restée en aussi bonne santé à bord que dans son état ordinaire en Écosse. Nous ne pouvons rien dire encore de l'état du pays. Il y a un grand nombre de gens qui débarquent ici mais les salaires y sont bons. Je ne peux ni conseiller aux gens de venir ni les en décourager. Le pays est très étendu et très peu peuplé. Je pense que nous avons vu une quantité de terre suffisante pour servir à tout le peuple de Grande-Bretagne pas encore cultivée et couverte de bois. Nous vous écrirons de nouveau sitôt installés.

Une fois qu'Andrew a ajouté ce paragraphe, James le Vieux se laisse convaincre d'adjoindre sa signature à celle de ses deux fils avant que la lettre soit scellée et expédiée par la poste en Écosse, depuis Québec. Il n'écrira rien d'autre, disant, «Qu'est-ce que cela me fait à moi? Ce ne peut être chez moi. Ce ne peut rien être pour moi que la terre où je vais mourir.»

«Ce le sera pour nous tous, dit Andrew. Mais quand le moment viendra nous nous y sentirons plus chez nous.»

«Le temps ne me sera pas donné d'en arriver là.»

«Tu ne vas pas bien, père?»

«Je vais bien et je ne vais pas bien.»

À l'occasion, James le Jeune s'intéresse désormais au vieil homme, s'arrêtant parfois devant lui pour le regarder droit dans les yeux et lui adresser un mot, avec une belle constance, comme s'il ne pouvait manquer de conduire à une conversation.

Il choisit le même mot chaque fois. *Clé.*

«Il m'embête, dit James le Vieux. Je n'aime pas son impertinence. Il va continuer ainsi pendant des années et des années et ne se rappellera rien de l'Écosse où il est né ni du navire sur lequel il a voyagé, il se mettra à parler une autre langue comme ceux qui partent en Angleterre, seulement elle sera pire encore que la leur. Il me regarde avec le genre de regard qui dit qu'il sait que j'ai fait mon temps et que mon époque est révolue.»

«Il se rappellera bien des choses», dit Mary. Depuis le bal sur le pont et l'incident de Mr. Suter, elle est devenue plus directe en famille.

«Et il n'a pas l'intention d'avoir l'air impertinent, poursuit-elle. C'est simplement parce qu'il s'intéresse à tout. Il comprend ce que tu dis bien plus que tu ne le crois. Il enregistre tout et il y réfléchit. Quand il sera grand, il sera peut-être prédicateur.»

Alors qu'elle considère sa religion avec tant de raideur et de distance, cela reste l'état le plus distingué qu'elle peut imaginer pour un homme.

Ses yeux s'emplissent de larmes d'enthousiasme mais les autres membres de la famille considèrent l'enfant d'un regard plus raisonnable et désabusé.

James le Jeune se tient au milieu de leur cercle – les yeux brillants, blond et bien droit. Un peu vain, vaguement sur ses gardes, d'une solennité anormale, comme s'il avait vraiment senti descendre sur lui le fardeau de l'avenir.

Les adultes éprouvent eux aussi ce que cet instant a de sidérant, comme s'ils avaient été portés au cours de ces six semaines non sur un navire mais sur une vague puissante qui vient de les rejeter dans un bruit de tonnerre au beau milieu des clameurs de la langue française, des cris de mouettes et du carillonnement de cloches papistes, tumultueux concert d'infidèles.

Mary songe qu'elle pourrait saisir James le Jeune dans ses bras pour l'emporter en courant jusqu'à un quartier ou un autre de cette ville de Québec qu'elle ne connaît pas et y trouver un emploi de couturière (des conversations sur le bateau lui ont appris que c'est un savoir-faire recherché) et l'élever seule comme si elle était sa mère.

Andrew se demande comment cela aurait pu se passer s'il avait débarqué en homme libre, sans épouse ni père ni sœur ni enfants, sans un seul fardeau sur les épaules, qu'aurait-il pu faire ? Il se dit que cela ne sert à rien d'y penser.

Agnes a entendu des femmes sur le bateau dire que les officiers qu'on voit dans la rue ici sont sans conteste les hommes les mieux tournés qu'on puisse rencontrer où que ce soit dans le monde, et elle pense à présent que c'est bien vrai. Il faudrait être sur ses gardes avec eux. Elle a entendu dire aussi que partout de ce côté de l'océan les hommes sont dix ou vingt fois plus nombreux que les femmes. Cela signifie qu'on doit pouvoir obtenir d'eux tout ce que l'on veut. Le mariage. Le mariage avec un homme possédant assez d'argent pour permettre qu'on roule en équipage, qu'on achète des fards capables de masquer n'importe quelle tache de naissance et qu'on envoie des cadeaux à sa mère. Si l'on n'était pas déjà mariée et encombrée de deux enfants.

Dans ses réflexions, Walter se dit que son frère est vigoureux et qu'Agnes est vigoureuse – elle peut l'aider à cultiver la terre pendant que Mary s'occupe des enfants. Qui a dit qu'il devait être paysan ? Quand ils arriveront à Montréal, il ira s'engager dans la Compagnie de la Baie d'Hudson et on l'enverra à la frontière où il trouvera des richesses en même temps que l'aventure.

James le Vieux a un sentiment d'apostasie, et commence à se lamenter ouvertement.

«Comment chanterons-nous Tes louanges
ô Seigneur en terre d'exil ?»

Mais il se remit. Le voici, à peu près un an plus tard, dans le Nouveau Monde, et dans la nouvelle ville d'York qui est sur le point d'être rebaptisée Toronto. Il écrit à son fils aîné Robert.

… les gens d'ici parlent un fort bon anglais il y a beaucoup de nos mots écossais qu'ils ne peuvent comprendre ce que nous disons et ils vivent beaucoup plus indépendants que le Roi George […] Il y a une Route qui va Droit au Nord à partir d'York pendant vingt lieues et les Maisons paysannes sont presque toutes à Un Étage. Certains auront jusqu'à 12 Vaches et quatre ou cinq chevaux car ils ne payent point d'Impôts rien qu'une bagatel et roulent Cabriolet ou galopent comme Grands Seigneurs […] il n'y a point encore de ministre Presbitérien dans cette ville mais il y a une grande Chapelle Anglaise et Chapelle Méthodiste […] le pasteur Anglais lit tout ce qu'il Dit à moins que ce soit son Bedeau Criant toujours à la fin de chaque Période Dans Ta Bonté Seigneur Délivre-nous et le Méthodiste prie aussi Fort qu'il en est Capable et les gens sont tous à genoux Criant Amen qu'on peut à Peine Entendre ce que le Prêtre est en train de Dire et j'en ai Vu certains Sauter comme pour monter au Ciel Corps et Âme mais leur Corps était une sale Entrave pour eux car toujours ils retombaient bien que criant Ô Jésus Ô Jésus comme s'Il avait été là pour les hisser à travairs les Combles […] Sache Robert que je ne te conseille point de Venir Icite tu peux donc agir à ta guise quand tu n'es point venu avec nous je ne m'Attends plus à te Revoir Jamais […] Puisse la bonne volonté de Celui qui Résida au Désert se poser sur toi […] si j'avais pensé que tu nous aurais désertés je ne serais point venu icite c'était mon dessin de vous rassembler tous Près de moi qui me fit Venir en Amérique mais les pensées d'un homme sont Vanité car avez Éparpillés bien plus à l'écart mais je n'y Puis rien maintenant […] Je n'en dirai pas plus mais souhaite que le Dieu de Jacob soit ton dieu et puisse être ton guide pour Toujours et à Jamais est la sincère prière de Ton Père Aimant jusqu'à la Mort…

Il y en a plus – la lettre entière, transmise avec la complicité de Hogg et transcrite dans *Blackwoods Magazine*, où je peux la lire aujourd'hui.

Et après un temps assez considérable, il rédige encore une lettre, adressée au rédacteur en chef du *Colonial Advocate*, qui fut publiée dans ce journal. À cette époque, la famille est installée dans le canton d'Esquesing, dans l'Ouest canadien.

… La Colonie d'Écossais qui vit icite prospère d'une façon Tolérable pour les choses de ce monde mais j'ai peur que peu d'entre eux songe à ce qu'il Adviendra de leur Âme quand Mort mettra Fin à leurs Jours car ils ont trouvé une chose qu'ils appellent Whiskey et un grand nombreux d'entre eux s'y vautre et boivent à se rendre pire qu'âne ou bœuf […] Sachez monsieur que je pourrais vous raconter un peu d'Histoires mais j'ai peur que vous me mettrez dans votre Calonial Advocate je n'Aime pas être mis sous presse j'écrivis jadis un bout de lettre à mon Fils Robert en Écosse et mon ami James Hogg le Poète le mit dans Blackwoods Magazine et me répandit à travairs toute l'Amérique du Nord avant que je susse ma lettre parvenue à Destination chez nous […] Hogg pauvre homme a passé le plus clair de sa vie à concocter des Mensonges et si je sais lire ma Bible je crois qu'elle dit que tous les Menteurs doive avoir leur plase dans le Lac qui Brûle de Feu et de Soufre mais je supose qu'ils trouvent que c'est un commerce Luqueratiffe car je crois que Hogg et Walter Scott ont tiré plus d'argent pour Mentir que les braves Boston et Erskin pour tous les Sermons qu'ils ont Écrits…

Et je compte certainement au nombre des menteurs dont parle le vieil homme, dans ce que j'ai écrit du voyage. À l'exception du journal de Walter et des lettres, l'histoire est tout entière de mon invention.

La découverte de Fife du haut de Castle Rock est relatée par Hogg, elle doit donc être véridique.

Ces voyageurs sont enterrés – tous sauf l'un d'eux – dans le cimetière de l'église Boston, à Esquesing, dans le comté de Halton, d'où l'on voit presque, et d'où l'on entend très certainement, la Route 401 au nord de Milton, qui, à cet endroit, est peut-être la plus fréquentée du Canada.

L'église – qui s'élève sur ce qui fut autrefois la ferme d'Andrew Laidlaw – est bien sûr nommée en l'honneur de Thomas Boston. Elle est bâtie en pierres de taille de calcaire noirci. Le mur de façade est plus élevé que le reste du bâtiment – un peu dans le style des fausses façades des grand-rues à l'ancienne – et elle est surmontée d'une arche, plutôt que d'une tour – pour la cloche.

James le Vieux est là. De fait, il y est deux fois, ou du moins son nom, avec celui de son épouse, née Helen Scott, et enterrée à Ettrick en l'an 1800. Leurs noms figurent sur la même pierre qui porte ceux d'Andrew et Agnes. Mais, fait surprenant, les mêmes noms sont gravés sur une pierre encore, plus vieille en apparence que d'autres dans le cimetière – dalle noircie et tachetée comme on a plus de chances d'en voir dans les cimetières des îles Britanniques. La première idée de ceux qui chercheraient à le comprendre serait qu'ils l'aient transportée à travers l'océan, avec le nom de la mère dessus, en attendant que celui du père y soit ajouté – que ce fut peut-être un encombrant fardeau, emballé de toile de sac et lié d'une grosse corde robuste, que Walter aurait descendu dans la cale du navire.

Mais pourquoi quelqu'un se serait-il donné la peine de faire aussi ajouter les noms à ceux de la colonne plus récente surmontant la tombe d'Andrew et Agnes?

On dirait que la mort et l'enterrement d'un tel père fut une affaire digne d'être enregistrée deux fois.

Non loin, près des tombes de son père, de son frère Andrew et de sa belle-sœur Agnes, se trouve la tombe de la petite Mary, mariée finalement, et enterrée à côté de Robert Murray, son époux. Les femmes étaient rares et donc recherchées dans ce pays neuf. Elle et Robert n'eurent pas d'enfants ensemble, mais après la mort prématurée de Mary, il épousa une autre femme et eut d'elle quatre fils qui reposent là, morts aux âges de deux, trois, quatre et treize ans. La seconde épouse y est aussi. Sa pierre dit *Mère*. Celle de Mary, *Épouse*.

Et voici le frère James, qui n'était pas perdu pour eux, qui fit le voyage depuis la Nouvelle-Écosse pour les rejoindre, d'abord à York, puis à Esquesing, afin d'exploiter la ferme avec Andrew. Il avait amené une épouse avec lui, ou la trouva sur place. Peut-être s'était-elle occupée des enfants d'Agnes avant de commencer à avoir les siens. Car Agnes eut un grand nombre de grossesses et éleva beaucoup d'enfants. Dans une lettre écrite à ses frères Robert et William en Écosse, annonçant la mort de leur père en 1829 (un cancer, peu de douleur jusqu'à ce que la fin soit proche, bien que *il lui a rongé une bonne partie de la joue et de la mâchoire*), Andrew mentionne que sa femme ne se sent pas très bien depuis trois ans. C'est peut-être une façon détournée de dire que pendant ces années-là elle porta ses sixième, septième et huitième enfants. Elle dut recouvrer la santé car elle vécut jusqu'à plus de quatre-vingts ans.

Andrew fit don de la terre sur laquelle l'église est bâtie. Ou peut-être la vendit-il. Il est difficile de faire la part entre la dévotion et le sens des affaires. Il semble avoir prospéré, bien qu'il se soit montré plus discret que Walter. Ce dernier épousa une Américaine du comté de Montgomery dans l'État de New York. Elle avait dix-huit ans quand il l'épousa, trente-trois quand elle mourut après la naissance de leur neuvième enfant. Walter ne se remaria pas mais réussit dans l'agriculture, fit l'éducation de ses fils, spécula sur la terre et adressa des lettres au gouvernement pour se plaindre de ses impôts et faire savoir qu'il objectait à la participation de la municipalité à un projet de chemin de fer – dont tout l'intérêt était gâché, dit-il, au profit de capitalistes en Grande-Bretagne.

Il n'en demeure pas moins qu'Andrew et lui soutinrent le gouverneur britannique, sir Francis Bond Head, qui représentait certainement ces capitalistes, contre la rébellion menée par un compatriote écossais, William Lyon Mckenzie, en 1837. Ils adressèrent au gouverneur une lettre d'une flatterie empressée, dans le grand style servile de l'époque. Certains de leurs descendants auraient peut-être préféré qu'il n'en fût rien, mais on ne peut pas faire grand-chose concernant la politique de nos parents, morts ou vivants.

Et Walter eut les moyens de retourner, le temps d'un voyage, en Écosse, où il se fit photographier portant un plaid et brandissant un bouquet de chardons.

Sur la pierre commémorant Andrew et Agnes (et James le Vieux et Helen) apparaît aussi le nom de leur fille Isabel, qui comme sa mère mourut à un âge avancé. Elle a un nom de femme mariée mais il n'y a pas d'autre trace de son époux.

Née en mer.

Et il y a aussi le nom du premier-né d'Andrew et Agnes, le frère aîné d'Isabel. Ainsi que ses dates.

James le Jeune mourut moins d'un mois après l'arrivée de sa famille à Québec. Son nom est là mais lui n'y est certainement pas. Ils n'avaient pas acquis leur terre quand il mourut, ils n'avaient même pas encore vu ces lieux. Il a peut-être été enterré quelque part en chemin entre Montréal et York ou dans l'animation frénétique de cette ville neuve elle-même. Peut-être dans une tombe rudimentaire d'un cimetière provisoire aujourd'hui recouvert par l'asphalte, peut-être sans pierre tombale dans un cimetière où d'autres corps seraient plus tard enterrés par-dessus le sien. Mort d'un quelconque accident dans les rues animées de York, ou d'une fièvre, ou de la dysenterie – ces accidents et ces maladies qui détruisaient communément les jeunes enfants en ce temps-là.

Illinois

Une lettre de ses frères parvint à William Laidlaw dans les Highlands vers le début des années 1830. Ils s'y plaignaient de n'avoir pas eu de ses nouvelles depuis trois ans et lui annonçaient que son père était mort. Il ne lui fallut pas très longtemps, une fois assuré de cette nouvelle, pour commencer à préparer son départ en Amérique. Il sollicita et reçut une lettre de référence de son employeur, le colonel Munro (peut-être l'un des nombreux propriétaires terriens des Highlands qui pour garantir les profits d'un élevage de moutons recrutaient un régisseur parmi les hommes de la frontière). Il attendit que Mary ait accouché de son quatrième enfant – c'était mon arrière-grand-père Thomas – puis il rassembla les affaires de sa famille et se mit en route. Son père et ses frères avaient parlé d'aller en Amérique mais ce disant ils pensaient au Canada. William avait le verbe précis. Il avait rejeté la vallée de l'Ettrick au profit des Highlands sans le moindre regret, et il était prêt désormais à quitter tout à fait l'Empire britannique – il partait pour l'Illinois.

Ils s'établirent à Joliet, près de Chicago.

Là, le 5 janvier 1839, ou 1840, William mourut du choléra, et Mary donna naissance à une fille. Le tout en une journée.

Elle écrivit aux frères en Ontario – qu'aurait-elle pu faire d'autre ? – et à la fin du printemps, quand les routes furent sèches et les champs ensemencés, Andrew vint avec un chariot attelé d'une paire de bœufs pour l'emmener avec ses enfants et ses possessions à Esquesing.

« Où est la boîte en fer-blanc ? demanda Mary. Je l'ai vue hier soir juste avant d'aller me coucher. Est-elle déjà dans le chariot ? »

Andrew répondit qu'elle n'y était pas. Il revenait à l'instant d'avoir chargé les deux rouleaux de literie enveloppés de toile à sac.

«Becky?» interrogea sèchement Mary. Comme Becky Johnson était tout près, se balançant d'avant en arrière sur un tabouret de bois avec le bébé dans les bras, elle aurait sûrement pu dire quelque chose si elle savait où était cette boîte. Mais elle était d'humeur boudeuse, avait à peine prononcé une parole ce matin-là. Et pour l'heure elle ne fit rien que secouer à peine la tête, comme si la boîte et les bagages, leur chargement et le départ qui n'allait pas tarder, ne signifiaient rien pour elle.

«Est-ce qu'elle comprend?» demanda Andrew. Becky était à moitié indienne et il l'avait prise pour une domestique jusqu'à ce que Mary explique que c'était une voisine.

«On en a aussi, dit-il, parlant comme si Becky n'avait pas d'oreilles. Mais on ne les fait pas entrer et s'asseoir à la maison comme ça.»

«Elle m'a aidée bien plus que les autres, répliqua Mary, cherchant à le faire taire. Son père était blanc.»

«Bah», fit Andrew, comme pour dire qu'il y avait deux façons de voir ce fait-là.

Mary déclara, «Je n'arrive pas à penser comment elle a pu disparaître sous mes yeux.»

Elle se détourna de son beau-frère vers le fils qui était son principal réconfort.

«Johnnie, as-tu vu la boîte noire, par hasard?»

Johnnie était assis sur le sommier du bas des lits superposés maintenant dépouillés de leur literie et surveillait ses petits frères Robbie et Tommy, comme sa mère le lui avait demandé. Il avait inventé un jeu qui consistait à lâcher une cuillère entre les lattes sur le plancher pour voir lequel des deux la ramasserait le premier. C'était naturellement Robbie qui gagnait chaque fois, bien qu'il lui ait demandé de ralentir pour laisser une chance à son cadet. Tommy était dans un tel état d'excitation que cela n'avait pas l'air de l'ennuyer. Il avait de toute façon l'habitude de ce genre de situation, étant le plus jeune.

Johnnie secoua la tête, soucieux. Mary ne s'attendait pas à autre chose. Mais au bout d'un instant il prit la parole, comme s'il venait de se rappeler sa question.

« Jamie est assis dessus. Dehors, dans la cour. »

Et pas seulement assis dessus, vit Mary quand elle sortit à la hâte, car il l'avait recouverte de la veste de son père, la veste que Will portait le jour de son mariage. Il devait l'avoir sortie de la malle de vêtements qui était déjà dans le chariot.

« Qu'est-ce que tu fais ? cria Mary comme si elle ne le voyait pas. Tu n'as pas le droit de toucher à cette boîte. Que fais-tu avec la veste de ton père que j'avais emballée ? Tu mériterais que je te gifle. »

Elle savait qu'Andrew l'observait, et pensait probablement que c'était là une piètre réprimande. Il avait demandé à Jamie de l'aider à charger la malle et ce dernier s'était exécuté de mauvaise grâce, mais s'était ensuite éclipsé au lieu de rester pour voir en quoi il pouvait encore l'aider. Et la veille, quand Andrew était arrivé, le gamin avait fait semblant de ne pas savoir qui c'était. « Il y a un bonhomme dehors sur la route avec un chariot et une paire de bœufs », avait-il annoncé à sa mère comme si rien de tel n'était attendu et que cela ne le concernait pas.

Andrew avait demandé à sa belle-sœur si le jeune garçon allait bien. Bien dans sa tête, voulait-il dire.

« La mort de son père a été dure pour lui », répondit-elle.

« Oui », avait fait Andrew, mais pour ajouter aussitôt qu'il avait eu le temps de s'en remettre, depuis.

La boîte était fermée à clé. Une clé que Mary portait autour du cou. Elle se demanda si, ignorant cela, Jamie avait eu l'intention de l'ouvrir. Elle était sur le point de fondre en larmes.

« Remets la veste dans la malle », fut tout ce qu'elle put dire.

Dans la boîte il y avait le pistolet de Will et les papiers dont Andrew avait besoin concernant la maison et la terre, la lettre que le colonel Munro avait rédigée avant leur départ d'Écosse, et une autre que Mary elle-même avait envoyée à Will avant leur mariage. C'était une réponse à une lettre de lui – le premier mot qu'elle avait reçu depuis qu'il avait quitté Ettrick, des années auparavant. Il y disait qu'il se la rappelait bien et que, depuis le temps, il aurait certainement entendu parler de ses noces. Elle avait répondu qu'en pareil cas elle n'eût pas manqué de lui envoyer une invitation.

« Bientôt je serai comme un de ces vieux almanachs oubliés dans un rayon et que personne n'achètera plus », écrivit-elle. (Mais à sa honte, quand il lui avait montré cette lettre, bien plus tard, elle vit qu'elle avait écrit *almanac*, sans « h ». La vie avec lui, entourée de livres et de journaux, avait énormément amélioré son orthographe.)

Il est vrai qu'elle était dans sa vingt-cinquième année quand elle lui avait écrit cela, mais elle gardait confiance dans son physique. Aucune femme qui se fût jugée déficiente dans ce domaine n'aurait osé pareille comparaison. Et elle avait terminé par une invite aussi patente que les mots le permettaient. *Si vous veniez me faire la cour*, avait-elle dit, *si vous veniez me faire la cour par une nuit de clair de lune, je crois que vous seriez préféré à tout autre.*

C'était prendre un très gros risque, avait-elle dit quand il la lui montra. N'avais-je donc aucune fierté ?

Et moi non plus, conclut-il.

Avant le départ elle emmena les enfants sur la tombe de Will pour dire au revoir. Même la petite Jane, encore bébé, qui ne se le rappellerait pas mais à qui l'on pourrait dire par la suite qu'elle y était allée.

« Elle sait pas », dit Becky, essayant de s'accrocher à la petite quelques instants de plus. Mais Mary lui prit le bébé des bras, après quoi Becky s'en alla. Elle sortit de la maison sans même dire au revoir. Elle était là quand l'enfant était née et avait pris soin de l'une et de l'autre quand Mary n'était plus elle-même, et maintenant elle n'attendait même pas pour dire au revoir.

Mary leur fit dire adieu à leur père un par un. Même Tommy le dit, trop heureux d'imiter les autres. La voix de Jamie était lasse et sans expression, comme si on lui avait fait réciter quelque chose à l'école.

Le bébé gigotait dans les bras de Mary, peut-être Becky et son odeur lui manquaient-elles. Pour cette raison, avec l'idée d'Andrew qui attendait, pressé de se mettre en route, le sentiment de malaise et le chagrin qu'avait fait naître en elle le ton de Jamie, l'adieu de Mary elle-même fut rapide et de pure forme, le cœur n'y était pas.

Jamie se faisait une idée très nette de ce que son père aurait pensé de toute l'affaire. Les conduire tous faire leurs adieux à une pierre. Son père ne croyait pas qu'il faille faire semblant qu'une chose en était une autre et il aurait dit qu'une pierre était une pierre et que, s'il existait un quelconque moyen de parler à un mort et d'en entendre une réponse, ce n'était pas celui-là.

Sa mère était une menteuse. Ou si elle ne mentait pas purement et simplement, du moins masquait-elle les choses. Elle avait dit que son oncle allait venir mais n'avait pas dit – il en était certain – qu'ils repartiraient avec lui. Puis quand la vérité était apparue, elle prétendit la lui avoir déjà dite. Mais le plus faux, le plus méprisable, était d'avoir prétendu que c'était là ce que son père aurait voulu.

Son oncle le haïssait. Naturellement. Quand sa mère avait dit avec cette sotte façon qu'elle avait de peindre la vie en rose, « Pour moi, c'est lui l'homme de la maison, maintenant », son oncle avait répondu, « Ah, oui », comme pour dire qu'elle était mal lotie si c'était là tout ce qu'elle avait pu trouver.

En une demi-journée ils eurent laissé derrière eux la grande plaine et ses dépressions broussailleuses. Et ce, alors que l'allure des bœufs était celle d'un homme au pas. La moitié à peine de celle de Jamie, qui disparaissait devant eux pour réapparaître quand ils débouchaient d'un tournant puis disparaissait de nouveau, semblant prendre encore de l'avance.

« Ils n'ont pas de chevaux là où vous êtes ? » demanda Johnnie à son oncle. Des chevaux les doublaient de temps à autre dans un tourbillon de poussière.

« Ces bêtes-ci ont la force », dit son oncle après un silence. Puis, « N'as-tu jamais appris qu'il faut te taire tant qu'on ne t'a pas invité à parler ? »

« C'est parce que nous avons une telle charge de bagages, Johnnie, dit sa mère d'une voix qui était à la fois une mise en garde et une prière. Et quand tu seras fatigué de marcher, tu pourras grimper ici et ils te transporteront toi aussi. »

Elle avait déjà hissé Tommy sur son genou et tenait le bébé de l'autre côté. Robbie entendit ce qu'elle disait et le prit pour une invitation, de sorte que Johnnie le souleva pour qu'il se perche sur les sacs à l'arrière.

« Tu veux monter avec eux ? demanda son oncle. C'est maintenant qu'il faut parler si c'est ce que tu veux. »

Johnnie secoua la tête mais il fallait croire que son oncle ne le vit pas car sitôt après il reprit, « Réponds quand je te parle. »

Johnnie dit, « Non monsieur », comme on le leur apprenait à l'école.

« Non, oncle Andrew », dit Mary, ajoutant encore à la confusion puisque cet oncle-là n'était certainement pas celui de sa mère.

Oncle Andrew émit un grognement irrité.

« Il s'efforce toujours d'être sage et obéissant », dit sa mère, et alors que cela aurait dû faire plaisir à Johnnie, il n'en fut rien.

Ils avaient pénétré dans une forêt de grands chênes dont les branches se rejoignaient au-dessus de la route. Dans ces branches, on entendait, et parfois on voyait, le vol brillant des orioles, des cardinaux et des carouges à épaulettes. Le sumac avait sorti ses houppes crémeuses, pas-d'âne et ancolies étaient en fleurs et les cierges du bouillon-blanc se dressaient droits comme des soldats. Les tiges grimpantes de la vigne avaient enveloppé certains buissons d'une couche de feuillage si épaisse qu'on les eût pris pour des lits de plumes, ou des vieilles.

« T'a-t-on raconté des histoires de chats sauvages ? demanda Mary à Andrew. C'est-à-dire, quand tu as fait route dans l'autre sens, en venant ? »

« Si on m'en a raconté je ne les ai pas écoutées, répondit-il. Tu penses au petit gars qui est devant ? Il me rappelle son père. »

Mary ne dit rien.

Alors Andrew, « Il ne pourra pas soutenir cette allure indéfiniment ».

Tel fut bien le cas. Au débouché du tournant suivant, ils ne virent pas Jamie. Mary n'émit aucun commentaire, de peur qu'Andrew la juge sotte. Puis une longue portion de route droite et plate s'offrit à la vue, il n'était toujours pas là. Quand ils eurent parcouru une certaine distance, Andrew dit, «Tourne donc la tête comme pour regarder les petits à l'arrière, mais fais mine de ne pas t'intéresser à la route». Ce que faisant, Mary aperçut une silhouette qui les suivait. Il était trop loin pour qu'on distingue son visage mais elle sut que c'était Jamie, traînant les pieds d'un pas nettement moins gaillard.

«Il nous a attendus caché dans les fourrés, dit Andrew, et nous a laissés passer. Es-tu rassurée maintenant pour les chats sauvages?»

Le soir, ils firent halte près de la frontière de l'Indiana, devant une auberge installée à un carrefour. Les bois n'avaient pas été défrichés bien loin, mais il y avait quelques champs ceints de clôtures, des constructions de rondins et d'autres dotées de charpentes, granges ou maisons. Jamie avait fait tout le chemin à pied, se rapprochant du chariot à mesure que l'obscurité tombait. Cela se produisit rapidement sous la voûte des arbres — quand ils débouchèrent dans la clairière ils furent surpris de voir que la clarté du jour mettrait encore longtemps à disparaître. Dans le chariot les enfants s'étaient réveillés — Johnnie y était monté aussi, l'obscurité venue — et tous se taisaient, observant ces lieux nouveaux pour eux et les gens qui les peuplaient. Ils n'ignoraient pas les auberges à Joliet — il y en avait trois en tout — mais on ne leur avait jamais donné loisir d'en explorer une.

Andrew s'adressa à l'homme qui en était sorti. Il demanda une chambre pour Mary, le bébé et les deux petits garçons, et convint d'un endroit où dormir sur la véranda pour lui et les deux aînés. Puis il aida Mary à descendre et les enfants sautèrent à bas du chariot qu'il conduisit derrière la maison où l'aubergiste avait dit que leurs affaires seraient en sûreté. Les bœufs pouvaient être mis à paître.

Et soudain Jamie fut parmi eux. Ses souliers pendaient à son cou.

«Jamie est allé à pied», dit Robbie, l'air pénétré.

Johnnie demanda à Mary, «Ça faisait beaucoup, à pied?»

Mary n'en avait pas idée. «Assez pour s'épuiser, en tout cas.»

Et Jamie, « Pas du tout. Je ne suis même pas fatigué. J'aurais pu marcher deux fois plus sans être fatigué. »

Johnnie voulut savoir s'il avait vu des chats sauvages.

« Non. »

Ils traversèrent tous la véranda, sur laquelle des hommes fumaient, assis dans des fauteuils ou sur la balustrade. « Bonsoir », dit Mary, et les hommes répondirent, « Bonsoir », sans lever les yeux.

Jamie qui marchait à côté de sa mère dit, « J'ai vu quelqu'un ».

« Qui ? demanda Johnnie. Quelqu'un de méchant ? »

Jamie ne fit pas attention à lui. Mary intervint, « Jamie, ne le taquine pas ».

Avec un soupir elle ajouta, « Je crois qu'il faut sonner cette cloche », ce qu'elle fit, et une femme sortit d'une pièce du fond. La femme les conduisit à l'étage et jusqu'à une chambre en disant qu'elle apporterait de l'eau pour que Mary fasse sa toilette. Les garçons pouvaient se débarbouiller derrière la maison, à la citerne. Il y avait des serviettes là-bas, sur une tringle.

« Vas-y, dit Mary à Jamie. Emmène Johnnie avec toi. Je garde Robbie et Tommy ici. »

« J'ai vu quelqu'un, tu sais », dit Jamie.

Même la layette du bébé était trempée et il faudrait le changer sur le plancher, pas sur le lit. À genoux, Mary demanda, « Qui ? Quelqu'un que je connais ? »

« J'ai vu Becky Johnson. »

« Où ? demanda Mary en se redressant brusquement. Où ? Becky Johnson ? Elle est ici ? »

« Je l'ai vue dans les fourrés. »

« Où allait-elle ? Que t'a-t-elle dit ? »

« Je n'étais pas assez près pour lui parler. Elle ne m'a pas vu. »

« Était-ce encore près de chez nous ? demanda Mary. Réfléchis. Près de chez nous ou plus près d'ici ? »

« Plus près d'ici, répondit Jamie, songeur. Pourquoi dis-tu près de chez nous alors que tu as dit qu'on n'y retournerait jamais ? »

Mary ignora la remarque. « Où allait-elle ? »

«Par ici. Elle a disparu. En une minute.» Il secouait la tête, comme un vieillard. «Elle ne faisait pas le moindre bruit.»

«C'est ainsi que font les Indiens, dit Mary. Tu n'as pas essayé de la suivre?»

«Elle n'arrêtait pas d'entrer sous les arbres et d'en ressortir et ensuite j'ai cessé de la voir. Sans quoi je l'aurais suivie. Je l'aurais fait pour lui demander à quoi elle jouait.»

«Ne t'avise jamais de faire une chose pareille, dit Mary. Tu ne connais pas le pays comme ils le connaissent, tu risquerais de te perdre, comme ça.» Elle claqua des doigts sous le nez de son fils, puis s'affaira de nouveau à changer les langes du bébé. «Je pense qu'elle avait quelque chose à faire, dit-elle. Les Indiens ont leurs propres activités dont nous ne savons jamais rien. Ils ne nous racontent pas tout ce dont ils s'occupent. Même Becky. Quelle raison aurait-elle?»

La femme de l'auberge entra, portant un grand broc d'eau.

«Qu'est-ce que tu as? demanda-t-elle à Jamie. Tu as peur parce qu'il y a dehors des garçons que tu ne connais pas? C'est mes fils, ils ne te feront pas de mal.»

Il n'en fallut pas plus pour que Jamie dévale l'escalier, Johnnie sur les talons. Puis les deux petits sortirent en courant eux aussi.

«Tommy! Robbie!» appela Mary, mais la femme dit, «Votre mari y est, il les surveillera».

Mary ne prit pas la peine de la détromper. Cela ne regardait pas cette inconnue, ni aucune autre, qu'elle n'eût pas de mari.

Le poupon s'endormit en tétant et Mary le coucha sur le lit, entre deux traversins pour l'empêcher de rouler. Elle descendit souper, soulagée de laisser pendre son bras endolori par le fardeau qu'il avait supporté toute la journée. Il y avait du porc avec du chou et des pommes de terre bouillies. Elles dataient de l'année dernière, ces pommes de terre, et la viande avait une épaisse couche de gras coriace. Elle préféra donc calmer sa faim en mangeant des radis, des légumes verts et du pain frais, lequel était très savoureux, le tout arrosé de thé fort. Les enfants mangeaient seuls à une autre table, si joyeux qu'ils ne lui accordèrent pas un regard, pas même Tommy. Fatiguée à ne plus tenir debout, elle se demandait comment elle resterait éveillée assez longtemps pour les coucher.

Il n'y avait qu'une autre femme dans la pièce en plus de celle de l'auberge qui apportait les plats. Cette autre femme ne levait jamais la tête et engloutit son souper comme si elle mourait de faim. Elle n'avait pas ôté son bonnet et devait être étrangère. Son étranger de mari lui adressait quelques mots, des grognements plutôt, de temps à autre. D'autres convives entretenaient une conversation roulante, la plupart s'exprimant avec ces intonations américaines dures et déplaisantes que les fils de Mary commençaient à imiter. Ils échangeaient toutes sortes d'informations et se contredisaient en agitant leurs couteaux et leurs fourchettes dans les airs. En réalité il y avait deux ou trois conversations – une sur les événements du Mexique, une autre sur la destination d'une voie de chemin de fer, laquelle se mêlait à une troisième sur la découverte d'une mine d'or. Certains fumaient le cigare à table et, s'ils n'avaient pas de crachoir à portée, se détournaient pour cracher sur le plancher. Le voisin de Mary tenta d'entamer une conversation plus convenable pour une dame en lui demandant si elle était allée à la réunion sous chapiteau. Elle ne comprit pas d'abord qu'il faisait allusion à un prêche pour le renouveau de la foi, mais quand elle l'eut compris, elle dit que ces choses-là ne l'intéressaient pas le moins du monde et il lui demanda pardon et se tut.

Elle songea qu'elle n'aurait pas dû répondre si sèchement, d'autant que c'était lui qui lui passait le pain. Mais elle avait également conscience qu'Andrew, assis de l'autre côté d'elle, n'aurait pas aimé qu'elle parle. Ni à cet homme, ni peut-être à quiconque. Lui-même gardait la tête baissée et faisait des réponses aussi brèves que possible. Tout comme autrefois, à l'école. Depuis toujours il était difficile de savoir s'il était réprobateur, ou seulement timide.

Will était plus libre. Will aurait peut-être eu envie qu'on lui parle du Mexique. Du moment que ceux qui en parlaient connaissaient le sujet. Trop souvent il jugeait que les gens ne savaient pas de quoi ils parlaient. Si l'on envisageait cette tendance chez lui, Will n'avait pas été si différent d'Andrew, ni si différent de sa famille, que lui-même le pensait.

Une chose dont on ne disait mot dans cette contrée était la religion – sauf à compter l'assemblée de prêche, et Mary ne le faisait pas. Pas de disputes enflammées sur la doctrine. Pas plus d'allusions à des fantômes ou à d'étranges visiteurs, comme autrefois à Ettrick. Ici on avait les deux pieds sur terre, il était seulement question de ce que l'on pouvait savoir, faire et comprendre du monde réel, et elle imaginait que Will eût approuvé – c'était bien dans ce monde-là qu'il avait souhaité venir.

Elle se faufila hors de sa place, disant à Andrew qu'elle était trop fatiguée pour avaler une bouchée de plus, et se dirigea vers le hall d'entrée.

Par le fin treillis métallique de la porte à moustiquaire, le dernier petit soupir d'une brise parvint à se glisser entre sa peau et ses vêtements imprégnés de poussière et de sueur et elle sentit monter en elle le désir d'une nuit profonde et calme, comme on n'en connaissait probablement jamais dans une auberge. Outre le brouhaha de la salle à manger, elle entendait le fracas d'ustensiles et de vaisselle de la cuisine et, provenant de la porte du fond, le bruit d'éclaboussures des eaux grasses versées dans la mangeoire des porcs qui les réclamaient avec force grognements. Et dans la cour, montaient les voix des enfants, dont les siens… *quatre-vingt-dix-huit, quatre-vingt-dix-neuf, cent! J'arrive!*

Tapant dans ses mains, elle cria.

«Robbie et Tommy! Johnnie, fais rentrer tes petits frères.»

Quand elle vit que Johnnie l'avait entendue, elle tourna les talons sans attendre et monta l'escalier.

Johnnie, ayant fait entrer ses frères dans le hall, leva les yeux vers sa mère en haut des marches et vit qu'elle le regardait avec une terrible frayeur glacée, comme si elle ne le reconnaissait pas. Elle fit un pas en avant, trébucha et se redressa juste à temps, agrippée à la rampe. Relevant la tête, elle croisa son regard mais ne put parler. Il poussa un cri en se précipitant dans l'escalier et l'entendit dire, le souffle presque coupé, «Le bébé…»

C'était parce que le bébé avait disparu. Les traversins n'avaient pas bougé, pas plus que la toile qu'elle avait étalée entre eux par-dessus l'édredon. On avait pris le bébé délicatement pour l'emporter.

Le cri de Johnnie attira une petite foule presque aussitôt. La nouvelle passa d'une personne à l'autre. Andrew rejoignit Mary et lui dit, «Tu es sûre?» puis poursuivit jusqu'à la chambre. Thomas hurla de sa voix perçante d'enfant que les toutous avaient mangé sa petite sœur.

«Tu mens, cria la femme de l'auberge comme elle aurait rembarré un adulte. Ces chiens n'ont jamais fait de mal à personne de leur vie. Ils ne tueraient même pas une marmotte.»

Mary dit, «Non. Non.» Thomas courut jusqu'à elle pour nicher la tête entre les jambes de sa mère et elle se laissa tomber plus qu'elle ne s'assit sur les marches.

Elle dit qu'elle savait ce qui s'était passé. S'efforçant alors de calmer les soubresauts de sa respiration, elle dit que c'était Becky Johnson.

Andrew était revenu après avoir fait le tour de la chambre pour s'assurer qu'elle ne s'était pas trompée. Il lui demanda ce qu'elle voulait dire.

Mary répondit que Becky Johnson avait presque traité la petite comme si c'était la sienne. Elle désirait si fort la garder avec elle qu'elle avait dû venir la voler.

«C'est une squaw, dit Jamie, expliquant les choses aux gens qui l'entouraient en bas de l'escalier. Elle nous a suivis aujourd'hui. Je l'ai vue.»

Plusieurs personnes, mais Andrew avec le plus d'insistance, voulurent savoir où il l'avait vue, s'il était sûr que c'était elle et pourquoi il n'en avait rien dit. Jamie répliqua qu'il l'avait dit à sa mère. Puis il répéta plus ou moins ce qu'il avait raconté à Mary.

«Je n'ai pas assez pris garde à son récit», dit Mary.

Un homme prétendit alors que les squaws étaient connues pour enlever des petites filles blanches.

« Elles les élèvent comme des Indiennes avant d'aller les vendre à tel ou tel chef pour un bon paquet de wampum. »

« Elle saurait d'ailleurs très bien s'en occuper, dit Mary qui ne l'avait peut-être même pas entendu. Becky est une brave Indienne. »

Andrew demanda où elle croyait que Becky irait maintenant et Mary dit, chez nous probablement.

« C'est-à-dire à Joliet », ajouta-t-elle.

L'aubergiste déclara qu'ils ne pouvaient pas refaire cette route de nuit, que personne ne le pouvait, excepté les Indiens. Son épouse était d'accord avec lui. Elle avait apporté une tasse de thé à Mary. Avec une gentillesse retrouvée, elle caressa la tête de Tommy. Andrew décida qu'ils rebrousseraient chemin dès l'aube du lendemain.

« Pardon », dit Mary.

Il dit qu'on n'y pouvait rien. Comme à pas mal d'autres choses, voilà ce qu'il sous-entendait.

L'homme qui avait installé la scierie du village possédait une vache qu'il laissait vaguer à sa guise, envoyant sa fille Susie la chercher, le soir, pour la traire. Susie était presque toujours accompagnée de son amie Meggie, la fille du maître d'école. Elles avaient treize et douze ans et étaient liées dans une relation passionnée débordant de rites secrets, de plaisanteries ésotériques et d'une fidélité fanatique. Il est vrai qu'elles n'avaient pas d'autre amitié possible, étant les deux seules filles de leur âge au village, mais cela ne les empêchait pas d'avoir le sentiment de s'être réciproquement choisies de préférence au reste du monde.

Au nombre de leurs jeux favoris, il en était un qui consistait à appeler les gens par d'autres noms que le leur. Il s'agissait tantôt d'une simple substitution, quand elles appelaient Tom le nommé George ou Edith une certaine Rachel. Tantôt elles célébraient par là un trait caractéristique – ainsi surnommaient-elles Croc l'aubergiste à cause de la longue canine qui reposait sur sa lèvre inférieure – ou soulignaient l'exact opposé de ce qu'une personne souhaitait être, par exemple la femme de l'aubergiste, qui tenait beaucoup à la propreté de ses tabliers. Elles l'appelaient Graillon la Graisseuse.

Le gamin qui s'occupait des chevaux se nommait Fergie, mais elles l'appelaient Birdie. Il avait cela en horreur, à leur grande satisfaction. Il était petit et râblé, avec une chevelure noire bouclée et des yeux innocents très écartés, et était arrivé d'Irlande un an auparavant. Il les poursuivait quand elles moquaient sa façon de parler. Mais leur plus grande réussite avait été de lui adresser une lettre d'amour qu'elles avaient signée Rose – le vrai nom, se trouva-t-il, de la fille de l'aubergiste – et de la déposer sur la couverture de cheval sous laquelle il dormait à l'écurie. Elles ne s'étaient pas rendu compte qu'il ne savait pas lire. Il la montra à tous ceux qui passaient par l'écurie et elle devint un grand objet de plaisanteries et de scandale. Rose fut promptement envoyée apprendre le métier de modiste, bien qu'on ne l'eût pas réellement soupçonnée de l'avoir écrite.

Pas plus que Susie et Meggie n'en furent soupçonnées.

Une des conséquences fut que le garçon d'écurie vint frapper à la porte du père de Meggie pour demander qu'on lui apprenne à lire.

Ce fut Susie, la plus âgée, qui s'assit sur le tabouret qu'elles avaient apporté et entreprit de traire la vache, pendant que Meggie se promenait de-ci de-là pour cueillir et manger les dernières fraises sauvages. L'endroit que la vache avait choisi pour y brouter à la fin de cette journée était proche des bois, à quelque distance de l'auberge. Entre la porte latérale de cette dernière et les bois proprement dits, il y avait un verger de pommiers, et entre la dernière rangée de pommiers et la forêt, une petite cabane à la porte branlante. On l'appelait le fumoir alors qu'elle ne servait plus à cet usage, ni à aucun autre, à présent.

Qu'est-ce qui poussa Meggie à inspecter la cabane à ce moment-là ? Elle ne le sut jamais. Peut-être fut-ce que la porte était fermée, ou rabattue de manière à être à peu près aussi fermée que possible. Mais ce ne fut pas avant d'avoir commencé à se battre avec la porte pour l'ouvrir qu'elle entendit les pleurs d'un bébé.

Elle l'emporta pour le montrer à Susie, et quand elle trempa ses doigts dans le lait frais et en présenta un au nourrisson, il cessa de pleurer pour se mettre à le sucer goulûment.

«Une femme a-t-elle pu accoucher et le cacher ici?» demanda-t-elle, et Susie l'humilia – comme elle pouvait le faire à l'occasion, par la supériorité de certaines de ses connaissances – en disant que l'enfant n'avait rien à voir avec un nouveau-né, étant bien trop grand. Et vêtu comme il ne le serait pas si on avait seulement voulu s'en débarrasser.

«Bon, bon, dit Meggie. Que va-t-on en faire?»

Entendait-elle par là ce qu'il serait le plus approprié de faire? Auquel cas la réponse eût été de l'emporter chez l'une ou chez l'autre. Ou à l'auberge, qui était plus près.

Ce n'était pas du tout ce qu'elle entendait par là.

Non. Elle voulait dire, comment pouvons-nous nous en servir? Comment en tirer le meilleur parti pour faire une farce ou duper quelqu'un?

Il était loin d'avoir tout calculé d'avance. Il avait compris, quand ils étaient partis de chez eux, que son père – qui n'était pas sous la pierre mais dans les airs ou marchait invisible sur la route et faisait connaître ses opinions aussi bien que s'ils avaient parlé ensemble –, oui, son père, était opposé à leur départ. Sa mère devait le savoir aussi, mais elle était prête à céder à ce nouveau venu qui ressemblait à son père par le physique et même par la voix mais n'était qu'un imposteur. Qui d'ailleurs pouvait bien être le frère de son père, mais n'en était pas moins un imposteur.

Quand elle s'était mise à faire les bagages, il avait cru que quelque chose l'arrêterait – ce ne fut qu'à l'arrivée de cet «oncle Andrew» qu'il vit qu'aucun accident ne les retiendrait et que cela dépendait de lui.

Puis quand il fut fatigué d'essayer de les distancer et se faufila dans les bois, il se mit à imaginer qu'il était un Indien, comme il l'avait déjà fait souvent. C'était une idée qui vous venait naturellement des pistes que l'on découvrait, ou des suggestions de pistes, qui longeaient la route ou s'en écartaient. Faisant de son mieux pour glisser sans être entendu ni vu, il s'imagina des compagnons indiens et finit presque par les voir ; alors il pensa à Becky Johnson, qui aurait pu les suivre dans l'espoir d'une occasion de voler ce bébé qui lui inspirait un amour déraisonnable. Il était resté dans les bois jusqu'à ce que les autres s'arrêtent devant l'auberge et il avait vu cette cabane, l'avait inspectée avant de traverser le verger de pommiers. Ces mêmes pommiers l'avaient dissimulé quand il était sorti par la porte latérale avec la petite endormie, qui pesait si peu dans ses bras, respirait si faiblement, qu'on avait du mal à imaginer que c'était un être humain. Ses yeux restaient entrouverts, à peine une fente, dans le sommeil. Dans la cabane, il y avait une ou deux étagères qui n'étaient pas tombées et il la posa sur celle du haut, où les loups et les chats sauvages, s'il y en avait, ne pourraient l'atteindre.

Il était arrivé en retard pour le souper mais personne n'y avait fait attention. Il avait prévu de dire qu'il était aux toilettes mais on ne lui demanda rien. Tout s'enchaînait aussi facilement que si cela avait continué de se dérouler dans son imagination.

Après le remue-ménage causé par la découverte de l'enlèvement, il n'avait pas voulu disparaître trop vite, de sorte qu'il faisait presque noir quand il courut sous les arbres pour aller voir la petite dans la cabane. Il espérait qu'elle n'aurait pas déjà faim mais s'avisa que, si tel était le cas, il pourrait cracher sur son doigt et le lui donner à téter, et qu'elle ne ferait peut-être pas la différence avec le lait.

On avait décidé de rebrousser chemin, ainsi qu'il l'avait prévu, et ce sur quoi il comptait, c'était qu'une fois de retour, d'une façon ou d'une autre sa mère comprendrait que leurs tentatives de départ étaient vouées à l'échec et dirait à «oncle Andrew» de se mêler de ses affaires.

Puisqu'il créditait désormais son père de lui avoir mis l'ensemble du plan dans la tête, il imaginait qu'il devait aussi avoir prévu que c'était exactement ce qui allait se passer.

Mais il y avait une faille. Son père ne lui avait pas mis dans la tête la façon de ramener la petite là-bas, autrement qu'en la portant tout le long du chemin, en restant dans les bois, comme il l'avait fait une partie du temps à l'aller. Et ensuite ? Quand il s'avérerait que Becky

Johnson n'avait pas le bébé, quand il s'avérerait qu'en fait elle n'était jamais partie de chez elle?

Une inspiration lui viendrait. Il le faudrait. Il pouvait certainement porter la petite, il n'avait d'ailleurs plus le choix. Et rester assez loin des autres pour qu'ils ne l'entendent pas pleurer. Elle serait affamée à ce moment-là.

Pouvait-il imaginer un moyen de voler du lait à l'auberge?

Il ne put continuer de se poser le problème parce qu'il remarqua quelque chose.

La porte de la cabane était ouverte, alors qu'il pensait l'avoir fermée.

Il n'y avait pas de pleurs, pas un bruit.

Et il n'y avait pas de bébé.

La plupart des hommes descendus à l'auberge avaient pris des chambres, mais quelques-uns, comme Andrew, avec ses neveux James et John, couchaient sur des nattes à même le plancher de la longue véranda.

Andrew fut éveillé un peu avant minuit par le besoin de se soulager. Il se leva et parcourut toute la longueur de la véranda, jeta un coup d'œil aux garçons pour voir s'ils dormaient, puis descendit et décida, par respect de la bienséance, d'aller, par l'arrière du bâtiment, jusqu'au champ où il pouvait voir à la lumière de la lune que les chevaux dormaient debout et mâchonnaient dans leurs rêves.

James avait entendu les pas de son oncle et fermé les yeux mais il ne dormait pas.

Soit le bébé avait été volé pour de bon, cette fois, soit il avait été emporté, déchiré et probablement à demi dévoré par une bête. Il n'y avait aucune raison pour qu'il y soit lui-même mêlé ni qu'il se voie reprocher quoi que ce soit. Peut-être la responsabilité retomberait-elle sur Becky Johnson par il ne savait quel biais, s'il jurait l'avoir vue dans les bois. Elle-même jurerait qu'elle n'y était pas allée mais il jurerait le contraire.

Parce qu'ils allaient rebrousser chemin, c'était sûr. Il leur faudrait enterrer le bébé si jamais ils en retrouvaient des restes, ou même s'ils ne retrouvaient rien, ils seraient tenus de faire célébrer un service funèbre, n'est-ce pas? Ce qu'il avait souhaité voir arriver serait donc accompli. Sa mère serait mal en point, cependant.

Ses cheveux risquaient de devenir tout blancs en une nuit.

Si telle était la façon dont son père s'y prenait à présent pour mettre de l'ordre ou arranger les choses, elle était beaucoup plus radicale que tout ce qu'il aurait envisagé du temps où il était vivant.

Et puisqu'il opérait de cette manière impitoyable ou hasardeuse, son père se soucierait-il le moins du monde que la faute retombe sur Jamie?

Et aussi, sa mère risquait de voir qu'il y était pour quelque chose, qu'il ne disait pas tout. Elle en était capable, par moments, bien qu'elle ait facilement avalé le mensonge concernant Becky Johnson. Si elle apprenait, ou soupçonnait seulement quoi que ce soit qui approche de la vérité, elle le détesterait à jamais.

Il pouvait prier, si les prières d'un menteur avaient la moindre valeur. Prier pour que le bébé ait été emporté par une Indienne, pas Becky Johnson, certes, et qu'elle grandisse dans un campement indien, et vienne un jour frapper à leur porte pour vendre des babioles indiennes et alors elle serait très belle et aussitôt reconnue par sa mère qui se récrierait en pleurant de joie et retrouverait le visage et l'expression qui étaient les siens avant la mort du père de Jamie.

Arrête. Comment pouvait-il penser à des choses aussi bêtes?

Andrew attendit d'être arrivé dans l'ombre de l'écurie pour uriner. Ce faisant il entendit un bizarre petit cri de détresse. Il pensa à quelque animal nocturne, peut-être une souris dans un piège. Quand il se fut reboutonné, il l'entendit de nouveau et assez clairement cette fois pour se guider à lui, contournant l'écurie, traversant la cour, jusqu'à une dépendance fermée d'une porte ordinaire, et non d'une porte pour les animaux. Les cris étaient plus forts à présent, et Andrew, père de plusieurs enfants, les reconnut pour ce qu'ils étaient.

Il frappa à la porte, deux fois, et constatant qu'il n'y avait pas de réponse, actionna le loquet. Le verrou n'était pas tiré, la porte s'ouvrit vers l'intérieur. La lumière de la lune qui entrait par une fenêtre éclairait un bébé. Pas d'erreur, un bébé. Posé sur une étroite couchette, avec une couverture grossière et un oreiller plat, qui devait tenir lieu de lit à quelqu'un. À des crochets au mur pendaient quelques vêtements et une lanterne. C'était là que le garçon d'écurie devait coucher. Or il n'était pas chez lui, mais encore dehors – probablement à l'autre hôtel, plus louche, où l'on vendait de la bière et du whiskey. Ou en train de se promener au clair de lune avec une fille.

Dans sa chambre, sur son lit, il y avait ce bébé affamé.

Andrew le prit, sans remarquer le bout de papier qui tomba de ses langes. Il n'avait jamais accordé d'attention aux traits du bébé de Mary et ne le fit pas plus pour l'heure. Il ne risquait guère d'y avoir deux bébés enlevés la même nuit. Sans s'inquiéter outre mesure de son état, il l'emporta tranquillement à l'hôtel. Il avait d'ailleurs cessé de pleurer quand il l'avait pris dans ses bras.

Personne ne bougea sur la véranda quand il en monta les marches, et il gagna par l'escalier la chambre de Mary. Elle ouvrit la porte avant qu'il ait pu frapper, comme si elle avait entendu la respiration enchifrenée de l'enfant, et il parla aussitôt, à voix basse, pour qu'elle ne crie pas.

« Est-ce celle-ci qui te manque ? »

Le garçon d'écurie trouva le papier sur le plancher quand il rentra. Et il savait lire, désormais.

UN CADEAU d'une de tes PETITES AMIES.

Mais pas de cadeau, pas même un cadeau pour rire, il eut beau chercher, il n'en vit nulle part.

Jamie avait entendu son oncle monter sur la véranda, puis entrer dans l'auberge. Il l'entendit à présent en sortir, entendit son pas déterminé et menaçant venir dans sa direction au lieu de s'éloigner dans l'autre. Son cœur cogna sourdement à chaque pas. Puis il sut que son oncle était arrêté devant lui et le regardait. Il remua la tête et ouvrit les yeux à contrecœur, comme s'il se réveillait.

« Je viens de porter ta sœur à ta mère, dit son oncle du ton de celui qui énonce un fait. Tu peux cesser de te tourmenter. » Et il tourna les talons pour regagner l'endroit où il dormait.

Il n'y eut donc pas besoin de rebrousser chemin et ils poursuivirent le voyage le lendemain matin. Andrew jugea préférable de ne pas remettre en question l'histoire de l'Indienne et prétendit qu'à son avis elle avait pris peur et laissé le bébé sur le lit du garçon d'écurie. Il ne croyait pas à une quelconque implication de ce dernier et croyait en revanche à celle de James, il ne poussa toutefois pas l'enquête plus loin. Le garçon était sournois et d'un caractère difficile, mais à en juger par son expression cette nuit-là, cela lui servirait peut-être de leçon.

Mary avait été si contente de retrouver son bébé qu'elle ne chercha guère à savoir ce qui s'était passé. Croyait-elle encore Becky responsable ? Ou nourrissait-elle plus de soupçons qu'elle ne souhaitait le faire savoir sur les dispositions de son fils aîné ?

Les bœufs sont des animaux d'une patience infinie, sur lesquels on peut compter et qui ne posent qu'un seul problème véritable : une fois qu'ils ont décidé de l'endroit où ils veulent aller, il est très dur de les faire changer d'avis. S'ils aperçoivent un étang qui leur rappelle combien ils sont assoiffés et combien l'eau est agréable, le plus simple est de les laisser y aller. C'est ce qui se produisit aux alentours de midi, après qu'ils eurent quitté l'auberge. L'étang était vaste et proche de la route, et les deux aînés se dévêtirent pour grimper à un arbre dont une branche s'avançait au-dessus de l'eau dans laquelle ils se laissèrent tomber et retomber sans arrêt. Les petits pataugeaient sur le bord, le bébé dormait à l'ombre dans les hautes herbes et Mary cherchait des fraises.

Un renard roux au museau aigu les observa un temps de l'orée des bois. Andrew le vit mais n'en dit rien, estimant qu'il y avait déjà eu suffisamment d'émotion au cours de ce voyage.

Il savait, mieux qu'eux, ce qui les attendait. Des routes plus mauvaises et des auberges plus rudimentaires que tout ce qu'ils avaient vu jusqu'alors, la poussière qu'on soulevait sans cesse, les journées de plus en plus chaudes. La fraîcheur des premières gouttes d'une pluie qui se muait bientôt en tourment, la route transformée en bourbier et tous les vêtements trempés.

Il en avait assez vu de ces Yankees désormais pour savoir ce qui avait donné envie à Will de vivre parmi eux. L'énergie débordante, le verbe haut de ces gens frustes, le désir de ne pas manquer le coche. Quoiqu'il y en eût d'assez convenables, et que certains, et peut-être certains des pires, fussent écossais. Quelque chose en Will l'avait attiré vers ce genre d'existence.

Ce qui s'était révélé une erreur.

Andrew savait, bien sûr, que les risques de mourir du choléra dans le Haut-Canada étaient les mêmes que dans l'Illinois, et que c'était une ânerie de rendre responsable de la mort de Will la nationalité qu'il avait choisie. Il n'en fit rien. Et pourtant. Et pourtant – il y avait quelque chose dans tous ces départs précipités, cette rupture de tout lien avec sa famille et son passé, quelque chose d'impétueux et de présomptueux qui l'avait peut-être desservi, peut-être rendu sujet à un tel accident, un tel destin. Pauvre Will.

Et cela devint la façon dont les frères survivants parlaient de lui jusqu'au jour de leur mort, et la façon dont leurs enfants parlaient de lui. Pauvre Will. Ses propres fils, naturellement, ne l'appelaient jamais autrement que père, quoiqu'eux aussi, avec le temps, se soient peut-être mis à percevoir le voile de tristesse et de fatalité qui s'abattait chaque fois qu'on citait son nom. Mary ne parlait presque jamais de lui et les sentiments qu'il lui inspirait ne regardaient personne d'autre qu'elle-même.

Les terres vierges du canton de Morris

Les enfants de William grandirent à Esquesing, au milieu de leurs cousins. Ils furent bien traités. Mais l'argent manqua pour les envoyer à la petite école ou au collège, si l'un d'entre eux l'avait voulu ou qu'on l'avait jugé apte à y aller. Et il ne devait pas leur revenir de terre. Aussi prirent-ils, sitôt qu'ils furent en âge, le chemin d'une autre région inexploitée. Un de leurs cousins partit avec eux, un des fils d'Andrew. On l'appelait le grand Rob parce qu'il portait le même nom que le troisième fils de Will et Mary, qu'on appela désormais, quant à lui, le petit Rob. Comme on s'en faisait une habitude, ou un devoir, dans la famille, le grand Rob fut celui qui rédigea ses mémoires quand il fut devenu vieux pour que ceux qui restaient sachent comment s'étaient passées les choses.

Le troisième jour de novembre 1851, moi et mes deux cousins, Thomas Laidlaw, aujourd'hui de Blyth, et son frère John, qui est parti pour la Colombie-Britannique voilà plusieurs années, ayant chargé une caisse de draps et de couvertures et quelques ustensiles de cuisine dans un chariot, quittâmes le comté de Halton pour tenter notre chance dans les terres vierges du canton de Morris.

Nous n'allâmes pas plus loin que Preston le premier jour car les routes qui traversaient Nassagaweya et Puslinch étaient mauvaises et cahoteuses. Le lendemain nous arrivâmes à Shakespeare et le troisième après-midi à Stratford. Les routes empirant sans cesse à mesure que nous avancions vers l'ouest, nous jugeâmes préférable de faire envoyer nos sacs et nos petits objets à Clinton par la diligence. Mais celle-ci avait cessé de faire le trajet, dans l'attente du gel qui durcirait les routes, de sorte que nous laissâmes le chariot et les chevaux rebrousser chemin puisqu'un autre cousin était venu avec nous pour les ramener. John Laidlaw, Thomas et moi, notre hache sur l'épaule, gagnâmes Morris à pied. Nous trouvâmes une pension où nous devions toutefois dormir par terre, couverts d'un édredon. Il faisait un peu froid car l'hiver s'avançait mais nous nous attendions à des temps difficiles et nous en prîmes notre parti de notre mieux.

Nous commençâmes à défricher une route menant au lopin de John, puisqu'il était le plus proche de là où nous logions, puis nous coupâmes des rondins afin de bâtir une cabane et de grandes auges [1] qui en feraient le toit. L'homme chez qui nous logions avait une paire de bœufs et nous la prêta pour tirer les rondins et les auges. Nous trouvâmes ensuite quelques hommes qui nous aidèrent à bâtir la cabane mais ils étaient très peu nombreux car il n'y avait que cinq colons dans le canton. Nous réussîmes toutefois à élever la cabane et à la recouvrir d'auges. Le lendemain, nous entreprîmes de remplir les fentes entre les rondins, là où ils n'étaient pas très proches les uns des autres, avec de la boue, et de fourrer de la mousse dans les interstices des auges. Nous rendîmes la cabane assez confortable et, comme nous commencions à nous fatiguer de cheminer dans la neige chaque soir et chaque matin et que le lit était dur et froid, nous allâmes à Goderich essayer de trouver de l'ouvrage pour quelques jours et voir si nos caisses et nos ustensiles de cuisine étaient arrivés.

Nous ne rencontrâmes personne qui désirât nous embaucher, alors que nous étions trois compagnons de belle allure. Nous rencontrâmes un homme qui voulait faire couper du bois de chauffage mais il refusa de nous loger, nous parvînmes donc à

---

1. Plaques de bois (souvent du cèdre) de trente-cinq centimètres sur vingt environ, évidées sur une face (en anglais : *scoops*) dont on couvre la toiture des maisons en rondins.

la conclusion qu'il fallait retourner à Morris puisqu'il y avait là-bas beaucoup de bois à couper. Nous décidâmes d'emménager comme nous pourrions.

Nous achetâmes un baril de poisson à Goderich et en emportâmes une partie sur notre dos. En traversant le canton de Coulborne nous achetâmes de la farine à un homme et comme il allait à Goderich il dit qu'il en rapporterait le reste de notre poisson et un baril de farine jusqu'à Manchester (à présent Auburn). Nous l'y retrouvâmes et le vieil Elkins chargea dans son bac farine et poisson pour traverser la rivière et il nous fallut les porter à partir de là. Je n'aimais guère porter nos provisions.

Nous allâmes à notre cabane avec des branches de sapin afin de nous en faire un lit et une grosse planche d'orme afin d'en faire une porte. Un Français de Québec avait autrefois dit à John que dans les cabanes de bûcherons le feu était au milieu. John déclara donc qu'il voulait son feu au milieu de notre cabane. Nous prîmes quatre poteaux pour bâtir la cheminée dessus. Nous la couvrîmes de lattes, comme pour une maison, dans l'intention de les enduire de boue à l'intérieur et à l'extérieur. Quand nous allâmes nous coucher dans notre lit de sapin, nous allumâmes un grand feu, et quand l'un d'entre nous s'éveilla au milieu de la nuit, le bois de notre construction était tout embrasé et certaines des auges elles-mêmes brûlaient très vivement. Nous démolîmes donc la cheminée et les auges, faites de tilleul encore vert, ne furent pas difficiles à éteindre. Ce fut la dernière fois que nous entendîmes parler de faire le feu au milieu de la maison. Et sitôt le jour venu nous entreprîmes de bâtir la cheminée à l'extrémité de la maison, mais Thomas se moquait souvent de John et le taquinait à propos du feu au milieu de la cabane. Quoi qu'il en soit, nous construisîmes la cheminée et elle remplit bien son office. Nous trouvâmes plus d'agrément à la coupe du bois une fois que nous en eûmes dégagé l'accès des branches et des arbrisseaux qui l'encombraient.

Ainsi progressâmes-nous cahin-caha pendant quelque temps,

Thomas se chargeant du pain et de la cuisine parce qu'il était celui des trois qui s'y entendait le mieux ; nous ne faisions jamais la vaisselle et avions une assiette neuve à chaque repas.

Un nommé Valentine Harrison, qui occupait l'extrémité sud du lot 3, concession 8, nous envoya une très grande peau de bison pour nous en couvrir au lit. Nous confectionnâmes un sommier rudimentaire que nous tendîmes de liens d'osier plutôt que de cordes mais l'osier s'affaissait beaucoup trop au milieu, et nous prîmes donc deux poteaux que nous plaçâmes dans le sens de la longueur sous les branches de sapin de façon que chacun de nous possédât sa propre part de lit, et ne roulât plus sur celui qui couchait au milieu. Cela fut une amélioration de notre couche de célibataires.

Nous continuâmes cahin-caha de cette façon, jusqu'à ce que nos coffres et nos ustensiles de cuisine arrivent à Clinton et que nous engagions un homme avec ses bœufs et son traîneau qui alla les y chercher. Quand nous eûmes nos draps et nos couvertures, cela nous sembla le comble du luxe car il y avait cinq ou six semaines que nous dormions sur les branches de sapin.

Nous abattîmes un grand frêne que nous débitâmes en grosses planches dans lesquelles nous taillâmes un plancher pour notre cabane. Et ainsi les choses prenaient meilleure tournure.

Vers le début de février mon père amena la mère et la sœur de John et Thomas s'installer avec nous. Ils rencontrèrent d'assez grosses difficultés, ayant choisi de passer par Hullet, car il n'y avait pas de ponts sur les nombreux cours d'eau et que ces derniers n'étaient pas entièrement pris par les glaces. Ils arrivèrent chez Kenneth Baines, où se trouve à présent Blyth, et là mon père laissa les chevaux, la tante et la cousine, poursuivant seul jusqu'à chez nous afin que nous allions tous les trois les chercher et les pilotions pendant le restant du trajet. Ce que nous fîmes, réussissant à ne verser qu'une seule fois en cours de route, mais les chevaux étaient très fatigués, la neige étant si profonde qu'ils s'arrêtaient aussitôt qu'ils avaient parcouru quelques perches du chemin. Quand nous fûmes enfin de retour à la cabane et les chevaux à l'abri, comme mon père avait apporté des provisions avec lui, nous nous trouvâmes assez à l'aise.

Mon père voulait emporter un chargement de poisson, nous allâmes donc à Goderich le lendemain acheter ce poisson. Le jour suivant, il se mit en route pour chez lui.

Je revins à Morris, où la tante et la cousine avaient fait des aménagements de grand style. Thomas fut déchargé du four à pain et de la cuisine et nous éprouvâmes tous que nous avions gagné au change.

Nous poursuivîmes le travail, abattant certains des arbres gigantesques, mais nous n'étions guère habitués à cet ouvrage et, la neige étant de nouveau très profonde, nous allions très lentement. Aux environs du début d'avril 1852, il y avait une croûte très dure sur la neige, de sorte qu'en courant dessus on pouvait se rendre partout.

Comme je devais acquérir un lot pour un vieux voisin, nous entreprîmes le 5 avril de visiter des lots vacants mis en vente. Nous étions à deux ou trois lieues de notre cabane quand la neige commença à tomber dru et que le vent d'est la souffla sur les troncs, recouvrant et effaçant toutes les entailles qui jalonnaient la piste, et nous eûmes beaucoup de mal à retrouver notre chemin. La tante et la cousine furent bien contentes de nous voir parce qu'elles avaient pensé que nous allions nous perdre à coup sûr.

Je ne fis rien chez moi cet hiver-là, Thomas non plus. Lui et John travaillèrent ensemble pendant quelques années. Je retournai à Halton au printemps et revins à Morris à l'automne 1852 pour y bâtir ma propre cabane. Je mis en coupe ma première parcelle cet hiver-là. Mes cousins et moi travaillions ensemble les uns avec les autres, là où notre travail était le plus nécessaire.

Ils m'aidèrent un peu à débiter, pendant l'automne 1853, et je ne retournai pas à Morris avant le printemps 1857, quand je pris une épouse pour partager mes épreuves, mes joies et mes chagrins.

Je suis ici (1907) depuis soixante ans et j'ai connu quelques épreuves et vu bien des changements chez les habitants comme dans le pays. Pendant les quelques premiers mois, nous transportions nos provisions sur plus de trois lieues – il y a maintenant un chemin de fer à quelques centaines de pas de chez nous.

Le 5 novembre 1852, j'abattis le premier arbre de mon lot, et si j'y avais aujourd'hui les arbres qui y étaient alors, je serais l'homme le plus riche du canton de Morris.

James Laidlaw, le frère aîné de John et Thomas, vint s'installer à Morris pendant l'automne 1852. John fut engagé pour construire une cabane à James Waldie, qui devint plus tard son beau-père. James et moi allâmes aider John à la construction, et comme nous abattions un arbre, une de ses branches se brisa dans la chute et fut projetée en arrière, frappant James à la tête et le tuant sur le coup.

Il nous fallut transporter son corps sur une demi-lieue jusqu'à la maison la plus proche et je dus apporter la triste nouvelle à sa femme, sa mère, son frère et sa sœur. Ce fut la commission la plus triste de ma vie. Il me fallut trouver de l'aide pour transporter le corps chez lui, car il n'y avait qu'un sentier à travers les fourrés, et la neige était très profonde et très molle. Cela se passa le 5 avril 1853.

J'ai connu bien des hauts et des bas depuis mon arrivée à Morris. Il y a ici trois des colons qui furent les premiers à s'installer sur cette terre et les descendants de cinq autres qui avaient été les premiers colons. Autrement dit, il n'y a que huit familles vivant sur les lots de la concession que leurs pères avaient pris entre Walton et Blyth, sur une distance de trois lieues.

Le cousin John, un des trois à être venus ici en 1851, a quitté ce monde le 11 avril 1907. Les vieux Laidlaw sont presque tous défunts. Nous sommes à présent (1907) les seuls survivants, le cousin Thomas et moi, de ceux qui sont arrivés les premiers à Morris.

Et le pays qui nous connaît pour l'heure cessera bientôt de

nous connaître, car nous sommes tous deux de vieilles et frêles créatures.

Comme son père, James, autrefois Jamie, Laidlaw, mourut en un lieu où n'existait pas encore un registre d'état civil fiable. On croit qu'il fut inhumé dans un coin de la terre que lui, ses frères et son cousin avaient défrichée, puis qu'aux alentours de 1900 son corps fut transféré au cimetière de Blyth.

Le grand Rob, qui rédigea ce récit de l'installation à Morris, fut le père d'un grand nombre de fils et de filles. Simon, John, Duncan, Forrest, Sandy, Susan, Maggie, Annie, Lizzie. Duncan quitta rapidement le foyer familial. (Ce nom-là est exact, mais je ne suis pas absolument certaine de tous les autres.) Il partit pour Guelph et ses frères et sœurs ne le voyaient pas souvent. Les autres restèrent à la maison. Elle était assez grande pour eux tous. Au début, leur mère et leur père étaient avec eux puis, pendant plusieurs années, uniquement leur père, et enfin ils se retrouvèrent seuls. Personne ne se rappelait qu'ils avaient été jeunes un jour.

Ils tournèrent le dos au monde. Les femmes portaient la raie au milieu et les cheveux plaqués sur le crâne alors que le style de l'époque était aux franges et aux rouleaux. Elles faisaient elles-mêmes leurs robes dans des tissus sombres et les portaient sur de méchants jupons droits. Et elles avaient les mains rouges parce qu'elles récuraient chaque jour à la soude le plancher de pin de leur cuisine. Il brillait comme un velours.

Elles étaient capables d'aller à l'église – ce qu'elles faisaient tous les dimanches – et d'en revenir sans avoir dit un mot à âme qui vive.

Elles pratiquaient la religion par devoir, sans y mettre aucun sentiment.

Les hommes devaient parler plus que les femmes pour mener leurs affaires au moulin ou à la fabrique de fromage. Mais ils étaient économes de leurs mots et de leur temps. Ils étaient honnêtes mais fermes dans toutes leurs transactions. S'ils gagnaient de l'argent ce n'était jamais dans le but d'acheter des machines nouvelles, de réduire leur labeur ou d'ajouter du confort à leur mode de vie. Ils n'étaient pas cruels envers leurs animaux mais n'éprouvaient pas d'affection pour eux.

Le régime alimentaire de la maisonnée était très simple, et à table on buvait de l'eau, pas du thé.

Ainsi, en dehors de toute pression de la communauté, ou de leur religion (l'Église presbytérienne restait querelleuse et grincheuse mais n'assiégeait plus l'âme avec la même férocité qu'à l'époque de Boston), ils s'étaient bâti une existence qui était monacale sans jamais être visitée par la grâce ni connaître d'instants de transcendance.

Un dimanche après-midi d'automne Susan regarda par la fenêtre et vit Forrest aller et venir dans le champ devant la maison, où ne subsistaient plus pour l'heure que les éteules du blé. Il tapait fort des pieds. Il s'arrêtait pour juger de ce qu'il était en train de faire.

Mais quoi, au juste? Elle ne lui aurait pas donné la satisfaction de le lui demander.

Il s'avéra qu'il avait décidé de creuser un grand trou, avant la venue du gel. Il travaillait de jour puis s'éclairait d'une lanterne. Il creusa à une profondeur de six pieds mais le trou était bien trop grand pour une tombe. Il était en fait destiné à être la cave d'une maison. Forrest remontait la terre dans une brouette par une rampe qu'il avait ménagée.

Il transporta de grosses pierres dans la grange, et là, après l'arrivée de l'hiver, les dégrossit avec un ciseau pour les murs de sa cave. Il continua de faire sa part des corvées de la ferme, mais travaillait à ce projet solitaire jusque tard dans la nuit.

Au printemps suivant, sitôt que le trou fut sec, il mit les pierres en place, les assemblant au mortier pour faire les murs de la cave. Il installa le tuyau du drainage et bâtit la citerne, puis façonna à la vue de tous les fondations de pierre de sa maison. On voyait que ce n'était pas une cabane de deux pièces qu'il projetait. C'était une vraie maison spacieuse. Il y faudrait une route d'accès et un fossé de drainage et elle empiéterait sur la terre arable.

Ses frères se décidèrent enfin à lui parler. Il dit qu'il ne creuserait pas le fossé avant l'automne, quand la moisson aurait été faite, et, quant à la route, qu'il n'en avait pas prévu, estimant qu'il pourrait aller à pied depuis la maison principale par un étroit sentier, ne les privant pas de plus de grain qu'il n'était nécessaire.

Ils répondirent qu'il fallait aussi tenir compte de la maison, de la terre que la maison leur avait prise, et oui, dit-il, cela était vrai. Il était prêt à payer une somme raisonnable.

Où se la procurerait-il?

On pourrait s'arranger à partir du labeur qu'il avait déjà accompli à la ferme, une fois déduite sa subsistance. En outre il renonçait à sa part d'héritage et l'ensemble devait constituer une compensation suffisante pour un trou dans le champ.

Il se proposait de cesser de travailler à la ferme et de prendre un emploi à la menuiserie.

Ils n'en crurent pas leurs oreilles, tout comme – jusqu'à ce qu'il eût mis définitivement en place ces pierres massives – ils n'en avaient pas cru leurs yeux. Eh bien ma foi, dirent-ils. Si tu es décidé à être la risée de tous. Eh bien ma foi, à ta guise.

Il alla travailler à la menuiserie et pendant les longues soirées éleva la charpente de sa maison. Elle comporterait un étage, quatre chambres à coucher, une cuisine devant et une autre derrière, un garde-manger et un salon double. Les murs seraient faits de planches avec un placage de briques. Il lui faudrait acheter les briques, évidemment, mais les planches dont il comptait se servir étaient celles que ses frères et lui avaient empilées dans la grange après avoir démoli la vieille remise quand ils avaient construit la nouvelle étable. Ces planches lui appartenaient-elles, avait-il le droit de s'en servir? À strictement parler, non. Mais on ne les avait destinées à aucun autre usage et les membres de la famille craignaient la façon dont les gens les jugeraient s'ils se querellaient et se disputaient des bouts de ficelle. Déjà Forrest dînait dans un hôtel de Blyth à cause des remarques que Sandy avait faites à propos de sa présence à la table familiale, où il mangeait le produit du labeur des autres. Ils lui avaient cédé la terre pour sa maison quand il l'avait exigé comme son dû parce qu'ils n'avaient pas voulu qu'il fasse à la ronde le récit de leur mesquinerie, et dans le même esprit on lui céda aussi les planches.

À l'automne, il monta la toiture mais pas la couverture de bardeaux, et installa un poêle. Il reçut dans ces deux entreprises l'aide d'un collègue de la menuiserie. C'était la première fois qu'une personne n'appartenant pas à la famille venait travailler sur les lieux depuis qu'on avait construit la grange à l'époque de leur père. Ce dernier avait été fort mécontent de ses filles, ce jour-là, parce qu'elles avaient disposé tout le repas sur des tables à tréteaux dans la cour, avant de disparaître plutôt que d'affronter la tâche de servir des inconnus.

Le temps n'avait pas assoupli leur caractère. Tant que le collègue de Forrest fut là – ce n'était pas vraiment un inconnu, rien qu'un homme du bourg qui ne priait pas à la même église qu'elles –, Lizzie et Maggie refusèrent d'aller à l'étable, alors que c'était leur tour de traire. Susan dut s'en charger. C'était toujours elle qui prenait la parole quand elles devaient entrer chez un commerçant pour acheter quelque chose. Et elle était la patronne des frères dans la maison. C'est elle qui avait établi la règle selon laquelle personne ne devait poser de questions à Forrest au cours des premières étapes de son entreprise. Elle semblait croire qu'il y renoncerait si elle ne soulevait ni intérêt ni interdiction. C'est seulement pour se faire remarquer, avait-elle dit.

Et certes on le remarquait. Pas tant ses frères et sœurs – qui évitaient de regarder par la fenêtre de ce côté de leur maison – que les voisins, et même les gens du bourg qui faisaient exprès un détour en voiture, le dimanche. Le fait d'avoir pris un emploi hors de chez lui, de manger à l'hôtel encore que jamais il n'y bût un verre, d'avoir pour ainsi dire quitté sa famille, était un sujet de conversation très répandu. Cela constituait une rupture avec tout ce que l'on savait du reste de la famille qui confinait au scandale. (Le départ de Duncan était plus ou moins oublié désormais.) Que s'était-il passé ? Les gens se le demandèrent d'abord derrière le dos de Forrest, puis finirent par le lui demander en face.

Y avait-il eu dispute ? Non.

Ah bon. Ah. Projetait-il de se marier ?

Et si c'était une plaisanterie, il ne s'en apercevait pas. Il ne répondait ni oui ni non ni peut-être.

Il n'y avait pas un miroir dans la demeure familiale, à l'exception de la petite glace trouble devant laquelle les hommes se rasaient – les sœurs pouvant compter les unes sur les autres pour se dire quand elles étaient présentables. Mais à l'hôtel, il y avait un miroir gigantesque derrière le comptoir et Forrest y avait vu le reflet d'un beau garçon de trente-cinq, quarante ans, aux cheveux noirs, grand et large d'épaules. (À vrai dire, les sœurs étaient plus belles encore que les frères mais personne ne les regardait jamais d'assez près pour s'en rendre compte. Si puissant est l'effet de la présentation et des manières.)

Alors qu'est-ce qui l'empêchait de juger le mariage possible, s'il n'y avait pas déjà réfléchi ?

Cet hiver-là il vécut avec pour seul rempart contre le froid les planches des murs et celles qui masquaient l'ouverture des futures fenêtres. Il monta les cloisons intérieures, fabriqua les escaliers et les placards et acheva les sols en y posant des planchers de chêne ou de pin.

L'été suivant il bâtit une cheminée en brique pour remplacer le tuyau de poêle qui sortait du toit. Et il couvrit l'ensemble de la construction de briques neuves, qu'il assembla aussi bien que l'eût fait le meilleur maçon. Les fenêtres furent mises en place et les portes de planches remplacées par des portes achetées toutes faites, en façade et à l'arrière de la maison. Une cuisinière dernier cri fut installée, avec four, chauffe-assiettes et réservoir d'eau chaude. Les tuyaux furent raccordés à la nouvelle cheminée. Il restait encore un gros travail : plâtrer les murs, et il fut prêt à l'attaquer quand arrivèrent les premiers froids. D'abord une couche de plâtre brut, puis la couche d'enduit minutieusement lissée. Il entendait bien qu'elle devait à son tour être recouverte de papier peint, mais n'aurait su comment le choisir. En attendant, toutes les pièces semblaient merveilleusement lumineuses entre l'éclat du plâtre à l'intérieur et de la neige au-dehors.

La nécessité de meubler le prit par surprise. Dans la maison où il avait vécu avec ses frères et sœurs, une austérité spartiate était de règle. Pas de rideaux, rien que des volets vert foncé, des sols nus, des chaises, pas de sofas, des étagères et non des placards. Les vêtements suspendus à des crochets derrière les portes plutôt que dans des penderies – posséder plus de vêtements qu'on pouvait ainsi en ranger eût semblé excessif. Il ne tenait pas forcément à copier ce style, mais avait si peu d'expérience d'autres maisons qu'il ne savait comment s'y prendre. Il n'avait pas les moyens – ni le désir – d'imiter le style d'aménagement de l'hôtel.

Il dut s'accommoder, momentanément, des vieilleries mises au rancart dans la grange. Une chaise à laquelle manquaient deux barreaux, quelques étagères rudimentaires, une table sur laquelle on avait plumé des poulets, un petit lit avec des couvertures de cheval comme matelas. Le tout installé dans la même pièce que la cuisinière, les autres restant entièrement nues.

Susan avait décrété, quand ils vivaient tous ensemble, que Maggie prendrait soin des vêtements de Sandy, Lizzie de ceux de Forrest, Annie de ceux de Simon, et elle-même de ceux de John. Cela voulait dire repasser et raccommoder, repriser les chaussettes, tricoter écharpes et gilets, et coudre de nouvelles chemises au besoin. Lizzie ne fut pas censée continuer de s'occuper de Forrest – ni avoir quoi que ce soit à faire avec lui – à la suite de son départ. Mais le moment arriva – cinq ou six ans après qu'il eut terminé sa maison – où elle prit sur elle d'aller voir comment il se débrouillait. Susan était malade à l'époque, très affaiblie par une anémie pernicieuse, de sorte que les règles qu'elle avait édictées n'étaient pas toujours respectées.

Forrest avait quitté son emploi à la menuiserie. Pour la raison, disait-on, qu'il ne supportait plus d'être constamment mis en boîte à propos de son mariage. On racontait qu'il allait à Toronto en train et restait assis toute la journée à Union Station, cherchant dans la foule une femme qui ferait l'affaire sans jamais la trouver. Et aussi qu'ayant écrit à une agence aux États-Unis, il s'était caché dans sa cave quand une gaillarde imposante était venue frapper à sa porte.

C'étaient surtout les plus jeunes compagnons de la menuiserie qui le persécutaient de leurs conseils grotesques.

Il était employé comme homme à tout faire à l'église presbytérienne, où il n'avait à voir personne à l'exception du pasteur ou, de temps à autre, d'un membre du Conseil des Anciens en visite – ni l'un ni les autres n'étant du genre à faire des remarques grossières ou personnelles.

Lizzie traversa le champ par un après-midi de printemps et frappa à la porte de Forrest. Pas de réponse. Mais ce n'était pas fermé à clé, et elle entra.

Il ne dormait pas. Il était étendu tout habillé sur le petit lit, les bras derrière la tête.

«Es-tu malade?» demanda Lizzie. Jamais aucun d'eux ne s'allongeait pendant la journée à moins d'être malade.

Forrest dit non. Il ne lui reprocha pas d'être entrée sans y avoir été invitée mais ne lui souhaita pas non plus la bienvenue.

La maison sentait mauvais. Le papier peint n'avait jamais été posé et il subsistait des relents de plâtre brut. Il y avait aussi l'odeur des couvertures de cheval et de vêtements qu'on n'avait pas lavés depuis longtemps, voire jamais. Et de vieux graillon dans la poêle à frire et de feuilles de thé âcres dans une casserole (Forrest avait contracté l'habitude luxueuse de boire du thé au lieu d'eau chaude). Les fenêtres encrassées filtraient le soleil printanier et il y avait des mouches mortes sur les rebords.

«C'est Susan qui t'envoie?» demanda Forrest.

«Non, dit Lizzie. Elle est très mal.»

Il n'avait rien à répondre à cela. «Alors Simon?»

«C'est moi qui ai décidé de venir.» Elle posa le paquet qu'elle avait apporté et chercha des yeux un balai. «Tout le monde va bien, à la maison, dit-elle comme s'il avait posé la question. Sauf Susan.»

Dans le paquet, il y avait une chemise neuve de coton bleu, la moitié d'une miche de pain et un morceau de beurre frais. Toutes les sœurs cuisaient un excellent pain et le beurre était goûteux, étant fait avec le lait de vaches de Jersey. Lizzie avait pris ces choses sans demander la permission.

Ce fut le début d'une nouvelle répartition de la famille. Susan retrouva de l'énergie quand Lizzie rentra, suffisamment pour lui dire qu'elle devait choisir, partir ou rester. Lizzie répondit qu'elle allait partir, mais à la surprise de Susan, et de tous, elle demanda sa part des biens de la maisonnée. Simon procéda au tri de ce qui revenait à sa sœur, avec une équité sourcilleuse, et c'est ainsi que la maison de Forrest fut, enfin, parcimonieusement meublée. On ne posa pas de papier peint ni de rideaux, mais tout était récuré à fond et luisait. Lizzie avait demandé une vache, une demi-douzaine de poules et un cochon, et Forrest redevint charpentier pour bâtir une étable avec deux stalles et un fenil. Quand Susan mourut on découvrit qu'elle avait mis de côté un surprenant magot et Lizzie en reçut aussi une part. Acquisition fut faite d'un cheval et d'un petit cabriolet, vers l'époque où l'on commençait à voir des autos sur ces routes. Forrest cessa d'aller à pied à son travail, et le samedi soir Lizzie et lui attelaient pour aller au bourg faire des provisions. Lizzie régnait dans sa maison, comme n'importe quelle femme mariée.

Pendant une nuit d'Halloween – Halloween était en ce temps-là l'occasion de tours assez pendables plutôt que de distributions de friandises – on déposa un petit ballot à la porte de Forrest et Lizzie. Ce fut Lizzie qui ouvrit la première le matin. Elle avait oublié que c'était Halloween, aucun membre de sa famille n'y ayant jamais accordé attention, et quand elle vit la forme du ballot, elle poussa un cri où perçait plus d'ébahissement que de contrariété. Dans les loques de laine qui l'emballaient, elle avait distingué la forme d'un bébé, et elle avait sans doute entendu parler des nouveau-nés qu'on abandonnait sur le seuil de gens qui pourraient en prendre soin. Elle dut croire un bon moment que c'était ce qui lui arrivait, qu'on l'avait effectivement choisie pour lui faire ce cadeau et lui confier ce devoir. Puis Forrest, qui arrivait du fond de la maison, la vit se baisser pour le ramasser, et il sut aussitôt. Elle aussi, quand elle l'eut touché. Un sac de jute bourré de paille, ficelé pour ressembler à un bébé, avec,

en bonne place sur la toile de jute, un visage de nouveau-né grossièrement dessiné au fusain.

Moins innocent que Lizzie, Forrest comprit l'allusion et, arrachant
le ballot des mains de sa sœur, le mit en morceaux qu'il fourra dans
le foyer de la cuisinière.

Elle vit que mieux valait ne pas poser de questions, ni même reparler
de cette chose à l'avenir, et elle ne le fit jamais. Lui-même n'en reparla
pas et l'affaire survécut seulement comme une rumeur, toujours mise
en doute et déplorée par ceux qui la faisaient circuler.

« Ils vivaient l'un pour l'autre », disait ma mère, qui ne les avait
jamais rencontrés, mais voyait d'un bon œil en général les liens
d'affection entre frères et sœurs, purs de toute sexualité.

Mon père les avait vus à l'église quand il était petit et leur avait
peut-être rendu visite une ou deux fois, avec sa mère. C'étaient seulement des petits-cousins de son père et il ne croyait pas qu'ils fussent
jamais venus chez ses parents. Il ne les admirait pas, ne leur repro-
chait rien. Il s'étonnait à leur sujet.

« Quand on pense à ce qu'avaient fait leurs ancêtres, disait-il. Le culot
qu'il fallait pour prendre ses cliques et ses claques et traverser l'océan.
Qu'est-ce qui a bien pu doucher leur enthousiasme ? Si vite. »

Travailler pour gagner sa vie

Quand mon père eut douze ans, arrivé aussi loin qu'il était possible à l'école de campagne, il se rendit en ville passer une série d'examens. Leur appellation officielle était les Examens d'Entrée mais on les nommait collectivement l'Entrée. Cette Entrée signifiait, littéralement, l'entrée à l'école secondaire, mais elle signifiait aussi, d'une manière indéfinie, l'entrée dans le monde. Le monde des professions prestigieuses, telles que la médecine, le droit, l'ingénierie, et l'enseignement. Les petits campagnards accédaient à ce monde dans les années qui précédèrent la Première Guerre mondiale plus facilement qu'à la génération suivante. Ce fut une époque de prospérité dans le comté de Huron et d'expansion dans le pays. Lequel, en 1913, n'avait pas encore cinquante ans.

Mon père passa l'Entrée avec les honneurs et s'inscrivit au cours secondaire dans la ville de Blyth. On y dispensait le programme des quatre premières années mais pas de la dernière, appelée Upper School ou Cinquième – pour cela, il fallait se rendre dans une ville plus grande. Il semblait bien parti pour le faire.

Au cours de sa première semaine, mon père entendit le professeur lire un poème.

Les grands os menaçants un mot d'elle qu'elle attend
Pourtant fort mais non vis en un nain extensible
Elle essaya pourtant appela tante Ultine
Lampe vingt-deux brosse à dents les arbres luttant

Il nous le récitait souvent pour rire mais de fait n'y avait pas vu malice quand il l'avait entendu. C'est vers la même époque qu'il était allé à la papeterie pour demander du papier qu'a grillé.

Papier qu'a grillé.

Papier quadrillé.

Il eut bientôt la surprise de voir le poème écrit au tableau noir.

> *Les grands hommes nous sont un modèle éclatant*
> *Pour transformer nos vies en un destin sublime*
> *Et laisser en partant, après l'instant ultime*
> *L'Empreinte de nos pas dans les sables du temps* [1].

Il n'avait pas espéré une clarification si raisonnable et n'eût jamais rêvé de la demander. Il avait très volontiers accordé aux gens de l'école le droit de posséder un langage ou une logique étranges. Il ne leur demandait pas de s'exprimer d'une façon qui aurait un sens pour lui. Il possédait une dose de fierté qui pouvait passer pour de l'humilité, parce qu'elle le rendait craintif et susceptible, prêt à tirer sa révérence. Je connais ça très bien. Il voyait là-bas un mystère, une construction hostile de règles et de secrets, bien au-delà de ce qui existait réellement. Il pressentait la proximité du souffle féroce de la moquerie, surestimait ses rivaux, et la prudence familiale, la sagesse campagnarde lui disaient alors : n'y mets pas les pieds.

En ce temps-là, les citadins considéraient en général qu'à la campagne on rencontrait plus de gens balourds, peu diserts, pas civilisés et assez dociles malgré leur robustesse. Et les paysans voyaient les gens des villes comme ayant la vie facile et probablement peu capables de survivre dans des situations où, ne pouvant compter que sur ses propres forces, il fallait faire preuve de courage et travailler dur. Ils le

---

1. Ces quatre piètres alexandrins sont une tentative de traduction relativement fidèle du quatrain original de H. W. Longfellow. Il n'en va évidemment pas de même du galimatias phonétique par lequel nous rendons ce que le père de l'auteur en avait « compris ».

croyaient en dépit des horaires et des bas salaires des travailleurs de l'industrie et du commerce, en dépit du nombre de logements qui n'avaient ni eau courante ni cabinet de toilette ni électricité. Mais les gens de la ville avaient leur samedi ou leur mercredi après-midi et tout le dimanche de congé, et cela suffisait à en faire des mollassons. De leur vie entière, les paysans n'avaient pas un jour de vacances. Pas même les Écossais presbytériens ; les vaches ne respectent pas le jour du Seigneur.

Les gens de la campagne, quand ils venaient en ville faire des achats ou à l'église, semblaient souvent raides et timides et les citadins ne se rendaient pas compte qu'on aurait en fait pu y voir un comportement supérieur. Je-ne-vais-pas-donner-à-ces-gens-là-l'occasion-de-me-ridiculiser. L'argent n'y entrait pas pour grand-chose. Des paysans pouvaient fort bien garder cette réserve faite d'un mélange de fierté et de circonspection en présence de citadins auprès desquels ils auraient pu passer pour de véritables Crésus.

Mon père disait souvent qu'il était allé à l'école secondaire trop jeune pour savoir ce qu'il faisait et qu'il aurait dû y rester, aurait dû y travailler à devenir quelqu'un, mais il le disait presque pour la forme, comme s'il n'y attachait guère d'importance. Il ne s'était d'ailleurs pas enfui pour rentrer à la maison au premier signe qu'il existait des choses incompréhensibles pour lui. Il ne disait jamais très clairement combien de temps il était resté. Trois années et une partie de la quatrième ? Deux et une partie de la troisième ? Et il n'avait pas abandonné d'un coup – il n'avait pas quitté l'école du jour au lendemain pour ne jamais y retourner. Il s'était mis à passer de plus en plus de temps à battre fourrés et taillis et de moins en moins à l'école, de sorte que ses parents conclurent qu'il ne servait guère de songer à l'envoyer dans une plus grande ville faire sa Cinquième, qu'il subsistait peu d'espoir d'université ou de profession libérale. Ils en auraient eu les moyens – non sans difficulté – mais ce n'était manifestement pas ce qu'il voulait. Et ce n'était pas non plus une énorme déception. Il était fils unique, leur seul enfant. La ferme serait à lui.

Il n'y avait pas plus d'étendues sauvages dans le comté de Huron à l'époque qu'il n'y en a à présent. Peut-être y en avait-il moins. Les exploitations agricoles avaient été défrichées entre 1830 et 1860, parallèlement à l'ouverture de la Huron Tract, et elles l'étaient entièrement. Nombre de rivières avaient été draguées – le progrès consistant à en rectifier le cours pour qu'elles s'écoulent comme des canaux domestiqués entre les champs. Les premiers cultivateurs haïssaient la vue même d'un arbre, admiraient les terres dégagées. Et les hommes avaient avec la terre un rapport gestionnaire, dictatorial. Seules les femmes avaient licence de se soucier du paysage au lieu de penser toujours à son asservissement et à sa productivité. Ma grand-mère, par exemple, était célèbre pour avoir sauvé une rangée d'érables argentés le long du chemin. Les arbres poussaient en lisière d'un champ et devenaient de plus en plus grands avec l'âge – leurs racines gênaient le labourage et ils faisaient trop d'ombre aux cultures. Mon grand-père et mon père y allèrent un matin, s'apprêtant à abattre le premier de la rangée. Mais ma grand-mère vit par la fenêtre de sa cuisine ce qu'ils faisaient et courut en tablier les haranguer et les accabler de tant de reproches qu'ils finirent par s'en aller en emportant les haches et la scie. Les arbres restèrent debout et continuèrent à réduire ce qu'on récoltait au bord du champ jusqu'à ce que le terrible hiver de 1935 ait raison d'eux.

Mais au fond de leur exploitation, les paysans étaient tenus par la loi de conserver une terre boisée. Ils pouvaient y abattre des arbres pour leur propre usage et pour la vente. Il va de soi que le bois avait été leur première ressource – orme pour la charpenterie navale, et pin pour les mâts, jusqu'à ce qu'il ne subsiste plus ni orme ni pin. À présent les peupliers, les frênes, les érables, les chênes, les hêtres, les cèdres et les sapins qui restaient étaient protégés par décret.

La terre boisée – qu'on appelait le taillis – tout au bout des champs de mon grand-père, était traversée par la rivière Blyth qu'on avait draguée longtemps auparavant, lors du premier défrichement. La terre résultant de ce draguage avait formé le long des berges un haut talus sur lequel croissaient d'épais buissons de genévriers. C'est là que mon père commença à poser des pièges. Il quitta insensiblement la vie d'écolier pour se couler dans celle de trappeur. Il pouvait suivre la Blyth sur des kilomètres et des kilomètres dans les deux directions, jusqu'à sa source dans le canton de Grey, ou jusqu'au lieu où elle se jette dans la Maitland, qui se jette elle-même dans le lac Huron. Par endroits – tout particulièrement dans le village de Blyth – la rivière devenait publique sur une courte distance, mais la plupart du temps elle passait derrière les fermes, avec des terres boisées de part et d'autre, de sorte qu'il était possible de la longer en s'avisant à peine de l'existence de ces fermes, des terres défrichées, des routes et des clôtures rectilignes – possible de se croire au cœur de la forêt telle qu'elle était cent ans plus tôt et avait existé pendant des centaines d'années auparavant.

Mon père avait déjà lu un tas de livres à cette époque, les livres qu'il trouvait à la maison, et à la bibliothèque de Blyth, et à celle de l'École du dimanche. Il avait lu des livres de Fenimore Cooper et s'était imprégné des mythes ou demi-mythes de la nature sauvage dont la plupart des petits campagnards d'alentour ne savaient rien, puisque peu d'entre eux lisaient. D'ordinaire, les jeunes garçons dont l'imagination s'enflammait des mêmes idées que la sienne habitaient dans les villes. S'ils étaient assez riches, ils partaient vers le nord chaque été avec leur famille, faisaient des expéditions en canoë et par la suite des expéditions de pêche et de chasse. Si leurs parents étaient vraiment riches, ils naviguaient sur les rivières du Grand Nord avec des guides indiens. Les adeptes de cette expérience de la vie en pleine nature traversaient sans un regard notre région et n'y remarquaient pas la moindre étendue sauvage.

Mais les petits campagnards du comté de Huron, qui ignoraient à peu près tout des vastes profondeurs du Bouclier précambrien et des eaux sauvages, n'en étaient pas moins attirés – certains d'entre eux, pendant un temps – vers les bandes de taillis et de fourrés qui longeaient les rivières où ils pêchaient, chassaient, fabriquaient des radeaux et posaient des pièges. Même sans avoir lu une ligne consacrée à ce genre de vie, il pouvait leur arriver d'y faire des incursions. Mais ils y renonçaient bientôt, pour se lancer dans le vrai, le gros travail de leur vie, celui de cultivateur.

Et l'une des différences entre les paysans de cette époque et ceux d'aujourd'hui était qu'en ce temps-là personne ne s'attendait à ce que les activités récréatives constituent une part régulière de la vie à la ferme.

Mon père, jeune paysan doté de ce supplément de perception inspiré ou romanesque (il n'aurait apprécié aucun de ces termes), doté de cette aspiration cultivée par les œuvres de Fenimore Cooper, ne se détourna pas de ces activités juvéniles à dix-huit ans, ni à dix-neuf, ni à vingt. Au lieu de renoncer à courir les bois, il le fit plus réguliè-rement et plus sérieusement. On commença à parler de lui comme d'un trappeur plutôt qu'un jeune paysan, et ce fut ainsi qu'on se mit à le considérer. Et comme un solitaire, un jeune homme un peu étrange, mais n'inspirant aucune sorte de crainte ou d'antipathie. Il s'éloignait pas à pas de la vie paysanne exactement comme il s'était pas à pas éloigné naguère de l'idée de faire des études et d'accéder à une profession libérale. Il se dirigeait pas à pas vers une vie qu'il ne pouvait probablement envisager clairement, puisqu'il devait savoir ce qu'il ne voulait pas beaucoup mieux que ce qu'il voulait.

Une vie dans les bois, loin des villes, à la bordure des fermes – comment cela pouvait-il s'arranger ?

Même dans ce coin, où hommes et femmes acceptaient pour la plupart ce qu'on leur destinait, certains y étaient parvenus. Dans cette région domestiquée, il y avait quelques ermites, quelques hommes qui ayant hérité une ferme ne l'entretenaient pas et quelques squatteurs venus Dieu sait d'où. Ils pêchaient et chassaient, sans cesse en dépla-cement, partaient puis revenaient, partaient pour ne jamais revenir – pas comme les paysans qui, quand ils s'éloignaient de chez eux, se rendaient en cabriolet ou en traîneau ou le plus souvent désormais en auto, vers des destinations précises pour des démarches et des com-missions bien définies.

Il gagnait de l'argent avec ses pièges. Certaines peaux pouvaient lui rapporter autant que quinze jours de travail en équipe à battre le blé. De sorte que chez lui on ne pouvait se plaindre. Il payait sa pension et aidait encore son père quand nécessaire. Jamais son père et lui ne parlaient. Ils pouvaient couper du bois toute une matinée sans dire un mot, sauf quand il fallait parler du travail. Son père ne s'intéressait pas au taillis dans lequel il ne voyait qu'une terre à bois. À ses yeux c'était exactement comme un champ d'avoine, à la différence qu'on y récoltait du bois pour le feu.

Sa mère était plus curieuse. Elle allait jusqu'au taillis le dimanche après-midi. C'était une grande femme, très droite, d'une stature majestueuse, mais elle avait gardé une démarche de garçon manqué. Elle était experte, rassemblant et remontant ses jupons, à lancer la jambe pour sauter une clôture. Elle connaissait les fleurs des champs et les baies et pouvait nommer tous les oiseaux à leur chant.

Il lui montra les filets dans lesquels il piégeait le poisson. Elle en fut troublée parce que le poisson pouvait s'y prendre le dimanche comme n'importe quel autre jour. Elle était très stricte dans l'observance de l'ensemble des commandements et des règles de l'Église presbytérienne, et sa rigueur avait une histoire assez particulière. Bien loin d'avoir été élevée dans la confession presbytérienne, elle avait mené l'enfance et l'adolescence insouciantes des fidèles de l'Église anglicane, qu'on appelait aussi l'Église d'Angleterre. Les anglicans n'étaient pas nombreux dans cette région et on les considérait parfois comme ce qu'il y avait de plus proche des papistes – mais aussi comme voisins des libres-penseurs. Leur religion vue de l'extérieur semblait faite de courbettes et de répons, avec de brefs sermons, des interprétations faciles, des prêtres mondains, beaucoup de pompe et de frivolité. Religion bien faite pour plaire à son père, Irlandais jovial, conteur, buveur. Mais quand ma grand-mère se fut mariée, elle s'enveloppa dans le presbytérianisme de son époux, devenant plus sourcilleuse que nombre de ceux qui avaient été élevés dans cette confession. Anglicane de naissance, elle s'était lancée de tout cœur dans la course à la vertu presbytérienne, de même que, garçon manqué, elle avait embrassé le rôle d'épouse de fermier. Peut-être les gens s'étaient-ils demandé si elle l'avait fait par amour.

Mon père et ceux qui la connaissaient bien ne le pensaient pas. Elle et mon grand-père étaient mal assortis mais ne se disputaient pas. Lui, réfléchi, silencieux; elle, enthousiaste, sociable. Non, ce n'était pas par amour mais par fierté qu'elle faisait ce qu'elle faisait. Afin de n'être ni surpassée ni critiquée en rien. Et afin que personne ne dise qu'elle regrettait une décision qu'elle avait prise ou désirait quoi que ce soit qu'elle ne pouvait avoir.

Elle garda des rapports d'amitié avec son fils malgré le poisson du dimanche, qu'elle refusait de faire cuire. Elle s'intéressait aux peaux qu'il lui montrait et au prix qu'il en tirait. Elle lavait ses vêtements malodorants, dont la mauvaise odeur venait autant des appâts qu'il transportait pour le poisson que des peaux et des boyaux. Il lui arrivait d'être exaspérée par lui. Mais elle le tolérait comme elle l'aurait fait d'un fils beaucoup plus jeune. Et peut-être lui semblait-il plus jeune, avec ses pièges, ses marches le long de la rivière et son caractère peu sociable. Il ne courait jamais les filles et perdit peu à peu de vue ses amis d'enfance qui le faisaient. Cela ne la dérangeait pas. La conduite de son fils l'aidait peut-être à supporter la déception qu'il lui avait causée en abandonnant l'école, renonçant à devenir médecin ou prêtre. Peut-être se berçait-elle de l'illusion qu'il pouvait encore le faire, réaliser les anciens projets – les projets qu'elle avait échafaudés pour lui – qui n'étaient pas oubliés mais seulement reportés. Du moins ne deviendrait-il pas un paysan taiseux, copie conforme de son père.

Quant à mon grand-père, il n'exprimait aucune opinion, ne disait pas s'il approuvait ou désapprouvait. Il gardait son air de discipline et son quant-à-soi. Né à Morris, il était fermement destiné à être paysan, grit [1] et presbytérien. Opposant-né à l'Église d'Angleterre et au Family Compact [2] canadien et à l'évêque Strachan et aux débits de boisson; partisan-né du suffrage universel (mais pas pour les femmes), de la gratuité de l'enseignement, du gouvernement responsable et

1. Grits: réformateurs libéraux au Canada.
2. Nom donné à l'élite anglicane et conservatrice du Haut-Canada au début du XIXe siècle.

de l'Alliance du jour du Seigneur. Une vie toute de labeur, de règles immuables et de refus farouches.

Mon grand-père s'écarta un peu de la norme – il avait appris à jouer du violon, épousé la grande Irlandaise fantasque aux yeux vairons. Cela fait, il rentra en lui-même et fut le restant de ses jours diligent, ordonné et taciturne. Lui aussi était lecteur. En hiver, il s'arrangeait pour faire – et bien faire – tout son travail puis il lisait. Il ne parlait jamais de ses lectures mais l'ensemble de la communauté était au courant. Et le respectait pour cela. C'est une chose curieuse – il y avait aussi une femme qui lisait, elle empruntait sans cesse des livres à la bibliothèque, et personne ne la respectait le moins du monde. On ne parlait toujours que de la poussière qui s'accumulait sous les lits chez elle et de son époux qui mangeait froid. Peut-être était-ce parce qu'elle lisait des romans, des récits, alors que mon grand-père lisait de gros livres. Gros et pesants, chacun s'en souvenait, tandis que des titres on ne se souvenait pas. Ils venaient de la bibliothèque, qui à l'époque avait dans ses rayons Blackstone, Macauley, Carlyle, Locke, l'*Histoire d'Angleterre* de Hume. Et l'*Essai sur l'entendement humain*? Et Voltaire? Karl Marx? C'est possible.

Cependant – si la femme aux moutons de poussière sous les lits avait lu les gros livres, eût-elle été pardonnée? Je ne le crois pas. C'étaient les femmes qui la jugeaient, et les femmes jugeaient les femmes plus durement qu'elles ne jugeaient les hommes. Et puis, n'oublions pas que mon grand-père faisait d'abord son travail – ses tas de bois étaient bien rangés et son étable d'une propreté impeccable. La lecture n'affectait sa vie en aucun aspect de son comportement.

Une autre chose qu'on disait de mon grand-père était qu'il prospérait. Mais la prospérité, en ce temps-là, n'était ni recherchée ni comprise tout à fait de la même façon qu'aujourd'hui. Je me rappelle avoir entendu ma grand-mère dire: «Quand nous avions besoin de quelque chose – quand ton père alla à l'école de Blyth et qu'il eut besoin de livres et de vêtements neufs et tout ça –, je disais à ton grand-père, bon, il va falloir élever un veau de plus pour faire un petit supplément.» Il semblerait donc que, sachant ce qu'il fallait

139

faire pour obtenir ce petit supplément, ils auraient pu le faire tout le temps.

Autrement dit, dans leur vie ordinaire, ils ne gagnaient pas toujours autant d'argent qu'ils auraient pu. Ils ne déployaient pas le maximum d'efforts. Ils n'envisageaient pas la vie dans ces termes. Pas plus qu'ils ne concevaient qu'on puisse épargner ne serait-ce qu'une partie de son énergie pour s'offrir du bon temps, comme le faisaient certains de leurs voisins irlandais.

Alors, comment concevaient-ils l'existence? Je crois qu'ils la voyaient surtout comme un rituel. Saisonnier et inflexible, très semblable aux tâches ménagères. Essayer de gagner plus d'argent pour améliorer son statut ou que la vie devienne plus facile devait leur paraître peu convenable.

Cela faisait un changement avec le point de vue de l'homme qui était parti pour l'Illinois. C'était peut-être l'influence de son échec qui s'attardait sur ses descendants plus timorés ou plus réfléchis.

Telle devait être l'existence que mon père avait vue se profiler devant lui – existence à laquelle ma grand-mère, en dépit du fait qu'elle s'y était elle-même soumise, n'était pas mécontente de le voir échapper.

Il y a là une contradiction. Quand on écrit au sujet de gens réels on se heurte toujours à des contradictions. Mon grand-père fut le propriétaire de la première auto qui circula sur le huitième rang du canton de Morris. C'était une Gray-Dorrit. Et mon père eut très jeune un poste à galène, objet que convoitaient tous les garçons. Certes, il est possible qu'il l'ait payé lui-même.

Payé avec l'argent que rapportaient ses pièges.

Les animaux que prenait mon père étaient des rats musqués, des visons, des martres, de temps à autre un lynx. Des loutres, des belettes, des renards. Il piégeait les rats musqués au printemps parce que leur fourrure reste de première qualité jusqu'à la fin avril environ. Tous les autres atteignent leur plus grande beauté entre la fin octobre et le milieu de l'hiver. L'hermine ne parvient à la pureté qu'aux alentours du 10 décembre. Il chaussait des raquettes. Construisait des pièges avec des déclencheurs en forme de 4, installés de manière que les planches et les branches tombent sur le rat musqué ou le vison. Il clouait les pièges à belettes aux arbres, assemblait des planches pour en faire des boîtes rectangulaires fonctionnant sur le même principe que les pièges guillotines – moins immédiatement visibles par les autres trappeurs. Les pièges d'acier pour les rats musqués étaient appâtés de façon que l'animal se noie, souvent à l'extrémité d'un plan incliné de cèdre. Patience, intuition et ruse étaient nécessaires. Pour les végétariens, il disposait de savoureux morceaux de pommes et de panais; pour les mangeurs de viande, comme le vison, il y avait de délectables appâts de poisson qu'il préparait lui-même et mettait à faisander dans un bocal qu'il enterrait. Un mélange similaire de viande destiné aux renards était enfoui en juin ou juillet et récupéré à l'automne; ils le recherchaient pour se rouler dessus, le fort remugle de pourriture faisant leurs délices.

Les renards l'intéressaient de plus en plus. Il les suivait quand ils s'écartaient des cours d'eau jusqu'aux petites éminences de sable à gros grain qu'on trouve parfois entre le taillis et la prairie – ils adorent ces collines sablonneuses, la nuit. Il apprit à faire bouillir ses pièges dans de l'eau additionnée d'écorce d'érable pour les débarrasser de l'odeur du métal. Ces pièges-là étaient disposés à découvert, sous un peu de sable.

Comment tue-t-on un renard pris au piège? Il ne faut pas l'abattre au fusil à cause de la plaie laissée dans la peau et de l'odeur du sang qui rend le piège inopérant.

On l'étourdit d'un coup de bâton et on lui pose le pied sur le cœur.

Les renards sont roux d'ordinaire dans la nature. Il arrive cependant qu'un renard noir surgisse parmi les autres, fruit d'une mutation spontanée. Il n'en avait jamais pris. Mais il savait qu'ailleurs on en avait piégé un certain nombre et qu'on les avait élevés sélectivement pour augmenter l'apparition de poils blancs le long du dos et de la queue. Ensuite de quoi on les appelait renards argentés. L'élevage du renard argenté commençait tout juste au Canada.

En 1925, mon père acheta un couple de renards argentés et bâtit pour lui un enclos à côté de la grange. Au début, on ne dut rien y voir d'autre qu'une nouvelle espèce animale à élever à la ferme, quelque chose de plus bizarre que les poulets et les porcs et même que le coq nain, quelque chose de rare et d'un peu tape-à-l'œil, comme les paons, pour intéresser les visiteurs. Quand mon père les acheta et bâtit l'enclos cela put même passer pour le signe qu'il comptait rester, s'établir comme un paysan légèrement différent de la plupart, mais paysan quand même.

La première portée naquit et il construisit d'autres cages. Il prit une photo de sa mère tenant les trois petits renardeaux. Surmontant une appréhension elle s'efforce de faire bonne figure. Deux des petits étaient des mâles, le troisième une femelle. Il tua les mâles à l'automne, quand leur fourrure était au plus beau, et vendit les peaux pour une somme impressionnante. Les pièges commencèrent à perdre de l'importance par rapport à ces animaux élevés en captivité.

Une jeune femme vint en visite. Une cousine du côté irlandais – maîtresse d'école, vive, décidée et jolie, son aînée de quelques années. Elle fut d'emblée intéressée par les renards et, contrairement à ce que crut sa mère, cet intérêt n'était pas feint dans le but d'aguicher mon père. (Entre sa mère et la visiteuse il y eut une antipathie presque instantanée, alors qu'elles étaient cousines.) Issue d'un foyer bien plus pauvre, d'une ferme plus pauvre que la leur, elle était devenue institutrice au prix de ses seuls efforts désespérés. Elle avait décidé d'en rester là pour l'unique raison que l'enseignement primaire était ce qu'elle avait rencontré de mieux pour les femmes jusqu'alors. C'était une institutrice aimée, qui travaillait dur, mais certains dons qu'elle savait posséder étaient inemployés. Ces dons avaient à voir avec la prise de risques, le gain d'argent. Ces dons-là n'avaient pas leur place chez mon père comme ils ne l'avaient pas eue chez elle, on les regardait de travers dans les deux maisons, alors que c'étaient les dons mêmes (moins souvent mentionnés que le labeur, la persévérance) qui avaient bâti le pays. Dans les renards elle ne vit aucun lien romanesque avec la vie sauvage ; mais bien une industrie nouvelle, la possibilité de richesses. Elle avait quelques économies qui permettraient d'acheter une terre où tout cela pourrait commencer pour de bon. Elle devint ma mère.

Quand je pense à mes parents du temps où ils ne l'étaient pas encore devenus, après qu'ils eurent pris leur décision mais avant que leur mariage l'eût rendue – en ce temps-là – irrévocable, ils ne me semblent pas seulement touchants et sans défense, emplis d'une illusion merveilleuse, mais plus séduisants que jamais par la suite. C'est comme si rien n'avait encore échoué et que la vie s'épanouissait de toutes les fleurs du possible, comme s'ils jouissaient de toutes sortes d'énergies avant de s'être courbés l'un vers l'autre. Cela ne peut pas être vrai, bien sûr – ils avaient déjà connu l'anxiété, forcément – ma mère était certainement anxieuse de voir approcher la trentaine sans être mariée. Ils devaient déjà avoir connu des échecs, peut-être s'étaient-ils tournés l'un vers l'autre avec des réserves, plutôt que cette profusion d'optimisme que j'imagine. N'empêche que je l'imagine, comme il nous plaît sans doute à tous de le faire, afin de ne pas penser que nous sommes nés d'une affection qui fut toujours chichement mesurée, ou d'une entreprise tiède, où le cœur n'était qu'à moitié. Je me dis qu'en venant choisir l'endroit où ils allaient vivre le restant de leurs jours, sur les bords de la Maitland, juste à l'ouest de Wingham dans le canton de Turnberry, dans le comté de Huron, ils voyageaient dans une voiture qui roulait bien sur des routes sèches par une lumineuse journée de printemps, et qu'eux-mêmes étaient bons et beaux et vigoureux et confiants dans leur chance.

Il y a quelque temps, je fis un voyage en voiture avec mon mari sur les petites routes du comté de Grey, qui est au nord-est du comté de Huron. À un carrefour, nous passâmes devant un magasin général abandonné. Il avait de hautes fenêtres aux panneaux étroits à l'ancienne. Et devant, le socle de pompes à essence disparues. Tout à côté, dans un amas de sumacs étranglés de vigne sauvage et de plantes grimpantes, on avait jeté toutes sortes de rebuts. Ces buissons me rafraîchirent la mémoire et je regardai de nouveau le magasin. Il me semblait que j'y étais venue autrefois. Et que j'y avais éprouvé une déception ou de la consternation. Je savais que je n'y étais jamais venue en voiture dans ma vie d'adulte et je ne pensais pas pouvoir y être venue enfant. C'était trop loin de chez nous. La plupart de nos sorties en voiture étaient pour nous rendre à la maison de mes grands-parents, à Blyth – ils s'y étaient retirés après avoir vendu la ferme. Et une fois, en été, nous étions allés au bord du lac, à Goderich. Mais à peine avais-je raconté cela à mon mari que je me souvins de la déception. Crème glacée. Puis tout me revint – le voyage que mon père et moi avions fait jusqu'à Muskoka en 1941, pendant que ma mère y était déjà, pour vendre des fourrures au Pine Tree Hotel au nord de Gravenhurst.

Mon père s'était arrêté pour prendre de l'essence à la pompe d'un magasin général et m'avait acheté un cornet de crème glacée. L'établissement était à l'écart des routes fréquentées et la crème glacée devait avoir attendu longtemps dans son bac. Elle avait probablement en partie fondu puis gelé de nouveau. Elle était pleine de cristaux de glace et son parfum était affreusement altéré. Même le cornet était mou et moisi.

« Mais pourquoi serait-il passé par là pour aller à Muskoka ? demanda mon mari. Ton père n'aurait pas pris par la 9, et ensuite la Route 11 ? »

Il avait raison. Je me demandai si je ne m'étais pas trompée. Je confondais peut-être avec un autre magasin à un autre carrefour où nous avions acheté de l'essence et cette glace.

Comme nous poursuivions vers l'ouest, à travers les collines qui nous séparaient du comté de Bruce et de la Route 21, après le coucher du soleil et avant la nuit, je me mis à parler de ce que tous les longs voyages en auto – c'est-à-dire tous ceux qui excédaient quinze kilomètres – représentaient alors pour notre famille, combien ils étaient ardus et incertains. J'expliquai à mon mari – dont la famille, plus réaliste que la nôtre, s'était jugée trop pauvre pour posséder une auto – que les bruits et les réactions de la voiture, les secousses et les vibrations, les efforts du moteur et les grincements de la boîte de vitesses faisaient du franchissement des hauteurs et de tout le parcours un effort auquel chacun dans l'auto semblait prendre sa part. Allait-on crever un pneu, la vapeur ferait-elle sauter le bouchon du radiateur, tomberait-on en panne – qu'allait-elle encore « nous faire » ? Cette expression donnait le sentiment que l'auto était fragile et capricieuse, avec quelque chose de mystérieusement vulnérable, quasi humain.

Bien sûr ça se serait passé autrement avec une voiture plus récente, ou si on avait eu les moyens d'entretenir et de faire réparer celle-là, dis-je.

Et je compris du même coup pourquoi nous étions allés à Muskoka par les petites routes. Je ne m'étais pas trompée, en définitive. Mon père avait dû se méfier, craindre, avec cette voiture, de traverser un gros bourg ou d'emprunter une grand-route. Elle avait trop de pièces défectueuses. Elle n'aurait pas dû circuler. Par moments il n'avait pas les moyens de payer le garagiste ; on devait être dans un de ces moments. Il faisait son possible pour la rafistoler lui-même, la maintenir en état. Parfois un voisin l'aidait. Je me souviens de l'avoir entendu dire, « Cet homme-là a le génie de la mécanique », ce qui m'induit à penser que tel n'était pas son cas à lui.

Je sus alors pourquoi un tel sentiment de risque, une inquiétude si vive, se mêlait à mon souvenir de ces routes non asphaltées, dépourvues même, pour certaines, d'une couche de gravier – quelques-unes étaient si ondulées que mon père les appelait planches à laver – et des ponts de bois à voie unique. À mesure que les choses me revenaient, je me rappelai que mon père m'avait dit avoir tout juste assez d'argent pour arriver à l'hôtel où était ma mère, et que si elle-même n'en avait pas, il ignorait ce qu'il ferait. Il ne me le dit évidemment pas sur le coup. Il m'acheta ce cornet de crème glacée, et me demanda de pousser sur le tableau de bord dans les montées, ce que je fis, bien que ce fût devenu un rite, une plaisanterie, ma foi s'étant depuis longtemps évaporée. Il avait l'air de bien s'amuser.

Il me parla des circonstances de ce voyage des années plus tard, après la mort de ma mère, quand il se remémorait certaines des épreuves qu'ils avaient traversées ensemble.

Ce que ma mère vendait aux touristes américains (les Américains dont nous parlions étaient toujours des touristes, manière de reconnaître que c'était seulement en tant que tels qu'ils présentaient un intérêt pour nous) n'étaient pas des pelleteries mais de véritables fourrures, tannées et apprêtées. Certaines peaux étaient coupées et cousues en bandes, pour faire des capes; d'autres laissées entières formaient ce que l'on appelait des étoles. Une étole de renard était une peau entière, une étole de vison comportait deux ou trois peaux. On laissait la tête de l'animal, dotée d'yeux brillants en verre d'un brun doré et aussi d'une mâchoire artificielle. On cousait des agrafes aux pattes. Je crois que, dans le cas du vison, la fermeture assemblait une queue à une bouche. L'étole de renard s'attachait patte à patte, et la cape de renard comportait parfois la tête de l'animal cousue, au mépris de l'anatomie, en plein milieu du dos, comme décoration.

Trente ans plus tard, ces fourrures ne se trouvèrent plus que dans les friperies et n'étaient plus achetées et portées que pour rire. De toutes les modes grotesques et retombées en poussière du passé, cette façon de porter des peaux de bête sans déguiser leur nature de peau de bête semble la plus effarante et barbare.

Ma mère vendait les étoles de renard à vingt-cinq, trente-cinq, quarante, cinquante dollars selon la quantité de poils blancs, «l'argent» de la fourrure. Les capes coûtaient cinquante, soixante-quinze, parfois cent dollars. Mon père avait commencé à élever des visons en plus des renards vers la fin des années 1930, mais elle n'avait pas beaucoup d'étoles de vison à vendre et je ne me rappelle pas combien elle en demandait. Peut-être avions-nous été en mesure d'en disposer chez les fourreurs de Montréal sans essuyer de perte.

La colonie des enclos à renards occupait une bonne part du territoire de notre ferme. Partant de derrière la grange, elle s'étirait jusqu'aux hauts talus qui dominaient les abords plats et marécageux de la rivière. Les premiers enclos que mon père avait fabriqués étaient munis de toits et de parois de fin grillage sur un cadre de poteaux de cèdre. Leur fond était en terre battue. Les enclos bâtis par la suite avaient un fond de grillage surélevé. Tous les enclos étaient installés côte à côte au long de « rues » qui s'entrecoupaient de sorte qu'ils formaient une ville, autour de laquelle courait une haute clôture. Chaque enclos renfermait un chenil – grande caisse de bois percée de trous de ventilation et munie d'un toit, ou couvercle, en pente que l'on pouvait soulever. Et il y avait une rampe de bois sur un côté de l'enclos afin que les renards prennent de l'exercice. Comme la construction s'était faite à divers moments sans plan d'ensemble dès le début, il y avait toutes les différences qu'on rencontre dans une vraie ville – il y avait des rues larges et d'autres étroites, il y avait de spacieux enclos à l'ancienne, en terre battue, et des enclos modernes, plus petits, avec un sol de grillage, plus hygiéniques, mais dont les proportions semblaient moins agréables. Il y avait deux longues résidences qu'on appelait les Appentis. Les Nouveaux Appentis possédaient une promenade couverte entre deux rangées d'enclos aux toits de bois en pente et au sol de grillage surélevé qui se faisaient face. Les Vieux Appentis n'étaient qu'une courte rangée d'enclos alignés côte à côte et assez grossièrement liés les uns aux autres. Les Nouveaux Appentis étaient un lieu épouvantablement bruyant, plein d'adolescents voués à être écorchés – pour la plupart – avant d'avoir atteint l'âge de un an. Les Vieux Appentis étaient un ensemble de taudis destinés à recevoir les étalons qui avaient déçu qu'on ne garderait pas une année de plus, les éclopés éventuels et même, pendant un temps, une renarde rousse qui était bien disposée envers les humains et tenait lieu d'animal familier. Pour cette raison, ou à cause de sa couleur, tous les autres renards l'évitaient, aussi l'appelait-on – car ils avaient tous un nom – Vieille Fille. Comment se trouvait-elle là, je l'ignore. Anomalie génétique dans une portée ? Renarde sauvage qui avait creusé un tunnel dans la mauvaise direction sous la clôture ?

Quand le foin était fait dans notre champ, on en étalait une partie sur les enclos pour abriter les renards du soleil et empêcher leur fourrure de virer au brun. Ils avaient l'air bien miteux, d'ailleurs, en été – le vieux pelage tombait et le nouveau commençait tout juste à le remplacer. Quand arrivait novembre ils étaient splendides, le bout de la queue blanc de neige et la fourrure du dos épaisse et noire avec sa couche superficielle argentée. Ils étaient prêts pour l'abattage – à moins d'être conservés comme étalons. Leurs peaux seraient étirées, nettoyées, envoyées à la tannerie, puis aux enchères.

Jusqu'à cette dernière étape, mon père maîtrisait l'ensemble du processus, excepté certaines maladies et les aléas de la reproduction. Tout était fait de sa main – les enclos, les chenils où les renards pouvaient se cacher et avoir leurs petits, les écuelles abreuvoirs, fabriquées à partir de boîtes de conserve, accessibles de l'extérieur et qu'on remplissait d'eau fraîche deux fois par jour, la citerne dont on trimballait le chariot le long des rues depuis la pompe, l'auge où l'on mélangeait, dans la grange, la farine, l'eau et la viande de cheval hachée, la caisse dans laquelle on coinçait la tête des animaux pour les chloroformer. Ensuite, une fois les peaux séchées, nettoyées et enlevées des chevalets d'étirage, il ne maîtrisait plus rien. Les pelleteries étaient rangées à plat dans les caisses d'expédition et envoyées à Montréal et il n'y avait rien d'autre à faire qu'attendre pour voir le degré de qualité qui leur serait attribué et le prix qu'on en tirerait aux enchères. Le revenu de toute une année, qui permettrait de payer les aliments, de rembourser la banque, de rendre à sa mère une partie du prêt qu'elle lui avait consenti après être devenue veuve, provenait de cette vente. Certaines années, le prix de la fourrure était assez bon, certaines autres, passable, certaines enfin, épouvantable. Personne n'aurait pu s'en rendre compte sur le moment, mais il s'était lancé dans cette activité un tout petit peu trop tard, et sans le capital nécessaire pour se développer suffisamment au cours des premières années de profits élevés. Son entreprise ne tournait pas à plein régime quand la Grande Dépression arriva. L'effet qu'elle exerça sur ses affaires fut variable, pas toujours négatif, contrairement à ce qu'on pourrait penser. Certaines années, il s'en tirait un peu mieux qu'il n'eût fait en exploitant la ferme, mais les mauvaises années étaient plus nombreuses que les bonnes. Il n'y eut pas beaucoup de progrès avec le début de la guerre – en fait, les prix de 1940 furent parmi les pires. Au cours de la Dépression, le bas niveau des prix était moins difficile à supporter – autour de lui tout le monde était dans la même galère – mais désormais, avec la prolifération des emplois créés par la guerre et le retour de la prospérité, il était très dur d'avoir travaillé comme il l'avait fait pour se retrouver avec presque rien.

Il dit à ma mère qu'il envisageait de s'engager dans l'armée. Il pensait abattre tout son élevage, liquider son stock de pelleteries et s'enrôler comme spécialiste dans le génie ou l'intendance. Il était encore en âge et possédait des savoir-faire qui le rendraient utile. Il pouvait être charpentier – il suffisait de voir tout ce qu'il avait bâti chez lui. Ou boucher – avec tous les vieux chevaux qu'il avait abattus et découpés pour les renards.

Ma mère avait une autre idée. Elle suggéra de conserver les meilleures pelleteries, de ne pas les envoyer aux enchères mais de les faire tanner et apprêter – c'est-à-dire d'en faire faire des étoles et des capes, munis d'yeux et de griffes – pour ensuite aller les vendre. Les gens commençaient à avoir de l'argent à présent. Il y avait des femmes qui avaient à la fois les moyens et le goût de s'habiller. Et il y avait des touristes. Nous étions à l'écart des routes qu'ils fréquentaient, mais elle en avait entendu parler, les hôtels de Muskoka en étaient pleins. Ils venaient de Detroit et Chicago avec de l'argent pour acheter de la porcelaine d'Angleterre, des chandails en shetland, des couvertures de la Baie d'Hudson. Et pourquoi pas des renards argentés ?

Devant les changements, les invasions et les bouleversements, il y a deux catégories de gens. Si l'on fait passer une nouvelle route à grande circulation à travers leur jardin, certains s'offusquent, ils souffrent de cette effraction dans leur vie privée, de la perte des pivoines et des lilas, et d'une dimension d'eux-mêmes. Les autres y voient une opportunité – équipent une baraque pour débiter des hot dogs, se font franchiser par une chaîne de restauration rapide, ouvrent un motel. Ma mère appartenait à cette seconde catégorie. À la seule idée de ces volées de touristes qui s'abattaient sur les forêts du Nord avec leur argent américain, elle débordait de vitalité.

Et donc, pendant l'été, l'été 1941, elle partit pour Muskoka avec une malle pleine de fourrures. La mère de mon père vint prendre notre maison en main. C'était encore une belle femme qui se tenait très droit et elle entra dans le domaine de ma mère en grande dame s'attendant au pire. Elle n'avait que haine pour ce que ma mère allait faire. Du colportage. Elle déclara que, si elle pensait aux touristes américains, c'était seulement pour espérer que nul d'entre eux ne l'approcherait jamais. L'espace d'une journée, ma mère et elle furent ensemble dans la maison et ma grand-mère se claquemura dans une version d'elle-même dure et taciturne. Ma mère était déjà trop sous pression pour s'en apercevoir. Mais après avoir été seule aux commandes le jour suivant, ma grand-mère fondit. Elle décida de pardonner momentanément son mariage à mon père, ainsi que l'excentricité de son entreprise et son échec, et mon père décida de lui pardonner le fait humiliant de lui devoir de l'argent. Elle fit du pain et des tartes, et des merveilles avec les légumes du potager, les œufs frais pondus, le lait et la crème de la vache de Jersey. (Si nous n'avions pas d'argent, jamais nous ne fûmes mal nourris.) Elle lessiva l'intérieur des placards, gratta le noir du cul des casseroles que nous avions cru permanent. Elle dénicha de nombreux articles qui avaient besoin d'être réparés. Le soir, elle emportait des seaux d'eau à la plate-bande de fleurs et aux plants de tomates. Puis mon père revenait de son travail dans la grange et les enclos des renards et nous nous asseyions dehors tous les trois sur des chaises de jardin, sous les arbres touffus.

Notre ferme de quatre hectares – pas une ferme du tout, du point de vue de ma grand-mère – occupait un emplacement peu courant. À l'est s'étendait le bourg, les clochers des églises et le beffroi de l'hôtel de ville étaient visibles quand les arbres avaient perdu leurs feuilles, et sur une distance d'un kilomètre et demi environ, la route entre nous et la grand-rue était bordée de maisons de plus en plus proches les unes des autres, tandis que les sentiers de terre se muaient en trottoirs et que surgissait, de loin en loin, un réverbère isolé, de sorte qu'on aurait pu dire que nous habitions à la périphérie de la ville, bien qu'en dehors des limites de la municipalité. Mais à l'ouest on ne voyait qu'un seul autre bâtiment de ferme, et il était loin, au sommet d'une colline qui occupait presque le centre de l'horizon dans cette direction. Nous en parlions toujours comme de la maison de Roly Grain, mais qui pouvait être ce Roly Grain, ou quelle route conduisait à sa maison, jamais je ne l'avais demandé ni imaginé. C'était bien trop loin, de l'autre côté, d'abord, d'un vaste champ planté de blé ou d'avoine, puis des bois et des marais qui descendaient en pente douce jusqu'à la rivière dont le méandre était caché, et du chevauchement des collines boisées ou dénudées au-delà. On avait très rarement l'occasion de voir une étendue de paysage aussi vide, aussi séduisante pour l'imagination, dans nos campagnes densément peuplées.

Quand nous étions installés devant cette vue, mon père roulait puis fumait une cigarette et ma grand-mère et lui parlaient des jours anciens à la ferme, de leurs voisins en ce temps-là, et des drôles de choses – des choses à la fois bizarres et comiques – qui s'étaient passées. L'absence de ma mère apportait une espèce de paix – pas seulement entre eux, mais pour nous tous. La nécessité d'être sur le qui-vive, de lutter pour améliorer sa condition, cessait de colorer l'atmosphère. La tension née de l'ambition, de l'estime de soi, de l'insatisfaction peut-être, était absente. À l'époque, je ne savais pas exactement ce qui manquait. Je ne savais pas non plus que ce ne serait pas un soulagement mais une grande perte pour moi si cela venait à disparaître pour de bon.

Mon petit frère et ma petite sœur tannaient ma grand-mère pour qu'elle les laisse regarder sa fenêtre. Elle avait les yeux noisette mais dans l'un des deux une grande tache, occupant au moins un tiers de l'iris, dont la couleur était bleue. Les gens disaient donc qu'elle avait les yeux de deux couleurs différentes, alors que ce n'était pas tout à fait vrai. Nous appelions la tache bleue sa fenêtre. Elle faisait semblant d'être fâchée qu'on lui demande de la montrer, elle rentrait la tête dans les épaules et chassait d'une tape celui ou celle qui essayait de l'apercevoir, ou alors fermait les yeux, ouvrant imperceptiblement celui qui était entièrement noisette pour voir si on continuait à l'observer. Elle finissait toujours par céder et acceptait de se tenir tranquille, les yeux grands ouverts, pour qu'on les regarde. Le bleu était pur, sans trace d'aucune autre couleur, rendu plus brillant par le brun doré qui le bordait, comme un ciel d'été par de petits nuages.

Le soir tombait quand mon père obliqua dans l'allée carrossable de l'hôtel. Nous franchîmes les piliers de pierre de l'entrée et voilà qu'il surgit devant nous – long bâtiment de pierre avec pignons, clochetons, et une véranda blanche. Des pots suspendus débordant de fleurs. Nous ratâmes le tournant accédant au parking et suivîmes l'allée semi-circulaire qui nous amena jusqu'à la véranda, passant devant les gens installés sur des balançoires et des chaises berçantes, qui n'avaient rien d'autre à faire que nous regarder, comme le dit mon père.

Rien de mieux à faire que bayer aux corneilles.

Nous avisâmes le discret écriteau, trouvant ainsi le chemin menant à un espace gravillonné à côté du court de tennis. Nous descendîmes de voiture. Elle était couverte de poussière et faisait figure d'intruse de mauvaise vie parmi les autres automobiles rangées là.

Nous avions fait tout le trajet les vitres baissées, et le vent chaud qui nous soufflait à la figure m'avait emmêlé et desséché les cheveux. Mon père vit que quelque chose clochait dans mon apparence et me demanda si j'avais un peigne. Je retournai dans la voiture pour en chercher un, que je finis par dégoter, coincé entre le siège et le dossier de la banquette avant. Il était sale et il y manquait plusieurs dents. Je fis une tentative, il fit une tentative, et conclut, « Peut-être que tu pourrais simplement les passer derrière tes oreilles ». Puis lui-même se peigna, sourcils froncés en se courbant pour se voir dans le rétroviseur. Nous traversâmes le parking, mon père se demandant à haute voix s'il nous fallait passer par la grande porte ou l'entrée de service. Il semblait croire que j'avais peut-être une opinion utile sur le sujet – ce qui ne lui était encore jamais arrivé en aucune circonstance. Je dis que j'étais d'avis de passer par la grande porte, parce que je voulais revoir le bassin à nénuphars sur la pelouse en demi-lune que bordait l'allée. Il y avait la statue d'une jeune fille aux épaules nues, vêtue d'une tunique dont le drapé lui moulait les seins, avec une cruche sur l'épaule – c'était un des objets les plus élégants que j'aie vus de ma courte vie.

« On relève le défi », dit doucement mon père, et nous gravîmes les marches et traversâmes la véranda devant des gens qui faisaient mine de ne pas nous regarder. Nous entrâmes dans le hall, où il faisait si noir que de petites lumières étaient allumées, dans des globes de verre dépoli, très haut sur le bois sombre et luisant des murs. D'un côté, il donnait dans la salle à manger, visible derrière des portes vitrées. Le ménage avait été fait après le dîner, chaque table était couverte d'une nappe blanche. De l'autre côté, au-delà des portes ouvertes, il y avait une longue salle rustique avec à l'extrémité une immense cheminée de pierre et une peau d'ours étalée au sol.

« Là, regarde, dit mon père. Elle doit être quelque part par ici. »

Ce qu'il venait de remarquer dans un coin du hall était une vitrine basse, dans laquelle une cape de renard argenté était joliment étalée sur ce qui semblait une pièce de velours blanc. Une plaquette, sur la vitrine, disait, *Renard argenté, un luxe canadien*, en anglaises ornementales, à la peinture blanche et argentée sur fond noir.

« Quelque part par ici », répéta mon père. Nous jetâmes un coup d'œil dans la pièce à la cheminée. Une femme qui écrivait à un bureau leva les yeux et dit, d'une voix agréable mais qui me parut un peu distante, « Je crois que, si vous sonnez, quelqu'un va venir ».

Je trouvai bizarre qu'une personne qu'on n'avait jamais vue nous adresse la parole.

Battant en retraite, nous traversâmes le hall jusqu'aux portes de la salle à manger. À l'autre bout d'un hectare de tables blanches où étaient disposés l'argenterie et des verres retournés et de petits bouquets de fleurs et des serviettes pointues comme des wigwams, nous entrevîmes la silhouette de deux dames, assises à une table près de la porte de la cuisine, qui finissaient un dîner tardif ou prenaient le thé. Mon père tourna le bouton de porte et elles levèrent les yeux. L'une d'elles se leva et vint vers nous, entre les tables.

Le moment pendant lequel je ne me rendis pas compte que c'était ma mère ne dura pas, mais ce fut un moment. Je vis une femme vêtue d'une robe que je ne connaissais pas, une robe crème avec un motif de petites fleurs rouges. La jupe en était plissée et bruissante, l'étoffe satinée, luisant comme les nappes et les serviettes dans cette salle aux boiseries sombres. La femme ainsi vêtue semblait vive et élégante, et sa chevelure noire séparée par le milieu, que relevaient et fixaient des épingles, formait une impeccable couronne de tresses. Et même quand je sus que c'était ma mère, quand elle m'eut entourée de ses bras et embrassée, répandant un parfum inaccoutumé et ne montrant rien de sa hâte ni de ses regrets habituels, rien de l'habituelle insatisfaction que lui causait mon apparence, ou ma nature, j'éprouvai le sentiment inexplicable que c'était encore une inconnue. Elle était passée sans effort, semblait-il, dans l'univers de l'hôtel, où mon père et moi détonions comme des vagabonds ou des épouvantails – on aurait dit qu'elle vivait là depuis toujours. J'en fus d'abord ébahie, puis me sentis trahie, puis tout excitée et pleine d'espoir à la perspective des avantages que je pourrais tirer dans cette nouvelle situation.

La dame avec laquelle ma mère bavardait se révéla être la responsable de la salle à manger – femme hâlée qui semblait fatiguée, les lèvres et les ongles faits d'un rouge sombre, dont on apprendrait par la suite qu'elle avait beaucoup d'ennuis et les avait confiés à ma mère. Elle fut d'emblée amicale. J'intervins dans la conversation des adultes pour parler des éclats de glace et du mauvais goût de la crème glacée, et elle alla en cuisine et m'apporta une grosse portion de crème glacée à la vanille recouverte de sauce au chocolat et surmontée d'une cerise.

«Est-ce que c'est un sundae?» demandai-je. Il ressemblait aux sundaes que j'avais vus dans des publicités, mais comme c'était le premier auquel j'allais goûter, je voulais être sûre de son nom.

«Je crois bien, dit-elle. Un sundae.»

Personne ne me fit de reproches, de fait mes parents rirent, et puis la dame apporta du thé et un sandwich pour mon père.

«Bien, je vous laisse bavarder», dit-elle. Elle s'éclipsa et nous nous retrouvâmes seuls tous les trois dans le silence de cette salle splendide.

Mes parents parlèrent mais je ne fis guère attention à leur conversation. Je les interrompais de temps en temps pour raconter à ma mère un détail du voyage ou de ce qui s'était passé à la maison. Je lui fis voir l'endroit où une abeille m'avait piquée, à la jambe. Ils ne me dirent ni l'un ni l'autre de me taire – ils me répondaient avec beaucoup de bonne humeur et de patience. Ma mère dit que nous dormirions tous dans sa chambre, cette nuit-là. C'était un des petits pavillons derrière l'hôtel. Elle dit que nous prendrions le déjeuner dans la salle à manger où nous nous trouvions.

Elle dit que quand j'aurais fini ma crème glacée il faudrait que j'aille voir le bassin de nénuphars.

Ce dut être une conversation heureuse, soulagée, du côté de mon père – triomphante, de celui de ma mère. Elle avait bien travaillé, vendu la presque totalité des fourrures apportées, c'était une réussite. En prouvant la justesse de son point de vue, elle nous sauvait tous les trois. Mon père réfléchit sans doute à ce qu'il convenait de faire en premier lieu, confier la réparation de l'auto à un garage sur place, ou courir encore le risque de rentrer par les petites routes pour la mettre au garage chez nous, où les gens lui étaient connus. Les factures qu'il fallait régler aussitôt et celles qu'on pouvait régler en plusieurs fois. Tandis que ma mère considérait probablement un avenir plus lointain, cherchant les moyens de son expansion, les autres hôtels où tenter sa chance, le nombre de capes et d'étoles supplémentaires qu'il faudrait faire confectionner l'année suivante, et la possibilité de transformer l'aventure en une activité permanente, au long de l'année.

Elle ne pouvait prévoir ni l'imminence de l'entrée en guerre des Américains, ni qu'ils ne sortiraient plus de chez eux, ni à quel point le rationnement de l'essence allait réduire l'afflux des touristes dans les lieux de villégiature. Elle ne pouvait prévoir l'offensive qui allait se déclencher contre son propre corps, les forces destructrices qui s'amassaient en elle.

Pendant des années, par la suite, elle parlerait du succès remporté cet été-là. Racontant qu'elle avait trouvé la bonne façon de s'y prendre, toujours avec délicatesse, présentant les fourrures comme si ce lui était un grand plaisir personnel, en dehors de toute considération d'argent. Rien n'étant plus éloigné de sa pensée que la vente. Il fallait montrer aux gens qui dirigeaient l'hôtel qu'elle ne déprécierait pas l'image qu'ils souhaitaient pour leur établissement, qu'elle n'avait rien d'un camelot de foire. Car elle était bien plutôt une dame, dont le négoce apportait un surcroît de prestige et de distinction. Elle avait dû devenir l'amie de la direction et des employés aussi bien que celle des clients.

Et la tâche n'était pas ingrate pour elle. Elle savait d'instinct mêler l'amitié et l'intérêt des affaires, comme tous les bons vendeurs. Jamais elle n'avait besoin de calculer son avantage afin d'agir froidement sur cette base. Tout ce qu'elle faisait, elle le faisait naturellement et son cœur la portait avec une chaleur réelle vers son intérêt. Elle qui avait toujours eu des difficultés avec sa belle-mère et la famille de son mari, qui était jugée prétentieuse par nos voisins et un peu trop sûre d'elle par les femmes de la ville, à l'église, avait trouvé un monde d'inconnus où elle s'était d'emblée sentie chez elle.

À l'encontre de tout cela, à mesure que je grandissais, j'en vins à éprouver quelque chose comme de la répugnance. Je méprisais l'idée tout entière de s'instrumenter soi-même ainsi, de se rendre dépendant de la réaction d'autrui, d'user de la flatterie avec tant d'adresse et de naturel qu'on ne voyait même plus que c'était de la flatterie. Et tout cela pour de l'argent. J'estimais cette conduite honteuse, comme, bien sûr, ma grand-mère. Il allait de soi à mes yeux que mon père partageait ce sentiment mais ne le montrait pas. Je croyais – ou pensais croire – qu'il fallait travailler dur, avoir de la fierté, se moquer d'être pauvre et même nourrir un subtil sentiment de supériorité pour ceux qui avaient la vie facile.

Sur le moment, je regrettai pourtant la perte des renards. Pas de cette activité, mais des animaux eux-mêmes, avec leurs queues magnifiques et cette colère dans leurs yeux dorés. À mesure que je prenais de l'âge, m'éloignant de plus en plus des façons de la campagne et des nécessités campagnardes, j'ai commencé à remettre en question leur captivité, à éprouver du regret de leur mise à mort, de leur conversion en argent. (Je n'en vins jamais au point d'éprouver quoi que ce soit de semblable à l'égard des visons, qui m'ont toujours semblé des espèces de rats, méchants, qui méritaient leur sort.) Je savais que ce sentiment était un luxe, et quand j'en parlai à mon père, quelques années plus tard, je le fis sur le ton de la plaisanterie. Dans le même esprit, il dit croire qu'il existait en Inde une religion soutenant que tous les animaux allaient au paradis. Quand on y pense, dit-il, si c'était vrai – quelle meute de renards grondant l'attendrait là-haut, pour ne rien dire de toutes les autres bêtes à fourrure qu'il avait piégées, ni des visons, ni de la galopade tonnante des chevaux qu'il avait abattus et dépecés pour leur viande.

Puis il dit, moins plaisamment, « On s'habitue aux choses, tu sais. On ne se rend pas trop compte dans quoi on met les pieds. »

Ce fut vers la même période, après la mort de ma mère, qu'il me parla de ses qualités de vendeuse qui nous avaient sauvés de la catastrophe. Et qu'il me raconta aussi qu'il ne savait pas ce qu'il ferait, à la fin de ce voyage, s'il découvrait qu'elle n'avait pas d'argent.

« Mais elle en avait, dit-il. Elle savait y faire. » Et à son ton, je compris qu'il n'avait jamais partagé nos réserves, à grand-mère et moi. Ou était fermement résolu à mettre de côté ce genre de honte, à supposer qu'il l'eût éprouvée.

Honte dont la boucle était désormais bouclée, puisque c'était d'elle que j'étais honteuse, finalement.

Un soir de printemps en 1949 – le dernier printemps, à vrai dire la dernière saison, que je passai chez nous d'un bout à l'autre – j'allai sur ma bicyclette à la fonderie, chargée d'un message pour mon père. Je ne faisais plus de bicyclette que rarement. Pendant une période, tout au long des années cinquante peut-être, on considérait comme une excentricité qu'une fille continue d'aller à bicyclette après qu'elle était en âge, entre autres, de porter un soutien-gorge. Mais on pouvait aller à la fonderie en passant par les petites routes, sans avoir à traverser la ville.

Mon père avait commencé à travailler là en 1947. Il était devenu manifeste, l'année précédente, que non seulement notre élevage de renards mais l'ensemble de l'élevage industriel des animaux à fourrure périclitaient très rapidement. Le vison nous aurait peut-être permis de nous en tirer si nous en avions pratiqué l'élevage à plus grande échelle, ou si nous n'avions pas dû autant d'argent au fournisseur d'aliments, à ma grand-mère, à la banque. En l'occurrence, le vison ne put rien pour nous. Mon père avait commis la même erreur que nombre d'éleveurs de renards à l'époque. On croyait qu'une nouvelle espèce, plus pâle, qu'on appelait platine, serait le salut, et avec de l'argent emprunté il avait acheté deux mâles reproducteurs, l'un, platine norvégien presque blanc comme neige, et l'autre, dit nacré, d'un ravissant gris bleuté. Les gens en avaient soupé du renard argenté, mais avec de telles beautés le marché allait sûrement revivre.

Évidemment, on court toujours un risque avec un nouveau reproducteur, sera-t-il performant et combien de ses petits seront-ils de la même teinte que leur père ? Je crois qu'il y eut des difficultés sur les deux fronts, encore que ma mère proscrivît les questions et les conversations à ce sujet sous son toit. Je crois qu'un des mâles était d'une nature très réservée et que l'autre produisait surtout des rejetons au pelage sombre. Cela n'eut guère d'importance, parce que la mode se détourna des fourrures à poil long en général.

Quand mon père se mit en quête d'un emploi, il lui fallut trouver un travail de nuit, parce qu'il devait consacrer ses journées à la liquidation de l'élevage. Lever les peaux de tous les animaux et les vendre au meilleur prix, démolir la clôture d'enceinte, les Vieux Appentis et les Nouveaux Appentis, et tous les enclos. J'imagine que rien ne l'obligeait à le faire immédiatement mais qu'il souhaitait voir disparaître toute trace de l'entreprise.

Il trouva un emploi de veilleur de nuit à la fonderie, de cinq heures de l'après-midi à dix heures du soir. Le salaire n'était pas mirobolant mais ce travail lui permettait d'en effectuer un autre simultanément. Cet emploi supplémentaire consistait à laver le plancher. Cette tâche n'était jamais terminée quand son service de veilleur prenait fin et il rentrait parfois à minuit passé.

Le message que je devais lui transmettre n'était pas important en soi, mais il l'était dans la vie de notre famille. Il s'agissait simplement de lui rappeler qu'il n'oublie pas de passer chez ma grand-mère quand il rentrerait du travail, aussi tard que ce soit. Ma grand-mère avait emménagé dans notre ville, chez sa sœur, de façon à nous être utile. Elle faisait des tartes et des petits pains, raccommodait nos vêtements et reprisait les chaussettes de mes frères et de mon père. Ce dernier était censé passer chez elle en ville après le travail, pour prendre ces choses et boire une tasse de thé avec elle, mais il oubliait souvent. Elle l'attendait en tricotant, somnolant sous la lampe, écoutant la radio jusqu'à ce que les émissions des stations canadiennes s'arrêtent, à minuit, et qu'elle ne capte plus que de lointains bulletins d'information, du jazz américain. Elle attendait sans fin et mon père ne venait pas. C'est ce qui s'était produit la veille, aussi avait-elle téléphoné à l'heure du dîner ce soir-là pour demander avec un tact douloureux, «C'était ce soir, ou hier, que ton père devait passer?»

«Je ne sais pas», avais-je répondu.

Il me semblait toujours que quelque chose n'avait pas été fait comme il fallait, ou pas fait du tout, quand j'entendais la voix de ma grand-mère. Que nous nous étions mis en tort en ne la traitant pas comme elle le méritait. Elle était encore pleine d'énergie, s'occupait de sa maison et de son jardin, avait encore la force de porter un fauteuil à l'étage, et elle avait la compagnie de ma grand-tante, mais il lui fallait quelque chose de plus – plus de gratitude, plus d'empressement à la satisfaire, qu'on ne lui en avait jamais manifesté.

«En tout cas je l'ai attendu hier soir, mais il n'est pas venu.»

«Alors tu le verras ce soir.» Je ne voulais pas passer du temps au téléphone avec elle parce que je préparais mes examens de fin d'études secondaires dont tout mon avenir dépendait. (Aujourd'hui encore, dans la fraîcheur lumineuse des soirs de printemps, quand les feuilles pointent tout juste sur les arbres, je sens monter en moi l'attente prometteuse de ce vieil événement fondateur, vers quoi mon ambition se dresse en frissonnant comme un brin d'herbe nouvelle.)

Quand je lui fis part de cet échange, ma mère dit, «Ah, il faudrait que tu ailles le rappeler à ton père, ou ça va faire une histoire».

Chaque fois qu'elle était confrontée à la susceptibilité de ma grand-mère, ma mère s'animait comme si elle retrouvait un peu de compétence et d'importance dans notre famille. Elle avait la maladie de Parkinson. Elle en avait éprouvé par intermittence des symptômes divers depuis un certain temps mais le mal avait été récemment diagnostiqué et déclaré incurable. Ses progrès mobilisaient une part sans cesse croissante de son attention. Elle ne pouvait plus marcher, se nourrir ni parler normalement – son corps se raidissait et échappait à sa maîtrise. Mais il lui restait longtemps à vivre.

Quand elle commentait dans des termes de ce genre la situation avec ma grand-mère – quand elle disait quoi que ce soit qui montre qu'elle avait conscience de l'existence d'autrui, ou simplement des tâches ménagères, je sentais mon cœur s'emplir de tendresse. Mais quand elle finissait par une référence à elle-même, comme elle le fit en l'occurrence (*et ça va encore m'énerver*), je me durcissais de nouveau, j'étais pleine de colère contre son abdication, écœurée de la voir uniquement préoccupée d'elle-même, ce qui me semblait à la fois flagrant et anormal pour une mère.

Je n'étais jamais allée à la fonderie depuis deux ans que mon père y travaillait et ne savais pas où le chercher. Les filles de mon âge ne traînaient pas autour des lieux de travail des hommes. Quand elles le faisaient, quand elles se promenaient seules le long de la voie de chemin de fer ou de la rivière, ou qu'elles allaient seules à bicyclette sur les routes de campagne (je faisais ces deux dernières choses), on disait parfois d'elles *s'il lui arrive malheur, elle l'aura bien cherché*.

Le travail de mon père à la fonderie ne m'inspirait guère d'intérêt, de toute façon. Je ne m'étais jamais attendue à ce que l'élevage de renards nous rende riches, mais du moins nous rendait-il uniques et indépendants. Quand je songeais que mon père travaillait à la fonderie, j'éprouvais le sentiment qu'il avait subi une lourde défaite. Sentiment que ma mère partageait. Ton père vaut mieux que ça, disait-elle, mais au lieu d'en tomber d'accord avec elle, je discutais, laissant entendre qu'elle n'aimait pas être une femme de travailleur ordinaire et qu'elle était snob.

Ce qui « énervait » le plus ma mère, c'était de recevoir la corbeille de Noël qu'envoyait la fonderie, pleine de fruits, de noix et de friandises. Elle ne supportait pas d'être parmi ceux qui recevaient ce genre de cadeaux plutôt que parmi ceux qui les distribuaient, et la première fois il fallut mettre la corbeille dans l'auto pour aller dénicher, plus loin sur la route, une famille qu'elle jugeait apte à en bénéficier. Le Noël suivant, son autorité avait déjà commencé à faiblir et je fis un raid sur la corbeille en déclarant que nous avions autant besoin de friandises que n'importe qui. Elle essuya les larmes qu'avait fait naître la dureté de mon ton et je mangeai le chocolat, qui était vieux et friable et virait au gris.

Je ne vis aucune lumière dans les bâtiments de la fonderie. Les vitres étaient peintes en bleu sur leur face interne – la peinture empêchait peut-être la lumière de filtrer. Le bureau était une vieille maison de briques à l'extrémité du long bâtiment principal et là, apercevant une lumière à travers les stores vénitiens, je me dis que le directeur ou un de ses collaborateurs devait travailler tard. Si je frappais, on me dirait où était mon père. Mais en regardant par la petite fenêtre qui ouvrait dans la porte, je vis que c'était lui. Il était seul et lavait le plancher.

J'ignorais que cette corvée quotidienne faisait partie des tâches du veilleur de nuit. (Cela ne signifie pas que mon père avait délibérément choisi de n'en rien dire – peut-être n'avais-je pas écouté.) Je fus surprise parce que jamais je ne l'avais vu attelé à ce genre de travail. Les tâches ménagères. Maintenant que ma mère était malade, la responsabilité m'en incombait. Il n'aurait jamais eu le temps. Et puis il y avait le travail des hommes et le travail des femmes. J'en étais convaincue, comme tous les gens que je connaissais.

Le matériel de nettoyage de mon père ne ressemblait à rien de ce qu'on peut avoir chez soi. Deux seaux sur un chariot avec des râteliers de part et d'autre pour recevoir divers balais, balais-brosses et serpillières. Il frottait vigoureusement, avec efficacité – sans rien de cette espèce de rythme résigné et ritualisé des femmes. Il avait l'air de bonne humeur.

Il dut venir m'ouvrir parce que la porte était fermée à clé.

Son expression changea quand il vit que c'était moi.

« Il n'est rien arrivé à la maison, j'espère ? »

Je dis non et il se détendit. « J'ai cru que c'était Tom. »

Tom était le directeur de l'usine, où tout le monde l'appelait par son prénom.

« Et alors. Tu viens voir si je m'y prends comme il faut ? »

Je lui fis part du message et il secoua la tête.

« Je sais. J'ai oublié. »

Je m'assis sur un coin du bureau, levant les jambes pour ne pas le gêner. Il dit qu'il avait presque fini et que, si je voulais attendre, il me ferait faire le tour de la fonderie. Je répondis que j'attendrais.

Quand je dis qu'il était de bonne humeur au travail, je ne sous-entends pas qu'il était de mauvaise humeur à la maison, qu'il s'y montrait maussade et irritable. Mais il manifestait pour l'heure un entrain qui chez nous aurait pu sembler déplacé. En fait, on l'aurait dit soulagé d'un poids.

Lorsqu'il fut satisfait de son ouvrage, il accrocha la serpillière au flanc de son engin et le poussa dans un passage en pente qui reliait le bureau au bâtiment principal. Il ouvrit une porte sur laquelle un écriteau disait :

Entretien.

« Mon domaine. »

Il vida l'eau des seaux dans un bac en fer, les rinça et les vida de nouveau, essuya le bac. Sur une étagère au-dessus, parmi les outils, les fusibles, le tuyau de caoutchouc et les carreaux de rechange, il y avait sa boîte à lunch, que je garnissais chaque jour en rentrant de l'école. J'emplissais le thermos de thé bien fort et j'y adjoignais un petit pain noir tartiné de beurre et de confiture, une pointe de tarte si nous en avions et trois épais sandwichs assaisonnés de ketchup et fourrés de tranches frites de saucisson de Bologne ou de rôti de porc, ce qu'on trouvait de meilleur marché.

Passant devant moi, il m'emmena dans le bâtiment principal. Les lampes allumées là ressemblaient à des réverbères – c'est-à-dire que leur lumière n'éclairait que le croisement des travées mais pas l'intérieur du bâtiment dans son ensemble, qui était si vaste et si haut que j'avais l'impression d'être dans une forêt obscurcie d'arbres touffus, ou dans une rue bordée de hauts immeubles tous égaux. Mon père alluma quelques autres lumières et les choses rétrécirent un peu. On voyait à présent les murs de briques noircies, et les fenêtres dont les vitres n'étaient pas seulement peintes mais recouvertes d'un grillage noir. Ce qui bordait les travées, c'était un empilement de casiers, plus haut que ma tête, et des plateaux de métal identiques, d'une forme compliquée.

Nous débouchâmes dans un espace ouvert avec, au sol, un gros tas de morceaux de métal, tous déformés par ce qui avait l'air d'une série de verrues ou d'une colonie de bernacles.

«Des fontes, dit mon père. Elles n'ont pas encore été nettoyées. On les met dans un appareil appelé sableuse dont les secousses font tomber toutes ces aspérités.»

Puis un tas de poussière noire, ou de fin sable noir.

«On dirait de la poussière de charbon mais sais-tu comment ça s'appelle? Sable vert.»

«Vert?»

«Ça sert pour le moulage. C'est du sable qui contient un liant, comme l'argile. Ou parfois de l'huile de lin. Ça t'intéresse un tant soit peu, tout ça?»

Je répondis oui, en partie par orgueil. Je ne voulais pas avoir l'air d'une imbécile. Et intéressée, je l'étais, mais moins par les explications détaillées que mon père entreprit alors de me fournir que par les effets généraux – la pénombre, la fine poussière qui flottait dans l'air, l'idée qu'il y avait des endroits comme celui-là à travers tout le pays, bourgades et grandes villes. Des établissements dont les fenêtres étaient masquées de peinture. On passait devant en voiture ou en train sans jamais accorder une pensée à ce qui se déroulait à l'intérieur, accaparant des vies entières. Processus sans fin, toujours recommencé, auquel des gens consacraient toute leur attention, toute leur existence.

«Un vrai tombeau, ici», dit mon père, comme s'il avait saisi certaines de mes pensées.

Mais son propos était autre.

«Comparé à la journée. Le raffut, tu n'imagines pas. On essaie de leur faire mettre des tampons dans les oreilles mais pas moyen.»

«Pourquoi?»

«Je ne sais pas. Trop indépendants. Ils ne mettent pas non plus leurs tabliers protecteurs. Regarde, là. C'est ce qu'on appelle la coupole.»

C'était un immense tuyau noir, effectivement surmonté d'une coupole. Il me montra l'endroit où on faisait le feu et les louches utilisées pour emporter le métal fondu et le verser dans les moules. Il me montra de gros morceaux de métal qui étaient comme des moignons grotesques et me dit que c'étaient les formes des creux dans la fonte. De l'air dans ces creux, plutôt, rendu solide. En me disant ces choses, sa voix était pleine de satisfaction, comme si ce qu'il révélait lui procurait un plaisir durable.

Tournant le coin d'une travée, nous tombâmes sur deux hommes qui travaillaient en tricot de corps.

«Voilà deux gaillards à qui l'ouvrage ne fait pas peur, dit mon père. Tu connais Ferg? Tu connais Geordie?»

Et oui, je les connaissais, ou savais du moins qui ils étaient. Geordie Hall livrait le pain, mais occupait un emploi de nuit à la fonderie afin d'arrondir son salaire, parce qu'il avait une ribambelle d'enfants. Une plaisanterie courait, selon laquelle sa femme l'envoyait au boulot pour le tenir éloigné d'elle. Ferg était plus jeune, on le voyait en ville. Les filles le fuyaient parce qu'il était défiguré par un kyste.

«Elle vient voir comment on vit, nous autres travailleurs», dit mon père avec une nuance d'excuse teintée d'humour. S'excusant de moi pour eux et d'eux pour moi – tournée générale d'excuses peu appuyées. C'était bien dans son style.

Conjuguant soigneusement leurs efforts, les deux hommes soulevaient à l'aide de longs et robustes crochets une lourde fonte pour l'extraire d'une caisse de sable.

«C'est rudement chaud, dit mon père. Fondu d'aujourd'hui.

Maintenant, ils vont remuer le sable et le préparer pour la prochaine fonte. Après, ils passeront à une autre. On les paye aux pièces, tu sais. À la fonte. »

Nous nous éloignâmes.

« Ils sont ensemble depuis un bout de temps, dit-il. Ils travaillent toujours ensemble. Je fais le même boulot tout seul. C'est ce qu'il y a de plus costaud, ici, il m'a fallu le temps de m'y habituer mais ça ne m'embête plus. »

Beaucoup de ce que j'ai vu ce soir-là allait bientôt disparaître. La coupole, les louches qu'on soulevait à la main, la poussière meurtrière. (Elle tuait vraiment – par la ville, sur les vérandas de petites maisons proprettes, il y avait toujours quelques individus stoïques, au teint jaune, qu'on installait là pour prendre l'air. Chacun savait, et acceptait l'idée, qu'ils mouraient de *la maladie de la fonderie*, la poussière dans leurs poumons.) Bien des dangers et des savoir-faire allaient disparaître. Bien des risques pris quotidiennement, en même temps que beaucoup de fierté téméraire, d'ingéniosité fortuite et d'improvisation. Les procédés que je vis étaient probablement plus proches de ceux du Moyen Âge que de ceux d'aujourd'hui.

Et j'imagine que le caractère spécifique des travailleurs de la fonderie allait changer à mesure que les procédés changeaient. La différence s'atténuerait entre eux et les ouvriers d'usine ou les détenteurs d'autres emplois. Jusqu'à l'époque dont je parle, ils semblaient plus forts et plus rudes que les autres ; ils avaient plus de fierté et peut-être étaient-ils plus portés sur le mélodrame et la comédie héroïque que ceux dont les emplois n'étaient pas aussi salissants ni dangereux. Ils avaient trop d'orgueil pour demander à être protégés contre les risques qu'ils devaient courir et de fait, comme l'avait dit mon père, dédaignaient les protections qu'on leur offrait. On les disait aussi trop orgueilleux pour se donner la peine de fonder une section syndicale.

Au lieu de quoi, ils volaient la fonderie.

« Je vais te raconter une histoire, sur Geordie », dit mon père comme nous poursuivions notre promenade. Il « faisait une ronde » à présent, et devait pointer à diverses horloges en divers points du bâtiment.

Il lui resterait à laver par terre dans sa salle. «Geordie aime bien emporter un peu de bois et des bricoles chez lui. Une ou deux caisses, ce qu'il trouve. Dès qu'il pense que quelque chose pourrait lui être utile pour arranger sa maison ou construire un appentis. Alors l'autre soir, il avait un tas de trucs et, à la nuit tombée, il est allé les mettre à l'arrière de sa voiture en attendant de rentrer chez lui après son boulot. Et sans qu'il le sache, il se trouve que Tom était au bureau, en train de l'observer par la fenêtre. Tom n'était pas venu en voiture, c'était sa femme qui avait la voiture, elle devait aller quelque part, alors lui était venu à pied afin d'achever un travail ou de chercher quelque chose qu'il avait oublié. Bref, il a vu ce qu'il fricotait et il a attendu le moment où Geordie sortirait pour sortir lui aussi et lui dire, Dis voir, tu peux me reconduire chez moi? Ma femme a la voiture. Ils montent donc dans celle de Geordie et les autres étaient là autour à faire des commentaires, Geordie suait à grosses gouttes et Tom, lui, ne disait pas un mot. Il sifflotait pendant que Geordie bataillait pour mettre la clé de contact. Il s'est fait reconduire jusque chez lui sans dire un mot. Sans se retourner pour regarder à l'arrière. Il s'en est bien gardé. Que l'autre se fasse un sang d'encre. Et le lendemain, il l'a raconté partout dans la fonderie.»

Il serait facile de tirer de cette anecdote des conclusions exagérées, en se figurant qu'entre direction et travailleurs prévalaient une familiarité détendue, une tolérance et même une compréhension réciproque des problèmes de chacun. Et c'était en partie vrai, mais cela ne voulait pas dire qu'il n'y avait pas en même temps beaucoup de rancœur, de dureté, et bien sûr de duplicité. La blague jouait toutefois un rôle important. Les hommes qui étaient de service le soir se réunissaient dans la petite pièce de mon père, celle de l'entretien, par tous les temps ou presque – mais devant l'entrée principale, quand les soirées étaient chaudes – pour fumer et bavarder pendant la pause qu'ils s'accordaient en dépit du règlement. Ils parlaient des blagues récentes et de celles qui avaient été faites au long des années. Racontaient certains bons tours dont les auteurs et les victimes étaient morts depuis longtemps. Il leur arrivait aussi de parler sérieusement. De discuter de l'existence des fantômes et de parler de ceux qui prétendaient en avoir vu un. Ils discutaient aussi argent – qui en avait, qui en avait perdu, qui s'attendait à en avoir et n'en avait pas eu, où le gardait-on. Mon père me parla de ces conversations des années plus tard.

Un soir, quelqu'un demanda quel était le meilleur moment de la vie d'un homme.

Certains dirent, c'est quand on est petit et qu'on peut jouer tout le temps, descendre à la rivière en été, faire des parties de hockey sur la route en hiver, et qu'on n'a pas d'autre souci que jouer et s'amuser.

Ou quand on est jeune homme, qu'on sort avec des filles et qu'on n'a aucune responsabilité.

Ou jeune marié, si on aime tendrement sa femme, et un peu plus tard aussi, quand les enfants sont tout petits et courent partout et n'ont montré encore aucun défaut.

Mon père avait pris la parole pour dire, « Maintenant. Je crois que c'est peut-être en ce moment. »

Pourquoi ? lui demandèrent les autres.

Parce que ce n'était pas encore la vieillesse, avec ses misères, quand ci ou ça commence à vous lâcher, mais qu'on était assez vieux pour voir qu'on n'aurait jamais un tas de choses qu'on avait peut-être attendues de la vie. C'était difficile d'expliquer comment on pouvait être heureux dans une telle situation, mais il lui arrivait de penser qu'on l'était.

M'ayant parlé de cela, il ajouta, « Je crois que j'étais content d'avoir de la compagnie. Jusque-là, j'avais été tellement seul dans le travail. C'était peut-être pas la fine fleur, mais c'étaient des braves gens, parmi les meilleurs que j'aie connus. »

Il me raconta aussi qu'un soir, peu après avoir été embauché à la fonderie, il avait fini son travail aux alentours de minuit et découvert qu'une grande tempête de neige s'était abattue. Les routes étaient recouvertes et la tourmente était si violente que les chasse-neige n'entreraient pas en action avant le matin. Il dut laisser la voiture où elle était – même s'il l'avait dégagée à la pelle, il n'aurait pu affronter les routes. Il avait décidé de rentrer à pied. Le trajet était de trois kilomètres environ. Il marchait lourdement dans la neige fraîche et le vent d'ouest soufflait contre lui. Il avait récuré plusieurs sols ce soir-là et commençait à peine à s'habituer au travail. Il portait un lourd manteau, une capote militaire qu'un de nos voisins lui avait donnée, n'en ayant plus l'usage quand il était revenu de la guerre. Mon père ne la portait pas souvent non plus. D'ordinaire il mettait un coupe-vent. Il avait probablement pris la capote ce soir-là parce que la température était tombée encore en dessous du froid habituel de l'hiver et qu'il n'y avait pas de chauffage dans la voiture.

Il se sentait tiré vers le bas, luttant contre la tempête, et, à trois ou quatre cents mètres de la maison, se rendit compte qu'il n'avançait plus. Il était au milieu d'un banc de neige et ne pouvait plus bouger les jambes. C'était tout juste s'il tenait debout face au vent. Il était épuisé. Il pensa que son cœur lâchait peut-être. Il pensa à la mort.

Il allait mourir laissant une épouse malade et invalide, incapable de prendre soin d'elle-même, une vieille mère qui avait accumulé les déceptions, une fille cadette dont la santé avait toujours été délicate, une aînée plutôt vigoureuse et brillante mais qui semblait souvent préoccupée d'elle-même et mystérieusement incompétente, un fils qui promettait d'être intelligent et sérieux mais n'était encore qu'un petit garçon. Mourir criblé de dettes, avant même d'avoir fini de démanteler les enclos. Ils resteraient là – le grillage s'affaissant entre les pieux de cèdre qu'il avait taillés dans le marais d'Austins à l'été 1927 –, témoins de la ruine de son entreprise.

«C'est tout ce à quoi tu as pensé?» demandai-je, quand il me fit ce récit.

«Ça ne te suffit pas?» répondit-il, avant de poursuivre en me racontant comment il avait arraché une jambe à la neige, et puis l'autre: il s'était dégagé et après il n'y avait plus de bancs de neige aussi profonds, il n'avait guère tardé à atteindre l'abri de la rangée de pins qu'il avait lui-même plantés l'année de ma naissance. Il était rentré à la maison.

Mais ma question signifiait, n'avait-il pas pensé à lui-même, au gamin qui posait des pièges le long de la Blyth, qui était allé au magasin demander du papier qu'a grillé, n'avait-il pas lutté pour lui-même ? C'est-à-dire, sa vie ne présentait-elle d'intérêt désormais que pour d'autres ?

Mon père disait toujours qu'il n'avait pas accédé pour de bon à l'âge adulte avant d'être embauché à la fonderie. Il n'avait jamais voulu parler de l'élevage des renards ni du commerce des fourrures mais, devenu vieux, se montra capable d'aborder sans difficulté à peu près tous les sujets. Tandis que ma mère, emmurée par la paralysie, ne se lassait jamais d'évoquer le Pine Tree Hotel, les amies qu'elle s'y était faites, et l'argent qu'elle y avait gagné.

Et il s'avéra qu'une autre occupation attendait mon père. Je ne parle pas de l'élevage des dindes, qui vint après le travail à la fonderie, dura jusqu'à ce qu'il ait atteint ou dépassé soixante-dix ans et lui abîma peut-être le cœur, parce qu'il devait affronter et transporter d'un lieu à l'autre des volatiles de vingt à vingt-cinq kilos. Ce fut après avoir abandonné cette activité qu'il se mit à écrire. Il commença par rédiger des souvenirs et tira de certains d'entre eux des récits qui furent publiés dans un excellent mais éphémère magazine local. Et peu de temps avant sa mort, il écrivit un roman sur la vie de pionniers, intitulé *The Macgregors*.

Il me raconta que sa rédaction l'avait surpris. Il était surpris d'avoir été capable de le faire et surpris que l'avoir fait le rende si heureux. Comme s'il y avait là un avenir pour lui.

Voici un extrait d'un texte intitulé « Grands-pères », faisant partie de ce que mon père écrivit sur son grand-père Thomas Laidlaw, ce même Thomas qui était venu à Morris à l'âge de dix-sept ans et qu'on avait chargé de faire la cuisine dans la cabane.

C'était un vieillard frêle et chenu, le cheveu clairsemé et un peu long, la peau pâle. Trop pâle, parce qu'il était anémique. Il prenait du Vita-Ore, spécialité pharmaceutique qui faisait beaucoup de publicité. Cela devait lui faire du bien puisqu'il vécut jusqu'à quatre-vingts ans passés. […] Quand je m'avisai de son existence, il avait pris sa retraite au village et loué la ferme à mon père. Il venait voir la ferme, ou plutôt moi, me semblait-il, et j'allais le voir chez lui. Nous faisions des promenades. Je me sentais en sûreté. Il parlait bien plus volontiers que papa mais je n'ai pas le souvenir de longues conversations. Il expliquait les choses un peu comme s'il les découvrait lui-même à mesure. Peut-être regardait-il en un sens le monde du point de vue d'un enfant.

Il ne parlait jamais durement, ne disait jamais, « Descends de cette clôture » ou « Attention à la flaque ». Il préférait laisser la nature suivre son cours, de manière à ce que j'apprenne de cette façon. Cette liberté d'action inspirait une certaine prudence. Et les marques de sympathie n'étaient pas outrées quand on se faisait effectivement mal.

Nous nous promenions lentement, à pas mesurés, parce qu'il ne pouvait pas aller très vite. Nous ramassions des pierres avec des fossiles d'étranges créatures d'un autre âge, car notre région était caillouteuse et on y trouvait ce genre de pierres. Nous avions chacun une collection. J'héritai la sienne quand il mourut et j'ai conservé les deux pendant de nombreuses années. Elles constituaient un lien avec lui dont j'aurais eu beaucoup de mal à me séparer. Nous longions les voies qui passaient non loin jusqu'au gigantesque viaduc par lequel elles enjambaient un autre chemin de fer et une grande rivière. Il y avait au-dessus de ces dernières une immense arche de pierre et de ciment. Le regard plongeait sur la voie du chemin de fer à des dizaines et des dizaines de mètres en contrebas. J'y suis retourné récemment. Le viaduc a bizarrement rétréci ; il ne porte plus de voie de chemin de fer. Le Canadien Pacifique passe encore en contrebas mais beaucoup moins loin et la rivière est bien plus petite. […]

Nous allions à la menuiserie voisine regarder tournoyer les scies rotatives et écouter leur plainte. La mode était alors à toutes sortes de découpes de bois tarabiscotées dont on ornait l'avant-toit des maisons, les vérandas et tout ce qu'on pouvait décorer.

Il y avait une grande variété de chutes dont les formes étaient intéressantes et qu'on pouvait emporter chez soi.

Le soir, nous allions à la gare, la vieille gare du Grand Trunk ou Butter and Eggs [1] comme on la surnommait à London. On pouvait coller l'oreille sur le rail et entendre le grondement du train, tout là-bas. Puis un sifflet lointain, et tout se crispait dans l'attente. Les coups de sifflet se rapprochaient, devenaient plus forts puis le train surgissait enfin. La terre tremblait, les cieux semblaient sur le point de s'ouvrir et le monstre énorme patinait dans un hurlement de freins torturés, et s'immobilisait. [...]

C'était là que nous achetions le quotidien du soir. Il y avait deux journaux à London, le *Free Press* et le *'Tiser* (*Advertiser*). Le *'Tiser* était grit et le *Free Press*, tory.

Là-dessus, il n'y avait pas de compromis. On avait raison, ou on avait tort. Grand-père était un bon Grit de la vieille école George Brown et achetait le *'Tiser*, je suis donc devenu grit moi aussi, et le suis resté jusqu'à ce jour. [...] Et dans ce meilleur des systèmes, les gouvernements étaient choisis selon le nombre de petits Grits ou de petits Tories qui atteignaient l'âge de voter. [...]

Le contrôleur agrippait la barre à côté du marchepied. Il criait, « En voiture ! » et agitait le bras. La vapeur giclait, les roues cognaient et grinçaient, commençant à s'éloigner, de plus en plus vite, par-delà les bascules, par-delà les parcs à bestiaux, au-dessus des arches, et devenaient de plus en plus petites, comme une galaxie en fuite, jusqu'à ce que le train disparaisse dans le monde de l'inconnu, vers le nord. [...]

Un jour nous eûmes de la visite, mon homonyme de Toronto, un cousin de grand-père. Le grand homme avait la réputation d'être millionnaire, mais il était décevant, pas impressionnant du tout, une réplique de grand-père, à peine plus raffiné et brillant. Les deux vieux s'assirent sous les érables devant notre maison

---

1. Beurre et Œufs, surnom du tortillard emprunté par les fermières qui se rendaient au marché de London vendre leur production.

pour bavarder. Ils parlèrent probablement du passé comme font les vieux. Je me tins discrètement en retrait. Grand-père ne dit pas carrément mais suggéra non sans délicatesse que les enfants devaient se faire voir mais pas entendre.

Par moments ils parlaient avec le fort accent écossais du district dont ils étaient originaires. Ce n'était pas l'écossais aux *r* fortement roulés que nous font entendre les chanteurs et les comiques, il était plutôt doux et plaintif, avec ce côté chantant du gallois ou du suédois.

Quittons-les maintenant, là où je préfère les laisser : mon père, petit garçon, n'osant trop s'approcher, et les vieux messieurs assis par un après-midi d'été sur des chaises de bois, sous l'un des grands ormes bienveillants qui ombrageaient alors la ferme de mes grands-parents. Là, ils parlent le dialecte de leur enfance – abandonné à l'âge d'homme – qu'aucun de leurs descendants ne comprendrait plus.

DEUXIÈME PARTIE

Chez nous

Des pères

À travers toute la campagne, au printemps, un son résonnait qui n'allait pas tarder à disparaître. Peut-être aurait-il déjà disparu, n'eût été la guerre. La guerre signifiait que ceux qui possédaient de l'argent pour acheter des tracteurs n'en trouvaient aucun à vendre, et que les rares qui en possédaient déjà ne trouvaient pas toujours de combustible à mettre dedans. Les cultivateurs labouraient donc les terres avec leurs chevaux et, de temps en temps, au voisinage et dans le lointain, on les entendait lancer leurs ordres, où entraient divers degrés d'encouragement, d'impatience, ou de menace. On n'entendait pas les mots avec exactitude, pas plus qu'on ne distinguait ce que disaient les mouettes quand elles survolaient les terres, ou qu'on ne comprenait les discussions des corbeaux. Au ton de la voix, cependant, il était en général possible de savoir quels mots étaient des jurons.

Chez un de ces hommes tout n'était que jurons. Peu importaient les mots dont il se servait. Il aurait pu dire «beurre et œufs» ou «le thé est servi», l'esprit qui en émanait aurait été le même. Comme s'il était un chaudron débordant d'un bouillonnement de rage et de détestation.

Il s'appelait Bunt Newcombe. Il avait la première ferme sur la route du comté qui s'incurvait vers le sud-ouest en partant de la ville. Bunt était probablement un sobriquet qu'on lui avait donné à l'école parce qu'il allait toujours tête baissée, prêt à cogner et bousculer tout sur son passage. Un nom de gamin, simple survivance, pas vraiment adéquat à son comportement ni à sa réputation d'adulte.

Les gens se demandaient parfois ce qui ne tournait pas rond chez lui. Il n'était pas pauvre – possédant quatre-vingts hectares d'assez bonne terre, une grange encastrée à flanc de coteau flanquée d'un silo, une remise, et une maison rectangulaire de brique rouge, bien construite. (Encore que la maison eût, comme l'homme lui-même, un air de mauvais caractère. Il y avait des stores vert sombre presque entièrement, ou entièrement, baissés, pas de rideaux visibles et une cicatrice le long de la façade, là où la véranda avait été arrachée. La porte d'entrée, qui devait autrefois donner sur cette véranda, ouvrait désormais à un mètre au-dessus des mauvaises herbes et des décombres.) Et il n'était ni buveur ni joueur, étant trop près de ses sous pour cela. Aussi avare que méchant. Il maltraitait ses chevaux, et il va sans dire qu'il maltraitait sa famille.

En hiver, il portait ses bidons de lait en ville sur un traîneau tiré par une paire de chevaux – les chasse-neige étant sur les routes du comté à l'époque aussi rares que les tracteurs. C'était le matin, à l'heure où tout le monde allait à pied à l'école, et jamais il ne ralentissait comme le faisaient d'autres cultivateurs pour qu'on puisse sauter à l'arrière du traîneau et profiter de la course. Il saisissait plutôt son fouet.

Mrs. Newcombe n'était jamais avec lui, sur le traîneau ou dans la voiture. Elle allait à la ville à pied, chaussée de caoutchoucs démodés qu'elle portait même quand le temps devenait chaud et vêtue d'un long manteau terne, un foulard sur les cheveux. Elle marmonnait bonjour sans jamais lever les yeux, ou parfois détournait la tête et ne disait mot. Je crois qu'il lui manquait des dents. C'était plus répandu alors qu'aujourd'hui, et il était plus répandu aussi que des gens ne fassent pas mystère de leur état d'esprit, dans leur parler, leurs vêtements et leurs gestes, de telle sorte que tout en eux proclamait, *Je sais comment je devrais m'habiller et me comporter, et si je ne le fais pas, ça me regarde*, ou, *Je m'en fiche, les choses sont allées trop loin pour moi, pensez ce que vous voudrez.*

De nos jours, on verrait sans doute Mrs. Newcombe comme une malade gravement atteinte, parvenue au dernier degré de la dépression, et son mari aux manières de brute éveillerait peut-être l'intérêt et la compassion. *Il faut que ces gens-là se fassent soigner.* À l'époque on se contentait de les prendre comme ils étaient et de les laisser vivre leur vie sans que personne songe le moins du monde à intervenir. En fait on ne voyait en eux qu'une source d'intérêt et de distraction. On aurait pu dire – on disait – qu'il était antipathique à tous sans exception et qu'elle était à plaindre. Mais le sentiment prévalait que certains êtres étaient nés pour faire le malheur d'autrui et d'autres pour qu'on fasse leur malheur. C'était le destin, tout simplement, on n'y pouvait rien.

Les Newcombe avaient eu cinq filles, puis un fils. Les filles s'appelaient April, Corinne, Gloria, Susannah et Dahlia. Je trouvais ces prénoms ravissants et pleins de fantaisie, et j'aurais aimé que leur physique y soit assorti, comme si elles étaient les filles d'un ogre dans un conte de fées.

April et Corinne avaient quitté le foyer familial depuis un certain temps, de sorte que je ne pouvais rien savoir de leur apparence. Gloria et Susannah habitaient le bourg. Gloria était mariée et avait disparu, comme font les filles quand elles se marient. Susannah travaillait à la quincaillerie, c'était une fille corpulente, affligée d'un léger strabisme, pas jolie du tout mais d'une apparence tout à fait normale (la lou-cherie n'étant, à l'époque, qu'une variante du normal et non un mal particulier, on ne pouvait y remédier plus qu'aux traits de caractère). Elle ne semblait en aucune façon soumise et résignée comme sa mère, ou brutale comme son père. Et Dahlia, mon aînée d'un an ou deux, était la première de la famille à aller l'école secondaire. Sans avoir les grands yeux et les boucles d'une jolie fille d'ogre, elle était belle et robuste, le cheveu dru et blond, les épaules vigoureuses, la poitrine haute et ferme. Elle obtenait des notes tout à fait respectables et était bonne dans les sports d'équipe, en particulier le basket.

Or il se trouve que, pendant mes quelques premiers mois de secon-daire, je faisais un bout de chemin avec elle. Elle passait par la route du comté et prenait le pont qui menait en ville. J'habitais quant à moi à l'extrémité de la route longue de huit cents mètres qui était parallèle à la première mais sur la rive nord de la rivière. Jusqu'alors nous avions vécu elle et moi à portée de voix l'une de l'autre, si l'on peut dire, mais la carte scolaire était faite de telle façon que j'étais toujours allée à l'école en ville alors que les Newcombe allaient à une école de campagne, plus loin sur la route du comté. Pendant les deux premières années de Dahlia au secondaire, quand j'étais encore au primaire, nous avions sans doute suivi le même itinéraire mais n'aurions jamais cheminé ensemble – cela ne se faisait pas, que des élèves du secondaire et du primaire marchent côte à côte. Mais maintenant que nous allions toutes deux au secondaire, nous nous rencontrions d'ordinaire à la jonction des deux routes, et si l'une de nous apercevait l'autre qui arrivait, elle l'attendait.

Ce fut ainsi pendant mon premier automne au secondaire. Faire route ensemble ne signifiait pas précisément que nous étions devenues amies. C'était simplement qu'il aurait semblé bizarre de marcher seules maintenant que nous étions l'une et l'autre au secondaire et suivions le même chemin. Je ne sais pas de quoi nous parlions. J'ai dans l'idée qu'il y avait de longues périodes de silence, dues à la fois à la dignité d'aînée et à l'allure générale de Dahlia, qui n'invitaient guère au babil. Mais je ne me souviens pas d'avoir trouvé ces silences inconfortables.

Un matin, elle ne se montra pas et je poursuivis seule. Au vestiaire, elle me dit, « Je ne passerai plus par là parce que je suis en ville maintenant, j'habite chez Gloria ».

Et nous ne reparlâmes pour ainsi dire jamais jusqu'à un jour, au début du printemps – la période que je viens d'évoquer, quand les arbres sont nus mais commencent à rougir de bourgeons, que les corbeaux et les mouettes s'affairent et que les fermiers invectivent leurs chevaux. Elle me rattrapa quand nous nous éloignions de l'école. Elle demanda, « Tu rentres chez toi ? » et je dis oui, et elle se mit à marcher à côté de moi.

Je lui demandai si elle habitait de nouveau chez elle et elle dit, « Non, non. Toujours chez Gloria. »

Quand nous eûmes fait quelques pas de plus, elle dit, « Je vais seulement voir un peu ce qui se passe là-bas ».

Elle l'avait dit d'un ton égal, pas confidentiel. Mais je compris que *là-bas* signifiait chez elle et *ce qui se passe*, dans son imprécision, ne laissait rien augurer de bon.

Dans le courant de l'hiver, le statut de Dahlia à l'école s'était élevé parce qu'elle était la meilleure joueuse de l'équipe de basket, qui avait failli remporter le championnat du comté. Je me sentais honorée de faire route en sa compagnie et de recevoir les informations qu'elle jugeait bon me donner. Je ne me le rappelle pas avec certitude mais je pense que ses débuts à l'école avaient forcément été encombrés de toute l'histoire familiale qu'elle traînait derrière elle. La ville était assez petite pour que nous débutions tous de cette façon, avec des facteurs favorables dont il fallait se montrer à la hauteur ou au contraire une tache qu'il faudrait effacer. Mais à présent on lui avait permis, dans une large mesure, de se glisser hors de ce carcan. L'indépendance d'esprit, la foi qu'il faut avoir en son propre corps, pour devenir athlète, forçaient le respect et décourageaient toute velléité de rebuffades. Sans compter qu'elle s'habillait bien – elle avait très peu de vêtements mais ils étaient tout à fait convenables, rien à voir avec les frusques de femme mûre que portaient souvent les filles de la campagne, ou les tenues que ma mère s'échinait à coudre pour moi à la maison. Je me rappelle un chandail rouge à col en V qu'elle mettait souvent et une jupe plissée écossaise. Peut-être Gloria et Susannah, songeant qu'elle représentait la famille et en était la fierté, avaient-elles mis leurs ressources en commun pour l'habiller.

Nous eûmes le temps de sortir de la ville avant qu'elle reprenne la parole.

« Il faut que je surveille ce que mon vieux manigance, dit-elle. Il n'a pas intérêt à dérouiller Raymond. »

Raymond. C'était le frère.

« Tu crois qu'il risque de le faire ? » demandai-je. Je me sentais tenue de prétendre en savoir moins que je n'en savais – que tout le monde n'en savait – sur sa famille.

« Oui, dit-elle, songeuse. Oui. Il risque. Raymond s'en tirait mieux que nous mais maintenant qu'il est le seul encore à la maison, je me demande. »

« Est-ce qu'il te battait ? »

Je dis cela d'un ton presque détaché, essayant de paraître modérément intéressée, nullement horrifiée.

Elle renâcla. « Tu veux rire ? Avant que je parte la dernière fois, il a essayé de me casser la tête à coups de pelle. »

Après quelques pas, elle dit, « Oui, et je lui ai dit vas-y. Vas-y, tue-moi, on verra. On verra bien, après, tu seras pendu. Mais ensuite j'ai filé, parce que je me suis dit d'accord, mais moi, j'aurai pas la satisfaction de le voir. Pendu. »

Elle rit. Je l'encourageai d'un, « Tu le détestes ? »

« Bien sûr que je le déteste, dit-elle avec guère plus d'expression qu'elle n'en aurait eu pour dire qu'elle détestait les saucisses. Si on venait me dire qu'il est en train de se noyer dans la rivière, j'irais sur la berge pousser des cris de joie. »

Il n'y avait pas grand-chose à ajouter. Mais je dis, « Et s'il s'en prend à toi maintenant ? »

« Il ne me verra pas. Je vais simplement l'espionner. »

Quand nous parvînmes à l'endroit où nos routes bifurquaient, elle dit presque joyeusement, « Tu veux venir avec moi ? Tu veux voir comment je m'y prends pour espionner ? »

Nous traversâmes le pont, baissant sagement la tête, regardant par les fentes entre les planches couler les hautes eaux de la rivière. J'étais pleine d'inquiétude et d'admiration.

« Je venais ici cet hiver, dit-elle. J'allais jusqu'aux fenêtres de la cuisine quand il faisait noir. En ce moment la nuit tombe trop tard. Et je me disais, il va voir les empreintes de bottes dans la neige et savoir que quelqu'un l'a espionné. Et il sera fou de rage. »

Je demandai si son père avait un fusil de chasse.

« Oui, dit-elle. Et alors, s'il sort pour me tirer dessus ? Il m'abat, on le pend et il va en enfer. Ne t'inquiète pas – il ne nous verra pas. »

Avant d'être en vue des bâtiments des Newcombe, nous gravîmes un talus de l'autre côté de la route, où d'épais buissons de sumac bordaient une haie coupe-vent d'épinettes. Quand Dahlia se mit à marcher pliée en deux devant moi, je l'imitai. Et quand elle s'immobilisa, m'immobilisai.

De là, on découvrait la grange et sa cour, pleine de vaches. Je me rendis compte, une fois que notre propre bruit parmi les branches eut cessé, que nous entendions le piétinement et les mugissements des vaches depuis un certain temps déjà. Contrairement à la plupart des fermes, celle des Newcombe n'était pas desservie par une allée. La maison, la grange et la cour étaient toutes directement adjacentes à la route.

Il n'y avait pas assez d'herbe nouvelle pour que les vaches soient au pré – le creux des prairies était encore presque entièrement inondé – mais on les sortait de l'étable pour qu'elles prennent de l'exercice avant la traite du soir. Derrière notre écran de sumacs, nous les voyions de l'autre côté de la route en contrebas se bousculer en titubant dans la boue, protestant parce que leurs mamelles pleines les tourmentaient. Même si nous avions cassé une branche, ou parlé d'une voix normale, il y avait trop de bruit et d'agitation de l'autre côté pour qu'on nous entende.

Raymond, dix ans environ, déboucha au coin de la grange. Il tenait un bâton mais tapotait seulement l'arrière-train des vaches et les poussait en disant, «So-boss, so-boss», sans urgence, les dirigeant vers la porte de l'étable. C'était le genre de troupeau mélangé comme la plupart des fermes en possédaient à l'époque, une vache noire, une rousse, une jolie froment qui devait avoir du sang de Jersey, d'autres tachées brun et blanc, ou noir et blanc, selon toutes sortes de combinaisons. Elles avaient encore leurs cornes, ce qui leur conférait un air de dignité et de férocité que les vaches d'aujourd'hui ont perdu.

Une voix d'homme, celle de Bunt Newcombe, lança depuis l'étable : «Dépêche-toi. Qu'est-ce que tu attends? Tu crois qu'on a toute la nuit?»

Raymond répondit, «Oui, oui. J'arrive.» Le ton de sa voix ne me suggéra pas grand-chose, sinon qu'il ne semblait pas avoir peur. Et Dahlia dit doucement, «Oui. Il réplique. C'est bien, ça.»

Bunt Newcombe sortit par une autre porte de l'étable. Il était vêtu d'une salopette et d'un sarrau graisseux au lieu de la peau de bison que j'aurais cru son costume naturel et il marchait en balançant curieusement une jambe.

« Il a une patte folle, dit Dahlia à voix toujours basse mais débordante de satisfaction. On m'a dit que Belle lui avait donné un coup de sabot mais je trouvais ça trop beau pour être vrai. Dommage que ce ne soit pas dans la tête. »

Il brandissait une fourche. Mais apparemment sans intention agressive envers Raymond. Il s'en servait seulement pour extraire du fumier par cette porte pendant qu'on faisait entrer les vaches par l'autre.

Peut-être son fils était-il moins abhorré que ses filles ?

« Si j'avais un fusil, je pourrais le descendre, là, dit Dahlia. Je devrais le faire pendant que je suis assez jeune pour pas finir pendue, moi non plus. »

« On te mettrait en prison. »

« Et alors ? Chez lui on est déjà en prison. Peut-être qu'on n'arriverait jamais à m'attraper. Peut-être qu'on ne saurait même pas que c'est moi. »

Elle ne devait pas parler sérieusement. Si elle avait eu ce genre d'intention, n'aurait-ce pas été une folie de me le dire ? Je pouvais la trahir, même sans le faire exprès. Si on me tirait les vers du nez. À cause de la guerre, je pensais souvent à ce qu'on devait éprouver quand on était torturé. Jusqu'à quel point pourrais-je tenir ? Chez le dentiste, quand il touchait un nerf, je me demandais ce que je ferais si on m'infligeait une telle douleur en la renouvelant sans cesse pour que je révèle la cachette de mon père dans la Résistance.

Quand les vaches furent toutes à l'intérieur et que Raymond et son père eurent refermé les portes de l'étable, nous retraversâmes, toujours courbées, les buissons de sumac et, une fois hors de vue, descendîmes sur la route. Je m'attendais à ce que Dahlia dise alors que cette histoire de fusil était une plaisanterie mais elle n'en fit rien. Je me demandais pourquoi elle n'avait pas parlé de sa mère, pas dit qu'elle s'inquiétait autant pour elle que pour Raymond. Puis je m'avisai qu'elle méprisait probablement sa mère, à cause de ce qu'elle avait supporté et de ce qu'elle était devenue. Il fallait faire preuve de caractère pour trouver grâce aux yeux de Dahlia. Je n'aurais pas voulu qu'elle sache que j'avais peur des cornes des vaches.

Nous nous sommes sans doute dit au revoir quand elle reprit le chemin de la ville, de la maison de Gloria, et que je tournai quant à moi dans notre route en cul-de-sac. Mais peut-être m'abandonna-t-elle sans un mot. Je ne cessais de me demander si elle pouvait réellement tuer son père. J'avais l'idée bizarre qu'elle était trop jeune – comme s'il y avait un âge minimum pour le meurtre, de même que pour le permis de conduire, le vote ou le mariage. J'avais aussi dans l'idée, alors que je n'aurais pas su l'exprimer, que le tuer n'aurait pas été un soulagement, tant elle s'était accoutumée à le haïr. Je comprenais qu'elle ne m'avait pas emmenée dans le but de se confier à moi ni parce que j'étais une amie tant soit peu intime – mais seulement par besoin que quelqu'un la voie le haïr.

Le long de notre route, il y avait eu par le passé jusqu'à douze maisons peut-être. La plupart étaient des maisonnettes bon marché mises en location – jusqu'à ce qu'on arrive à la nôtre, qui tenait plutôt de la maison d'habitation ordinaire d'une petite exploitation agricole. Certaines de ces maisons étaient construites en zone inondable, mais quelques années plus tôt, pendant la Grande Dépression, toutes étaient habitées. Puis les emplois créés par la guerre, des emplois de toutes sortes, avaient entraîné le départ de ces familles. Certaines de ces constructions avaient été transportées ailleurs, pour servir de garage ou de poulailler. Parmi celles qui restaient, il y en avait une ou deux vides et les autres étaient principalement occupées par des gens âgés – le vieux célibataire qui allait à pied chaque jour jusqu'à sa forge, en ville, le vieux couple qui tenait autrefois une épicerie dont subsistait un panonceau Orange Crush derrière une vitre en façade, un autre vieux couple de distillateurs clandestins qui enterrait son argent, disait-on, dans des bocaux d'un litre au fond du jardin.

Et aussi les vieilles restées seules. Mrs. Currie, Mrs. Horne. Bessie Stewart.

Mrs. Currie élevait des chiens qui couraient en tout sens en aboyant comme des fous le jour durant dans un enclos de grillage et qu'elle rentrait le soir dans sa maison en partie encastrée à flanc de colline, dont l'intérieur devait être bien sombre et malodorant. C'était aux fleurs que Mrs. Horne prodiguait ses soins, et en été sa minuscule maisonnette et son jardin ressemblaient à un catalogue de broderie – clématites, hibiscus, toutes espèces de roses, de phlox et de delphiniums. Bessie Stewart se vêtait élégamment pour aller en ville l'après-midi fumer des cigarettes et boire du café au restaurant Parangon. Elle n'était pas mariée mais on disait qu'elle avait un Ami.

Une maison vide avait été habitée par une Mrs. Eddy, à laquelle elle appartenait toujours. Pendant une brève période, des années auparavant – c'est-à-dire quatre ou cinq ans avant que je connaisse Dahlia, dans ma vie, c'était très long – des gens nommés Wainwright avaient vécu dans cette maison. C'étaient des parents de Mrs. Eddy, qui les hébergeait là mais n'habitait pas avec eux. Elle avait déjà été emmenée dans cet endroit mystérieux. Cela s'appelait Hospice.

Mr. et Mrs. Wainwright venaient de Chicago, où ils avaient travaillé tous deux comme étalagistes dans un grand magasin. Le magasin avait fermé ou la direction décidé que ses vitrines méritaient moins de soins – quoi qu'il en soit, ils avaient perdu leur emploi et étaient venus habiter la maison de Mrs. Eddy, s'efforçant d'ouvrir une entreprise de pose de papier peint.

Ils avaient une fille, Frances, qui avait un an de moins que moi. Elle était petite et mince et s'essoufflait facilement, parce qu'elle faisait de l'asthme. Le jour de ma rentrée en cinquième année de primaire, Mrs. Wainwright sortit pour m'arrêter sur la route, avec Frances à la traîne derrière elle. Elle me demanda si je voulais bien emmener Frances à l'école et lui indiquer la salle de classe des quatrième année, et si je voulais bien être son amie, parce qu'elle ne connaissait encore personne et ignorait les lieux.

Mrs. Wainwright me parlait au beau milieu de la route, vêtue d'un peignoir de satin bleu clair. Frances était toute pomponnée dans une robe de coton à carreaux très courte avec une jupe à volants et un ruban à carreaux assorti dans les cheveux.

Il fut bientôt implicitement convenu que j'irais à l'école avec Frances et que j'en reviendrais avec elle. Nous emportions toutes deux notre lunch, mais comme on ne m'avait pas expressément demandé de le prendre en sa compagnie, je ne le fis jamais.

Il y avait une autre fille qui habitait assez loin pour devoir apporter son repas à l'école. Elle s'appelait Wanda Louise Palmer et ses parents habitaient le dancing dont ils étaient propriétaires au sud de la ville. Elle et moi avions toujours déjeuné ensemble sans jamais nous considérer comme des amies. Désormais, une espèce d'amitié prit pourtant forme. Elle reposait entièrement sur le fait d'éviter Frances. Wanda et moi mangions au sous-sol de l'école des filles, derrière une barricade de vieux pupitres cassés qu'on avait entassés dans un coin. Dès que nous avions terminé, nous sortions en tapinois nous promener dans les rues du voisinage ou faire du lèche-vitrines dans le centre. La compagnie de Wanda aurait dû être intéressante, puisqu'elle habitait le dancing, mais elle perdait si vite le fil de ce qu'elle me racontait (sans cesser pour autant de parler) qu'elle était profondément ennuyeuse. Nous n'avions d'autre lien en réalité que notre entente contre Frances et le rire que nous nous efforcions désespérément de retenir quand, regardant entre les pupitres, nous la voyions nous chercher.

Au bout d'un moment, elle se découragea et prit son repas à l'étage, dans le vestiaire, seule.

J'aimerais pouvoir penser que ce fut Wanda qui désigna Frances, tandis que nous attendions en rang d'entrer en classe, comme la fille qu'il faudrait toujours s'efforcer d'éviter. Mais il se pourrait fort bien que l'idée fût de moi, et en tout cas ma participation au complot ne fait aucun doute, trop contente que j'étais de me trouver dans le camp des filles toujours prêtes à lever les sourcils et à se mordre les lèvres en réprimant – mais jamais tout à fait – leurs gloussements. Demeurant tout au bout de cette route, et étant facilement gênée, encore que m'as-tu-vu, ainsi que je l'étais contre toute attente, je ne pouvais jamais prendre le parti de celle qu'on humiliait, tant j'étais soulagée que ce ne fût pas moi.

Les rubans dans les cheveux firent bientôt partie du jeu. Le simple fait d'aller trouver Frances et de lui dire, «J'aime beaucoup ton ruban, où est-ce que tu l'as eu?» et de l'entendre répondre, avec une perplexité innocente, «À Chicago», fut longtemps une source de plaisir. Pendant un moment, «À Chicago», voire simplement «Chicago», devint la réponse à tout.

«Où es-tu allée après l'école, hier?»

«À Chicago.»

«Où ta sœur s'est fait faire sa permanente?»

«Eh ben, à Chicago.»

Certaines refermaient hermétiquement la bouche sitôt le mot prononcé et pouffaient, quand elles ne faisaient pas semblant d'avoir le hoquet à s'en donner la nausée.

Je n'évitais pas de rentrer avec Frances mais prenais soin de faire savoir que ce n'était pas un choix personnel et que je le faisais seulement parce que sa mère me l'avait demandé. Dans quelle mesure avait-elle conscience de cette forme particulière et très féminine de persécution, je l'ignore. Elle croyait peut-être que les filles de ma classe disposaient d'un endroit où elles s'installaient pour manger et que j'avais simplement continué de le faire. Peut-être ne comprit-elle jamais la cause de tant de gloussements. Pas une fois elle ne posa de questions à ce sujet. Elle essaya de me donner la main pour traverser la rue mais je retirai la mienne en lui disant de s'abstenir.

Elle dit qu'elle donnait toujours la main à Sadie quand Sadie la conduisait à l'école, à Chicago.

«Mais ce n'était pas pareil, ajouta-t-elle. Il n'y a pas de tramways ici.»

Un jour, elle m'offrit un petit gâteau qui restait de son repas. Je le refusai, de façon à n'être en rien son obligée.

«Prends-le, dit-elle. Ma mère l'a mis pour toi.»

Alors je compris. Sa mère mettait ce petit gâteau supplémentaire, cette friandise, pour que je le mange quand nous déjeunions ensemble. Elle n'avait pas dit à sa mère que je ne me montrais pas à l'heure du midi et qu'elle n'arrivait pas à me trouver. Elle avait dû manger le petit gâteau jusqu'à ce que cette malhonnêteté commence à la tracasser. Chaque jour à compter de celui-là, elle me l'offrit donc, presque à la dernière minute, comme si elle était gênée, et chaque jour je l'acceptai.

Nous commençâmes à avoir de petites conversations, qui débutaient quand nous étions presque parvenues à la sortie de la ville. Nous nous intéressions toutes deux aux vedettes de cinéma. Elle avait vu beaucoup plus de films que moi – à Chicago, on pouvait en voir tous les après-midi et Sadie l'y emmenait. Mais je passais devant notre cinéma et regardais les photos chaque fois que le film changeait, de sorte que j'en savais un peu à leur sujet. Et j'avais un magazine de cinéma à la maison, laissé par une cousine de passage. On y voyait des photos du mariage de Deanna Durbin, une de nos conversations porta donc là-dessus, et sur la façon dont nous envisagions notre propre mariage – la robe de la mariée et celle des demoiselles d'honneur, et les fleurs, et les vêtements pour la lune de miel. La même cousine m'avait fait un cadeau – un livre de découpages des Ziegfeld Girls. Frances avait vu le film et la conversation roula sur celle des Ziegfeld Girls que nous aurions aimé être. Elle choisit Judy Garland parce qu'elle savait chanter, et moi Hedy Lamarr parce que c'était la plus belle.

« Mon père et ma mère chantaient au Cercle des amateurs d'opérette, dit-elle. Ils ont chanté dans *Les Pirates de Penzance*. »

CerquedesamateurdeauPérette. Piradeplaisance. Je retins ces mots sans condescendre à demander ce qu'ils signifiaient. Si elle les avait prononcés à l'école, devant les autres, ils auraient constitué des munitions irrésistibles.

Quand sa mère sortait pour nous accueillir – embrassant Frances à son retour comme elle l'avait embrassée pour lui dire au revoir –, il lui arrivait de demander si je pouvais entrer jouer un moment.

Je répondais toujours que je devais rentrer directement chez moi.

Peu avant Noël, Mrs. Wainwright me demanda si je pouvais venir dîner le dimanche suivant. Ce serait une petite fête pour me remercier et aussi un dîner d'adieu, parce qu'ils s'en allaient. J'étais sur le point de dire qu'à mon avis ma mère ne me donnerait pas la permission quand j'entendis le mot *adieu*, qui me fit voir l'invitation sous un jour différent. Je serais soulagée du fardeau de Frances, du risque de devenir un peu plus son obligée ou d'être contrainte à plus d'intimité. Mrs. Wainwright ajouta qu'elle avait écrit un petit mot pour ma mère puisqu'ils n'avaient pas le téléphone.

Ma mère aurait préféré que je sois invitée chez une fille de la ville mais elle dit oui. Elle prit en considération, aussi, le fait que les Wainwright déménageaient.

« Je me demande à quoi ils pensaient en venant ici, dit-elle. Les gens qui ont les moyens de mettre du papier peint le posent eux-mêmes ! »

« Où est-ce que vous allez ? » demandai-je à Frances.

« À Burlington. »

« Où est-ce ? »

« C'est aussi au Canada. Nous allons nous installer chez ma tante et mon oncle mais nous aurons nos toilettes à l'étage, notre évier et un réchaud à gaz. Mon papa aura un meilleur travail. »

« Qu'est-ce qu'il fera ? »

« Je ne sais pas. »

Leur arbre de Noël était dans un coin. Le salon n'avait qu'une fenêtre et s'ils avaient mis le sapin devant il aurait empêché toute la lumière d'entrer. Il n'était pas très grand ni d'une forme harmonieuse mais il croulait sous les guirlandes, et les boules d'or et d'argent, et un enchevêtrement de jolies décorations. Dans un autre coin de la pièce, il y avait un poêle, un poêle à bois, dans lequel le feu avait apparemment été allumé depuis peu. L'air était encore froid, chargé des odeurs de forêt du sapin.

Mr. et Mrs. Wainwright semblaient l'un comme l'autre se méfier du feu. Ils ne cessaient de tripoter à tour de rôle le régulateur de tirage, de plonger vaillamment le tisonnier au cœur du poêle et de tâter le tuyau pour voir s'il commençait à chauffer ou si d'aventure il ne chauffait pas trop. Le vent soufflait fort ce jour-là – par moments, il rabattait la fumée dans le conduit.

Peu nous importait à Frances et à moi. Sur une table de bridge dressée au milieu de la pièce, il y avait le tableau en étoile d'un jeu de dames chinoises prêt pour deux joueurs et une pile de magazines de cinéma. Je me jetai aussitôt dessus. Jamais je n'avais imaginé pareille fête. Qu'ils ne soient pas récents et que certains, trop souvent feuilletés, tombent presque en lambeaux n'y changeait rien. Debout à côté de ma chaise, Frances entamait un peu mon plaisir en me racontant ce qu'il y avait dans les pages suivantes et dans un autre magazine que je n'avais pas encore ouvert. Ces magazines, c'était manifestement elle qui en avait eu l'idée et je devais donc me montrer patiente à son égard – ils lui appartenaient, et si elle s'était mis en tête de les ranger, j'en aurais eu plus de chagrin même que je n'en avais éprouvé quand mon père avait noyé nos chatons.

Elle portait une tenue qui aurait pu sortir d'un de ces magazines – une robe de fête d'enfant star en velours cramoisi avec un col de dentelle blanche entrelacée d'un ruban noir. La robe de sa mère était identique et toutes deux avaient la même coiffure – un rouleau devant et les cheveux droits derrière. Frances avait la chevelure fine et peu fournie, et comme elle était surexcitée par l'occasion et bondissait partout pour me montrer des choses, le rouleau commençait déjà à se défaire.

L'obscurité s'épaississait peu à peu dans la pièce. Il y avait des fils qui sortaient du plafond mais pas d'ampoules. Mrs. Wainwright apporta une lampe avec un long cordon qu'on branchait dans une prise murale. L'ampoule illuminait en transparence le verre vert pâle d'une jupe de dame.

«C'est Scarlett O'Hara, dit Frances. Papa et moi, on l'a offerte à maman pour son anniversaire.»

On finit par enlever le damier sans que nous ayons entamé une partie. Nous fîmes passer les magazines sur le plancher. Une pièce de dentelle – pas une vraie nappe – recouvrit la table. Des assiettes suivirent. À l'évidence, Frances et moi allions manger là, en tête à tête. Ses parents mirent le couvert tous les deux – Mrs. Wainwright ayant passé un tablier fantaisie par-dessus son velours rouge et Mr. Wainwright en manches de chemise et gilet à dos de satin.

Quand tout fut installé, on nous invita à passer à table. Je m'étais attendu à ce que Mr. Wainwright laisse sa femme opérer – de fait, j'avais déjà été fort surprise de le voir apporter couteaux et fourchettes – mais voilà qu'il tira nos chaises en annonçant qu'il aurait l'honneur de nous servir. À cette courte distance, je pouvais sentir son odeur et l'entendre respirer. Une respiration pressante, comme celle d'un chien, et une odeur de talc et de lotion, qui me faisait songer à des couches propres et suggérait une intimité repoussante.

« Et maintenant, ravissantes demoiselles, dit-il, je vais vous apporter le champagne. »

Il revint avec une cruche de limonade et emplit nos verres. Mon inquiétude dura jusqu'à ce que je l'aie goûtée. Je savais que le champagne était une boisson alcoolique. Ce genre de boisson n'entrait jamais chez nous ni chez personne de ma connaissance. Mr. Wainwright me regarda y tremper les lèvres et parut deviner mes sentiments.

« Cela peut aller ? Plus d'inquiétude ? s'enquit-il. Votre grâce est entièrement satisfaite ? »

Il fit une révérence.

« Voyons, reprit-il. Qu'est-ce qui vous ferait plaisir ? » Il débita une liste de mets inconnus – à l'exception de venaison, à quoi je n'avais évidemment jamais goûté. La liste se terminait par des ris de veau. Frances eut un petit rire gloussant et dit, « Nous prendrons les ris, s'il vous plaît. Avec des pommes de terre. »

Je m'attendis à ce qu'on nous serve du riz – sans comprendre ni qu'il puisse en exister plusieurs ni le rapport qu'ils entretenaient avec le veau, et moins encore qu'on y ajoute des pommes de terre. Mais je vis arriver de délicats morceaux d'une viande enveloppée de lard grillé accompagnés de petites pommes de terre en robe de chambre sautées au beurre dans une poêle et toutes croustillantes. Et aussi des carottes coupées en bâtonnets légèrement caramélisées. Je me serais passée des carottes mais n'avais jamais goûté pommes de terre si délicieuses ni viande si tendre. J'aurais seulement voulu que Mr. Wainwright reste à la cuisine au lieu de nous tourner autour en nous versant de la limonade et en nous demandant si tout était à notre goût.

Le dessert fut une nouvelle merveille – une crème à la vanille onctueuse, surmontée comme d'un couvercle brun doré de sucre caramélisé au four. Avec de minuscules gâteaux entièrement recouverts d'un riche glaçage de chocolat très noir.

Repue, quand il ne resta plus une bouchée, plus une miette, je regardais l'arbre de conte de fées avec ses décorations, sans doute des châteaux miniatures, ou des anges. Les courants d'air que laissait passer la fenêtre remuaient légèrement les branches, faisant ondoyer la pluie de guirlandes scintillantes et pivoter les décorations qui s'allumaient de nouveaux points lumineux. Pleine de cette nourriture riche et délicate, il me semblait avoir pénétré dans un rêve où tout ce que je voyais était puissant et bienveillant.

Une des choses que je vis fut la lueur du feu, un faible rougeoiement assez haut dans le tuyau du poêle. Je dis à Frances, sans inquiétude, « Je crois que votre tuyau de poêle est en feu. »

Elle s'écria, tout à l'excitation de la fête, « Le tuyau brûle ! » et nous vîmes entrer Mr. Wainwright, qui avait fini par se retirer dans la cuisine, puis Mrs. Wainwright sur ses talons.

Mrs. Wainwright dit, « Mon Dieu, Billy. Qu'est-ce qu'on fait ? »

Et Mr. Wainwright, « Il faut fermer le tirage, je crois ». Sa voix était glapissante et apeurée, pas du tout celle d'un père.

Il fit ce qu'il avait dit puis poussa un cri en secouant la main, qu'il devait s'être brûlée. Tous deux regardèrent alors le tuyau rougi et elle dit en tremblant, « Il faut jeter quelque chose dessus. Quoi, déjà ?… Du bicarbonate de soude ! » Elle courut à la cuisine et en revint avec la boîte de bicarbonate, sanglotant à moitié. « Sur les flammes ! » cria-t-elle. Mr. Wainwright frottait encore sa main sur son pantalon, elle enveloppa donc la sienne de son tablier, saisit la poignée de la porte du poêle et répandit la poudre sur les flammes. Il y eut un bruit de crachotis quand elles commencèrent à mourir et que la fumée s'éleva dans la pièce.

«Mes petites, dit-elle. Mes petites. Je crois qu'il vaut mieux que vous sortiez.» Elle pleurait pour de bon à présent.

Il me revint quelque chose d'un accident similaire survenu chez nous.

«Vous pourriez mettre des torchons mouillés autour du tuyau», dis-je.

«Des torchons mouillés, répéta-t-elle. Je crois que c'est une bonne idée. Oui.»

Elle courut à la cuisine, où nous l'entendîmes actionner la pompe à eau. Mr. Wainwright la suivit, secouant devant lui sa main brûlée, et ils revinrent tous deux, portant des torchons dégouttants. Ils les drapèrent autour du tuyau et, sitôt que la chaleur les eut réchauffés, les remplacèrent par d'autres. La pièce s'emplissait de fumée. Frances se mit à tousser.

«Va prendre l'air», dit Mr. Wainwright. Il lui fallut un certain temps, avec sa main valide, pour ouvrir la porte d'entrée qu'on n'utilisait jamais, faisant voler les morceaux de papier journal et les vieux chiffons dont on l'avait calfeutrée. Le vent avait soufflé la neige contre la porte, une vague blanche qui venait laper le seuil.

«Jette de la neige sur le feu», dit Frances, manifestant encore la même jubilation entre deux quintes, et elle et moi ramassâmes des brassées de neige pour les jeter sur le poêle. Certaines atteignirent ce qui restait de feu et d'autres manquèrent la cible et fondirent, se mêlant aux flaques que l'eau des torchons mouillés avait formées en coulant sur le plancher. Jamais on ne m'aurait permis de faire de telles saletés chez nous.

Debout au milieu de ces flaques, le péril étant conjuré et la pièce devenant glaciale, Mr. et Mrs. Wainwright, enlacés, riaient et s'apitoyaient l'un sur l'autre.

«Oh, ta pauvre main, disait Mrs. Wainwright. Et moi qui ne t'ai pas manifesté la moindre compassion. J'avais tellement peur que la maison brûle. » Elle essaya de lui embrasser la main et il s'écria, « Aïe, aïe ». Lui aussi avait les larmes aux yeux, à cause de la fumée ou de la douleur.

Elle lui flatta les bras et les épaules et plus bas, même les fesses, en disant, « Mon pauvre petit lapin », et des choses du même goût, pendant qu'il affichait une moue boudeuse puis lui plaquait un gros baiser sonore sur la bouche. Ensuite, de sa main valide, il lui pinça le derrière.

Ces câlineries menaçaient apparemment de s'éterniser.

« Fermez la porte, on gèle », cria Frances toute rouge d'avoir toussé mais aussi de plaisir et de surexcitation. Si c'était sur ses parents qu'elle comptait pour le faire, ils n'y prêtèrent aucune attention mais persistèrent dans le comportement effarant qui ne semblait pas la gêner ni même être digne d'attirer son attention. Elle et moi empoignâmes donc la porte pour la repousser contre le vent qui soufflait encore de la neige dans la maison.

Je ne racontai rien de tout cela chez nous, alors que le repas, les décorations de Noël et l'incendie étaient si dignes d'intérêt. Il y avait les autres choses que je ne pouvais décrire, qui me laissaient interloquée, soulevaient en moi une légère nausée, de sorte que sans me l'expliquer je préférais ne parler de rien. La façon dont les deux grandes personnes s'étaient mises au service de deux enfants. La comédie de Mr. Wainwright servant à table, ses mains épaisses et très blanches, son pâle visage, les mèches luisantes de ses fins cheveux châtain clair. Le côté insistant – trop proche – de son pas feutré dans ses grosses pantoufles de flanelle à carreaux. Puis ce rire, si inconvenant chez des grandes personnes, à la suite d'une catastrophe évitée de justesse. Leurs mains sans vergogne et le baiser bruyant. Il y avait comme une menace furtive tapie dans tout cela, à commencer par la fourberie qu'il y avait eu à me circonvenir pour me faire jouer le rôle de la petite camarade – tous deux m'avaient appelée ainsi – quand je n'étais rien de ce genre. À me traiter comme si j'étais gentille et sans malice, alors que je ne l'étais pas non plus.

Quelle était donc cette menace ? Était-ce seulement celle de l'amour, ou de l'affection ? Si tel était le cas, il fallait bien reconnaître que je faisais sa connaissance trop tard. Devant un tel débordement d'attentions, je me sentais prise au piège et humiliée, presque comme si quelqu'un lorgnait dans ma culotte. Même les merveilleux mets que je ne connaissais pas devenaient suspects dans mon souvenir. Seuls les magazines de cinéma échappaient à ce qui entachait tout le reste.

Vers la fin des vacances de Noël, la maison des Wainwright était vide. La neige tomba en telle quantité cette année-là que le toit de la cuisine s'affaissa. Même par la suite, personne ne prit la peine d'abattre la maison ou d'aposter au moins un écriteau DÉFENSE D'ENTRER, et pendant des années les enfants – j'étais du nombre – farfouillèrent dans ces décombres dangereux dans l'espoir de quelque trouvaille. À l'époque on ne se souciait apparemment pas encore des blessures éventuelles et de la responsabilité civile.

Aucun magazine de cinéma ne fut mis au jour.

Je racontai au contraire ce qui concernait Dahlia. J'étais depuis quelque temps déjà une personne entièrement différente, à mes propres yeux, de la fillette qui avait été invitée chez les Wainwright. À l'orée de mes douze ans, j'étais devenue l'amuseuse de service à la maison. Je n'entends pas par là que je m'efforçais sans cesse de faire rire la famille – ce que je faisais aussi – mais que je relayais les nouvelles et les potins. Je racontais des anecdotes sur ce qui s'était passé à l'école, mais aussi sur ce qui s'était passé en ville. Ou me contentais de décrire l'apparence ou la façon de parler d'un quidam aperçu dans la rue. J'avais appris à le faire d'une manière qui m'évitait de m'entendre reprocher d'être sarcastique ou vulgaire ou dire que j'étais trop maligne pour mon propre bien. J'avais appris à maîtriser un style impassible, voire grave, qui pouvait faire rire les gens même quand ils jugeaient le rire déplacé et rendait difficile de discerner si cela relevait chez moi de l'innocence ou de la malice.

Telle fut la façon dont j'évoquai Dahlia tapie dans les sumacs pour épier son père, la haine qu'elle avait pour lui et ses propos meurtriers. C'était d'ailleurs la façon dont il convenait de rapporter toute anecdote concernant les Newcombe, et non pas seulement dont il convenait que je la rapporte, moi. Toute anecdote à leur sujet se devait de confirmer, à la satisfaction générale, qu'ils tenaient entièrement et fidèlement leur rôle. Et à présent Dahlia, elle aussi, faisait partie du tableau. L'affût, les menaces, tout ce mélodrame. L'agression avec une pelle. L'idée que, s'il l'avait tuée, il aurait été pendu. Et qu'elle ne pourrait pas l'être, si elle le tuait en étant encore mineure pénale.

Mon père acquiesça.

« Difficile de trouver dans la région une cour qui la condamnerait. »

Ma mère dit que c'était une honte, ce qu'un tel homme avait fait de sa fille.

Je trouve étrange aujourd'hui que nous ayons pu tenir cette conversation si facilement, sans qu'il nous passe un instant par la tête que mon père m'avait battue, de temps à autre, et que j'avais hurlé, pas que je voulais le tuer, mais mourir. Et qu'il n'y avait pas si longtemps que cela était arrivé – trois ou quatre fois, me semble-t-il, au cours de mes onzième et douzième années. C'était arrivé entre le moment où j'avais connu Frances et celui où j'avais connu Dahlia. Ce qui était puni alors était tel ou tel manquement avec ma mère, j'avais répliqué, ou parlé insolemment, ou opposé un refus obstiné. Elle allait chercher mon père qui était au travail à l'extérieur pour qu'il s'occupe de moi, et j'attendais son arrivée en proie d'abord à la fureur d'une rage frustrée puis d'un désespoir qui me soulevait le cœur. J'avais l'impression que c'était à mon être même qu'ils en avaient et je crois, en un sens, que tel était le cas. La part prétentieuse, raisonneuse, de mon être, qu'il convenait d'expulser par les coups. Quand mon père commençait à défaire sa ceinture – c'était avec ça qu'il me battait –, je me mettais à crier *Non, non*, et à plaider ma cause en tenant des propos incohérents, d'une telle manière qu'il semblait m'en mépriser. Et mon comportement était effectivement bien fait pour susciter le mépris, révélant une nature sans fierté ni respect de soi. Peu m'importait. Et quand la ceinture était brandie – dans la fraction de seconde avant qu'elle s'abatte –, il y avait une terrible révélation. C'était le règne de l'injustice. Je ne pouvais jamais donner ma version des choses, la détestation que j'inspirais à mon père l'emportait sur tout. Comment n'aurais-je pas hurlé devant une telle perversion de la nature ?

S'il vivait encore, je suis sûre que mon père dirait que j'exagère, que l'humiliation qu'il souhaitait m'infliger n'était pas si grande, et que mes mauvaises actions le laissaient perplexe, et d'ailleurs existe-t-il une autre façon de s'y prendre avec les enfants ? Je lui causais des embêtements, et à ma mère du chagrin, et il fallait bien me convaincre de changer d'attitude.

Ce que je fis. Je grandis. Je me rendis utile à la maison. J'appris à ne plus répliquer. Découvris des moyens de me montrer agréable.

Et quand j'étais avec Dahlia, que je l'écoutais parler, quand je rentrais seule à la maison, quand je racontais cette histoire à ma famille, pas une fois je ne songeai à comparer ma situation et la sienne. Évidemment pas. Nous étions des gens comme il faut. Ma mère, que la conduite des membres de sa famille chagrinait parfois, n'allait pas pour autant en ville échevelée ou chaussée de vieux caoutchoucs flapis. Mon père ne jurait pas. C'était un homme d'honneur, compétent et plein d'humour, c'était le père dont je voulais tellement qu'il soit content de moi. Je ne le haïssais pas, ne pouvais envisager de le haïr. Au contraire, je voyais ce qu'il haïssait en moi. L'arrogance mal assurée de ma nature, quelque chose d'effronté et pourtant couard qui éveillait en lui cette fureur.

La honte. La honte d'être battue et la honte de s'humilier pour éviter d'être battue. La honte perpétuelle. La mise à nu. Et quelque chose relie cela, dans la perception que j'en ai aujourd'hui, avec la honte, le dégoût, qui s'emparaient de moi quand j'entendais le pas feutré des pantoufles de Mr. Wainwright, et sa respiration. Il y avait des demandes qui semblaient indécentes, d'horribles intrusions, à la fois sournoises et sans détour. Certaines contre lesquelles ma peau crispée pouvait se défendre, d'autres qui la laissaient à vif. Le tout dans les risques de la vie vécue par une enfant.

Et comme le dit la sagesse populaire au sujet de ce qui nous forme ou nous déforme, si ce n'est pas une chose, c'en sera une autre. Du moins était-ce un dicton de mes aînés, à l'époque. Mystérieux, ni réconfortant ni accusateur.

Vendredi dernier au matin, Harvey Ryan Newcombe, cultivateur bien connu dans le canton de Shelby, a perdu la vie par électrocution. Il était l'époux bien aimé de Dorothy (Morris) Newcombe et laisse pour pleurer son décès ses filles Mrs. Joseph (April) McConachie, de Sarnia, Mrs. Evan (Corinne) Wilson, de Kaslo, Colombie-Britannique, Mrs. Hugh (Gloria) Whitehead, habitante de notre ville, Miss Susannah et Miss Dahlia, elles aussi habitantes de notre ville, et un fils, Raymond, qui vit encore au foyer familial, ainsi que sept petits-enfants. Les obsèques ont eu lieu lundi après-midi, organisées par les pompes funèbres Reavie Brothers, et l'inhumation s'est tenue au cimetière de Bethel. Venez à moi, vous tous qui souffrez sous un pesant fardeau, et je vous donnerai le repos.

Il était tout à fait impossible que Dahlia Newcombe fût pour quelque chose dans l'accident de son père. Il s'était produit quand, debout sur un sol mouillé, il avait levé la main pour allumer l'ampoule qui pendait dans une douille métallique accrochée à un fil, au plafond de l'étable, chez un voisin. Il y avait mené une de ses vaches au taureau et discutait à cet instant du prix de la saillie. Pour une raison que nul n'a pu comprendre, il ne portait pas ses bottes en caoutchouc qui, de l'avis général, auraient pu lui sauver la vie.

Couchée sous le pommier

De l'autre côté de la ville, vivait une femme du nom de Miriam McAlpin, qui soignait des chevaux. Ces chevaux ne lui appartenaient pas – elle les gardait en pension et leur faisait faire de l'exercice pour leurs propriétaires, qui pratiquaient la course attelée. Elle demeurait dans une maison qui avait été à l'origine l'habitation d'un fermier, voisine des écuries, avec ses vieux parents, qui sortaient rarement. Derrière la maison et les écuries, il y avait une piste ovale où l'on voyait de temps à autre Miriam, son garçon d'écurie, ou parfois les propriétaires eux-mêmes, sur le siège bas d'un frêle sulky, passer à toute vitesse en soulevant un nuage de poussière.

Dans l'une des prairies qui servaient de pâturages aux chevaux, adjacente à une rue de la ville, il y avait trois pommiers, vestiges d'un ancien verger. Deux d'entre eux étaient petits et tordus et le troisième fort grand, presque de la taille d'un érable. Ils n'étaient jamais éclaircis ni traités et leurs pommes pustuleuses ne valaient pas la peine d'être volées, mais presque tous les ans leur floraison était abondante, une telle profusion de pétales s'épanouissait partout que les branches vues d'une courte distance semblaient absolument recouvertes d'un manchon de neige.

J'avais hérité une bicyclette, ou avais du moins l'usage de celle qu'avait laissée en partant l'homme que nous employions à temps partiel, quand il était allé travailler dans une usine d'aviation. C'était un vélo d'homme, évidemment, léger, avec une selle haut perchée, d'une forme bizarre et d'une marque depuis longtemps disparue.

«Tu ne comptes pas aller à l'école avec ça, au moins?» dit ma sœur quand j'eus commencé à m'entraîner en faisant la navette devant chez nous. C'était ma cadette mais elle s'inquiétait souvent pour moi, comprenant peut-être avant moi les diverses façons dont je risquais de me ridiculiser. Elle ne pensait pas seulement à l'aspect du vélo, mais au fait que j'avais treize ans et étais en première année de secondaire, ce qui constituait un grand tournant dans la vie des filles quant au fait de se rendre à l'école à bicyclette. Toutes celles qui souhaitaient établir leur féminité devaient renoncer au vélo. Celles qui persistaient, c'était soit qu'elles demeuraient trop loin dans la campagne pour venir à pied – et que leurs parents n'avaient pas les moyens de les loger en ville –, soit qu'elles étaient simplement excentriques, incapables de tenir compte de certaines règles implicites mais d'une grande portée. Nous vivions juste au-delà des limites de la ville, de sorte qu'en me montrant à bicyclette – et plus encore sur cette bicyclette-là – je serais aussitôt rangée dans cette deuxième catégorie. Celles qui portaient des richelieus, des bas de coton, et relevaient leur chevelure.

« Pas à l'école », répondis-je. Mais je me mis à faire du vélo, gagnant la campagne par les petites routes de l'arrière-pays le dimanche après-midi. Je ne risquais guère ainsi de croiser quelqu'un de connaissance, et parfois même je ne croisais personne.

J'aimais à le faire parce que j'étais en secret éprise de la Nature. Sentiment puisé dans mes lectures, pour commencer. Dans les histoires destinées aux filles écrites par L. M. Montgomery, qui insérait souvent quelques phrases décrivant un champ enneigé sous la lune, une forêt de pins, la surface immobile d'un étang reflétant le ciel du soir. Qui s'était ensuite fondu avec une autre passion intime que j'avais, pour certains vers. Je fouillais mes manuels pour les découvrir avant qu'ils ne soient lus, et donc dédaignés, en classe.

Trahir l'un de ces deux penchants, chez nous ou à l'école, m'aurait mise dans une situation de vulnérabilité permanente. Dans laquelle j'avais l'impression d'être déjà à moitié. Il suffisait qu'on dise d'un certain ton *Ça ne m'étonne pas de toi* ou *Ça te ressemble*, pour que je ressente le sarcasme méprisant, la critique cinglante, les barrières établies. Mais maintenant que j'avais le vélo, je pouvais m'aventurer le dimanche après-midi dans un territoire qui semblait attendre le genre d'hommage que je brûlais d'offrir. Là miroitaient au milieu des terres les plans d'eau subsistant de la crue des rivières, là s'étendaient les nappes de trilles sous les arbres rougis de bourgeons. Et les cerisiers de Virginie, les merisiers, dans les haies, se couvraient de tendres fleurs minuscules, avant même de faire feuille.

Les fleurs de cerisier me firent penser aux arbres du champ de Miriam McAlpin. Je voulais les voir en pleine floraison. Et pas seulement les voir – comme on pouvait le faire en les regardant de la rue – mais pénétrer sous ces branches, m'étendre sur le dos, la tête contre un tronc, pour le regarder s'élever comme sortant de mon crâne, monter et s'épanouir, se perdre dans une mer de fleurs renversée. Voir aussi si l'on découvrait des fragments de ciel, de sorte qu'en plissant les yeux je pourrais les faire passer au premier plan, comme autant d'éclats d'un bleu brillant, flottant sur cette mer blanche et floconneuse. Il y avait quelque chose d'une cérémonie dans cette idée que j'appelais de mes vœux. C'était presque comme un agenouillement à l'église, qui dans notre église ne se pratiquait pas. Je l'avais fait une fois, quand nous étions amies Delia Cavanaugh et moi, et que sa mère nous avait emmenées à l'église catholique un samedi pour disposer les fleurs. Je m'étais signée et agenouillée sur un banc et Delia avait dit – sans même prendre la peine de chuchoter – « Pourquoi fais-tu ça ? Tu n'as pas à faire ça. C'est seulement nous. »

Je laissai le vélo couché dans l'herbe. C'était le soir, j'avais traversé la ville en roulant par les petites rues. Il n'y avait personne dans la cour de l'écurie ou devant la maison. J'escaladai la clôture. Je m'efforçai de traverser aussi vite que possible, sans courir, le terrain où les chevaux avaient brouté la première herbe. Je plongeai sous les branches du grand arbre et continuai d'avancer courbée et titubante, les fleurs me giflant parfois le visage, jusqu'au tronc, où je pus faire ce que j'étais venue faire.

Je m'étendis à plat sur le dos. Une racine de l'arbre faisait une arête dure sous mon corps et je dus me déplacer en me tortillant. Et il y avait les pommes tombées de l'an dernier, foncées comme des morceaux de viande desséchée, dont il fallut débarrasser le sol avant de m'installer. Même quand cela fut fait, que je repris mon calme, j'avais conscience que mon corps occupait une position bizarre et peu naturelle. Et quand je levai les yeux sur tous les pétales nacrés qui se balançaient, faiblement teintés de rose, arrangés d'avance en petits bouquets, je ne fus pas entièrement emportée dans l'état d'esprit, l'état d'adoration, que j'avais espéré. Le ciel était voilé de minces nuages et ce que j'en voyais me rappelait de ternes éclats de porcelaine.

Mais cela en valait quand même la peine. En tout cas – comme je commençai à le comprendre quand je me relevai pour me faufiler hors du couvert de l'arbre – la peine de l'avoir fait. Cela tenait plus de la reconnaissance que de l'expérience. Je me hâtai de traverser le champ et de franchir la barrière, repris mon vélo, et m'éloignais déjà quand j'entendis un sifflement strident et mon nom.

« Hep, là-bas. Toi. Oui. Toi. »

C'était Miriam McAlpin.

« Viens voir par ici une minute. »

Je fis demi-tour. Au milieu de l'allée entre la vieille maison et les écuries, Miriam était en conversation avec deux hommes, qui devaient être arrivés dans la voiture rangée sur le bas-côté de la route. Ils étaient vêtus de chemises blanches, de gilets de costume et de pantalons – exactement la tenue que revêtaient le matin et retiraient le soir avant de se coucher tous ceux qui à cette époque travaillaient à un bureau ou derrière un comptoir. À côté d'eux, dans son pantalon de travail et son ample chemise à carreaux, Miriam avait l'air d'un gamin effronté d'une douzaine d'années, alors qu'elle était une jeune femme de vingt-cinq, trente ans. À moins qu'elle n'ait eu l'air d'un jockey. Cheveux courts, épaules un peu voûtées, teint rubicond. Elle me décocha un regard menaçant et moqueur.

« Je t'ai vue, dit-elle. Dans notre champ. »

Je ne dis rien. Je savais ce que serait la question suivante et m'efforçais d'imaginer une réponse.

«Alors. Qu'est-ce que tu y faisais?»

«Je cherchais quelque chose», dis-je.

«Quelque chose. Voyez-vous ça. Quoi?»

«Un bracelet.»

Je n'avais jamais possédé de bracelet de ma vie.

«Alors. Qu'est-ce qui te faisait croire qu'il était là?»

«Je pensais l'avoir perdu.»

«Voyez-vous ça. À cet endroit-là. Comment ça se fait?»

«Parce que j'y suis allée l'autre jour chercher des morilles, bredouillai-je. Je le portais ce jour-là et je pensais qu'il avait pu glisser.»

Il est assez vrai que les gens cherchaient des morilles sous les vieux pommiers au printemps. Mais j'imagine qu'ils ne portaient pas de bracelet pour ce faire.

«Ah bon, dit Miriam. Tu en as trouvé? Des comment que t'as dit déjà? Des morilles?»

Je répondis non.

«Ça tombe bien. Parce qu'elles auraient été à moi.»

Elle me regarda de haut en bas et dit ce qui lui brûlait les lèvres depuis le début. «Tu commences tôt, tu ne trouves pas?»

Un des hommes regardait par terre mais je crus voir qu'il souriait. L'autre me dévisagea en levant légèrement les sourcils d'un air de reproche cocasse. Des hommes qui auraient su qui j'étais, qui auraient connu mon père, ne se seraient probablement pas permis d'arborer des expressions aussi explicites.

Je comprenais. Elle pensait – ils pensaient tous – que j'avais été sous le pommier, la veille ou un autre soir, avec un homme ou un adolescent.

«Rentre chez toi, dit Miriam. Toi et tes bracelets, rentre chez toi et ne reviens jamais faire tes bêtises sur mes terres à l'avenir. File.»

Miriam McAlpin était bien connue pour sa tendance à brailler plus fort que tout le monde. Je l'avais entendue naguère à l'épicerie s'époumoner de reproches au sujet de quelque pêche gâtée. La façon dont elle me traitait était prévisible, et les soupçons qu'elle entretenait à mon endroit semblaient éveiller en elle un sentiment sans ambiguïté – le pur dégoût – qui ne me surprenait pas.

C'étaient les hommes qui me soulevaient le cœur. Les regards qu'ils me lançaient, réprobateurs comme il se devait, et sournoisement appréciateurs. Les infimes affaissement et épaississement de leurs traits, à mesure que les pensées boueuses montaient dans leurs têtes.

Le garçon d'écurie était sorti pendant cet incident. Il amenait un cheval appartenant à l'un des hommes, ou aux deux. Il s'arrêta dans la cour, ne s'approcha pas plus. Il n'avait pas l'air de regarder sa patronne, ni les propriétaires du cheval, ni moi, ni d'ailleurs de s'intéresser à la scène. Il devait être habitué à la façon dont Miriam rabrouait les gens. L'idée que les autres se faisaient de moi – pas seulement la sorte d'idées que ces hommes ou Miriam devaient avoir, chacune plutôt dangereuse dans son genre – mais n'importe quelle idée, me semblait recéler une menace mystérieuse, une grossière impertinence. Je détestais même entendre quelqu'un tenir des propos relativement inoffensifs.

« Je t'ai vue passer dans la rue l'autre jour. Tu avais l'air dans les nuages. »

Jugements et supputations comme un essaim d'insectes cherchant à pénétrer dans ma bouche et mes yeux. J'aurais voulu les écraser, j'avais envie de cracher.

« De la terre, chuchota ma sœur quand j'arrivai chez nous. De la terre dans le dos de ton chemisier. »

Elle me regarda l'ôter dans la salle de bains pour le frotter avec un morceau de savon. Nous n'avions pas l'eau chaude courante, sauf en hiver. Elle proposa donc d'aller m'en chercher dans la bouilloire. Elle ne me demanda pas comment la boue s'était retrouvée là, elle espérait seulement se débarrasser de la trace accusatrice, m'éviter des ennuis.

Le samedi soir il y avait toujours foule dans la grand-rue. En ce temps-là, il n'existait pas l'ombre d'un centre commercial dans le comté, et ce fut seulement plusieurs années après la guerre que le soir des provisions devint le vendredi. L'année dont je parle est 1944, quand nous avions encore des carnets de rationnement et qu'il y avait bien des choses qu'on ne pouvait acheter – voitures neuves et bas nylon, pour n'en citer que deux. Mais les paysans venaient à la ville avec de l'argent en poche, les commerces reprenaient des couleurs après le marasme de la Dépression et tout restait ouvert jusqu'à dix heures du soir.

La plupart des citadins faisaient leurs courses en semaine et pendant la journée. À moins de travailler dans les magasins et les restaurants, ils désertaient les rues le samedi soir, pour jouer aux cartes avec leurs voisins ou écouter la radio. Les jeunes mariés, les fiancés, les couples qui «sortaient», flirtaient au cinéma ou gagnaient en voiture, quand ils avaient des tickets d'essence, un dancing des rives du lac. C'étaient les gens de la campagne qui prenaient possession de la rue et des hommes de la campagne qui emmenaient les filles faciles chez Neddy, au Night Owl, où la piste était une estrade dressée sur le sol en terre battue et où chaque danse coûtait dix cents.

Je m'installais près de l'estrade avec des amies de mon âge. Personne n'était prêt à payer dix cents pour inviter l'une d'entre nous. Pas étonnant. Nous riions fort, critiquions le talent des danseurs, les coupes de cheveux, les vêtements. Nous disions parfois que telle fille était une traînée, tel homme une tapette, sans avoir de définition précise d'aucun de ces deux mots.

Il arrivait que Neddy en personne, qui vendait les tickets, se tourne vers nous en disant, «Vous n'auriez pas besoin d'aller prendre l'air, les filles?» Et nous sortions en traînant les pieds. Ou parfois, finissant par nous ennuyer, nous partions de notre propre initiative. Nous achetions des cornets de crème glacée que nous nous autorisions mutuellement à lécher pour goûter les différents parfums et déambulions le long de la rue d'un air supérieur, contournant les groupes qui s'arrêtaient pour bavarder et traversant les volées d'enfants qui s'aspergeaient les uns les autres, collant le doigt sous le robinet de la fontaine d'eau potable. Nul n'était digne d'être remarqué par nous.

Les filles qui paradaient ainsi ne venaient pas du dessus du panier – comme aurait dit ma mère, avec une nuance de regret et un rien de sarcasme dans la voix. Aucune d'entre elles n'avait un salon avec baie vitrée à la maison ou un père qui portait un complet veston un autre jour que le dimanche. Les jeunes filles de cette catégorie étaient chez elles pour l'heure, ou en visite les unes chez les autres, à jouer au Monopoly, faire des caramels ou essayer diverses coiffures. Cela chagrinait ma mère que je ne sois pas acceptée dans ce groupe-là.

Mais cela m'allait fort bien. De cette façon, je pouvais être une meneuse et une grande gueule. Si c'était un déguisement, je l'endossais sans difficulté. Et peut-être n'était-ce pas un déguisement mais seulement une des personnalités totalement disjointes et dissemblables dont j'étais apparemment faite.

Sur un terrain vague à l'extrémité nord de la ville, quelques membres de l'Armée du Salut avaient pris position. Il y avait un prédicateur et un petit chœur pour chanter les hymnes et un gamin obèse à la grosse caisse. Et aussi un grand, qui jouait du trombone, une fille, de la clarinette, et quelques enfants malingres équipés de tambourins.

Les salutistes appartenaient encore moins au dessus du panier que les filles que je fréquentais. Le prédicateur était un homme qui conduisait un camion pour livrer le charbon. Certes, il s'était débarbouillé, mais son visage restait grisâtre. La sueur y ruisselait sous l'effort de son prêche et on s'attendait à ce qu'elle soit grise, elle aussi. Quelques autos klaxonnaient pour noyer ses paroles au passage. (Malgré le gaspillage d'essence que cela représentait, il y avait des jeunes gens qui remontaient et descendaient la grand-rue en voiture du sud au nord puis du nord au sud de la ville en un va-et-vient recommencé à l'infini.) La plupart des piétons passaient avec une expression vaguement gênée quoique respectueuse, mais il y en avait qui s'arrêtaient pour regarder. Ce que nous fîmes un soir, dans l'attente d'une cible pour nos ricanements.

Les instruments furent brandis pour une hymne, et je vis que le jeune homme au trombone était ce même garçon d'écurie qui était dans la cour pendant que Miriam McAlpin me passait un savon. Il me sourit avec les yeux quand il commença à jouer, et il ne semblait pas sourire pour rappeler mon humiliation, mais avec un plaisir irrépressible, comme si ma vue éveillait un souvenir bien différent de cette scène, un bonheur naturel.

« La Puissance, Puissance, Puissance, Puissance, Puissance est dans le Sang », chantait le chœur. Les tambourins s'agitaient au-dessus de la tête de ceux qui en jouaient. La joyeuse exubérance gagna les badauds, de sorte que la plupart des gens se mirent à chanter avec un entrain teinté d'ironie. Et nous condescendîmes à chanter avec les autres.

Peu après, l'office se termina. Les magasins fermaient et chacune d'entre nous prit le chemin de sa maison. Je connaissais un raccourci, une passerelle enjambant la rivière. J'en avais presque atteint l'extrémité quand j'entendis le bruit d'une course précipitée, accompagnée de chocs sourds, derrière moi. Les planches tremblaient sous mes pieds. Je me tournai de côté, adossée à la rambarde, un peu effrayée mais soucieuse de n'en rien laisser paraître. Il n'y avait pas d'éclairage près de la passerelle et l'obscurité était complète.

Quand il approcha, je vis que c'était le joueur de trombone dans son lourd uniforme sombre. C'était l'étui de l'instrument qui produisait les chocs sourds en cognant contre la rambarde.

« Ça va, dit-il, hors d'haleine. Ce n'est que moi. J'essayais de te rattraper, c'est tout. »

« Comment savais-tu que c'était moi ? » demandai-je.

« J'y voyais encore un peu. Je sais que tu habites par là. Je savais que c'était toi à ta façon de marcher. »

« Comment ça ? » Chez la plupart des gens, pareille présomption m'aurait causé une telle colère que je n'aurais pu le demander.

« Je ne sais pas. C'est ta façon de marcher, quoi. »

Il s'appelait Russell Craik. Toute sa famille était à l'Armée du Salut, le livreur-prédicateur était son père et sa mère chantait dans le chœur. Parce qu'il avait travaillé avec son père et acquis l'habitude des chevaux, Miriam McAlpin l'avait embauché sitôt qu'il avait quitté l'école. C'est-à-dire à la fin de ses études primaires. En ces années-là, bien des garçons n'allaient pas plus loin. À cause de la guerre, toutes sortes d'emplois s'offraient à eux pendant qu'ils attendaient, comme lui, d'avoir l'âge de s'engager dans l'armée. Pour lui, ce serait en septembre.

Si Russell Craik avait souhaité sortir avec moi sur le mode habituel, m'emmener au cinéma ou au dancing, il n'y aurait pas eu la moindre chance que la permission en soit accordée. Ma mère m'aurait déclarée trop jeune. Elle n'aurait probablement pas estimé nécessaire d'ajouter qu'il était garçon d'écurie, que son père livrait du charbon et que toute sa famille endossait l'uniforme de l'Armée du Salut pour témoigner chaque semaine dans la rue. Ces considérations n'auraient pas été sans importance à mes yeux non plus s'il s'était agi de m'afficher avec lui dans le rôle de petit ami. En tout cas jusqu'à ce qu'il s'engage dans l'armée et devienne présentable. Mais en l'occurrence, je n'eus à me poser aucune de ces questions. Russell ne pouvait m'emmener ni au cinéma ni au dancing puisque sa religion lui interdisait d'y aller. La relation qui s'installa entre nous d'un commun accord me paraissait facile, presque naturelle, parce qu'elle était, dans certains de ses aspects – pas tous –, très semblable à celle des couples informels, à peine reconnus, et provisoires, qui se créait entre garçons et filles de mon âge, pas du sien.

Nous faisions du vélo, entre autres. Russell n'avait pas de voiture ni la possibilité d'en emprunter une, alors qu'il savait conduire – il conduisait la camionnette de l'écurie. Il ne passait jamais me chercher chez moi et je ne le lui suggérais pas. Nous sortions de la ville séparément le dimanche après-midi et nous retrouvions toujours au même endroit, une école située à un carrefour, à quatre ou cinq kilomètres de la ville. Toutes les écoles de campagne étaient connues par un nom plutôt que par le numéro officiel gravé au-dessus de leur porte. Jamais S.S. No. 11 ou S.S. No. 5 mais l'école des Lamb, l'école des Brewster, l'école de brique rouge, l'école de pierre. Celle que nous avions choisie, qui m'était déjà familière, s'appelait l'école du puits jaillissant. Le mince filet d'eau qui s'écoulait continuellement d'un tuyau dans un coin de la cour justifiait ce nom.

Autour de cette cour, où le gazon était toujours tondu même pendant les vacances d'été, il y avait de grands érables qui mettaient de vastes flaques d'une ombre presque noire. Dans un autre coin, il y avait un tas de pierres d'où sortaient de hautes herbes où nous dissimulions nos vélos.

Devant l'école, la route était bien tracée et gravillonnée, mais la perpendiculaire, qui gravissait une colline, n'était guère plus qu'une traverse dans les champs, un chemin de terre. Une prairie piquée d'aubépines et de genévriers la bordait d'un côté, et de l'autre, un petit bois de chênes et de pins, séparé du talus par une dépression. Dans ce creux de terrain il y avait une décharge – pas la décharge officielle du canton, mais une décharge sauvage, qu'avaient utilisée les paysans du coin. Elle intéressait Russell. Et chaque fois que nous passions, il fallait se pencher et regarder au fond, afin de voir si elle ne recélait pas quelque chose de nouveau. Cela n'arrivait jamais, elle ne devait plus servir depuis des années – mais assez souvent il y distinguait telle ou telle chose qu'il n'avait pas remarquée avant.

«Tu vois? Ça, c'est la calandre d'une huit cylindres.»

«Tu vois, sous la roue de cabriolet? C'est un vieux poste de radio portatif.»

Ayant déjà pris cette route plusieurs fois quand j'étais seule, jamais je ne m'étais avisée de la présence de la décharge, mais j'avais quelques autres connaissances. Je savais qu'une fois franchie la colline, les chênes et les pins seraient engloutis par les sapins, les mélèzes et les cèdres noirs. La prairie bosselée subirait le même sort et tout ce que nous verrions, pendant longtemps, serait des broussailles et des plantes de marais de part et d'autre, et par instants la vision fugitive de hauts buissons de canneberges que personne ne pouvait jamais atteindre et de grandes fleurs écarlates d'allure solennelle dont je croyais, sans en être sûre, que le nom était pinceau du diable. À la branche d'un cèdre noir quelqu'un avait accroché le crâne d'une petite bête et cela retenait l'attention de Russell, qui se demandait chaque fois si c'était celui d'un furet, d'une belette ou d'un vison.

Cela prouvait en tout cas, disait-il, que quelqu'un avait emprunté cette route avant nous. Probablement à pied, probablement pas en voiture – les cèdres débordaient trop sur la chaussée et le pont de planches enjambant la rivière au plus bas du marais était une construction rudimentaire, qui ondulait sous le pied et dépourvue de rambarde. Au-delà, le paysage s'élevait en pente douce, se dégageant du terrain boueux qu'on laissait en arrière, et on débouchait pour finir au milieu de champs cultivés qu'on apercevait à travers de grands hêtres. Arbres si touffus et en si grand nombre que leur douce lumière grise semblait réellement affecter l'air lui-même, le rafraîchir comme si l'on pénétrait dans une grande salle haute de plafond ou une église.

Et la piste, au bout des deux kilomètres habituels constituant la profondeur des terres, rejoignait une nouvelle route de graviers rectiligne. Nous faisions demi-tour et revenions par le même chemin.

On n'entendait pour ainsi dire pas d'oiseaux dans la chaleur de la mi-journée et on n'en voyait aucun, et les moustiques n'étaient pas nombreux parce que les étangs des terres basses étaient presque taris. Mais il y avait des libellules sur la rivière et souvent des nuages de très petits papillons, d'un tel vert pâle qu'on pensait qu'il était peut-être dû au reflet des feuilles.

Ce qu'il y avait à entendre d'un bout à l'autre de la promenade, c'était la voix tranquille et heureuse de Russell. Il parlait de sa famille – il y avait deux sœurs aînées, qui avaient quitté la maison, un frère cadet et deux sœurs cadettes, et tous étaient musiciens, chacun jouant d'un instrument. Le cadet s'appelait Jackie – et apprenait le trombone pour prendre la suite de Russell. Les sœurs restées à la maison étaient Mavis et Annie et les adultes Iona et Isabel. Iona était mariée à un travailleur de la centrale hydroélectrique et Isabel était femme de chambre dans un grand hôtel. Une autre sœur, Edna, était morte de la polio dans un poumon d'acier, après avoir été malade deux jours seulement, à l'âge de douze ans. La seule blonde de la famille. Jackie, le petit frère, avait failli mourir aussi, de septicémie, pour avoir marché sur une planche d'où dépassait un clou rouillé. Russell lui-même avait les pieds très durs à force d'aller sans souliers en été. Il pouvait marcher sur le gravier, les chardons, les chaumes sans jamais se blesser.

Il avait grandi d'un coup pendant sa dernière année scolaire et presque atteint sa taille définitive, et il avait joué le rôle d'Ali Baba dans l'opérette de fin d'année. C'était parce qu'il savait chanter, en plus d'être grand.

Il avait appris à conduire la voiture de son oncle, quand ce dernier venait de Port Huron pour une visite. Cet oncle avait une entreprise de plomberie et changeait de voiture tous les deux ans. Il laissait Russell conduire avant même qu'il soit en âge de passer le permis. Mais Miriam McAlpin n'avait pas voulu qu'il conduise la camionnette avant de l'avoir. Il la conduisait à présent, avec ou sans la remorque qu'on y accrochait. Pour aller à Elmira, à Hamilton, une fois jusqu'à Peterborough. Sa conduite exigeait du doigté parce que la remorque risquait de verser. Elle l'accompagnait parfois, mais lui laissait le volant.

Son ton changeait quand il parlait de Miriam McAlpin. Devenait gardé, partagé entre le mépris et l'amusement. Une harpie, disait-il. Mais vivable, si l'on savait s'y prendre. Elle préférait les chevaux aux gens. Elle aurait été mariée depuis longtemps si elle avait pu épouser un cheval.

Je ne parlais guère de moi et ne l'écoutais qu'un peu distraitement. Son bavardage mettait comme un fin rideau de pluie entre moi et les arbres, la lumière et les ombres de la route, le clair courant de la rivière, les papillons, et toute cette part de moi-même qui aurait été attentive à ces choses si j'avais été seule. Beaucoup de moi restait clandestin, comme avec mes amies du samedi soir. Mais le déguisement était moins délibéré, moins volontaire. J'étais à demi hypnotisée, pas seulement par le son de sa voix, mais par la lumineuse largeur de ses épaules dans une chemisette toute propre, par sa gorge hâlée et ses bras robustes. Il s'était lavé avec une savonnette Lifebuoy – j'en connaissais comme tout le monde l'odeur – mais se laver, c'était ce dont la plupart des hommes se contentaient en ce temps-là, ils ne se préoccupaient pas de la sueur qui ne tarderait pas à s'accumuler.

Je percevais donc cette odeur-là aussi. Et rien qu'un soupçon de celle des chevaux, des harnais, des écuries, et du foin.

Quand je n'étais pas avec lui, j'essayais de me rappeler – était-il beau garçon ou pas ? Il était assez mince mais son visage avait quelque chose d'un peu charnu, ses lèvres, une moue pleine d'autorité, et ses grands yeux, bleus et clairs, montraient quelque chose comme une naïveté obstinée, une innocente estime de soi. Toutes choses que je n'aurais guère appréciées chez une autre personne.

« Je grince des dents, la nuit, disait-il. Je ne me réveille jamais, mais ça réveille Jackie, et ce que ça peut le mettre en rogne. Il me donne un coup de pied et je me retourne sans arrêter de dormir et c'est réglé. Parce que je le fais seulement quand je suis couché sur le dos. »

« Tu me donnerais un coup de pied, toi ? » demanda-t-il, et tendant la main en travers de la trentaine de centimètres d'air qu'il y avait entre nous, que le soleil emplissait de lumière, il prit ma main. Il dit qu'il avait si chaud, au lit, qu'il rejetait toutes ses couvertures et que cela aussi mettait Jackie en rogne. J'avais envie de lui demander s'il ne portait que sa veste de pyjama ou seulement le pantalon, ou les deux, ou rien du tout, mais cette dernière possibilité me donna une telle faiblesse qu'elle m'empêcha d'ouvrir la bouche. Nos doigts se mêlèrent, agissant d'eux-mêmes, jusqu'à devenir si moites qu'ils renoncèrent, et se séparèrent.

Ce n'était pas avant que nous ayons regagné la cour de l'école, prêts à récupérer nos vélos pour rentrer en ville – séparément – que la raison de notre promenade, l'unique raison, pour ce que j'en comprenais, recevait toute notre attention. Il m'attirait dans l'ombre pour m'entourer de ses bras et se mettait à m'embrasser. Invisibles depuis la route, il m'appuyait contre un arbre et nous nous embrassions d'abord chastement puis avec une ferveur croissante et nous nous étreignions – toujours debout, tremblants d'ardeur. Et au bout de – combien ? – cinq ou dix minutes de cette étreinte, nous nous séparions pour reprendre nos vélos et nous dire au revoir. La bouche me faisait mal, j'avais les joues et le menton irrités par le frottement des poils qui n'étaient pas visibles sur son visage. J'avais le dos douloureux d'avoir été plaquée contre l'arbre et le devant du corps meurtri par la pression du sien. Mon ventre, pourtant parfaitement plat, gardait une certaine élasticité, mais j'avais remarqué que tel n'était pas du tout le cas du sien. Je croyais que les hommes devaient posséder un ventre doté d'une grande fermeté et même d'une protubérance, qui ne devenaient évidentes que s'ils vous plaquaient étroitement contre eux.

Comme il paraît étrange que, sachant tout ce que je savais, je ne me sois pas rendu compte de ce que cette pression signifiait. J'avais une idée assez précise de l'anatomie masculine mais, je ne sais trop comment, l'existence de ce changement de taille et d'état m'avait échappé. Je devais, selon toute apparence, croire que le pénis était tout le temps à sa taille maximale et sous sa forme classique, ce qui ne l'empêchait pas de pendre toujours à l'intérieur de la jambe du pantalon au lieu de se hisser ainsi pour presser contre un autre corps. J'avais entendu bien des plaisanteries et vu des animaux s'accoupler mais, d'une manière ou d'une autre, quand l'éducation est informelle, il peut y avoir des lacunes.

De temps à autre, il parlait de Dieu. Le ton qu'il adoptait alors était ferme et objectif, comme s'il s'agissait d'un officier supérieur, indulgent à l'occasion mais souvent inflexible et impatient, non sans virilité. Quand la guerre serait finie, après sa démobilisation (« Si je ne me fais pas tuer », disait-il joyeusement), il resterait encore les commandements de Dieu et de son armée à lui, avec lesquels il faudrait compter.

« Je devrai faire ce que Dieu voudra que je fasse. »

J'en fus frappée. Quelle terrible docilité était requise, pour être un croyant de cette trempe.

Ou – si l'on considérait la guerre et l'armée ordinaire – simplement pour être un homme.

Il s'était peut-être avisé de penser à son avenir quand nous avions remarqué, sur le tronc d'un hêtre – ces arbres dont l'écorce grise est idéale pour les messages –, un visage et une date gravés. L'année était 1909. Au cours du temps qui s'était écoulé depuis, l'arbre n'avait cessé de croître et son tronc de grossir, de sorte que les contours du visage s'étaient élargis sur les côtés, formant des taches plus étendues que le visage lui-même. Le reste de la date avait été entièrement effacé et les chiffres de l'année risquaient de devenir bientôt illisibles à leur tour.

« C'était avant la Première Guerre mondiale, fis-je remarquer. Celui qui a gravé ça est peut-être mort, aujourd'hui. Il s'est peut-être fait tuer à la guerre. »

« À moins qu'il soit mort de mort naturelle, tout simplement », m'empressai-je d'ajouter.

Ce fut ce jour-là, je crois, que nous eûmes si chaud sur le chemin du retour que, ôtant nos souliers et nos chaussettes, nous descendîmes du pont dans l'eau de la rivière qui nous montait au genou. Nous nous aspergeâmes les bras et le visage.

« Tu sais, la fois où je me suis fait pincer en sortant de sous le pommier ? » demandai-je, à ma propre surprise.

« Oui. »

« Je lui ai dit que je cherchais un bracelet, mais ce n'était pas vrai. J'y étais allée pour une autre raison. »

« Ah bon ? »

Je regrettais déjà d'en avoir parlé.

« J'avais envie d'aller sous le gros pommier tout en fleur pour le regarder par en dessous. »

Il rit. « C'est drôle, dit-il. J'en ai eu envie, moi aussi. Je ne l'ai jamais fait, mais j'y ai pensé. »

J'étais surprise, et, sans savoir pourquoi, pas vraiment contente, que nous ayons eu cet élan en commun. Et cependant, pourquoi donc le lui aurais-je dit si je n'avais espéré qu'il le comprendrait ?

« Viens dîner chez nous », dit-il.

« Il ne faut pas que tu demandes à ta mère si elle est d'accord ? »

« Ça la dérange pas. »

Cela aurait dérangé la mienne, si elle l'avait su. Mais elle ne le sut pas, parce que je mentis, disant que j'allais chez mon amie Clara.

Maintenant que mon père devait être à la fonderie à cinq heures – même le dimanche, puisqu'il était veilleur de nuit – et que ma mère si fréquemment ne se sentait pas bien, nos dîners devaient beaucoup au hasard. Si c'était moi qui faisais la cuisine, il y avait des choses que j'aimais. Au nombre desquelles des tranches de pain et de fromage nappées d'œufs battus dans du lait qu'on mettait à cuire au four. Ou encore, également cuit au four, un pain de corned-beef recouvert de sucre brun. Ou des tas de fines tranches de pomme de terre crue, frites jusqu'à devenir croustillantes. Laissés à eux-mêmes, mon frère et ma sœur dînaient de sardines sur des crackers ou de beurre de cacahuète sur des gaufrettes. L'érosion des habitudes ordinaires, chez nous me facilita apparemment le mensonge.

Peut-être ma mère, si elle avait su, aurait-elle trouvé un moyen de me dire qu'aller dans certaines maisons en égale ou en amie – et cela restait vrai quand il s'agissait de maisons parfaitement respectables par ailleurs –, c'était montrer qu'on ne s'accordait pas à soi-même une valeur très élevée, à la suite de quoi les autres vous mesuraient leur estime à la même aune. J'en aurais discuté et me serais disputée avec elle, évidemment, d'autant plus farouchement que j'aurais su qu'elle disait vrai, pour ce qui était de la vie dans notre ville. C'était moi, après tout, qui trouvais une bonne excuse désormais pour ne pas passer avec mes amies devant l'endroit où Russell et sa famille prenaient position le samedi soir.

Je songeais parfois pleine d'espoir au moment où Russell aurait remisé cet uniforme bleu marine à parements rouges un peu ridicule pour le remplacer par du kaki. À croire que cela changerait bien plus que l'uniforme, qu'une identité entière pourrait être ôtée comme un vêtement et remplacée par une autre toute neuve, inattaquable, une fois qu'il serait vêtu en combattant.

Les Craik habitaient une étroite rue transversale longue d'un unique pâté de maisons, non loin des écuries. Je n'avais encore jamais eu de raison d'emprunter cette rue. Les maisons s'y alignaient très près du bord du trottoir et les unes des autres, sans allée ni jardin entre elles. Les propriétaires de voitures devaient les garer en partie sur le trottoir et en partie sur la bande de gazon qui tenait lieu de pelouse en façade. La grande maison de bois des Craik était peinte en jaune – Russell m'avait dit de chercher la maison jaune – mais la peinture était vieille et s'écaillait.

Tout comme la peinture marron dont on avait été bien mal inspiré, autrefois, de recouvrir la brique rouge de la maison que j'habitais. Dans le domaine des dépenses courantes, nos deux familles n'étaient pas si éloignées l'une de l'autre. Pas éloignées du tout.

Deux fillettes étaient assises sur le perron, peut-être postées là au cas où j'aurais oublié la description de la maison.

Elles se levèrent toutefois d'un bond, sans un mot, et rentrèrent en courant comme si j'avais été un fauve à leurs trousses. La porte moustiquaire me claqua au nez et je me retrouvai devant un long corridor vide. J'entendais la rumeur étouffée d'une agitation au fond de la maison, peut-être parce qu'on débattait de qui devait aller m'accueillir. Et puis Russell lui-même descendit l'escalier, les cheveux sombres d'avoir été récemment mouillés, et me fit entrer.

«Alors tu n'as pas eu de mal à trouver», dit-il. Il recula en évitant de me toucher.

Mr. et Mrs. Craik ne portaient pas l'uniforme de l'Armée du Salut à la maison. Je ne sais pourquoi je m'étais attendue au contraire. Le père, dont le prêche dans la rue penchait toujours du côté de la férocité, du courroux, même quand il offrait l'espoir de la miséricorde et du salut, et dont l'expression, quand il était assis, voûté, sur le camion de charbon, était toujours maussade, s'avança à présent, propre comme un sou neuf, le crâne chauve et brillant, pour m'accueillir comme s'il était réellement content de me voir chez lui. La mère était grande, comme Russell, ossue et plate, avec des cheveux gris coupés au niveau des oreilles. Russell dut lui répéter mon nom pour couvrir le raffut qu'elle faisait en écrasant des pommes de terre avant qu'elle consente à se retourner. Elle s'essuya la main à son tablier comme si elle avait l'intention de serrer la mienne, mais ne me la tendit pas. Elle dit qu'elle était heureuse de me connaître. Sa voix, quand elle chantait les hymnes au coin de la rue, était puissante et harmonieuse, mais là, quand elle parla, elle se brisa sous l'effet de la gêne comme celle d'un adolescent.

Le père de Russell était prêt à la rescousse. Il me demanda si je connaissais tant soit peu les poules naines. Je dis non, et lui qu'il avait cru cela possible puisque j'avais grandi dans une ferme.

« Ces poules sont mon hobby, dit-il. Venez les voir. »

Les deux fillettes avaient réapparu et s'attardaient à la porte du corridor. Elles s'apprêtaient à suivre leur père, Russell et moi dans la cour mais leur mère les rappela.

« Anniémavis ! Restez ici et mettez les assiettes sur la table. »

Le coq nain s'appelait King George.

« C'est une plaisanterie, dit Mr. Craik. Vu que George, c'est mon nom. »

Les poules s'appelaient Mae West, Tugboat Annie, Daisy Mae et les noms d'autres personnalités du cinéma, des bandes dessinées ou du folklore populaire. Cela me surprit en raison du fait que les films étaient interdits à cette famille et le cinéma voué à une abhorration toute particulière pendant les sermons du samedi. J'avais cru que les bandes dessinées seraient proscrites de la même façon. Peut-être avait-on le droit de donner de tels noms à de sottes volailles. Ou peut-être les Craik n'avaient-ils pas toujours appartenu à l'Armée du Salut.

« Comment les reconnaît-on ? » demandai-je. Je n'avais pas les yeux en face des trous, sans quoi j'aurais vu que chacune avait un plumage distinct, avec une distribution particulière des rouges, des bruns, de la rouille et de l'or.

Le frère de Russell s'était montré, venant je ne sais d'où. Il ricana.

« Bah, on apprend », dit le père. Il entreprit de me les présenter une par une, mais les poules, inquiètes d'être au centre de l'attention, s'éparpillèrent autour de la cour de sorte qu'il s'embrouilla. Le coq, plus audacieux, décocha des coups de bec à ma chaussure.

« Ne vous en faites pas, dit le père de Russell. C'est un m'as-tu-vu. »

«Est-ce qu'elles pondent?» fut la nouvelle question bébête que je trouvai à poser.

«Oh, oui, bien sûr, elles pondent, elles pondent, mais ce n'est pas très fréquent. Non. Même pas assez pour notre propre table. Oh, non, c'est une race décorative, voilà ce que c'est. Une race d'ornement.»

«Tu vas avoir une baffe», dit Russell à son frère, dans mon dos.

Au dîner, le père fit signe de la tête à Russell de dire la prière, ce qu'il fit. La prière dans cette maison était dite sans se presser, et composée sur le moment, en accord avec les circonstances, rien à voir avec le Bénis-le-repas-que-nous-allons-prendre-et-nous-qui-sommes-à-Ton-service qu'on marmonnait à notre table, chez nous, quand nous mangions en famille. Russell parla lentement et avec assurance, citant le nom de tous ceux qui étaient là – moi comprise, demandant au Seigneur de faire de moi la bienvenue. L'idée glaçante me vint que la guerre risquait de ne pas le libérer entièrement, l'idée que peut-être, quand elle en aurait fini avec lui, il retournerait à l'autre armée, réendossant l'ancien uniforme, que peut-être même il avait le don et le désir de prêcher en public.

Il n'y avait pas de soucoupe pour le pain et le beurre. On posait sa tranche sur la toile cirée ou sur le bord de sa grande assiette. Qu'on nettoyait avec un morceau de pain avant que la tarte soit servie.

Le coq se montra sur le seuil et reçut de Mr. Craik l'ordre de détaler. Du coup Mavis et Annie gloussèrent, une main sur la bouche.

«Vous allez avaler de travers et vous étrangler, et ce sera bien fait», dit Russell.

Mrs. Craik évitait de prononcer mon nom – elle dit à Russell, en un chuchotement rauque, «Passe-lui les tomates» – mais cela semblait résulter d'une extrême timidité, pas d'une mauvaise volonté. Mr. Craik continuait imperturbablement à faire la preuve de ses qualités de maître de maison, s'enquérant de la santé de ma mère, des horaires de travail de mon père à la fonderie et de la satisfaction que lui procurait son emploi, cela constituait-il un changement à ses yeux de n'être plus son propre patron? Sa façon de me parler était plus celle d'un enseignant ou d'un commerçant, voire d'un membre des professions libérales, en ville, que celle du livreur de charbon. Et il semblait partir du principe que nos deux familles étaient sur un pied d'égalité, se connaissaient et vivaient en bonne entente. Ce n'était pas loin de la vérité, en ce qui concernait le pied d'égalité, et il était vrai aussi que mon père vivait en bonne entente avec ceux qu'il connaissait, c'est-à-dire presque tout le monde. Je n'en éprouvai pas moins un malaise, et même un peu de honte, parce que je trompais cette famille et la mienne, que ma présence à cette table était une comédie.

Mais je m'avisai ensuite qu'en participant à n'importe quel dîner familial, Russell et moi aurions dû jouer la comédie, faire semblant de n'avoir d'autre intérêt que ce qu'on nous servait et ce qui se disait. Alors qu'en fait nous marquions le pas, sachant que nous ne pouvions satisfaire sur place notre envie la plus profonde, qui était de nous jeter l'un sur l'autre.

Il ne me vint jamais à l'esprit qu'un jeune couple dans notre situation était au contraire parfaitement à sa place en ce lieu, qu'on nous faisait entrer dans les premiers instants d'une existence qui nous transformerait, sous peu, en Papa et Maman. Les parents de Russell le savaient probablement, en étaient peut-être déconcertés en tête à tête, mais raisonnablement optimistes, ou résignés. Russell était déjà dans la famille une force qu'ils ne maîtrisaient plus, et lui-même le savait, s'il était capable à cet instant de voir aussi loin. Il me regardait à peine, mais quand il le faisait, c'était d'un regard posé, sûr de son fait, et qui me frappait et résonnait, comme si j'étais un tambour.

L'été était déjà avancé et le soir tombait tôt. La lumière était allumée dans la cuisine quand nous fîmes la vaisselle. La bassine était installée sur la table, on avait fait chauffer l'eau sur le réchaud, c'était exactement la même organisation que chez nous, quand je faisais la vaisselle. La mère lavait, les sœurs et moi essuyions. Soulagée peut-être que le repas soit fini et que le moment de mon départ soit proche, la mère de Russell fit quelques déclarations.

«On salit toujours plus d'assiettes qu'on aurait cru, quand on prépare un repas.»

«Pas la peine de faire les casseroles, je les poserai sur le réchaud.»

«Je crois que c'est à peu près tout.»

Cette dernière phrase sonna comme un remerciement qu'elle n'aurait su exprimer.

Si près de moi et de leur mère, Mavis et Annie n'avaient pas osé glousser. Quand nos trajectoires se croisaient autour de la bassine de rinçage, elles disaient doucement, «'ardon».

Russell revint du poulailler où il avait aidé son père à rentrer les poules naines. Il dit, «Il doit être l'heure que tu rentres chez toi», comme si me raccompagner était une corvée quotidienne parmi les autres, et pas la première promenade ensemble dans l'obscurité que nous attendions avec impatience. Que j'attendais, pour ma part, avec une exquise ferveur muette et dont la pensée ne cessait de croître pendant tout l'essuyage de la vaisselle, qu'elle mua même en un rite féminin mystérieusement lié à ce qui allait suivre.

Il ne faisait pas aussi noir que je l'avais espéré. Pour rentrer chez moi, il nous aurait fallu traverser la ville d'est en ouest, et nous aurions presque certainement été remarqués.

Mais ce n'était pas là que nous allions. Au débouché de sa courte rue, Russell me posa la main sur le dos – une pression rapide, fonctionnelle, pour me détourner de chez moi et me faire prendre la direction des écuries de Miriam McAlpin.

Je regardai en arrière pour m'assurer que personne ne nous espionnait.

«Mais si ton frère ou tes sœurs nous avaient suivis?»

«Ils n'oseraient pas, dit-il. Je les tuerais.»

La grange était peinte en rouge, la couleur se voyait très bien dans la demi-obscurité. On accédait à l'écurie par l'entrée du rez-de-chaussée à l'arrière. Les portes du grenier, qui donnaient sur la rue, étaient décorées de deux chevaux blancs cabrés face à face. Une rampe de pierre et de terre s'élevait jusqu'à elles. C'était par là que montaient les charrettes de foin. Dans l'un des grands battants des portes du grenier, une autre porte d'une taille ordinaire était découpée, si étroitement assemblée qu'on la remarquait à peine, portant le sabot et une partie des jambes de derrière d'un des chevaux. Elle était fermée mais Russell avait la clé.

Il me tira à l'intérieur, à sa suite. Et quand il eut refermé la porte, nous nous retrouvâmes dans une obscurité de poix. Tout autour, nous étouffant presque, l'odeur du foin nouveau de cet été. Russell me conduisit par la main, avec autant d'assurance que s'il y voyait clairement. Sa main était plus chaude que la mienne.

Au bout d'un moment, je commençai à y voir un peu moi aussi. Des balles de foin étaient empilées comme des briques gigantesques. Nous étions dans une espèce de fenil, au-dessus de l'écurie. Une forte odeur de chevaux me parvenait maintenant, en plus de celle du foin, et j'entendais un remue-ménage continuel, piétinements, mastications, et heurts sourds dans les stalles. La plupart des chevaux devaient rester au pré toute la nuit, à cette époque de l'année, mais ceux-ci avaient probablement trop de valeur pour être laissés dehors dans le noir.

Russell guida ma main sur le barreau d'une échelle par laquelle on pouvait grimper en haut des balles de foin.

«Tu préfères que je monte devant toi ou derrière toi?» chuchota-t-il.

Pourquoi chuchoter? Risquions-nous de troubler les chevaux? Ou semble-t-il toujours naturel de chuchoter dans le noir? Ou quand on a une faiblesse dans les jambes mais une douleur et une détermination dans une autre partie de son corps?

Puis quelque chose se produisit. L'espace d'un instant, je crus que c'était une explosion. La foudre. Ou même un tremblement de terre. Il me sembla que la grange entière tremblait sur ses bases en s'inondant de lumière. Je n'avais évidemment jamais assisté de près ou de loin à une explosion, ne m'étais jamais trouvée à moins d'un kilomètre d'un lieu où la foudre était tombée, n'avais jamais ressenti les secousses d'un tremblement de terre. J'avais entendu des coups de feu mais toujours en plein air et à distance. Jamais je n'avais entendu la déflagration d'un fusil de chasse à l'intérieur d'une construction haute de plafond.

C'était ce que je venais d'entendre. Miriam McAlpin avait fait feu avec son fusil, tiré en l'air dans le foin, puis allumé toutes les lumières de la grange à la fois. Les chevaux affolés s'étaient mis à hennir et à s'agiter en ruant contre les parois de leurs stalles, mais on entendait quand même les hurlements de Miriam.

« Je sais que vous êtes là. Je sais que vous êtes là. »

« Rentre chez toi », me soufflait Russell à l'oreille. Il me fit pivoter en direction de la porte.

« Allez, rentre chez toi », dit-il avec colère, ou du moins sur un ton si pressant qu'il ressemblait à celui de la colère. Comme si j'avais été un chien sur ses talons, ou une de ses petites sœurs, qui n'avait pas le droit d'être là.

Peut-être avait-il encore chuchoté, peut-être pas. Avec le bruit que faisaient Miriam et les chevaux ensemble, cela n'avait pas d'importance. Il me poussa d'une bourrade vigoureuse et sans tendresse, avant de se retourner vers l'écurie en criant, « Tire pas, c'est moi… Oh ! Miriam ! C'est moi. »

« Je sais que vous êtes là… »

« C'est moi. C'est Russ. »

Il avait couru vers l'avant du tas de foin.

« Qui est là ? Russ ? C'est toi ? Russ, c'est toi ? »

Il devait y avoir une échelle conduisant du grenier à l'écurie. J'entendis descendre la voix de Russell. Il parlait hardiment mais son débit était heurté, comme s'il n'était pas convaincu que Miriam n'allait pas se remettre à tirer.

« Ce n'est que moi. Je suis entré par la porte du haut. »

« J'ai entendu quelqu'un », répliqua Miriam, incrédule.

« Je sais. C'était moi. Je suis venu pour Lou. Voir comment va sa jambe. »

« C'était toi ? »

« Oui. C'est ce que je te dis. »

« Tu étais dans le foin. »

« Je suis passé par la porte du haut. »

Il avait retrouvé sa maîtrise. Il fut en mesure de poser une question à son tour.

« Depuis combien de temps t'étais là ? »

« Je viens d'arriver. J'étais à la maison et d'un seul coup j'ai compris que quelque chose n'allait pas, dans la grange. »

« Mais pourquoi tu as tiré ? Tu aurais pu me tuer. »

« S'il y avait quelqu'un, je voulais lui faire peur. »

« T'aurais pu attendre. T'aurais pu crier d'abord. T'as failli me tuer. »

« J'ai pas pensé une seconde que ça pouvait être toi. »

Puis Miriam McAlpin se remit à crier, comme si elle venait de repérer un nouvel intrus.

« J'aurais pu te tuer. Oh, Russ. Quand je pense. J'aurais pu t'atteindre. »

« Ça va. Calme-toi, dit Russell. T'aurais pu mais tu l'as pas fait. »

« Tu pourrais être mort, là, et ce serait ma faute. »

« Sauf que non. »

« Mais si je l'avais fait, hein ? Ô Seigneur mon Dieu. Si je l'avais fait ? »

Elle sanglotait en répétant sans fin quelque chose de ce genre, mais d'une voix étouffée, comme si elle avait la bouche pleine.

Ou comme si quelqu'un l'étreignait, la pressait contre soi pour la calmer et la consoler.

La voix de Russell, ample et maîtresse de la situation, apaisante.

« Là, là. Voilà. Tout va bien, *honey* [1]. Voilà. »

Ce fut la dernière chose que j'entendis. Quel mot bizarre, pour s'adresser à Miriam McAlpin. *Honey*. Celui dont il se servait pour moi, quand nous nous embrassions à n'en plus finir. Plutôt banal, mais sur le moment, il me semblait que j'aurais pu le lécher, en

---

1. Littéralement, *miel*, le plus courant avec *baby*, des termes d'affection en usage chez les anglophones. Le paragraphe suivant nous interdit d'y substituer un quelconque équivalent.

sentir dans ma bouche le goût sucré comme celui du miel lui-même. Quelle raison avait-il de le prononcer à présent que j'étais loin de lui ? Et exactement de la même manière. Exactement.

Dans les cheveux, contre l'oreille, de Miriam McAlpin.

Je m'étais immobilisée près de la porte, craignant qu'on puisse entendre en bas, malgré le tapage que menaient encore les chevaux, le bruit que j'aurais fait en l'ouvrant. À moins que je n'aie pas vraiment compris que ma présence n'était plus requise, mon rôle étant terminé. Maintenant il fallait que je sorte. Peu m'importait qu'ils m'entendent. Mais je crois qu'ils ne m'entendirent pas. Je refermai la porte, puis descendis la rampe en courant et m'élançai dans la rue. J'aurais continué à courir mais je me rendis compte qu'on risquait de me voir et de se poser des questions. Je dus me contenter de marcher très vite. Le moindre arrêt était difficile, même pour traverser la grand-route, qui était aussi la rue principale de la ville.

Je ne revis pas Russell. Il partit effectivement à l'armée. Il ne fut pas tué à la guerre et je ne crois pas qu'il resta à l'Armée du Salut. L'année qui suivit tous ces événements, en été, je vis sa femme — une fille que j'avais connue de vue au secondaire. Qui me précédait de deux ou trois classes et avait abandonné ses études pour travailler à la laiterie. Elle était avec Mrs. Craik et enceinte jusqu'aux yeux. Elles fouillaient dans un bac de vêtements en solde devant le magasin Stedman, un après-midi. Son visage était morne et quelconque — peut-être était-ce l'effet de sa grossesse, encore que je l'aie toujours trouvée plutôt quelconque. Ou du moins insignifiante et timide. Elle avait encore l'air timide mais n'était vraiment plus insignifiante. Son corps me parut abject, mais ébahissant, grotesque. Et un frisson d'envie sexuelle, de désir, me traversa, à sa vue, et à l'idée de la façon dont elle avait acquis cet aspect. Une telle soumission, une telle nécessité.

À un moment donné, après être rentré de la guerre, Russell se lança dans la charpenterie et par cette voie devint entrepreneur, bâtissant des maisons dans les faubourgs en perpétuelle expansion de Toronto. Je le sais parce qu'il assista à une réunion d'anciens élèves du secondaire, apparemment très prospère, plaisantant sur le fait qu'il n'avait aucun droit à être là, puisqu'il n'était jamais allé à cette école. Cela me fut rapporté par Clara, qui avait gardé le contact.

Clara dit que sa femme était maintenant blonde, un peu grasse, vêtue d'une robe bain de soleil à dos nu. Un chignon blond émergeant d'un trou dans la coiffe de son chapeau à large bord. Clara ne leur avait pas parlé et ne savait donc pas avec certitude si c'était la même femme qu'avant ou une autre.

Ce n'était probablement pas la même, mais cela se peut. Clara et moi avons parlé du fait que ce genre de réunion révèle parfois combien ceux dont l'avenir semblait le plus assuré ont pu être malmenés et diminués par la vie, et combien les plus marginaux, ceux dont les traits s'affaissaient, qui semblaient toujours s'excuser, se sont épanouis. C'est donc ce qui est peut-être arrivé à la fille que j'avais vue devant le magasin Stedman.

Miriam McAlpin garda l'écurie jusqu'à ce qu'elle soit détruite par un incendie. J'en ignore la cause, il se pourrait que ce soit la plus habituelle – foin mouillé, combustion spontanée. Tous les chevaux furent sauvés, mais Miriam fut blessée et vécut par la suite d'une pension d'invalidité.

Tout était normal quand je rentrai chez nous ce soir-là. C'était l'été où mon frère et ma sœur avaient appris à faire des réussites et en faisaient à chaque occasion. Je les trouvai assis aux deux bouts de la table de salle à manger, neuf et dix ans mais graves comme un vieux couple, les cartes étalées devant eux. Ma mère était déjà couchée. Elle passait bien des heures au lit, mais ne semblait jamais dormir comme les autres, s'assoupissant seulement pendant de brefs épisodes, le jour comme la nuit, se levant parfois pour boire du thé ou trier le contenu d'un tiroir. Sa vie avait cessé d'être solidement liée en quelque point que ce soit avec celle de la famille.

Élevant la voix, elle me demanda depuis son lit si j'avais bien dîné, chez Clara, et ce que j'avais mangé comme dessert.

« Du quatre-quarts et de la compote. »

Je pensais qu'en révélant une quelconque part de vérité, en disant « de la tarte », je me serais aussitôt trahie. Peu lui importait, elle voulait seulement qu'on lui fasse un peu la conversation, mais j'en étais incapable. Je ramenai l'édredon autour de ses pieds comme elle me le demanda et redescendis dans le salon, où je m'assis sur le tabouret bas devant la bibliothèque, et y pris un livre. Je demeurai là, plissant les yeux pour déchiffrer les caractères dans la maigre lueur qui entrait encore par la fenêtre à côté de moi, jusqu'à ce que je doive me lever pour allumer la lampe. Après quoi je ne m'installai toujours pas dans un fauteuil confortable mais me rassis, courbée, sur le tabouret, m'emplissant l'esprit d'une phrase après l'autre, me les fourrant dans le crâne dans le seul but de n'avoir pas à penser à ce qui s'était passé.

Je ne sais pas quel livre j'avais choisi. Je les avais déjà tous lus, tous les romans de cette bibliothèque. Il n'y en avait pas beaucoup. *Sous l'éclat du soleil. Autant en emporte le vent. La Tunique. Sleep in Peace. Mon fils, mon fils. Les Hauts de Hurlevent. Les Derniers Jours de Pompéi.* Les titres sélectionnés ne reflétaient aucun goût particulier et, de fait, dans plus d'un cas, mes parents n'auraient pu dire comment tel livre se trouvait là – avait-il été acheté, emprunté ou laissé par quelqu'un.

Cela devait pourtant signifier quelque chose qu'à ce tournant de ma vie je me jette sur un livre. Parce que ce fut dans les livres que j'allais, pendant les quelques années qui suivirent, trouver mes amoureux. Des hommes, pas des gamins. Pleins de sang-froid, avec quelque chose de sardonique et une bonne dose de férocité en eux, des réserves de mélancolie. Ni Edgar Linton ni Ashley Wilkes. Ni bons ni faciles à vivre.

Ce n'était pas que j'aie renoncé à la passion. La passion, au contraire, entière, destructrice même, était ce que je recherchais. Exigence et soumission. Je n'excluais pas une certaine forme de brutalité, mais sans confusion, sans duplicité, sans surprise ni humiliation d'une nature sordide. Je pouvais attendre, et tout ce qui m'était dû me viendrait, quand je serais épanouie.

Employée de maison

Mrs. Montjoy était en train de me montrer comment ranger les casseroles et les poêles. Je ne les avais pas toutes mises à la bonne place.

S'il était une chose qu'elle détestait plus que tout, disait-elle, c'était un placard sens dessus dessous.

« On perd plus de temps, ajouta-t-elle. On perd son temps à chercher une chose qui n'est pas là où elle était la dernière fois. »

« C'était comme ça avec les filles que nous employions à la maison, dis-je. Les premiers jours qu'elles étaient là, elles rangeaient toujours les choses là où nous ne pouvions les trouver. »

« C'est ainsi que nous appelions nos bonnes, employées de maison, ajoutai-je. On disait employée de maison, chez nous. »

« Ah tiens ? » dit-elle. Il y eut un moment de silence. « Et la passoire, sur ce crochet-là. »

Quel besoin avais-je de dire ce que j'avais dit ? Pourquoi était-il nécessaire de faire savoir que nous avions des employées de maison chez nous ?

Tout le monde l'aurait compris. Pour me rapprocher tant soit peu de son niveau. Comme si cela était possible. Comme si quoi que ce soit que j'aurais pu dire à mon sujet ou au sujet de la maison d'où je venais pouvait l'intéresser ou l'impressionner.

C'était pourtant vrai, ce que j'avais dit des employées de maison. Pendant mes premières années, je les avais vues défiler. Il y avait Olive, une fille molle et somnolente qui ne m'aimait pas parce que je l'appelais Olive Oyl. Même après qu'on m'avait obligée à m'excuser, elle avait continué à ne pas m'aimer. Peut-être qu'elle n'aimait guère aucun d'entre nous parce que c'était une chrétienne évangélique, ce qui la rendait méfiante et réservée. Elle avait l'habitude de chanter pendant qu'elle lavait la vaisselle et que je l'essuyais. *There is a Balm in Gilead*[1]... Si j'essayais de chanter avec elle, elle s'interrompait.

Puis était venue Jeanie, que j'aimais bien parce qu'elle était jolie et me mettait des bigoudis dans les cheveux, le soir, quand elle en mettait dans les siens. Elle tenait la liste des garçons avec lesquels elle était sortie et traçait des signes singuliers après leur nom : x x x o o **. Elle ne tint pas longtemps.

Dorothy non plus, qui mettait le linge à sécher sur la corde d'une manière excentrique – épinglé par le col, ou par une manche, ou une jambe – et balayait la poussière dans un coin puis appuyait le balai devant pour la cacher.

Et quand j'eus autour de dix ans, les employées de maison s'éloignèrent peu à peu dans le passé. Je ne sais pas si c'était parce que nous étions devenus plus pauvres ou parce qu'on me jugeait désormais assez grande pour m'occuper du ménage. Les deux étaient vrais.

À présent j'avais dix-sept ans et pouvais moi-même être employée, mais seulement l'été, parce qu'il me restait une année de secondaire. À douze ans, ma sœur était en âge de prendre le relais chez nous.

Mrs. Montjoy était venue me chercher à la gare de Pointe au Baril et m'avait transportée en hors-bord jusqu'à l'île. C'était la tenancière du magasin général de Pointe au Baril qui m'avait recommandée pour l'emploi. Une vieille amie de ma mère – elles avaient enseigné dans la même école. Mrs. Montjoy lui avait demandé si elle connaissait une fille de la campagne, habituée aux tâches ménagères, qui serait disponible pour l'été, et la brave femme avait pensé que c'était exactement ce qu'il me fallait. Je le pensais aussi – j'avais envie de sortir de mon trou.

Mrs. Montjoy portait un short kaki dans la ceinture duquel elle avait

1. Gospel. «Il est un baume à Galaad pour guérir les âmes du péché...»

rentré sa chemise. Ses cheveux courts décolorés par le soleil étaient passés derrière ses oreilles. Elle sauta à bord du bateau comme un garçon, fit démarrer le moteur en tirant violemment la corde et nous fûmes précipitées sur le clapot qui agitait le soir les eaux de la baie Georgienne. Pendant trente ou quarante minutes nous louvoyâmes entre des îles rocheuses et boisées avec leurs villas isolées et leurs bateaux dodelinant près des débarcadères. Des pins s'y inclinaient selon des angles bizarres, comme on en voit sur les peintures.

Je me cramponnais aux rebords du bateau, frissonnant dans ma robe légère.

« On aurait un tantinet le mal de mer ? » s'enquit Mrs. Montjoy avec l'ombre infime d'un sourire. Signalant l'emplacement d'un sourire virtuel quand l'occasion n'en appelait pas un véritable. Elle avait de grandes dents blanches dans un long visage bronzé, et son expression naturelle semblait celle d'une impatience à peine contenue. Elle savait probablement que ce que j'éprouvais était de la peur, pas une nausée, et elle avait lancé cette question pour m'éviter – et s'éviter à elle-même – d'en être gênée.

C'était une différence, déjà, avec le monde auquel j'étais habituée. Dans ce monde, la peur était banale, du moins pour les femmes. On pouvait avoir peur des serpents, du tonnerre et des éclairs, des eaux profondes, de l'altitude, de l'obscurité, du taureau, et de la route isolée dans les marais, sans que l'estime des gens en soit diminuée. Alors que dans le monde de Mrs. Montjoy, la peur était honteuse et devait toujours être surmontée.

L'île où nous nous rendions avait un nom – Nausicaa. Il était écrit sur une planche à l'extrémité du débarcadère. Je le lus à haute voix, m'efforçant de montrer que j'étais parfaitement à l'aise et à même d'apprécier discrètement, et Mrs. Montjoy dit avec une légère surprise, « Ah, oui. Elle s'appelait déjà comme ça quand papa l'a achetée. C'est le nom de je ne sais quel personnage de Shakespeare. »

J'ouvris la bouche pour dire, non, non, pas Shakespeare, et lui expliquer que Nausicaa était la jeune fille qui jouait à la balle sur la plage avec ses amies et qu'Ulysse surprit en s'éveillant de son somme.

J'avais déjà appris à mes dépens que la plupart des gens parmi lesquels je vivais n'étaient pas ouverts à ce genre d'information, et me serais probablement tue même si le professeur nous avait posé la question à l'école, mais je croyais que les gens de l'extérieur – ceux qui vivaient dans le monde réel – seraient différents. Juste à temps, je reconnus à la brusquerie du ton sur lequel elle avait évoqué « je ne sais quel personnage de Shakespeare », l'indication que Nausicaa, et Shakespeare, et la moindre de mes observations, étaient autant de choses dont Mrs. Montjoy estimait raisonnablement pouvoir se passer.

Je portais pour mon arrivée une robe que j'avais faite moi-même, dans une pièce de coton rayé rose et blanc. Le tissu n'avait pas coûté cher, pour la bonne raison qu'il n'était pas destiné à la confection d'une robe mais d'un chemisier ou d'une chemise de nuit, et le style que j'avais choisi – jupe au goût du jour, ample et serrée à la taille – était une erreur. Quand je marchais, le tissu m'entrait entre les jambes et je devais sans cesse le dégager en tirant dessus. C'était le premier jour que je la portais et je pensais encore que ce défaut serait peut-être temporaire – en tirant dessus assez fermement j'arriverais peut-être à le faire tomber comme il faut. Mais je découvris en ôtant ma ceinture que la chaleur de cette journée et du trajet en train avait créé un autre problème. C'était une ceinture large et élastique dont la couleur bordeaux avait déteint. Tout autour de la taille, ma robe avait pris une teinte fraise.

Je fis cette découverte en me déshabillant dans le grenier du hangar à bateaux, que je devais partager avec la fille de Mrs. Montjoy, Mary Anne, âgée de dix ans.

« Qu'est-ce qui est arrivé à ta robe ? demanda Mary Anne. Tu transpires beaucoup ? C'est dommage. »

Je répondis que c'était une vieille robe de toute façon, parce que je n'avais pas voulu mettre quelque chose de trop bien pour le train.

Mary Anne était blonde, avec des taches de rousseur et un visage allongé, comme celui de sa mère. Mais il n'exprimait pas, contrairement à celui de sa mère, la promptitude à vous assener des jugements négatifs. Son expression à elle était bénigne et sérieuse, et, même assise dans son lit, elle portait des lunettes à verres épais. Elle me dirait bientôt qu'elle avait subi une opération pour corriger son strabisme mais que sa vue était restée aussi mauvaise.

« J'ai les yeux de papa, dit-elle. Et j'ai son intelligence aussi, alors c'est vraiment dommage que je ne sois pas un garçon. »

Encore une différence. Là d'où je venais, on regardait en général avec plus de méfiance l'intelligence des garçons que celle des filles. Sans la juger d'ailleurs particulièrement avantageuse ni pour les uns ni pour les autres. Les filles pouvaient entrer dans l'enseignement, c'était acceptable – même si souvent elles restaient vieilles filles –, mais les garçons qui poursuivaient leurs études étaient d'ordinaire des femmelettes.

Toute la nuit, on entendit l'eau gifler les planches du hangar. Le matin vint tôt. Je me demandai si je m'étais assez éloignée de chez moi vers le nord pour que le soleil se lève plus tôt. Je me mis debout pour regarder dehors. Par la fenêtre de devant, je vis l'eau soyeuse, ténébreuse en profondeur, alors que la surface miroitait, reflétant la lumière du ciel. Les rives rocheuses de cette petite crique, les voiliers amarrés, le chenal qui s'ouvrait au-delà, le dos rond d'une ou deux autres îles, encore des rivages et des chenaux au-delà. Je songeai que jamais je ne serais capable, seule, de retrouver le chemin du continent.

Je n'avais pas encore compris que les bonnes n'avaient pas besoin de trouver le chemin de quoi que ce soit. Elles restaient où elles étaient, où était le travail. Seuls les gens qui fournissaient ce travail pouvaient aller et venir.

La fenêtre de derrière donnait sur un rocher gris qui faisait comme un mur oblique avec des replats et des crevasses où des pins et des cèdres de petite taille et des buissons de bleuets avaient réussi à s'accrocher. Au pied de cet escarpement, un sentier – que j'emprunterais par la suite – menait à travers bois à la maison de Mrs. Montjoy. De ce côté-là, tout était encore humide et presque noir, bien qu'en se dévissant le cou on pût apercevoir des petits bouts de ciel blanchissant à travers les arbres au sommet du rocher. Presque tous ces arbres avaient une allure sévère, c'étaient des conifères odorants, dont les lourdes branches ne permettaient pas à grand-chose de pousser en dessous – ce n'était pas la profusion de vigne sauvage, de ronces et de baliveaux que j'étais habituée à voir dans la forêt de feuillus. Je l'avais remarqué en regardant par la fenêtre du train, la veille – la façon dont ce que nous appelions le taillis se muait en une forêt d'allure plus authentique, d'où étaient éliminés toute prodigalité, toute confusion, tout changement saisonnier. J'avais l'impression que cette forêt véritable appartenait aux riches – c'était, bien que sombre, le terrain de jeux qui leur convenait – et aux Indiens, qui servaient aux riches de guides et de tributaires exotiques, vivant loin des yeux et loin du cœur, quelque part où le train n'allait pas.

Il n'empêche que ce matin-là je regardais vraiment vers l'extérieur, de grand appétit, comme si c'était un lieu où j'allais vivre et où tout me deviendrait familier. Et tout me devint effectivement familier, du moins aux différents endroits où mon travail m'appelait, et où j'étais censée aller. Mais une barrière était dressée. Peut-être *barrière* est-il un mot trop fort – il n'y avait pas tant d'avertissement que quelque chose comme une vibration de l'air, un pense-bête nonchalant et indolore. *Pas pour toi.* La chose n'avait pas besoin d'être dite. Ni écrite sur une pancarte.

Pas pour toi. Et alors que je le ressentais, je refusais pour une part de m'avouer qu'une telle barrière était présente. Je refusais de m'avouer m'être jamais sentie humiliée ou solitaire, ou que j'étais domestique pour de bon. Mais je cessai de songer à quitter le sentier, à partir en exploration parmi les arbres. Si on me voyait, il faudrait que j'explique ce que je faisais et on – Mrs. Montjoy – n'apprécierait pas.

Et à dire vrai, ce n'était pas si différent de la façon dont les choses se passaient chez nous, où tout sentiment autre que purement pragmatique de la vie en plein air, le fait de musarder dans la nature – et même de se servir du mot, *nature* – risquaient d'attirer des rires moqueurs.

Mary Anne aimait bavarder quand nous étions couchées dans nos lits étroits, la nuit. Elle me raconta que son livre préféré était *L'Expédition du Kon-Tiki* et qu'elle ne croyait ni en Dieu ni au ciel.

« Ma sœur est morte, dit-elle. Et je ne crois pas qu'elle se promène en voletant quelque part dans une chemise de nuit blanche. Elle est morte, c'est tout. Elle n'est rien, voilà.

« Ma sœur était jolie, poursuivit-elle. Comparée à moi, en tout cas. Maman n'a jamais été jolie et papa est vraiment laid. Tante Margaret était jolie avant mais maintenant elle est grosse, et bonne-maman était jolie autrefois mais maintenant elle est vieille. Mon amie Helen est jolie mais mon amie Susan ne l'est pas. Toi, tu es jolie mais ça ne compte pas parce que tu es la bonne. Ça ne te vexe pas que je te dise ça ? »

Je répondis non.

« Je suis la bonne seulement quand je suis ici. »

Je n'étais d'ailleurs pas la seule domestique de l'île. Les autres domestiques étaient un couple marié, Henry et Corrie. Ils ne se sentaient pas diminués par leur emploi – ils en éprouvaient de la gratitude. Ils étaient venus de Hollande au Canada quelques années auparavant et avaient été engagés par Mr. et Mrs. Foley, les parents de Mrs. Montjoy. L'île appartenait à Mr. et Mrs. Foley, qui habitaient le grand bungalow blanc, avec ses stores et ses vérandas, bâti au sommet de l'île. Henry tondait le gazon, entretenait le court de tennis, repeignait les fauteuils de jardin et aidait Mr. Foley à s'occuper des bateaux, à débroussailler les sentiers et à réparer le débarcadère. Corrie faisait le ménage et la cuisine et veillait sur Mrs. Foley.

Cette dernière passait toutes les matinées ensoleillées en plein air, assise sur un transat, les jambes étendues pour prendre le soleil, la tête protégée par un petit dais fixé au siège. Corrie sortait pour la déplacer suivant le mouvement du soleil, l'accompagner aux toilettes et lui apporter des tasses de thé et des verres de café glacé. J'en étais témoin quand je montais à la maison des Foley depuis la maison des Montjoy pour une commission, ou pour mettre ou prendre quelque chose dans le congélateur. Ces appareils étaient encore une relative nouveauté et un luxe chez les particuliers à l'époque et il n'y en avait pas à la villa des Montjoy.

«Vous n'allez pas sucer les glaçons», entendis-je Corrie dire à Mrs. Foley. Selon toute apparence, cette dernière ne l'écouta pas et entreprit aussitôt de sucer un glaçon. Corrie dit alors, «Pas bon. Non. Crachez. Crachez tout de suite dans main de Corrie. Pas bon. Vous avez pas fait comme Corrie dit.»

Elle me rattrapa sur le chemin de la maison et m'expliqua, «Je leur dis, elle peut s'étrangler et mourir. Mais Mr. Foley dit toujours, donnez-lui des glaçons, elle veut un verre comme tout le monde. Alors je lui répète, je lui répète. Ne sucez pas les glaçons. Mais elle ne fait pas ce que je dis.»

On m'envoyait parfois aider Corrie à astiquer les meubles ou faire briller les planchers. Elle était très minutieuse. Elle ne se contentait jamais d'éponger les comptoirs de la cuisine – elle les récurait. Chacun de ses gestes avait l'énergie et la concentration de ceux d'un rameur à contre-courant et chacun des mots qu'elle prononçait était projeté comme face à un grand vent contraire. Quand elle essorait un chiffon, on aurait dit qu'elle tordait le cou à un poulet. Je me dis qu'il serait peut-être intéressant d'arriver à la faire parler de la guerre, mais tout ce que j'en tirai fut que tout le monde était affamé et qu'on mettait de côté les pelures de pomme de terre pour faire la soupe.

«Pas bon, dit-elle. Pas bon parler de ça.»

Elle préférait l'avenir. Henry et elle mettaient de l'argent de côté pour se lancer dans les affaires. Ils avaient l'intention de créer une maison de retraite. «Plein de gens comme elle, disait Corrie avec un grand mouvement de tête en arrière pour, sans cesser de travailler, indiquer Mrs. Foley, dehors sur la pelouse. Bientôt de plus en plus. Parce qu'on leur donne le médicament, ça les fait pas mourir si vite. Qui va s'en occuper?»

Un jour, Mrs. Foley m'appela pendant que je traversais la pelouse.

«Voyons, où courez-vous si vite? demanda-t-elle. Venez vous asseoir près de moi pour vous reposer un peu.»

Ses cheveux blancs étaient rassemblés sous un chapeau de paille avachi, et quand elle se penchait en avant, le soleil passant par les trous de la paille semait d'une acné lumineuse son visage marbré de rose et de brun clair. La couleur de ses yeux s'était à ce point estompée que je ne parvenais plus à la discerner. Et son corps était d'une forme curieuse – le torse étroit et plat et le ventre enflé sous des couches de vêtements amples et pâles. La peau de ses jambes étendues au soleil était luisante et décolorée, couverte d'infimes fissures.

« Pardonnez-moi de n'avoir pas mis mes bas, dit-elle. Je me sens assez paresseuse aujourd'hui, j'en ai peur. Mais quelle jeune fille remarquable vous êtes. Avoir fait tant de chemin toute seule. Henry vous a-t-il aidée à monter les provisions depuis le débarcadère ? »

Mrs. Montjoy nous adressa un signe. Elle était en route pour le court de tennis, où elle donnerait sa leçon à Mary Anne. Elle le faisait chaque matin, et elles discutaient pendant le dîner des erreurs que Mary Anne avait commises.

« Mais voilà cette femme qui vient jouer au tennis, dit Mrs. Foley, parlant de sa fille. Elle vient tous les jours, alors je pense que ça ne pose pas de problème. Autant qu'elle se serve de notre court, si elle-même n'en possède pas. »

Mrs. Montjoy me demanda plus tard, « C'est Mrs. Foley qui vous avait demandé de venir vous asseoir près d'elle ? »

Je répondis oui. « Elle m'a prise pour quelqu'un qui livrait les provisions. »

« Je crois que c'était une épicière qui avait un bateau, autrefois. Il n'y a plus de livraison d'épicerie à domicile depuis des années. Mrs. Foley a des petits courts-circuits de temps à autre. »

« Elle a dit que vous étiez une femme qui venait jouer au tennis. »

« Tiens, vraiment ? » dit Mrs. Montjoy.

Le travail dont je devais m'acquitter là-bas n'était pas difficile pour moi. Je savais cuire le pain et la pâtisserie, et repasser, et nettoyer un four. Personne n'apportait à ses semelles la boue d'une cour de ferme dans la cuisine et il n'y avait pas de lourds vêtements de travail d'homme à faire passer de force par l'essoreuse. Il s'agissait seulement de remettre chaque chose à sa place exacte et d'astiquer à gogo. Astiquer le bord des brûleurs de la cuisinière après chaque utilisation, astiquer les robinets, frotter la porte vitrée qui donnait sur la terrasse en bois jusqu'à faire disparaître la vitre, mettant ainsi les gens en danger de s'y écraser le nez.

La maison des Montjoy était moderne, dotée d'un toit plat, d'une terrasse de planches qui s'étendait jusqu'au-dessus de l'eau et d'un grand nombre de fenêtres que Mrs. Montjoy aurait aimé voir devenir aussi invisibles que la porte vitrée.

« Mais il faut être réaliste, disait-elle. Je sais que, si vous faisiez ça, vous n'auriez plus le temps pour quoi que ce soit d'autre. » Ce n'était en aucune façon une esclavagiste. Le ton qu'elle employait avec moi était ferme et un peu irritable, mais elle se montrait ainsi avec tout le monde. Elle était sans cesse aux aguets de l'inattention ou de l'incompétence, qu'elle détestait. *Ni fait ni à faire* était au nombre des expressions qu'elle utilisait volontiers à titre de condamnation. Il y en avait d'autres comme *bouillie pour les chats* et *sans nécessité*. Les gens faisaient des tas de choses sans nécessité, qui étaient parfois en même temps de la bouillie pour les chats. D'autres auraient plutôt parlé de *prétentions artistiques*, d'*intellectualisme* ou de *permissivité*. Mrs. Montjoy balayait du geste ces distinctions dont elle ne voulait pas s'encombrer.

Je prenais mes repas seule, quand je n'étais pas en train de servir telle personne qui mangeait sur la terrasse, telle autre dans la salle à manger. J'avais failli commettre une horrible erreur à ce sujet. Mrs. Montjoy m'intercepta alors que je me dirigeais vers la terrasse, portant – ostentatoirement, dans le plus pur style d'une serveuse de restaurant – trois assiettes en même temps le premier midi ; elle dit, « Trois assiettes ? Ah, oui, deux sur la terrasse et une ici, pour vous. C'est bien ça ? »

Je lisais en mangeant. J'avais déniché une pile de vieux magazines – *Life* et *Look* et *Time* et *Collier's* – au fond du placard à balais. Je voyais bien que Mrs. Montjoy n'aimait pas l'idée que je lise ces magazines en déjeunant, mais je ne savais pas vraiment pourquoi. Était-ce l'étiquette qui interdisait de manger en lisant ? Ou bien que je n'avais pas demandé la permission ? Plus vraisemblablement, elle voyait dans l'intérêt que je prenais à des choses qui n'avaient rien à faire avec mon travail une forme subtile d'impudence. Sans nécessité.

Tout ce qu'elle dit fut, « Ces vieux magazines doivent être effroyablement poussiéreux ».

Je répondis que je les époussetais toujours.

Parfois, il y avait une invitée, une amie venue d'une des îles voisines. J'entendis Mrs. Montjoy dire, « ... il ne faut pas indisposer ces filles si on ne veut pas qu'elles aillent à l'hôtel ou sur le port. Elles s'y font embaucher si facilement. Les choses ne sont plus ce qu'elles étaient. »

Et l'autre femme, « À qui le dites-vous ! »

« Alors il faut bien lâcher un peu de lest, reprit Mrs. Montjoy. On les traite le mieux possible. »

Il me fallut un moment pour comprendre de qui elles parlaient. De moi. « Ces filles » signifiait les filles comme moi. Je me demandai ensuite comment on évitait de m'indisposer, comment on me traitait le mieux possible. En m'emmenant dans ces inquiétantes traversées en hors-bord quand Mrs. Montjoy achetait des provisions ? En m'autorisant à porter un short et un chemisier, ou même un bain de soleil, au lieu d'un uniforme à col blanc et à manchettes ?

Et de quel hôtel s'agissait-il ? De quel port ?

« En quoi es-tu meilleure ? demanda Mary Anne. Quel sport ? »

Après quelques instants de réflexion je dis, « Le volley-ball ». Nous étions tenus de jouer au volley, à l'école. Je n'y étais pas très bonne mais c'était mon meilleur sport puisque c'était le seul.

« Ah mais je ne parle pas des sports d'équipe, dit Mary Anne. Je demande dans quoi tu es meilleure. Au tennis ? En natation, en équitation, ou quoi ? Moi, là où je suis vraiment meilleure, c'est l'équitation, parce que ça ne dépend pas tellement de la vue. Tante Margaret, c'était le tennis, et bonne-maman, c'était le tennis aussi, et bon-papa faisait tout le temps de la voile, et papa c'est la natation, je crois, et oncle Stewart le golf et la voile, et maman, c'est le golf, la natation, la voile, le tennis et tout et tout, mais peut-être le tennis un petit peu mieux que tous les autres sports. Si ma sœur Jane n'était pas morte, je ne sais pas ce que ç'aurait été pour elle, mais ç'aurait bien pu être la natation parce qu'elle savait déjà nager et qu'elle n'avait que trois ans. »

Je n'avais jamais mis les pieds sur un court de tennis et la seule idée de partir en voilier ou de monter à cheval me terrifiait. Je savais nager, mais pas très bien. Le golf, pour moi, était réservé à des hommes d'allure ridicule dans les dessins humoristiques des journaux. Les adultes que je connaissais ne pratiquaient aucun jeu requérant une activité physique. Ils s'asseyaient pour se reposer quand ils ne travaillaient pas, ce qui n'était guère fréquent. Pendant les soirées d'hiver toutefois, il leur arrivait de jouer aux cartes. Euchre. Lost Heir. Le genre de jeux de cartes auxquels Mrs. Montjoy ne jouait jamais.

« Tous ceux que je connais travaillent trop dur pour faire du sport, dis-je. Il n'y a même pas de court de tennis dans notre ville, et encore moins de terrain de golf. » (En réalité, nous avions eu l'un et l'autre mais pas assez d'argent pour les entretenir pendant la Dépression et on ne les avait pas restaurés depuis.) « Je ne connais personne qui possède un voilier. »

Je ne dis mot de la patinoire de hockey ni du terrain de base-ball de la ville.

« C'est vrai ? demanda Mary Anne, songeuse. Mais alors que font-ils ? »

« Ils travaillent. Et ils n'ont jamais un sou, tout le long de leur vie. »

Puis je lui expliquai que la plupart des gens que je connaissais n'avaient jamais vu de toilettes équipées d'une chasse d'eau en dehors d'un bâtiment public et qu'il arrivait que des vieux (c'est-à-dire, des gens trop vieux pour travailler) doivent rester au lit tout l'hiver pour avoir un peu chaud. Que les enfants allaient nu-pieds jusqu'à l'arrivée du gel afin d'épargner le cuir de leurs souliers et mouraient de maux de ventre qui étaient en fait des appendicites parce que leurs parents n'avaient pas les moyens de payer le docteur. Qu'il arrivait que des gens mangent des feuilles de pissenlit pour tout dîner.

Aucune de ces affirmations – jusqu'à celle concernant les pissenlits – n'était entièrement mensongère. J'avais entendu parler de ces choses. Celle qui concernait les chasses d'eau était peut-être la plus proche de la vérité, mais ne s'appliquait qu'aux gens des campagnes, pas aux citadins, et encore ne s'appliquait-elle qu'à une génération précédant la mienne. Mais pendant que je parlais à Mary Anne, tous les incidents isolés et toutes les histoires bizarres dont j'avais entendu parler se déployaient dans mon esprit, de sorte que je croyais presque avoir moi-même été à l'école en marchant les pieds nus, bleus de froid, dans la boue glaciale – moi qui avais bénéficié de l'huile de foie de morue, des vaccinations, moi qu'on emmitouflait à m'étouffer pour m'envoyer à l'école, et qui ne m'étais couchée affamée que pour avoir refusé de manger des choses comme le lait caillé, le pudding au pain ou le foie poêlé. Et la fausse impression que je donnais semblait justifiée, comme si mes exagérations ou mes quasi-mensonges étaient autant de substituts à ce que je ne pouvais exprimer clairement.

Comment exprimer clairement, par exemple, la différence entre la cuisine des Montjoy et notre cuisine, chez nous ? On n'y serait pas parvenu en mentionnant simplement l'aspect lisse et brillant des sols de l'une et le linoléum archi-usé de l'autre, ou le fait que l'eau douce était amenée par une pompe à l'évier de la seconde alors que la première avait l'eau chaude et froide courante au robinet. Il eût fallu dire qu'on avait dans un cas une cuisine qui se conformait sans la moindre dérogation à l'idée en vigueur de ce qu'une cuisine devait être, et dans l'autre une cuisine qui changeait à l'occasion avec l'usage et l'improvisation mais par bien des aspects ne changeait pas du tout et appartenait entièrement à une famille et aux années et aux dizaines d'années de l'existence de cette famille. Et quand je pensais à cette cuisine, avec sa cuisinière à chauffage combiné bois et électricité que j'astiquais à l'aide du papier paraffiné des emballages de pain industriel, ses vieilles boîtes à épices en fer aux bords rouillés qu'on gardait d'année en année dans les placards, les vêtements de travail pour la grange accrochés près de la porte, il me semblait que je devais la protéger du mépris – protéger du mépris un mode de vie tout entier, précieux, intime, quoique guère agréable. Ce mépris que j'imaginais perpétuellement prêt, courant comme de l'électricité juste sous la peau – et juste en retrait des perceptions – des Montjoy et de leurs semblables.

«Les malheureux, dit Mary Anne. C'est affreux. Je ne savais pas qu'on pouvait manger des pissenlits.» Mais son regard s'éclaira de nouveau. «Pourquoi ne vont-ils pas pêcher du poisson?»

«Des gens qui n'ont pas besoin de poisson sont déjà venus le pêcher. Des gens riches. Pour s'amuser.»

Des gens de chez nous, pas tous, allaient évidemment à la pêche quand ils en avaient le temps, même si certains, dont j'étais, trouvaient que les poissons de notre rivière avaient trop d'arêtes. Mais j'avais jugé que cette réplique ferait taire Mary Anne, d'autant que je savais que Mr. Montjoy allait à la pêche avec ses amis.

Le problème continua de la tarabuster. «Ils ne pourraient pas manger à l'Armée du Salut?»

«Ils sont trop fiers.»

«Alors je les plains, reprit-elle. Je les plains vraiment mais je trouve que c'est idiot. Et les bébés, alors, et les enfants? C'est à eux qu'ils devraient penser. Les enfants sont trop fiers, eux aussi?»

«Tout le monde est fier.»

Quand Mr. Montjoy venait dans l'île en fin de semaine, il y avait toujours beaucoup de bruit et d'activité. En partie parce que des visiteurs venaient en bateau se baigner, boire des verres et assister à des régates. Mais pour une part plus importante encore, Mr. Montjoy lui-même en était responsable. Il avait une grosse voix tempétueuse et un corps épais dont la peau refusait le hâle. Chaque fin de semaine il devenait rouge au soleil et les jours suivants la peau brûlée pelait, le laissant rose et si couvert de taches de son qu'on l'aurait cru maculé de boue, prêt à brûler de nouveau. Quand il ôtait ses lunettes, on voyait qu'un œil était vif et tournait un peu et que l'autre, d'un bleu très pur, semblait impuissant, comme pris au piège.

Ses vociférations portaient souvent sur des choses qu'il avait égarées, fait tomber ou auxquelles il s'était heurté. «Où diable est passée la…?» disait-il, ou encore, «Vous n'auriez pas vu par hasard le…?» Aussi semblait-il avoir égaré, ou jamais appris, jusqu'au nom de la chose qu'il cherchait. Pour se consoler, il lui arrivait de s'emparer d'une poignée de cacahuètes ou de bretzels ou de ce qui lui tombait sous la main, et de les engloutir, poignée après poignée, jusqu'à ce qu'il n'en reste plus. Il écarquillait alors les yeux sur le bol vide comme si cela aussi l'ébahissait.

Un matin, je l'entendis dire, «Mais bon sang où est passé mon…?» Il errait çà et là sur la terrasse en tapant des pieds.

«Ton livre?» demanda Mrs. Montjoy, très alerte, maîtrisant parfaitement la situation. Elle buvait son café du milieu de matinée.

«Je pensais l'avoir laissé ici, dit-il. C'est ce que je lis en ce moment.»

«Le Grand Livre du Mois? Je crois que tu l'as laissé au salon.»

Elle avait raison. J'étais en train d'y passer l'aspirateur et, quelques instants auparavant, j'avais ramassé un livre qui avait glissé en partie sous le sofa. Il s'intitulait *Sept contes gothiques*. Ce titre m'avait donné envie de l'ouvrir, et quand j'entendis la conversation des Montjoy, j'étais occupée à le lire, le tenant ouvert d'une main tout en guidant l'aspirateur de l'autre. Ils ne pouvaient pas me voir de la terrasse:

«Vrai, je parle du fond du cœur, dit Mira. Voilà longtemps que je tente de comprendre Dieu. À présent je suis devenue son amie. Pour l'aimer vraiment il faut aimer le changement et il faut aimer les facéties, car telles sont les véritables inclinations de son cœur.»

«Le voilà, dit Mr. Montjoy qui avait miraculeusement réussi à entrer dans la pièce sans heurt et sans bruit contrairement à son habitude – ou du moins sans que j'aie rien entendu. Bravo, vous avez trouvé mon livre. Je me rappelle, maintenant. Hier soir j'ai lu sur le sofa.»

« Il était par terre, dis-je. Je viens de le ramasser. »

Mr. Montjoy devait m'avoir vue lire. Il dit, « C'est un livre d'un genre bizarre, mais on a parfois envie de lire un livre pas comme les autres ».

« Je n'y ai rien compris, c'est sans queue ni tête, dit Mrs. Montjoy, entrant avec le plateau du café. Mais ne restons pas dans ses jambes, allons-nous-en qu'elle puisse passer l'aspirateur. »

Mr. Montjoy regagna le continent et la ville ce soir-là. Il était directeur de banque. Cela ne signifiait pas, selon toute apparence, qu'il travaillait dans une banque. Le lendemain de son départ, je cherchai partout. Sous les sièges et derrière les rideaux, au cas où il aurait abandonné ce livre quelque part. Mais je ne trouvai rien.

« J'ai toujours pensé qu'il serait agréable de vivre ici toute l'année, comme vous le faites, vous les gens du pays », dit Mrs. Foley. Elle devait m'avoir attribué encore une fois le rôle de la livreuse de l'épicerie. Certains jours, elle disait, « Je sais qui vous êtes, maintenant. La nouvelle jeune fille qui aide la Hollandaise, à la cuisine. Mais pardon, je n'arrive pas à retenir votre nom. » Et d'autres jours, elle me laissait passer sans un signe, sans la moindre manifestation d'intérêt.

« Autrefois, nous venions ici l'hiver, dit-elle. La baie était entièrement gelée et il y avait une route sur la glace. Nous y allions en raquettes. C'est une chose que les gens ne font plus à présent. Si ? Des raquettes ? »

Elle n'attendit pas ma réponse. Elle se pencha vers moi. « Pourriez-vous me dire quelque chose ? demanda-t-elle, très gênée, chuchotant presque. Pourriez-vous me dire où est Jane ? Je ne la vois plus gambader par ici depuis si longtemps. »

Je répondis que je ne savais pas. Elle sourit comme si je la taquinais et tendit la main pour me caresser le visage. Je m'étais penchée pour l'écouter mais j'étais en train de me redresser et sa main effleura ma poitrine. La journée était chaude et j'avais mis mon bain de soleil, de telle sorte qu'elle toucha ma peau. Sa main était légère et sèche comme un copeau mais l'ongle me griffa.

« Je suis sûre que tout va bien », dit-elle.

Après cela je lui adressais seulement un geste du bras quand elle m'interpellait et me hâtais de passer mon chemin.

Un samedi après-midi vers la fin août, les Montjoy donnèrent un coquetèle. Il était organisé en l'honneur des amis qu'ils avaient invités à passer cette fin de semaine chez eux – Mr. et Mrs. Hammond. Il fallait fourbir une belle quantité de petits couverts en argent, cuillères et fourchettes, en préparation de cet événement. Si bien que Mrs. Montjoy décida qu'autant valait en profiter et faire toute l'argenterie en même temps. L'astiquage m'incomba et elle se tint près de moi pour superviser le travail et en examiner le résultat. Le jour du coquetèle, les gens arrivèrent en bateaux à moteur et en voiliers. Certains allèrent se baigner puis s'assirent en costume de bain sur les rochers ou s'étendirent au soleil sur le débarcadère. D'autres montèrent directement à la maison et se mirent à boire et bavarder au salon ou dehors sur la terrasse. Plusieurs enfants étaient venus avec leurs parents, et quelques-uns, plus âgés, avec leurs propres bateaux. Il n'y en avait pas de l'âge de Mary Anne – on avait emmené cette dernière chez son amie Susan, dans une autre île. Il y en avait aussi un petit nombre de très jeunes, pour lesquels on avait apporté des berceaux et des parcs pliants, mais la plupart avaient à peu près le même âge que moi. Des filles et des garçons de quinze ou seize ans. Ils passèrent le plus clair de l'après-midi dans l'eau, poussant des cris, plongeant et organisant des courses jusqu'au radeau.

Mrs. Montjoy et moi nous étions affairées toute la matinée, préparant toutes sortes de choses à manger, que nous disposions à présent sur des plats pour les offrir aux invités. La préparation en avait été minutieuse et exaspérante. Fourrer de divers mélanges des chapeaux de champignons et disposer une minuscule tranche de ceci par-dessus une minuscule tranche de cela, puis sur un canapé de pain ou de pain grillé découpé avec précision. Toutes les formes devaient être parfaites – parfaits, les triangles, parfaits, les ronds et les carrés, parfaits, les losanges.

Mrs. Hammond entra dans la cuisine à plusieurs reprises pour admirer nos préparatifs.

«Comme c'est joli, vous faites des merveilles, dit-elle. Vous remarquerez que je ne propose pas de vous aider. Je suis une vraie savate, dans ce domaine.»

J'aimais la façon dont elle avait dit, *Je suis une vraie savate.* J'admirais sa voix un peu cassée, son ton de lassitude bon enfant, et la façon, encore, dont elle semblait laisser entendre que la nécessité de minuscules parcelles géométriques de nourriture ne s'imposait pas, voire qu'il y avait là un rien de ridicule. J'aurais voulu être elle, dans un maillot de bain noir et soyeux, avec un hâle de pain bien grillé, des cheveux bruns tombant souplement jusqu'aux épaules, un rouge à lèvres orchidée.

Ce n'était pas qu'elle avait l'air heureux. Mais son expression maussade et insatisfaite était pleine de charme et de prestige à mes yeux, et enviable la tragédie qu'elle laissait entrevoir derrière les nuages. Elle et son mari représentaient un type de riches tout à fait différents de Mr. et Mrs. Montjoy. Ils ressemblaient plus aux gens dont je lisais les histoires dans les magazines et dans des livres comme *Les Marchands de courant d'air* – qui buvaient beaucoup, avaient des aventures amoureuses et consultaient des psychiatres.

Elle se prénommait Carol et son mari, Ivan. Dans mes pensées je les appelais déjà par leur prénom – ce que je n'avais jamais été tentée de faire avec les Montjoy.

Mrs. Montjoy m'avait demandé de mettre une robe, je portais donc celle de coton rayé rose et blanc, la partie tachée bien dissimulée sous la ceinture élastique. Les autres étaient presque tous en short et en maillot de bain. Je passais parmi eux, offrant des canapés. Je ne savais trop comment m'y prendre. Il y avait des gens qui riaient ou parlaient avec tant d'ardeur qu'ils ne me remarquaient pas et je craignais que leurs gesticulations n'envoient valdinguer les canapés. Je disais donc, «Excusez-moi… vous en voulez un?» en élevant la voix avec une détermination qui pouvait confiner à la réprobation. Ils me regardaient alors avec un amusement un peu éberlué, et j'avais le sentiment que mon interruption devenait une plaisanterie parmi d'autres.

«C'est assez pour l'instant», dit Mrs. Montjoy. Elle rassembla quelques verres qu'elle me dit d'aller laver. «Les gens ne savent jamais quel est le leur, dit-elle. C'est plus facile de les laver et d'en rapporter de propres. Et il est temps de sortir les boulettes du réfrigérateur pour les réchauffer. Vous pourriez le faire? Surveillez le four – ce ne sera pas long.»

Pendant que j'étais occupée à la cuisine, j'entendis Mrs. Hammond appeler, «Ivan! Ivan!» Elle allait de pièce en pièce au fond de la maison. Mais Mr. Hammond était entré par la porte de la cuisine qui donnait sur les bois. Il demeura là sans lui répondre. Il vint jusqu'au comptoir et versa du gin dans son verre.

«Ah, Ivan, te voilà», dit Mrs. Hammond en entrant, venant du salon.

«Me voilà», dit Mr. Hammond.

«Moi, aussi», dit-elle en faisant glisser son verre le long du comptoir.

Il ne le prit pas. Il poussa au contraire le gin vers elle et s'adressa à moi. «Vous vous amusez, Minnie?»

Mrs. Hammond eut un rire bref comme un jappement. «Minnie? Où es-tu allé prendre qu'elle s'appelle Minnie?»

«Minnie», répéta Mr. Hammond. Ivan. Il parlait d'une voix artificielle, rêveuse. «Vous vous amusez, Minnie?»

«Oh, oui», dis-je d'une voix que j'espérais aussi artificielle que la sienne. Je m'affairais à sortir les petites boulettes suédoises du four et souhaitais que les Hammond décampent au cas où j'en ferais tomber quelques-unes. Ils trouveraient probablement cela si drôle qu'ils iraient en parler à Mrs. Montjoy, laquelle m'enjoindrait de mettre à la poubelle les boulettes tombées par terre tout en déplorant ce gâchis. Si j'étais seule quand cela se produirait, je n'aurais qu'à les récupérer sur le carrelage et voilà.

Mr. Hammond dit, «Tant mieux».

«J'ai contourné la pointe à la nage, dit Mrs. Hammond. Je m'entraîne pour arriver à faire tout le tour de l'île.»

«Félicitations», dit Mr. Hammond de la même façon qu'il avait dit «Tant mieux».

Comme je regrettais le son de ma voix, qui m'avait paru pointu et bébête. Comme j'aurais voulu être au diapason de son ton à lui, profondément sceptique et raffiné.

«Eh bien alors», reprit Mrs. Hammond. Carol. «Je vous laisse à vos occupations.»

J'avais commencé à embrocher les boulettes sur des cure-dents et à les disposer dans un plat. Ivan dit, «Un petit coup de main?» et essaya de m'imiter mais ses cure-dents dérapaient et envoyaient les boulettes rouler sur le comptoir.

«Bah», fit-il. Mais il sembla perdre le fil de ses pensées et se détourna donc pour se servir encore à boire. «Bien, Minnie.»

Je savais quelque chose à son sujet. Je savais que les Hammond étaient présents pour un congé un peu particulier parce que Mr. Hammond avait perdu son emploi. C'était de Mary Anne que je le tenais. «Il en est très déprimé, m'avait-elle dit. Mais ils ne seront pas pauvres. Tante Carol est riche.»

Il ne me semblait pas déprimé, à moi. Impatient – avant tout avec Mrs. Hammond – mais dans l'ensemble plutôt content de lui. Il était grand et mince, avait des cheveux bruns plaqués en arrière et sa moustache traçait une courbe ironique au-dessus de sa lèvre supérieure. Quand il me parlait, il s'inclinait en avant, ainsi que je l'avais vu faire plus tôt, quand il parlait à des femmes, au salon. Je m'étais dit alors que l'épithète qui lui convenait était *courtois*.

«Où allez-vous vous baigner, Minnie? Vous vous baignez?»

«Oui. En dessous du hangar à bateaux.» Je décidai que le fait de m'appeler Minnie était une plaisanterie réservée à notre seul usage.

«C'est un bon coin?»

«Oui.» Il l'était, pour moi, parce que j'aimais rester près du débarcadère. Je n'avais jamais, jusqu'à cet été, nagé dans une eau où je n'avais pas pied.

«Vous baignez-vous parfois sans maillot?»

«Non.»

«Vous devriez essayer. »

Mrs. Montjoy vint du salon pour demander si les boulettes étaient prêtes.

«Tout le monde est mort de faim, annonça-t-elle. C'est la baignade. Ça va, Ivan? Carol vous cherchait à l'instant. »

«Elle était ici », répondit Mr. Hammond.

Mrs. Montjoy laissa tomber un peu de persil çà et là parmi les boulettes. «Voyons, me dit-elle. Je crois que vous en avez à peu près terminé, ici. Je crois que je peux me débrouiller, maintenant. Vous n'avez qu'à vous préparer un sandwich et descendre au hangar à bateaux. »

Je dis que je n'avais pas faim. Mr. Hammond avait repris du gin et des glaçons et était reparti au salon.

«Peut-être. Emportez quand même quelque chose, dit Mrs. Montjoy. Plus tard vous aurez faim. » Cela voulait dire que je n'avais pas besoin de revenir.

Sur le chemin du hangar à bateaux, je croisai deux ou trois invitées – des filles de mon âge, pieds nus, en maillot de bain mouillé, riant à perdre haleine. Elles venaient probablement de faire à la nage le tour d'une partie de l'île et de ressortir de l'eau au hangar. Elles en remontaient à présent en tapinois, manigançant de surprendre quelqu'un. Elles s'écartèrent poliment afin de ne pas m'éclabousser mais sans cesser de rire. Elles s'effaçaient et faisaient place à mon corps, sans un regard pour mon visage.

C'était le genre de filles qui auraient poussé des glapissements ravis et m'auraient fait fête, si j'étais un chien ou un chat.

Le bruit du coquetèle ne cessait d'augmenter. Je m'étendis sur mon petit lit sans ôter ma robe. Je n'avais pas arrêté depuis l'aube et j'étais fatiguée. Mais je ne parvins pas à me détendre. Au bout d'un moment, je me levai pour me changer et mettre mon maillot et j'allai me baigner. Je descendis prudemment dans l'eau par l'échelle, comme je le faisais toujours – je croyais que j'irais droit au fond et n'en remonterais jamais si je sautais –, et me mis à nager dans l'ombre. L'eau courant sur mes membres me fit penser à ce que Mr. Hammond avait dit et je baissai les bretelles de mon maillot dont je finis par sortir un bras, puis l'autre, de sorte que mes seins puissent flotter librement. Je nageai ainsi, l'eau se divisant doucement devant mes tétons…

Je ne jugeais pas impossible de voir arriver Mr. Hammond qui se serait mis à ma recherche. J'imaginais ses caresses. (Je ne parvenais pas à envisager précisément la façon dont il entrerait dans l'eau – je n'avais pas envie de penser à lui en train d'enlever ses vêtements. Il s'accroupirait peut-être sur le débarcadère et je nagerais jusque-là.) Ses doigts caressant ma peau nue comme des rubans de lumière. L'idée d'être touchée et désirée par un homme si vieux – quarante, quarante-cinq ? – avait quelque chose de repoussant, mais je savais que j'en aurais du plaisir, un peu comme on pourrait avoir du plaisir à se faire caresser par un crocodile apprivoisé tendre et sensuel. La peau de Mr. Hammond – d'Ivan – pouvait bien être douce, mais l'âge, l'expérience et la dépravation seraient sur lui comme des écailles et des pustules invisibles.

J'osai me hisser en partie hors de l'eau, me tenant d'une main au débarcadère. Sautant et retombant alternativement, je m'élevai dans les airs comme une sirène. Luisante, sans personne pour me voir.

Alors j'entendis des pas. On venait. Je m'enfonçai dans l'eau et me tins immobile.

Un instant, je crus que c'était Mr. Hammond et que j'avais réellement pénétré dans le monde des signaux secrets, des brusques accès d'un désir sans mots. Je ne me couvris pas mais me recroquevillai contre le débarcadère, un moment paralysée par l'horreur et la soumission.

On alluma la lumière dans le hangar et me tournant sans bruit dans l'eau je vis que c'était Mr. Foley, encore revêtu des habits qu'il portait pour le coquetèle, pantalon blanc, casquette de yachtman et blazer. Il n'était resté que le temps de boire un verre ou deux et d'expliquer aux invités que Mrs. Foley n'était pas en état d'assister à une réunion si nombreuse mais l'avait chargé de saluer tout le monde.

Il était en train de remuer des choses sur l'étagère à outils. Il eut bientôt trouvé ce qu'il cherchait ou remis en place ce qu'il était venu ranger, il éteignit la lumière et partit. Il ne s'était pas rendu compte de ma présence.

Je rajustai mon maillot de bain, sortis de l'eau et montai l'escalier. Mon corps me parut si pesant que j'étais hors d'haleine en arrivant à l'étage.

Le bruit de la fête continuait interminablement. Il fallait que je fasse quelque chose pour m'en isoler, j'entrepris donc d'écrire une lettre à Dawna, ma meilleure amie de l'époque. Je fis du coquetèle une description haute en couleur – des gens vomissaient accoudés à la rambarde de la terrasse et une femme s'évanouit, s'affalant sur le sofa d'une telle façon qu'une partie de sa robe glissa, révélant un vieux sein flétri (j'écrivis doudoune) au téton violacé. Je parlai de Mr. Hammond comme d'un débauché, précisant toutefois qu'il était très bel homme. Je dis qu'il m'avait pelotée dans la cuisine pendant que mes mains étaient occupées par les boulettes et suivie plus tard jusqu'au hangar à bateaux, où il s'était jeté sur moi dans l'escalier. Mais que je lui avais donné un bon de coup de pied là où il ne risquait pas de l'oublier et qu'il avait battu en retraite. *Détalé*, écrivis-je.

« Ne ratez pas la suite de ce feuilleton palpitant au prochain numéro, ajoutai-je. Intitulé *Sordides Aventures d'une fille de cuisine*. Ou *Violentée sur le rivage de la baie Georgienne*. »

Quand je vis que j'avais écrit « violentée » au lieu de « violée », je décidai de laisser passer parce que Dawna ne connaissait certainement pas la différence. Mais je me rendis compte que le passage concernant Mr. Hammond était exagéré, même pour ce genre de lettre, à la suite de quoi l'ensemble m'emplit de honte avec le sentiment de mon échec et de ma solitude. Je froissai la lettre. Il n'y avait eu aucune raison de l'écrire sinon pour m'assurer que je restais en contact avec le monde et que des choses passionnantes – des choses sexuelles – m'arrivaient. Ce qui était doublement faux.

« Mrs. Foley m'a demandé où était Jane », avais-je dit, quand Mrs. Montjoy et moi faisions l'argenterie – ou plutôt quand elle m'avait surveillée pendant que je faisais l'argenterie. «Était-ce une autre jeune fille qui a travaillé ici en été?»

Après un moment où je crus qu'elle n'allait pas le faire, elle répondit.

«Jane était mon autre fille, dit-elle. La sœur de Mary Anne. Elle est morte.»

Je dis, «Je ne savais pas». Je dis, «Pardon».

«Elle est morte de la polio?» insistai-je, parce que je n'eus pas la finesse, on pourrait dire la décence, d'en rester là. Et qu'à cette époque, des enfants mouraient encore de la polio, chaque été.

«Non, dit Mrs. Montjoy. Elle a été tuée quand mon mari a déplacé la coiffeuse dans notre chambre. Il cherchait quelque chose qu'il croyait avoir peut-être fait tomber derrière. Il ne s'est pas rendu compte qu'elle était là. Une des roulettes s'est prise dans le tapis et le meuble a basculé sur elle.»

Je savais tout cela par le menu, évidemment. Mary Anne me l'avait déjà raconté. Elle me l'avait raconté avant même que Mrs. Foley m'ait demandé où était Jane et griffé un sein.

«C'est affreux», dis-je.

«Que voulez-vous. Ce sont des choses qui arrivent.»

La comédie que j'avais jouée me souleva un peu le cœur. Je laissai tomber une fourchette par terre.

Mrs. Montjoy la ramassa.

«N'oubliez pas de la relaver, celle-ci.»

Comme il est bizarre que je n'aie pas douté un instant de mon droit à fouiner, à faire ainsi irruption pour mettre cet accident au jour. Cela doit s'expliquer en partie par le fait que, dans le milieu dont je venais, les choses de ce genre n'étaient jamais enterrées pour de bon mais au contraire rituellement rappelées à la vie, de telles horreurs étant comme une décoration que les gens – principalement les femmes – arboraient jusqu'à la fin de leurs jours.

C'était peut-être aussi parce que je n'arriverais jamais à renoncer tout à fait dans ma quête d'intimité, ou du moins d'une espèce d'égalité, même avec une personne qui ne m'était pas sympathique.

La cruauté était une chose que je ne discernais pas en moi. Je me jugeais sans reproche à cet égard et dans toutes mes relations avec cette famille-là. Tout simplement parce que j'étais jeune, et pauvre, et que je savais qui était Nausicaa.

Je ne possédais ni la grâce ni la force d'âme qu'il faut pour être domestique.

Lors de mon dernier dimanche, j'étais seule dans le hangar à bateaux, occupée à ranger mes affaires dans la valise que j'avais apportée, cette même valise qui était partie avec ma mère et mon père en voyage de noces, la seule que nous ayons eue à la maison. Quand je la tirai de sous mon petit lit pour l'ouvrir, elle avait l'odeur de chez nous – du placard au bout du couloir, à l'étage, où on la rangeait d'ordinaire, près des manteaux d'hiver pleins de boules de naphtaline et de l'alèse en caoutchouc qu'on mettait autrefois sur les lits d'enfant. Quand on la sortait à la maison, elle avait toujours au contraire une vague odeur de trains, de feux de charbon et de grande ville – l'odeur du voyage.

J'entendis des pas sur le sentier, on trébucha en entrant dans le hangar, on frappa de petits coups sur le mur. C'était Mr. Montjoy.

«Vous êtes là? Vous êtes là?»

Sa voix était tonitruante, joviale, comme je l'avais déjà entendue quand il avait bu. Et bien sûr, il avait bu – puisqu'une fois de plus il y avait des visiteurs, venus célébrer la fin de l'été. Je sortis et m'avançai en haut de l'escalier. Il s'appuyait d'une main contre le mur pour garder l'équilibre – un bateau venait de passer dans le chenal et les vagues de son sillage entraient dans le hangar.

«Regardez, dit Mr. Montjoy, levant les yeux vers moi en fronçant les sourcils dans un effort de concentration. Regardez... Je me suis dit que mieux valait l'apporter tout de suite pour vous le donner pendant que j'y pense.»

«Ce livre», dit-il.

Il tenait les *Sept contes gothiques*.

«Parce que j'ai vu que vous l'aviez ouvert l'autre jour, dit-il. Il m'a semblé que ça vous intéressait. Alors maintenant que je l'ai fini, j'ai pensé que je ferais aussi bien de vous le passer. L'idée m'est venue de vous le passer. J'ai pensé qu'il vous plairait peut-être. »

Je dis, « Merci ».

« Je ne le relirai probablement pas, même si je l'ai trouvé très intéressant. Très inhabituel. »

« Merci beaucoup. »

« Je vous en prie. J'ai pensé que ça vous plairait peut-être. »

« Oui », dis-je.

« Bien, bien. J'espère qu'il vous plaira. »

« Merci. »

« Bon, eh bien, dit-il. Au revoir. »

Je dis, « Merci. Au revoir. »

Pourquoi ces adieux alors que nous étions certains de nous revoir avant de quitter l'île, et avant que je prenne le train ? Cela aurait pu signifier que l'incident, c'est-à-dire le fait qu'il me donnait le livre, devait être clos, que je ne devais ni le révéler ni y faire allusion. Ce que je ne fis d'ailleurs pas. Ou peut-être était-ce tout simplement qu'il était ivre et ne se rendait pas compte qu'il allait me revoir. Ivre ou pas, je crois aujourd'hui que ses motivations étaient pures quand je pense à lui, appuyé contre le mur de ce hangar à bateaux. C'était une personne capable de me juger digne de ce présent. De ce livre.

Sur le moment, cependant, je ne me sentis pas particulièrement contente ou reconnaissante, en dépit de mes mercis répétés. J'étais trop surprise et, d'une certaine façon, gênée. L'idée qu'un petit recoin de mon être soit mis en lumière et vraiment compris me mettait en alerte, autant que le fait de passer inaperçue me causait de ressentiment. Et Mr. Montjoy était probablement la personne qui m'intéressait le moins, dont la considération avait le moins de sens pour moi, de toutes celles que j'avais rencontrées cet été-là.

Il sortit du hangar et je l'entendis marcher lourdement le long du sentier, retournant à son épouse et à ses invités. Poussant la valise de côté je m'assis sur le lit. J'ouvris le livre au hasard, comme je l'avais fait la première fois, et me mis à lire.

Les murs de la pièce avaient autrefois été peints d'écarlate mais avec le temps la couleur s'était estompée en une riche palette de nuances, comme des roses mourant dans un vase… On faisait brûler du pot-pourri sur le haut poêle aux parois duquel Neptune, armé de son trident, menait ses chevaux à travers les hautes vagues…

J'oubliai Mr. Montjoy presque immédiatement. En moins de temps qu'il n'en faut pour le dire je me mis à croire que ce cadeau m'avait toujours appartenu.

Mauvais cheval

Il m'arrive de rêver de ma grand-mère et de sa sœur, ma tante Charlie – qui bien sûr n'était pas ma tante mais ma grand-tante. Je rêve qu'elles sont encore vivantes, dans la maison où elles ont vécu pendant une vingtaine d'années jusqu'à la mort de ma grand-mère et au départ de tante Charlie pour une maison de retraite, peu après. Cela me fait un coup de découvrir qu'elles sont vivantes et je suis ébahie et honteuse de penser que je ne leur ai pas rendu visite, ne me suis pas souciée d'elles, depuis si longtemps. Quarante ans et plus. Leur maison est exactement la même mais son atmosphère est crépusculaire, et elles n'ont guère changé non plus – même genre de robe et de tablier, même genre de coiffure que depuis toujours. Boucles et mèches qui n'ont jamais connu le coiffeur, robe de coton ou de rayonne sombre imprimée de petites fleurs ou de formes géométriques – pas de tailleurs-pantalons, pas de slogans à l'emporte-pièce sur des t-shirts, pas de tissus turquoise, bouton-d'or ou rose pivoine.

Mais elles semblent à plat, bougent à peine, ont de la difficulté à se servir de leur voix. Je leur demande comment elles se débrouillent. Comment s'approvisionnent-elles, par exemple. Regardent-elles la télévision ? Restent-elles en contact avec le monde ? Elles disent que ça peut aller. Que je ne m'en fasse pas. Mais que chaque jour elles ont attendu, attendu de voir si je viendrais.

Pitié, mon Dieu. Chaque jour. Et aujourd'hui encore je suis pressée. Je ne peux pas rester. Je leur dis que j'ai tant de choses à faire, mais que je reviendrai bientôt. Elles disent oui, oui, ça leur fera plaisir. Bientôt.

C'est la saison de Noël, je vais me marier et après j'irai vivre à Vancouver. On est en 1951. Ma grand-mère et tante Charlie – l'une un peu plus jeune, l'autre un peu plus âgée que je ne le suis aujourd'hui – sont en train de faire les malles que j'emporterai. Il y en a une, vieille gaillarde bossue, qui est dans la famille depuis longtemps. Je me demande à haute voix si elle a traversé l'Atlantique en même temps.

Qui sait, dit ma grand-mère.

L'intérêt pour l'histoire, fût-ce l'histoire familiale, avait peu de prix à ses yeux. Ce genre de chose relevait d'une complaisance coupable, n'était qu'une perte de temps – comme la lecture du feuilleton dans le journal. Qu'elle-même lisait, mais sans cesser de le déplorer.

L'autre malle était neuve, dotée de coins métalliques, et avait été achetée pour l'occasion. C'était le cadeau de tante Charlie – son revenu était plus important que celui de ma grand-mère, ce qui ne voulait pas dire qu'il était très important. Tout juste suffisant pour permettre de temps à autre un achat imprévu. Un fauteuil pour le salon, tapissé de brocart saumon (protégé, en dehors des visites, par une housse en plastique). Une lampe de table (l'abat-jour lui aussi enveloppé de plastique). La malle de mon trousseau.

« C'est son cadeau de mariage ? demanderait mon mari, par la suite. Une malle ? » Parce que dans sa famille une malle était de ces choses qu'on va acheter quand on en a besoin. On n'aurait pas l'idée d'en faire un cadeau.

Les affaires emballées dans la malle bossue étaient fragiles, enveloppées d'affaires qui ne l'étaient pas. Assiettes, verres, cruches, vases, entourés de papier journal puis protégés par des torchons, des serviettes de bain, des napperons et des châles au crochet, des dessus-de-table brodés. La grosse malle au couvercle plat renfermait surtout des draps, des nappes (dont l'une était aussi au crochet), des édredons, des taies d'oreiller, auxquels s'ajoutaient quelques objets fragiles, eux-mêmes plats et de grande taille, comme un tableau encadré peint par Marian, sœur de ma grand-mère et de tante Charlie, morte jeune.

Il représentait un aigle sur une branche, avec en contrebas dans le lointain une mer bleue et un plumetis d'arbres. À quatorze ans Marian l'avait copié sur un calendrier et l'été suivant était morte de la fièvre typhoïde.

Certaines de ces choses étaient des cadeaux de mariage de divers membres de ma famille, arrivés un peu en avance, mais la plupart avaient été faites à mon intention pour monter mon ménage. Les édredons, les châles, les ouvrages au crochet, les taies d'oreiller avec leurs broderies rêches à la joue. Je n'avais rien préparé du tout mais ma grand-mère et tante Charlie s'étaient dépensées, bien que mes chances de mariage aient longtemps paru assez maigres. Et ma mère avait mis de côté quelques jolis gobelets, des petites cuillères, un plat de porcelaine bleue à motifs chinois, tous objets datant de la brève période enivrante où elle s'était lancée dans le commerce des antiquités, avant que la raideur et le tremblement de ses membres rendent toute activité professionnelle – et la conduite, la marche, puis la parole même – trop difficiles.

Du côté de mon mari, les cadeaux étaient emballés dans les boutiques où ils étaient achetés, puis expédiés à Vancouver. Plats de service en argent, beau linge de table, six verres à vin en cristal. Le genre d'objets domestiques dont mes beaux-parents et leurs amis avaient l'habitude d'être entourés.

Rien de ce que contenaient mes malles, en l'occurrence, ne s'avéra à la hauteur. Les gobelets de ma mère étaient en verre moulé et son plat chinois en lourde porcelaine de cuisine. Ce genre de choses n'est devenu en vogue que bien des années plus tard, et pour certaines personnes, jamais. Les six petites cuillères datant du XIXᵉ siècle n'étaient pas en argent. Les édredons destinés à un lit à l'ancienne étaient trop étroits pour celui que mon mari avait acheté. Les châles, les napperons, les housses de coussin et – faut-il le dire – le tableau d'après un calendrier prêtaient presque à rire.

Mais mon mari voulut bien concéder que l'emballage était de premier ordre, rien n'avait été cassé. Malgré sa gêne, il s'efforçait d'être gentil. Par la suite, quand je tentai de disposer certaines de ces choses là où ceux qui viendraient chez nous pourraient les voir, il dut mettre les points sur les i. Et moi me rendre à l'évidence.

J'avais dix-neuf ans quand je me fiançai, vingt le jour de mes noces. Avant mon mari, je n'avais jamais eu de petit ami. L'avenir avait pu sembler bien compromis. Au cours de ce même automne, mon père et mon frère étant en train de réparer le couvercle du puits dans la cour, mon frère dit, «Appliquons-nous. Parce que, si ce type tombe dedans, elle n'en trouvera jamais d'autre.»

Et cela devint une des blagues préférées de la famille. Bien sûr je riais avec les autres. Mais ce pour quoi on s'était fait du souci autour de moi avait aussi été une de mes préoccupations, au moins par inter-mittence. Qu'est-ce qui n'allait pas chez moi? Ce n'était pas une question de physique. Autre chose. C'était autre chose qui, reten-tissant comme un signal d'alarme, écartait de mon chemin les petits amis possibles et les maris en puissance. Je gardais pourtant confiance, certaine que ce quelque chose se dissiperait et disparaîtrait une fois que je serais loin de chez nous, loin de notre ville.

Et c'est ce qui s'était passé. Soudainement, irrésistiblement. Michael était amoureux de moi et décidé à m'épouser. Il était grand, beau, fort, très brun, intelligent, ambitieux, et mettait tous ses espoirs en moi. Avait acheté pour moi un brillant. Avait trouvé un emploi à Vancouver qui lui permettrait certainement d'accéder à une meilleure situation et s'était engagé à nous faire vivre, moi et nos enfants, pendant le restant de ses jours. Rien n'aurait pu le rendre plus heureux.

Il le disait, et je croyais que c'était vrai.

Ce que je ne croyais pas, la plupart du temps, c'était que j'aie pu avoir un tel coup de chance. Il écrivait qu'il m'aimait et j'écrivais en retour que je l'aimais. Je pensais à sa beauté, à son intelligence, à la confiance qu'il méritait. Juste avant son départ nous avions couché ensemble – non, fait l'amour ensemble, sur le sol inégal, sous un saule près d'une rivière – et nous jugions que c'était un engagement aussi sérieux qu'une cérémonie de mariage, parce qu'il nous serait impos-sible désormais de faire la même chose avec qui que ce soit d'autre.

C'était le premier automne depuis mes cinq ans pendant lequel je ne passais pas tous les jours de la semaine dans un établissement d'enseignement. Je restais à la maison pour faire le ménage. On y avait grand besoin de moi. Ma mère n'était plus capable de tenir le manche d'un balai ni de tirer les couvertures sur un lit. Il faudrait engager quelqu'un après mon départ mais pour le moment je me chargeais de tout.

Ces tâches routinières m'engloutirent et bientôt on aurait difficilement cru qu'une année auparavant je m'asseyais à une table de bibliothèque le lundi matin, au lieu de me lever tôt pour mettre de l'eau à chauffer sur la cuisinière afin de remplir la machine à laver, passer ensuite la lessive mouillée dans l'essoreuse et l'accrocher enfin sur la corde à linge. Ou que j'avais dîné d'ordinaire à des comptoirs de drugstore, d'un sandwich préparé par d'autres mains que les miennes.

Je cirais le linoléum usé. Repassais torchons et pyjamas ainsi que chemises et chemisiers, récurais casseroles et poêles cabossées et frottais au tampon métallique l'émail noirci des étagères, derrière la cuisinière. C'étaient les choses qui comptaient à l'époque, dans les intérieurs pauvres. Nul ne songeait à remplacer un seul de ces éléments, il s'agissait uniquement de les entretenir convenablement aussi longtemps que possible, et un peu plus. C'était au prix de tels efforts qu'on maintenait une frontière entre le labeur respectable et le renoncement loqueteux. Et j'y attachais de plus en plus d'importance à mesure que je m'approchais du statut de déserteur.

Des comptes-rendus de tâches ménagères s'introduisaient dans des lettres à Michael, qui en était irrité. Pendant sa brève visite chez nous, il avait vu beaucoup de choses qui l'avaient désagréablement surpris et cela renforçait encore sa résolution de me délivrer. Et désormais, comme je n'avais plus d'autres sujets pour mes lettres et que je voulais aussi lui expliquer pourquoi elles devaient être courtes, il était contraint de lire que les corvées quotidiennes me submergeaient sur les lieux mêmes et dans la vie même que j'aurais dû me hâter de quitter.

À ses yeux, je n'aurais rien dû avoir de plus pressé que m'arracher à la gangue familiale, secouer la terre natale de mes semelles. Me concentrer sur la vie, le foyer, que nous allions construire ensemble.

Je prenais effectivement une ou deux heures certains après-midi mais ce que j'en faisais, si je le lui avais écrit, ne l'aurait pas plus satisfait. Après avoir bordé ma mère dans son lit pour son deuxième somme de la journée et essuyé une dernière fois les comptoirs de la cuisine, je gagnais à pied, de notre maison aux limites de la ville, la grand-rue, où je faisais quelques courses et allais à la bibliothèque rendre un livre et en prendre un autre. Je n'avais pas renoncé à lire mais il me semblait que les livres que je lisais désormais n'étaient pas aussi difficiles ou exigeants que mes lectures de l'année précédente. Je lus les nouvelles d'A. E. Coppard – dont l'une avait un titre qui n'a jamais cessé de me séduire alors que je n'en ai rien retenu d'autre. « Ruth la ténébreuse. » Et je lus un court roman de John Galsworthy, dont la page de titre portait une citation qui m'avait attirée.

Le pommier, le chant et l'or…

Une fois terminé ce que j'avais à faire dans la grand-rue, j'allais rendre visite à ma grand-mère et à tante Charlie. Parfois – presque toujours – j'aurais préféré me promener seule, mais j'avais le sentiment de ne pas pouvoir les négliger, alors qu'elles faisaient tant pour m'aider. Je n'aurais pu, de toute manière, me promener en rêvassant, comme c'était possible dans la ville où j'allais à l'université. À cette époque, personne ne se promenait dans notre ville, à l'exception de quelques vieillards aux allures de propriétaires qui flânaient pour surveiller et critiquer toutes les entreprises de la municipalité. On était assuré de se faire remarquer sitôt qu'on était vu dans un quartier où on n'avait pas de raison particulière de se trouver. Quelqu'un vous dirait alors, *nous vous avons vue l'autre jour* – ensuite de quoi on était tenu de fournir une explication.

Et pourtant la ville m'attirait, rêveuse par ces journées d'automne. Ensorcelée, la lumière mélancolique tombant sur les murs de brique gris ou jaunes, une qualité particulière de calme et de silence maintenant que les oiseaux s'étaient envolés pour le sud et que les moissonneuses s'étaient tues dans les campagnes environnantes. Un jour, dans la montée de Christena Street vers la maison de ma grand-mère, j'entendis quelques phrases dans ma tête, le début d'un récit.

Par toute la ville les feuilles tombaient. Doucement, silencieusement, les feuilles jaunes tombaient – c'était l'automne.

Et j'écrivis effectivement un récit, à ce moment-là ou un peu plus tard, qui commençait par ces phrases – je n'arrive pas à me rappeler de quoi il y était question. Sinon que quelqu'un me fit remarquer que naturellement c'était l'automne, et qu'il y avait de la sottise et une certaine prétention poétique à le dire. Pourquoi les feuilles seraient-elles tombées, à moins que les arbres de la ville n'aient été atteints d'une maladie qui s'attaquait au feuillage ?

On donna un jour le nom de ma grand-mère à un cheval, quand elle était jeune. C'était censé être un honneur. Le nom du cheval, et celui de ma grand-mère, était Selina. La bête – une jument, naturellement – levait *haut le pied*, disait-on, entendant par là qu'elle était vive, énergique, et portée à caracoler dans un style particulier. Ma grand-mère elle-même devait donc *lever haut le pied*. Il existait toutes sortes de danses à l'époque dans lesquelles on pouvait faire montre de cette tendance – quadrilles, polkas, scottishes. Et ma grand-mère était de toute manière une jeune femme remarquable – elle était grande, ample de poitrine, mince de taille, avec de longues jambes vigoureuses et une profusion de boucles roux foncé. Et cet audacieux fragment d'azur dans l'iris d'un de ses yeux noisette.

C'était l'addition de toutes ces choses qui constituait sa personnalité, mais il s'y ajoutait un je-ne-sais-quoi, qui était sûrement ce que l'homme avait souhaité commenter quand il lui avait fait le compliment de donner son nom à une jument.

Cet homme n'était pas celui que l'on croyait amoureux d'elle (et dont on la croyait amoureuse). Ce n'était qu'un admirateur du voisinage.

L'homme dont elle était amoureuse n'était pas non plus celui qu'elle épousa. Ce n'était pas mon grand-père. Mais elle le connaissait depuis toujours et en fait je l'ai rencontré une fois. Peut-être plus d'une fois, quand j'étais enfant, mais une dont je garde le souvenir.

J'étais chez ma grand-mère à Downey. Après qu'elle fut devenue veuve mais avant que tante Charlie le devienne à son tour. Quand elles furent veuves toutes les deux elles emménagèrent ensemble dans la ville aux limites de laquelle nous vivions.

D'ordinaire c'était en été que j'allais à Downey, mais cela se passait l'hiver, une neige légère tombait. Un début d'hiver, parce qu'il n'y avait guère de neige sur le sol. Je devais avoir cinq ou six ans. Mes parents m'avaient sans doute laissée là pour la journée. Peut-être devaient-ils assister à un enterrement, ou emmener ma petite sœur, qui était fragile et un peu diabétique, voir un médecin de la ville.

Dans l'après-midi, nous traversâmes la route pour pénétrer sur le terrain de la maison qu'habitait Henrietta Sharples. C'était la plus grande où il me soit arrivé d'entrer à l'époque et sa propriété s'étendait d'une rue à la suivante. C'était chaque fois un plaisir d'y aller parce qu'on me laissait courir partout, regarder tout ce que je voulais, et qu'Henrietta avait toujours une coupe pleine de caramels enveloppés de papier brillant, rouge, vert, doré ou violet. Henrietta n'aurait pas vu d'inconvénient à ce que je les mange tous mais ma grand-mère m'avait à l'œil et fixait une limite.

Ce jour-là, nous fîmes un détour. Au lieu d'aller à la porte derrière la maison d'Henrietta, nous nous dirigeâmes vers une maisonnette qui se dressait sur le côté. La femme qui vint ouvrir avait une houppe de cheveux blancs, une peau rose et luisante et une impressionnante étendue de ventre, enveloppée du genre de tablier à bavette que la plupart des femmes portaient à l'époque à la maison. On me dit de l'appeler tante Mabel. Nous nous assîmes dans sa cuisine, où il faisait très chaud, mais nous n'ôtâmes pas nos manteaux parce que ce ne serait qu'une courte visite. Ma grand-mère avait apporté dans un saladier sous une serviette quelque chose qu'elle donna à tante Mabel – peut-être des muffins tout frais, ou des sablés, ou une compote de pommes encore chaude. Et le fait que nous l'ayons apporté ne signifiait pas que tante Mabel était dans le besoin. Une femme qui avait préparé un plat ou des gâteaux emportait souvent quelque chose à offrir quand elle allait chez une voisine. Très vraisemblablement, tante Mabel protesta contre une telle générosité, comme le voulait la coutume, puis, ayant accepté, se répandit en commentaires extasiés – que cela sentait bon, et comme cela devait être bon.

Puis elle s'affaira probablement pour offrir quelque chose à son tour, insistant pour préparer au moins une tasse de thé, et il me semble entendre ma grand-mère dire non, non, que nous ne faisions que passer quelques instants. Peut-être ajouta-t-elle que nous étions en chemin pour la maison des Sharples. Peut-être préférait-elle éviter de préciser le nom ou que nous y allions pour une vraie visite. Ou bien elle se contenta de dire que nous ne pouvions pas rester, que nous allions dire un petit bonjour de l'autre côté du chemin. Comme s'il s'agissait d'une tournée. Elle présentait toujours les visites chez Henrietta comme un petit tour de l'autre côté du chemin, afin de n'avoir pas l'air de se vanter de cette amitié. Ne jamais se donner des airs avantageux.

Il y eut un bruit dans le bûcher attenant à la maisonnette, puis un homme entra, le visage rougi par le froid ou l'exercice, dit bonjour à ma grand-mère et me serra la main. Je détestais la façon qu'avaient les vieillards de m'accueillir en m'enfonçant un doigt dans le ventre ou en me chatouillant sous les bras, mais cette poignée de main me parut cordiale et convenable.

Ce fut à peu près tout ce que je remarquai de lui, hormis qu'il était grand sans avoir le gros ventre de tante Mabel mais, comme elle, d'épais cheveux blancs. Il s'appelait oncle Leo. Il avait la main froide, probablement d'avoir fendu du bois pour les cheminées d'Henrietta ou d'avoir placé des sacs sur ses arbustes afin de les protéger du gel.

Mais ce fut seulement par la suite que j'appris qu'il s'acquittait de ces diverses corvées. En hiver il travaillait à l'extérieur – pelletant la neige, cassant les stalactites de glace au bord des toits et entretenant la provision de bois. Il taillait les haies et tondait le gazon en été. En échange, tante Mabel et lui habitaient la maisonnette sans payer de loyer, et peut-être touchait-il un petit salaire en plus. Il le fit pendant deux ou trois ans, jusqu'à sa mort. Il mourut d'une pneumonie, ou d'une crise cardiaque, le genre de choses dont on s'attend à voir mourir les gens de son âge.

On me dit de l'appeler oncle comme on m'avait dit d'appeler sa femme tante, et je le fis sans me poser de questions ni me demander quel lien de parenté existait entre nous. Ce n'était pas la première fois que je devais embarquer à l'improviste une tante ou un oncle mystérieux ou marginaux.

Tante Mabel et lui ne devaient pas habiter là depuis longtemps ni oncle Leo y être employé de cette façon, quand ma grand-mère et moi allâmes les voir. Nous n'avions jamais accordé la moindre attention à la maisonnette ou aux gens qui l'occupaient lors de précédentes visites à Henrietta. Il paraît donc vraisemblable que ce soit ma grand-mère qui ait suggéré l'arrangement à cette dernière. *Lui en ait touché un mot*, comme auraient dit les gens. Touché un mot parce qu'oncle Leo *tirait le diable par la queue*?

Je ne sais pas. Je n'ai jamais posé la question à personne. Nous ne tardâmes pas à prendre congé ma grand-mère et moi et à traverser l'allée de graviers pour frapper à la porte de derrière, et Henrietta cria par le trou de la serrure, « Allez-vous-en, je vous vois, qu'est-ce que vous colportez aujourd'hui ? » Puis elle ouvrit tout grand la porte et me serra entre ses bras osseux en s'exclamant, « Petite canaille que tu es – pourquoi ne disais-tu pas que c'était toi ? Qui est la vieille romanichelle que tu as amenée avec toi ? »

Ma grand-mère réprouvait l'usage du tabac chez les femmes et de l'alcool chez tout le monde.

Henrietta fumait et buvait.

Ma grand-mère abominait les femmes en pantalon et jugeait affectées les lunettes de soleil. Henrietta portait les deux.

Ma grand-mère jouait à l'euchre mais trouvait le bridge prétentieux. Henrietta jouait au bridge.

On pourrait prolonger cette liste. Henrietta n'était pas une femme exceptionnelle pour l'époque mais c'était une femme exceptionnelle dans cette ville.

Ma grand-mère et elle s'asseyaient devant le feu au fond du salon pour bavarder en riant l'après-midi durant, tandis que je me promenais partout à ma guise, libre d'examiner la cuvette des toilettes. ornée de fleurs bleues de la salle de bains ou de regarder à travers le verre rubis des portes de l'armoire aux porcelaines. Henrietta avait la voix forte et c'était surtout sa conversation que j'entendais. Elle était entrecoupée de grands éclats de rire – tout à fait le genre de rire dont je saurais aujourd'hui reconnaître qu'il accompagne chez une femme l'aveu d'une gigantesque folie ou le récit de quelque incroyable perfidie (masculine?).

J'allais par la suite entendre raconter bien des choses sur Henrietta, à propos de l'homme qu'elle avait éconduit et de l'homme dont elle était amoureuse – un homme marié qu'elle continua de voir toute sa vie – et je ne doute pas qu'elle en ait parlé alors, comme aussi d'autres choses que j'ignore, et il est probable que ma grand-mère parlait de sa vie à elle, pas aussi librement peut-être, le verbe moins haut, mais pourtant dans la même veine, comme d'une histoire qui l'effarait, dont elle pouvait à peine croire qu'elle fût la sienne. Car il me semble que ma grand-mère parlait dans cette maison comme elle ne le faisait pas – ou plus – n'importe où ailleurs. Mais je n'eus jamais l'occasion de demander à Henrietta le contenu de ces confidences, de ces récits, parce qu'elle mourut dans un accident d'auto – elle avait toujours été imprudente au volant – un peu avant la mort de ma grand-mère. De toute manière il est fort vraisemblable qu'elle ne m'aurait rien dit du tout.

Voici donc l'histoire, ou ce que j'en sais.

Ma grand-mère, l'homme qu'elle aimait – Leo – et l'homme qu'elle épousa – mon grand-père – vivaient tous à quelques kilomètres les uns des autres. Elle sera probablement allée à l'école avec Leo, qui n'avait que trois ou quatre ans de plus qu'elle, mais pas avec mon grand-père, qui en avait dix de plus. Les deux hommes étaient cousins et portaient le même nom. Ils ne se ressemblaient pas – mais tous les deux étaient beaux, autant que je puisse le savoir. Mon grand-père se tient très droit sur sa photo de mariage – il n'est qu'un peu plus grand que ma grand-mère, qui a réussi à réduire son tour de taille à soixante centimètres pour l'occasion, et semble douce et réservée dans sa robe blanche à volants. Large d'épaules, solide, il ne sourit pas mais a un air d'intelligence sérieuse et paraît fier, décidé à faire tout ce qui est requis de lui. Et il n'a pas beaucoup changé dans l'agrandissement d'une photo d'amateur que j'ai de lui, prise quand il avait entre cinquante et soixante ans. La photo d'un homme qui a gardé sa force, sa compétence, ce qu'il faut de cordialité et beaucoup de réserve, qui est respecté pour de bonnes raisons et pas plus déçu qu'on ne peut s'attendre à l'être, à son âge.

Les souvenirs que je garde de lui datent de l'année qu'il passa dans son lit, l'année qui précéda sa mort, ou, pourrait-on dire, l'année pendant laquelle il s'achemina vers la mort. Il avait soixante-quinze ans et son cœur était en train de lâcher, petit à petit. Mon père, au même âge, et dans le même état, choisit de se faire opérer et mourut quelques jours plus tard sans avoir repris connaissance. Cette option n'existait pas du temps de mon grand-père.

Je me rappelle que son lit était au rez-de-chaussée, dans la salle à manger, qu'il gardait un sachet de bonbons à la menthe sous son oreiller – prétendument en secret de ma grand-mère – et m'en offrait quand elle était occupée ailleurs. Il sentait bon le savon à barbe et le tabac (j'étais méfiante de l'odeur des gens âgés et soulagée quand elle n'était pas désagréable), et il me traitait avec bonté mais sans indiscrétion.

Et puis il fut mort et j'allai à son enterrement avec ma mère et mon père. Je ne voulus pas le regarder, de sorte qu'on ne m'y obligea pas. Ma grand-mère avait les yeux rouges et la peau toute ridée autour. Elle ne faisait guère attention à moi et je sortis donc pour dévaler en roulant sur moi-même la pente herbue qui séparait la maison du trottoir. Cela avait été une de mes activités favorites chaque fois que je venais là et personne n'avait émis d'objections jusqu'alors. Mais cette fois, ma mère m'appela et me fit rentrer puis secoua ma robe pour en faire tomber les brins d'herbe. Elle était dans l'état d'exaspération qui signifiait que ma conduite lui serait reprochée à elle.

Qu'avait pensé mon grand-père quand il était jeune homme du fait que ma grand-mère, qui était jeune fille, fût amoureuse de son cousin Leo ? Avait-il des vues sur elle à l'époque ? Entretenait-il des espérances, espérances douchées par la cour passionnée qui se déroula sous ses yeux ? Car passionnée, elle l'était – liaison amoureuse remarquable enchaînant querelles et réconciliations et qui ne pouvait pas lui échapper, pas plus qu'à la quasi-totalité des gens du lieu. En ce temps-là, une histoire d'amour était forcément publique, si la fille était respectable. Les promenades dans les bois étaient exclues, comme le fait de s'éclipser d'un bal. Les visites à la jeune fille avaient lieu en présence de toute la famille, au moins jusqu'aux fiançailles. En allant faire un tour en cabriolet découvert, on était assuré d'être lorgné par la fenêtre de toutes les cuisines le long de la route, et si jamais l'on obtenait la permission que la chose ait lieu après la tombée du jour, c'était dans les limites d'un temps si bref qu'il en était décourageant.

On n'en parvenait pas moins à se ménager des moments d'intimité. Il était parfois possible de tromper ou de corrompre les sœurs cadettes de ma grand-mère, Charlie et Marian, chargées de la chaperonner.

« Ils étaient aussi fous l'un de l'autre qu'on peut l'être, dit tante Charlie quand elle m'en parla. De vrais démons. »

Cette conversation eut lieu pendant l'automne qui précéda mon mariage, au moment des malles. Ma grand-mère avait été contrainte de s'absenter quelque temps du travail, elle était au lit au premier, souffrant de sa phlébite. Il y avait des années qu'elle portait des bandes élastiques pour soulager ses varices. Si affreuses à son avis – bandes et varices – qu'elle détestait qu'on les voie. Tante Charlie me dit en confidence que les veines gonflées s'entortillaient autour de ses jambes comme de gros serpents noirs. Tous les douze ans environ, l'inflammation s'installait dans une veine, la contraignant à rester immobile dans son lit afin d'éviter qu'un caillot se détache et remonte jusqu'à son cœur.

Pendant les trois ou quatre jours où ma grand-mère garda le lit, tante Charlie ne progressa guère dans l'emballage. Elle avait l'habitude que sa sœur prenne les décisions.

« C'est Selina qui commande, disait-elle sans rancœur. Je ne sais pas où j'en suis sans Selina. » (Et cela fut avéré après la mort de ma grand-mère – tante Charlie perdit aussitôt prise sur la réalité quotidienne et il fallut l'emmener à la maison de retraite, où elle mourut à l'âge de quatre-vingt-dix-huit ans, après un long silence.)

Au lieu de nous mettre à l'œuvre ensemble, elle et moi nous asseyions à la table de la cuisine et buvions du café en bavardant. Ou en chuchotant. Tante Charlie avait une façon bien à elle de chuchoter. En l'occurrence, il y avait peut-être une raison – ma grand-mère dont l'ouïe avait gardé sa finesse était juste au-dessus de nos têtes – mais souvent il n'y en avait aucune. On aurait cru qu'elle chuchotait à seule fin d'exercer son charme – tout le monde ou presque la trouvait charmante –, de vous entraîner dans une forme de conversation plus douillette, plus significative, même quand elle ne parlait que du temps qu'il faisait, et pas – comme cette fois-là – de la jeunesse orageuse de ma grand-mère.

Que s'était-il passé ? J'étais partagée entre l'espoir et la crainte de découvrir que ma grand-mère, en ce temps où elle n'avait même pas rêvé de devenir ma grand-mère, s'était retrouvée enceinte.

Toute déchaînée qu'elle était et malgré les ruses que l'amour sait trouver, cela ne lui arriva pas.

Mais cela arriva à une autre jeune fille. Une autre femme, pourrait-on dire, parce qu'elle avait huit ans de plus que celui qu'elle accusa d'être le père.

Leo.

La femme travaillait dans un magasin de nouveautés de la ville.

« Et sa réputation n'était pas vraiment blanc-bleu », dit tante Charlie, comme s'il s'agissait d'une triste révélation consentie à contrecœur.

Il y avait souvent eu d'autres filles, d'autres femmes. C'était à ce sujet qu'avaient lieu les querelles. À ce sujet que ma grand-mère avait donné des coups de pied dans les tibias de son soupirant et l'avait jeté à bas de son propre cabriolet pour rentrer seule chez elle, emmenée par son cheval à lui. C'était pourquoi elle lui avait jeté une boîte de chocolats à la figure. Et puis les avait piétinés afin qu'on ne puisse les ramasser pour les déguster, s'il avait eu assez de toupet et de gourmandise pour s'y essayer.

Mais cette fois, elle se montra d'un calme d'iceberg.

Ce qu'elle dit fut, « Eh bien, il va falloir que tu l'épouses, voilà tout, non ? »

Il dit qu'il n'était pas sûr du tout qu'il soit de lui.

Et elle répondit, « Mais tu n'es pas sûr qu'il ne l'est pas. »

Il dit que tout pourrait s'arranger s'il acceptait de payer l'entretien de l'enfant. Dit qu'il était à peu près certain que c'était tout ce qu'elle cherchait.

« Mais ce n'est pas tout ce que je cherche moi », dit Selina. Puis elle dit que ce qu'elle cherchait, c'était qu'il fasse ce qui était bien.

Et elle l'emporta. En très peu de temps, la femme du magasin de nouveautés et lui furent mariés. Et pas si longtemps après, ma grand-mère – Selina – se maria aussi, avec mon grand-père. Elle avait choisi la même période de l'année que moi – le cœur de l'hiver – pour sa noce.

L'enfant de Leo – si c'était le sien, et c'était probablement le sien – naquit à la fin du printemps et, le temps d'être mis au monde, mourut. Sa mère ne lui survécut pas plus d'une heure.

Bientôt une lettre arriva, adressée à Charlie. Mais ce n'était pas du tout pour elle. À l'intérieur il y en avait une autre qu'elle devait apporter à Selina.

Cette dernière la lut et éclata de rire. « Dis-lui que je suis grosse comme une baleine », dit-elle. Alors que cela se voyait à peine, et ce fut ainsi que Charlie apprit qu'elle était enceinte.

« Et dis-lui que s'il est une chose dont je n'ai pas besoin, c'est de recevoir des lettres idiotes de gens de son espèce. »

L'enfant qu'elle portait alors était mon père, dont la naissance, dix mois après le mariage, fut très difficile pour la mère. Il fut le seul enfant qu'elle et mon grand-père eurent jamais. Je demandai pourquoi à tante Charlie. Ma grand-mère avait-elle subi des lésions, ou existait-il dans sa constitution quelque chose qui rendait une mise au monde trop risquée ? Manifestement ce n'était pas parce qu'elle avait du mal à concevoir, dis-je, puisque mon père devait avoir été conçu un mois après le mariage.

Un silence, et puis tante Charlie dit, « Je ne saurais le dire. » Elle n'avait pas chuchoté mais parlé d'une voix normale, un peu distante, un peu blessée ou réprobatrice.

Pourquoi ce mouvement de retrait ? Qu'est-ce qui l'avait blessée ? Je pense que c'était l'aspect clinique de ma question, l'usage d'un mot comme *concevoir*. Certes, on était en 1951, j'allais bientôt me marier et elle venait de me raconter une histoire de passion et de grossesse malchanceuse. N'empêche, cela ne se faisait pas, cela ne se faisait pas qu'une jeune femme – une femme de n'importe quel âge – parle si froidement, en toute connaissance de cause et sans vergogne de ces choses. *Concevoir*, non mais des fois.

Il y avait peut-être une autre raison à la réaction de tante Charlie, dont je ne m'étais pas avisée à l'époque. Tante Charlie et oncle Cyril n'avaient jamais eu d'enfants. Que je sache, il n'y avait même pas eu de grossesse. Peut-être m'étais-je donc aventurée en terrain sensible.

Tante Charlie donna un moment toute l'apparence qu'elle n'allait pas poursuivre son récit. Elle semblait avoir décidé que je ne le méritais pas. Mais au bout de quelque temps elle ne put s'en empêcher.

Leo partit donc, alla à droite et à gauche. Travailla avec une équipe de bûcherons dans le nord de l'Ontario. Suivit des moissonneurs et se fit valet de ferme dans l'Ouest. Quand il revint, des années plus tard, il ramenait une épouse avec lui et, ayant appris quelque part la charpenterie et la couverture, exerça cette profession. L'épouse était bien, elle avait été institutrice. À un moment, elle eut un enfant, mais il mourut, comme l'autre. Leo et elle habitaient en ville et ne fréquentaient aucune église – elle appartenait à une de ces confessions bizarroïdes comme ils en ont dans l'Ouest, de sorte que personne n'apprit à la connaître vraiment, personne ne sut même qu'elle avait une leucémie jusqu'à peu de temps avant qu'elle en meure. C'était le premier cas de leucémie dont on entendait parler dans cette partie du pays.

Leo resta, il trouva du travail, il se mit à rendre visite plus souvent aux membres de sa famille. Il acheta une voiture et s'en servit pour aller les voir. Le bruit se répandit qu'il projetait de se marier une troisième fois et que c'était une veuve de quelque part dans le Sud, non loin de Stratford.

Mais avant cela il se présenta chez ma grand-mère un après-midi, en semaine. C'était la période de l'année – avec du gel mais pas encore de grosses chutes de neige – où mon grand-père et mon père, qui en avait déjà fini avec les études, allaient faire provision de bois dans le taillis. Ils durent voir l'auto mais poursuivirent ce qu'ils faisaient. Mon grand-père ne revint pas à la maison saluer son cousin.

Et de toute façon Leo et ma grand-mère ne restèrent pas à la maison, qu'ils auraient pu avoir toute à eux. Ma grand-mère jugea bon de mettre son manteau et ils allèrent dans la voiture. Ils ne se contentèrent pas non plus de s'y asseoir mais se mirent à rouler, d'abord dans l'allée puis jusqu'à la route principale où ils firent demi-tour et revinrent. Ils répétèrent ce parcours plusieurs fois de suite, au vu et au su de toute personne qui s'avisait de regarder par la fenêtre d'une des fermes qui jalonnaient la route. Et au moment où cela eut lieu, tout le monde le long de cette route connaissait déjà la voiture de Leo.

Pendant cette promenade, Leo demanda à ma grand-mère de partir avec lui. Il lui dit qu'il était encore libre d'agir à sa guise, ne s'étant pas engagé avec la veuve. Et, on peut le penser, dit en passant qu'il était encore amoureux. D'elle. De ma grand-mère. De Selina.

Cette dernière lui rappela qu'elle-même n'était pas libre, quelle que fût sa situation à lui, et que les sentiments qu'elle éprouvait n'entraient pas en ligne de compte.

« Et plus elle lui parlait durement, dit tante Charlie, soulignant ses paroles d'un ou deux petits hochements de tête, vois-tu, plus durement elle lui parlait, plus le cœur de Selina devait lui fendre. C'est sûr. »

Leo la reconduisit chez elle. Il épousa la veuve. Celle qu'on m'avait dit d'appeler tante Mabel.

«Si Selina savait que je t'ai raconté quoi que ce soit de tout ça, je ne voudrais pas être à ma place», dit tante Charlie.

J'ai eu trois ménages à observer d'assez près, pendant cette première partie de ma vie. Celui de mes parents – j'imagine qu'on pourrait dire que c'était celui que je voyais de plus près, mais en un sens c'était le plus mystérieux et le plus éloigné, à cause de ma difficulté d'enfant à imaginer entre mes parents tout autre lien que celui qui passait par moi. Mes parents, comme la plupart des parents que je connaissais, s'appelaient maman et papa. Ils le faisaient même dans les conversations qui n'avaient rien à voir avec leurs enfants. Ils semblaient avoir oublié le prénom l'un de l'autre. Et comme toute idée de divorce ou de séparation était exclue – jamais je n'avais entendu parler de parents, ni d'aucun couple, qui en soient arrivés là –, je n'avais pas à mesurer leurs sentiments ni à guetter anxieusement le climat qui régnait entre eux, comme le font souvent les enfants d'aujourd'hui. Je les voyais principalement dans le rôle d'espèces d'intendants – chargés de veiller sur la maison, la ferme, les animaux, et nous, les enfants.

Quand ma mère tomba malade – malade une fois pour toutes, et plus seulement gênée par divers symptômes –, l'équilibre changea. Cela se produisit quand j'avais autour de douze ou treize ans. À partir de ce moment, elle pesa sur la famille, l'entraînant vers le bas, tandis que nous – mon père, mon frère, ma sœur et moi – nous efforcions de faire contrepoids pour la maintenir dans une certaine normalité. De sorte que mon père semblait être avec nous plus qu'avec elle. Elle avait trois ans de plus que lui, d'ailleurs – étant née au XIXe siècle alors qu'il était né au XXe, et à mesure de la progression du siège qu'elle soutenait, elle se mit à ressembler chaque jour un peu plus à sa mère qu'à sa femme et, pour nous, à une parente âgée à notre charge qu'à une mère.

Je savais que cette différence d'âge était l'une des choses au regard desquelles ma grand-mère avait jugé dès le départ que ma mère ne convenait pas à mon père. D'autres apparurent assez rapidement – le fait que ma mère apprenne à conduire la voiture, que le style de ses robes frise l'originalité, qu'elle adhère au Women's Institute laïque, plutôt qu'à la United Church Missionary Society et, pire que tout, qu'elle entreprenne de sillonner les campagnes pour vendre des étoles et des capes de fourrure confectionnées à partir des renards de l'élevage paternel avant de se tourner vers le commerce d'antiquités quand sa santé avait commencé à chanceler. Et aussi injuste que cela puisse être de le penser – et sachant elle-même combien c'était injuste –, ma grand-mère ne pouvait pas s'empêcher de voir dans cette maladie, qu'on n'avait pas diagnostiquée pendant si longtemps et qui était rare à l'âge de ma mère, une nouvelle manifestation d'un caractère obstiné et d'un désir d'attirer l'attention.

Le ménage de mes grands-parents n'était pas de ceux que j'avais pu voir en action mais j'en ai entendu des descriptions. De la bouche de ma mère, qui n'éprouvait pas plus de sympathie pour ma grand-mère que celle-ci n'en éprouvait pour elle – et à mesure que j'ai pris de l'âge, de la bouche d'autres personnes qui n'avaient pas de comptes à régler. Des voisins qui leur rendaient visite en rentrant de l'école quand ils étaient enfants parlaient des marshmallows que confectionnait ma grand-mère, de ses taquineries et de son rire, mais disaient qu'ils avaient vaguement peur de mon grand-père. Ce n'était pas qu'il eût mauvais caractère ou qu'il fût méchant – c'était son silence. Il était très respecté – il siégea pendant des années au conseil du canton et l'on savait qu'il fallait s'adresser à lui quand on avait besoin d'aide pour remplir un document, rédiger une lettre officielle ou se faire expliquer une nouvelle décision gouvernementale. C'était un culti-vateur efficace, un excellent gestionnaire, mais l'objet de sa gestion n'était pas de gagner plus d'argent – c'était de disposer de plus de loisir pour ses lectures. Ses silences mettaient les gens mal à l'aise et leur donnaient à penser qu'il ne faisait pas un compagnon idéal pour une femme comme ma grand-mère. On les disait aussi dissemblables que s'ils venaient des deux faces opposées de la lune.

Mon père, qui grandit dans cette maison du silence, ne dit jamais l'avoir trouvée inconfortable. Il y a toujours tellement à faire dans une ferme. Venir à bout du travail des saisons suffisait à remplir une vie – du moins à l'époque – et c'était à cela que se ramenaient la plupart des ménages.

Il avait pourtant remarqué combien sa mère semblait une autre personne, ses explosions de gaieté, quand venait de la compagnie.

Il y avait un violon au salon et mon père était déjà presque adulte quand il sut pourquoi il y était – qu'il appartenait à son père, qui en avait joué autrefois.

Ma mère disait que son beau-père était un vieux monsieur très bien, digne et intelligent, et qu'elle ne s'étonnait pas de son silence, parce que ma grand-mère était toujours irritée contre lui pour une broutille ou une autre.

Mes grands-parents avaient-ils été heureux ensemble, si j'avais posé la question tout à trac à tante Charlie, elle aurait de nouveau manifesté sa réprobation. Je lui demandai de me parler des autres traits de caractère de ce grand-père taciturne. Parce qu'à vrai dire je ne me le rappelais guère.

« Il était très intelligent. Et très juste. Mais on n'avait pas envie de le contrarier. »

« Maman m'a dit que grand-mère se fâchait toujours contre lui. »

« Je me demande où ta mère est allée chercher ça. »

À voir le portrait de famille pris quand elles étaient jeunes, et avant la mort de sa sœur Marian, on serait tenté de dire que, des trois enfants, c'était à ma grand-mère que presque toute la beauté avait échu. Sa haute taille, son port altier, sa chevelure magnifique. Elle ne se contente pas de sourire pour la photo – on dirait qu'elle retient un éclat de rire en le mordant à pleines dents. Quelle vitalité, quelle confiance en soi. Et elle ne perdit jamais ce port, ni plus d'un demi-centimètre de sa taille. Mais à l'époque que je me rappelle (époque, comme je l'ai dit, où elles avaient toutes deux à peu près l'âge qui est le mien aujourd'hui), c'était tante Charlie dont on parlait comme d'une si jolie vieille dame, avec ses yeux bleus si clairs, de la couleur des fleurs de chicorée, la grâce qui prévalait dans ses mouvements, une jolie inclinaison de tête. *Charmante* serait le mot.

Le ménage de tante Charlie fut celui que j'ai eu loisir de mieux observer, parce que j'avais douze ans quand oncle Cyril est mort.

C'était un homme lourdement charpenté, avec une grosse tête, rendue plus massive par une épaisse chevelure bouclée. Il portait des lunettes, avec un verre ambre foncé, cachant l'œil qui avait été blessé dans son enfance. J'ignore si cet œil était tout à fait aveugle. Je ne le vis jamais et cela me soulevait le cœur d'y penser – j'imaginais une petite masse sombre de gelée tremblotante. Il avait le droit de conduire, en tout cas, et conduisait fort mal. Je me rappelle ma mère rentrant un jour et disant qu'elle les avait vus, tante Charlie et lui, en ville, il avait fait demi-tour au beau milieu de la rue, elle se demandait comment on pouvait le laisser s'en tirer à si bon compte.

«Charlie risque sa vie chaque fois qu'elle monte dans cette voiture.»

On le laissait s'en tirer à bon compte, j'imagine, parce que c'était une importante personnalité locale, très connue et très aimée, qu'il était sociable et plein d'assurance. Comme mon grand-père, il était cultivateur, mais ne consacrait guère de temps à la culture. Il était le clerc assermenté du canton où il résidait et il fallait compter avec lui dans le Parti libéral. Il y avait de l'argent qui ne provenait pas de l'exploitation agricole. D'hypothèques peut-être – on parlait d'investissements. Tante Charlie et lui avaient quelques vaches, mais pas d'autres animaux. Je me rappelle l'avoir vu à l'étable, tournant l'écrémeuse, vêtu d'une chemise et du gilet de son costume, avec son stylographe et son crayon Eversharp glissés dans la poche du gilet. Je ne me rappelle pas l'avoir vu traire les vaches. Tante Charlie se chargeait-elle de tout, ou employaient-ils un valet?

Si sa conduite automobile inquiétait tante Charlie, elle n'en montra jamais rien. Leur affection était légendaire. Le mot *amour* n'était pas employé. On les disait très affectueux l'un avec l'autre. Mon père souligna pour moi, quelque temps après la mort d'oncle Cyril, que ce dernier et tante Charlie avaient éprouvé une véritable affection l'un pour l'autre. J'ignore ce qui avait amené cette remarque – nous étions en voiture, et peut-être y avait-il eu un commentaire – une plaisanterie – sur la conduite d'oncle Cyril. Mon père mit l'accent sur *véritable*, comme pour constater que c'était là le sentiment que les gens mariés étaient censés éprouver l'un pour l'autre, et qu'ils prétendaient même peut-être que tel était le cas, mais qu'en fait c'était rare.

Pour commencer, oncle Cyril et tante Charlie s'appelaient par leur prénom. Pas de maman et papa. Ne pas avoir d'enfants les mettait donc à part, indiquant que ce n'était pas la fonction qui les liait mais leur être même. (C'était jusqu'à mon grand-père et ma grand-mère qui parlaient l'un de l'autre, du moins en ma présence, comme bonne-maman et bon-papa, élevant cette fonction d'un degré.) Oncle Cyril et tante Charlie n'usaient jamais de mots doux ou de surnoms affectueux et je ne les vis jamais se toucher. Je crois à présent qu'il existait entre eux une harmonie, un flux de satisfaction, dont l'air était éclairci, de sorte que même une enfant égocentrique pouvait en être consciente. Mais peut-être est-ce seulement ce qu'on m'a raconté, seulement ce que je crois me rappeler. Je suis certaine, par contre, que les autres sentiments que je me rappelle – celui d'obligations et d'exigences qui prenaient des proportions monstrueuses en présence de mon père et ma mère, et l'atmosphère renfermée d'agacement, de malaise établi, qui entourait mes grands-parents – étaient absents de ce ménage-là et qu'on jugeait cela digne de commentaires, comme une journée de grand beau temps dans une saison incertaine.

Ni ma grand-mère ni tante Charlie ne parlaient beaucoup de leur défunt mari. Ma grand-mère appelait désormais le sien par son nom – Will. Elle en parlait sans rancœur ni tristesse, comme elle eût parlé d'un camarade d'école. Tante Charlie évoquait à l'occasion «ton oncle Cyril» à ma seule intention quand ma grand-mère n'était pas présente. Ce qu'elle pouvait avoir à dire alors était qu'il refusait de porter des chaussettes de laine, ou que ses biscuits préférés étaient à la farine d'avoine et fourrés d'une pâte de dattes, ou qu'il aimait boire une tasse de thé au lever. D'ordinaire elle utilisait son chuchotement confidentiel – suggérant qu'il s'agissait d'une personne éminente que nous avions connue toutes deux, et qu'en disant *oncle* elle me faisait l'honneur de signaler que j'avais été sa parente.

Michael m'appela au téléphone. C'était une surprise. Il était ménager de son argent, soucieux des responsabilités qui allaient lui incomber et à l'époque, quand on était ménager de son argent, on ne passait pas d'appels interurbains à moins d'avoir une nouvelle bien particulière, et le plus souvent solennelle, à donner.

L'appareil était dans la cuisine. Michael appela un samedi, autour de midi, quand ma famille, assise à quelques mètres, était encore à table. Bien sûr, il n'était que neuf heures du matin à Vancouver.

«Je n'ai pas fermé l'œil de la nuit, dit Michael. Tellement j'étais inquiet de ne pas avoir de tes nouvelles. Qu'est-ce qu'il y a?»

«Rien», dis-je. J'essayai de me rappeler la dernière fois que je lui avais écrit. Cela ne pouvait pas faire plus d'une semaine.

«J'étais très occupée, dis-je. Il y a eu plein de choses à faire, ici.»

Quelques jours plus tôt nous avions rempli de sciure de bois la trémie de la chaudière. C'était ce que nous y brûlions – le combustible le moins cher à l'achat. Mais son chargement dans la trémie soulevait des nuages d'une poussière très fine qui retombait partout, même sur les lits. Et malgré les efforts qu'on déployait, on ne pouvait éviter d'en emporter partout dans la maison à la semelle de ses souliers. Il avait fallu beaucoup balayer, secouer beaucoup de draps et de couvertures, pour s'en débarrasser.

«C'est ce que j'ai cru comprendre», dit-il – alors que je n'avais encore rien écrit concernant ce problème de sciure. «Pourquoi fais-tu tout le travail? Pourquoi ne prennent-ils pas une femme de ménage? Ne seront-ils pas obligés de le faire quand tu seras partie?»

«Très bien, dis-je. J'espère que ma robe te plaira. Je t'ai dit que c'était tante Charlie qui faisait ma robe de mariée?»

«Tu ne peux pas parler?»

« Pas vraiment. »

« Ah, d'accord. Alors écris-moi. »

« Bien sûr. Aujourd'hui même. »

« Je suis en train de peindre la cuisine. »

Il avait habité une soupente avec un petit réchaud mais venait de trouver un deux pièces où nous pourrions inaugurer la vie commune.

« Tu ne me demandes même pas de quelle couleur ? Ça ne t'intéresse pas ? Je te le dis quand même. Jaune avec toutes les boiseries en blanc. Les placards blancs. Pour avoir autant de lumière que possible. »

« Ça me semble parfait », dis-je.

Quand je raccrochai, mon père dit, « Ce n'est pas une querelle d'amoureux, j'espère ? ». Il avait parlé d'un ton affecté, taquin, pour rompre le silence dans la pièce. Je n'en fus pas moins gênée.

Mon frère ricana.

Je savais ce qu'ils pensaient de Michael. Ils pensaient qu'il souriait trop, se rasait de trop près, faisait trop briller ses souliers, était trop bien élevé et trop cordialement poli. On n'aurait pas risqué de le voir curer une étable ou réparer une clôture. Ils avaient cette habitude des pauvres – et peut-être particulièrement des pauvres encombrés de plus d'intelligence que ne leur en prête leur statut social –, cette habitude ou cette nécessité de transformer leurs supérieurs, ou ceux qu'ils soupçonnent de se prendre pour leurs supérieurs, en en brossant ce genre de caricature.

Ma mère n'était pas comme ça. Michael avait son approbation. Et il était poli avec elle, encore que mal à l'aise en sa présence à cause de son élocution désespérément pâteuse, du tremblement de ses membres et de la façon dont elle perdait par moments la maîtrise de ses yeux qui se révulsaient alors dans leur orbite. Il n'avait pas l'habitude des malades. Ni des pauvres. Mais il avait fait de son mieux, au cours d'une visite qui avait dû lui sembler épouvantable, comme une morne captivité.

Dont il brûlait de me délivrer.

Ces gens autour de la table – à l'exception de ma mère – estimaient que c'était dans une large mesure une trahison de ne pas rester à ma place, dans notre genre de vie. Alors qu'en même temps ils n'avaient pas vraiment envie que j'y reste. Ils étaient soulagés que quelqu'un veuille bien de moi. Chagrinés peut-être ou vaguement honteux que ce ne fût pas un des gars de chez nous, tout en comprenant pourquoi cela ne se pouvait pas et en quoi cette solution serait la meilleure pour moi, tout bien considéré. Ils voulaient me taquiner sans ménagement à propos de Michael (ils auraient dit que c'était seulement pour me taquiner), mais dans l'ensemble ils étaient convaincus que je ferais bien de m'accrocher à lui.

J'en avais l'intention. J'aurais voulu qu'ils comprennent qu'il avait le sens de l'humour, n'était pas aussi empesé qu'ils le pensaient, et que le travail ne lui faisait pas peur. Autant que j'aurais voulu qu'il comprenne, lui, que ma vie à la maison n'était pas si triste ou si sordide qu'il lui semblait.

J'avais l'intention de m'accrocher à lui et aussi à ma famille. Je me pensais liée aux miens pour toujours, aussi longtemps que je vivrais, je n'en avais pas honte et aucun argument de Michael ne m'écarterait d'eux.

Et je pensais l'aimer. Amour et mariage. C'était une pièce agréable et lumineuse dans laquelle on entrait, où on était en sécurité. Les amants que j'avais imaginés, les prédateurs au plumage éclatant, ne s'étaient pas montrés, n'existaient peut-être pas, et de toute manière je pouvais difficilement me considérer comme digne d'eux.

Michael méritait mieux que moi, c'est sûr. Il méritait un cœur entier.

Cet après-midi-là, j'allais en ville, comme d'habitude. Les malles étaient presque pleines. Ma grand-mère, libérée de sa phlébite, n'avait plus qu'à terminer la broderie d'une taie d'oreiller, la seconde d'une paire qu'elle avait l'intention d'ajouter à ma collection. Tante Charlie se consacrait maintenant à ma robe de mariée. Elle avait installé la machine à coudre dans la moitié du salon, que des portes coulissantes en chêne séparaient du fond, où se trouvaient les malles.

La couture était son domaine – ma grand-mère n'avait jamais pu l'y égaler ni y intervenir.

J'allais me marier dans une robe de velours bordeaux descendant aux genoux avec une jupe froncée et serrée à la taille, ce qu'on appelle un décolleté en cœur et des manches bouffantes. Je me rends compte aujourd'hui qu'elle avait l'air confectionnée à la maison – pas par la faute des talents de couturière de tante Charlie mais simplement à cause de son patron, qui tout en étant très flatteur à sa façon, avait quelque chose de naïf, d'un peu mou, un style pas assez affirmé. J'étais tellement habituée aux vêtements faits maison que je n'en avais absolument pas conscience.

Après l'essayage de la robe, alors que j'étais en train de remettre mes vêtements ordinaires, ma grand-mère nous appela à la cuisine pour boire le café. Si elle avait été seule avec tante Charlie, elles auraient bu du thé, mais pour moi elles s'étaient mises à acheter du Nescafé. C'était tante Charlie qui avait commencé, quand ma grand-mère était alitée.

Tante Charlie nous dit qu'elle nous rejoindrait d'ici un moment – elle était en train de retirer du faufil.

Pendant que j'étais seule avec ma grand-mère, je lui demandai comment elle s'était sentie avant son mariage.

«Il est trop fort», dit-elle, parlant du Nescafé, et elle se leva avec le petit grognement obligé qui accompagnait désormais tout mouvement soudain. Elle mit la bouilloire sur le feu pour faire chauffer encore de l'eau. Je crus qu'elle n'allait pas me répondre, mais elle dit, «Je ne me rappelle aucun sentiment en particulier. Je me rappelle que je ne mangeais pas parce qu'il fallait que mon tour de taille diminue pour entrer dans cette robe. Alors je pense que je devais avoir faim.»

«Tu n'as jamais eu peur de...» Je voulais dire *de passer toute ta vie avec la même personne*. Mais avant que j'aie pu ajouter un mot, elle se hâta de répondre, «Cette affaire-là se réglera toute seule en temps voulu, ne t'en fais pas».

Elle avait cru que je parlais de sexualité, l'unique sujet sur lequel je croyais n'avoir besoin ni qu'on m'instruise ni qu'on me rassure.

Et son ton me donna à penser qu'il était peut-être de mauvais goût de ma part d'avoir abordé le sujet et qu'elle n'avait pas l'intention de me répondre plus longuement.

De toute manière, l'arrivée de tante Charlie à cet instant rendit peu vraisemblable l'éventualité d'un nouveau commentaire.

« Je me fais encore du souci pour les manches, dit tante Charlie. Je me demande si je ne devrais pas les raccourcir d'un demi-centimètre. »

Après son café, elle y retourna pour le faire, faufilant une seule manche afin de voir l'effet qu'elle produirait. Elle m'appela pour que je passe de nouveau la robe, et quand je l'eus fait, me surprit en me dévisageant intensément au lieu de regarder mon bras. Elle tenait quelque chose dans son poing fermé qu'elle voulait me donner. Je tendis la main et elle chuchota, « Tiens ».

Quatre billets de cinquante dollars.

« Si tu changes d'avis, dit-elle du même chuchotement heurté et pressant. Si tu ne veux plus te marier, il te faudra de l'argent pour t'en aller. »

Quand elle avait dit *changes d'avis*, j'avais cru qu'elle me taquinait, mais quand elle arriva à *il te faudra de l'argent*, je sus qu'elle parlait sérieusement. Je restai clouée sur place dans ma robe de velours, les tempes douloureuses comme si je venais de mordre dans un mets bien trop froid ou trop sucré.

Le regard de tante Charlie avait pâli d'inquiétude de ce qu'elle venait de dire. Et de ce qui lui restait à dire, avec plus d'emphase, alors que ses lèvres tremblaient.

« Si tu avais misé sur le mauvais cheval. »

Je ne l'avais encore jamais entendue se servir de cette expression – il me sembla qu'elle s'efforçait de parler comme eût fait une femme plus jeune. Comme elle pensait que j'aurais parlé moi-même, mais pas avec elle.

Le pas lourd des richelieus de ma grand-mère résonna dans le couloir.

Faisant non de la tête, je glissai l'argent sous un morceau d'étoffe de la robe de mariée posé sur la machine à coudre. Il n'était même pas réel à mes yeux – je n'avais pas l'habitude de voir des billets de cinquante dollars.

Je ne pouvais me permettre de laisser quiconque voir clair en moi, moins encore une personne aussi simple que tante Charlie.

La douleur et la soudaine clarté dans la pièce et à l'intérieur de mes tempes retombèrent. Le moment du danger passa comme un accès de hoquet.

« Bon, eh bien, dit tante Charlie d'une voix qui se voulait enjouée, se hâtant de saisir la manche. Elles feront peut-être mieux exactement comme elles étaient. »

Cela, pour les oreilles de ma grand-mère. Pour les miennes, un chuchotement entrecoupé.

« Alors il faut que tu sois – il faut me promettre – *il faut que tu sois une bonne épouse.* »

« Naturellement », dis-je comme s'il n'y avait aucune raison de chuchoter. Et ma grand-mère, entrant dans la pièce, me posa la main sur le bras.

« Fais-lui enlever cette robe avant qu'elle l'abîme, dit-elle. Elle est en nage. »

Chez nous

Je rentre chez nous comme je l'ai fait plusieurs fois pendant l'année, en prenant trois autocars. Le premier est grand, climatisé, rapide et confortable. Les voyageurs qu'il transporte ne s'intéressent guère les uns aux autres. Ils regardent par les fenêtres la circulation de l'autoroute au milieu de laquelle le car navigue avec la plus grande aisance. Nous roulons vers l'ouest puis vers le nord, et au bout de quatre-vingts kilomètres environ, nous atteignons une grande ville commerçante et industrielle, prospère. Là, avec ceux des voyageurs qui vont dans ma direction, je monte dans un car plus petit. Il est déjà assez rempli de gens dont le trajet de retour débute dans cette ville – cultivateurs devenus trop vieux pour conduire et épouses de cultivateurs de tous âges ; élèves de l'école d'infirmières et de l'institut d'agronomie rentrant chez eux pour le week-end ; enfants qu'on envoie chez leurs grands-parents. La population de la région comporte d'importantes colonies allemandes et hollandaises et certaines des personnes les plus âgées s'expriment dans l'une ou l'autre de ces langues. Dans cette partie du trajet on peut voir le car s'arrêter afin de livrer un panier ou un colis à quelqu'un qui attend devant l'entrée d'une ferme.

Pour parcourir les cinquante kilomètres jusqu'à la bourgade de la dernière correspondance, on met autant, voire plus de temps qu'il en a fallu pour franchir les quatre-vingts kilomètres entre la grande cité et la ville moyenne. Quand on parvient à cette bourgade, les rejetons joviaux et de haute taille des colons allemands, et les Hollandais plus récemment arrivés, sont tous déjà descendus, l'obscurité et le froid du soir ont commencé à tomber et les champs moins vallonnés sont

283

moins impeccablement tenus. Je traverse la route avec un ou deux survivants du premier autocar, deux ou trois du second – ici, nous échangeons des sourires, signe de reconnaissance d'une camaraderie, voire d'une similitude, qui ne nous seraient pas apparues dans les lieux d'où nous sommes partis. Nous montons dans le petit car qui attend devant une station-service. Ici, pas de gare routière.

C'est un ancien car scolaire aux sièges très inconfortables qu'on ne peut pas régler et dont les fenêtres sont coupées à mi-hauteur par une barre métallique horizontale. Cela oblige à s'avachir ou au contraire à se tenir très droit en se démanchant le cou si l'on veut avoir une vue dégagée sur le paysage. Et cela m'agace, parce que ce sont les campagnes par ici que j'ai le plus envie de voir – les bois rougissants de l'automne, les champs secs hérissés de chaume et les vaches massées à l'avant-porte des granges. Ces spectacles si banals, dans la région, sont ce que j'ai toujours cru être la dernière chose que j'aurais envie de voir de ma vie.

Et je m'avise soudain que cela pourrait bien se réaliser, et plus vite que je ne le prévoyais, étant donné le style de conduite du chauffeur, qui donne l'impression de rouler à tombeau ouvert, avec force secousses et embardées au long des trente kilomètres qui restent à parcourir sur une chaussée défoncée.

Les accidents sont une grande spécialité du pays. Des gamins trop jeunes pour avoir le permis courent à la catastrophe en conduisant à cent cinquante à l'heure sur des routes de gravier pleines de côtes sans visibilité. Des conducteurs en goguette foncent en pleine nuit tous phares éteints à travers les villages et la plupart des hommes adultes ont apparemment survécu à au moins une collision avec un poteau téléphonique et à un tonneau dans le fossé.

Il se peut que mon père et ma belle-mère évoquent les victimes de la route quand je serai chez nous. Mon père parle simplement d'un terrible accident. Ma belle-mère va plus loin. Décapitation, cage thoracique enfoncée par une colonne de direction, visage réduit en bouillie par la bouteille au goulot de laquelle on était en train de boire.

«Les imbéciles», dis-je brièvement. Ce n'est pas seulement que je n'éprouve aucune compassion pour les bolides sur gravier, les ivrognes que l'alcool aveugle. Je pense que cette conversation, l'enthousiasme avec lequel ma belle-mère se répand et se délecte, doivent être gênants pour mon père. Par la suite je comprendrai qu'il n'en est probablement rien.

«C'est exactement le mot qui leur convient, dit ma belle-mère. Des imbéciles. Ils n'ont à s'en prendre qu'à eux-mêmes.»

Je suis assise avec mon père et ma belle-mère – qui s'appelle Irlma – à la table de la cuisine, nous buvons du whisky. Leur chien Buster est couché aux pieds d'Irlma. Mon père verse l'alcool de seigle dans trois gobelets qu'il remplit aux trois quarts avant de compléter le quatrième avec de l'eau. Du vivant de ma mère il n'entrait pas d'alcool à la maison, pas même une bouteille de bière ou de vin. Elle avait fait promettre à mon père, avant leur mariage, que jamais il ne boirait. Ce n'était pas qu'elle-même eût souffert que des hommes s'adonnent à la boisson dans la maison familiale – mais c'était la promesse qu'un grand nombre de femmes qui avaient leur fierté exigeaient à l'époque avant d'accorder leur main à un homme.

La table de cuisine en bois sur laquelle nous prenions toujours nos repas et les chaises sur lesquelles nous nous asseyions ont été remisées dans la grange. C'étaient des chaises dépareillées. Elles étaient très vieilles, et deux d'entre elles étaient censées provenir de ce qu'on appelait la fabrique de chaises – ce n'était probablement qu'un atelier – de Sunshine, village qui avait cessé d'exister vers la fin du XIXᵉ siècle. Mon père est prêt à les vendre pour presque rien, ou à les donner, si quelqu'un en veut. Jamais il n'a pu comprendre l'admiration pour ce qu'il appelle les vieux fourbis et il pense que ceux qui la professent se montrent prétentieux. Irlma et lui ont acheté une table neuve au plateau revêtu d'un plastique ressemblant un peu au bois mais qui ne marque pas, et quatre chaises dont le coussin est recouvert d'un tissu synthétique imprimé de fleurs jaunes qui sont, il faut le reconnaître, bien plus confortables que les vieilles chaises de bois.

Maintenant que je n'habite plus qu'à cent soixante kilomètres, je reviens chez nous à peu près tous les deux mois. Avant, pendant longtemps, j'habitais à plus de mille six cents kilomètres et passais des années sans voir notre maison. J'y pensais alors comme à un lieu que je risquais de ne jamais revoir et j'étais profondément émue par son souvenir. J'en parcourais les pièces par l'esprit. Toutes ses pièces sont petites et, comme il est courant dans les bâtiments d'habitation des fermes, ne sont pas conçues pour profiter de l'extérieur mais, si possible, pour l'ignorer. Peut-être les gens n'avaient-ils pas envie de passer le temps où ils se reposaient, réfugiés là, à regarder les champs dans lesquels ils devaient travailler ou la neige qu'il leur faudrait dégager à la pelle pour aller nourrir leur bétail. Les gens qui admiraient ouvertement la nature – ou qui prononçaient tout simplement ce mot, *nature* – étaient souvent considérés comme un peu simples d'esprit.

En imagination, quand j'étais au loin, je voyais aussi le plafond de la cuisine, fait de planches bouvetées patinées par la fumée, et le cadre de sa fenêtre, qui portait la trace des morsures d'un chien qu'on y avait enfermé, à une époque d'avant ma naissance. Le papier mural était maculé de taches pâles par les fuites d'un conduit de cheminée et le linoléum repeint chaque printemps par ma mère, aussi longtemps qu'elle en fut capable. Elle le peignait d'une couleur sombre – marron, vert ou bleu marine – puis, à l'aide d'une éponge, y traçait un motif constellé de points brillants jaunes ou rouges.

Ce plafond est dissimulé à présent sous des carrés d'isorel blanc et un nouveau cadre métallique a remplacé le vieux cadre en bois rongé et mordillé de la fenêtre. Les vitres sont neuves aussi et n'ajoutent ni bizarres tourbillons ni ondulations à ce que l'on voit à travers. Et de toute façon, ce que l'on voit n'est plus le buisson de rudbeckias jaune d'or que l'on taillait rarement et qui envahissait les deux carreaux du bas ni le verger aux pommiers rabougris et aux deux poiriers qui ne donnèrent jamais beaucoup de fruits dans cette région trop septentrionale. Il n'y a plus à présent que le long bâtiment gris et sans fenêtre et la cour d'un élevage de dindons pour lequel mon père a vendu une bande de terrain.

Le papier peint des pièces de devant a été changé – le nouveau est blanc avec un motif en relief rouge joyeux mais classique – et on a posé une moquette vert mousse. Et comme mon père et Irlma ont tous deux grandi et vécu une partie de leur vie d'adulte dans des maisons éclairées par des lampes à pétrole, il y a de la lumière partout – suspensions et lampes de table, longs tubes fluorescents et ampoules cent watts.

Même l'extérieur de la maison, les murs de brique rouge dont le mortier effrité était particulièrement perméable au vent d'est, va être recouvert de plaques de métal blanc. Mon père envisage de les poser lui-même. Il semble donc que cette maison – sa partie cuisine datant des années 1860 – va pouvoir se dissoudre, d'une certaine manière, et se perdre, à l'intérieur d'une maison ordinaire et confortable d'aujourd'hui.

Je ne déplore pas cette perte comme je l'aurais fait autrefois. Je dis cependant que la brique rouge est d'une belle couleur douce et que j'ai entendu parler de gens (de gens de la ville) qui paient un bon prix pour ce genre de vieilles briques, mais je le dis surtout parce que je pense que c'est ce qu'attend mon père. Je suis désormais une citadine à ses yeux, et quant au sens pratique, l'ai-je jamais possédé ? (Cela ne passe plus pour un défaut aussi grave qu'autrefois, parce que j'ai fait mon chemin, contre toute attente, parmi des gens à l'esprit probablement aussi peu pratique que le mien.) Et il est content de m'expliquer de nouveau le vent d'est, le coût du combustible et la difficulté des réparations. Je sais qu'il dit vrai, et je sais que la maison qu'on va perdre n'était ni très belle ni très réussie. Une maison de pauvre, toujours, avec escalier montant entre deux murs et chambres à coucher qui se commandent toutes. Une maison où les gens ont vécu chichement pendant plus de cent ans. Alors si mon père et Irlma souhaitent y vivre confortablement en combinant leurs retraites, ce qui les rend plus riches qu'ils ne le furent jamais au cours de leur vie, s'ils souhaitent être (ils utilisent ce mot sans guillemets, en toute simplicité et positivement) *modernes*, qui suis-je pour me plaindre de la perte de quelques briques rosées et d'un mur croulant ?

Mais il est vrai aussi que mon père a envie de quelques objections, de quelques sottises de ma part. Et je me sens obligée de lui cacher le fait que la maison n'a plus autant d'importance pour moi qu'autrefois, et que désormais peu m'importe vraiment qu'il la transforme.

«Je sais que tu adores cette maison», me dit-il d'un ton d'excuse mais non sans satisfaction, et je ne lui dis pas que je ne suis plus si sûre d'adorer quelque maison que ce soit et qu'il me semble que c'était moi que j'adorais ici – un moi avec lequel j'en ai terminé, enfin.

Je ne vais plus au salon, à présent, fouiller dans le banc du piano à la recherche de vieilles photos et de vieilles partitions. Je ne vais plus à la recherche de mes vieux manuels scolaires, ma poésie latine, *Maria Chapdelaine*. Ni des best-sellers de je ne sais plus laquelle des années 1940 où ma mère était abonnée au Grand Livre du Mois – une grande année pour les romans sur les épouses d'Henri VIII, pour les écrivains femmes au nom en trois parties et pour les livres compréhensifs à l'égard de l'Union soviétique. Je n'ouvre pas les «classiques» à la reliure molle en similicuir que ma mère achetait avant d'être mariée, rien que pour voir son nom de jeune fille tracé d'une écriture gracieuse et convenue de maîtresse d'école sur le papier marbré de la page de garde, au-dessous de l'engagement de l'éditeur: *Everyman, I will go with thee, and be thy guide, in thy most need to go by thy side* [1].

Les traces de ma mère dans cette maison ne sont pas si faciles à trouver, alors qu'elle l'a dominée pendant si longtemps avec ses ambitions qui nous semblaient gênantes puis ses plaintes, tout aussi gênantes bien que justifiées. La maladie qu'elle avait était si peu connue à l'époque, et si bizarre dans ses effets, qu'elle semblait être exactement le genre de choses qu'elle aurait pu manigancer dans sa perversité et son authentique besoin d'attention, son authentique besoin d'accroître les proportions de sa vie. Attention que sa

---

1. «Toutunchacun, je t'accompagnerai et serai ton guide à l'heure où tu en as le plus grand besoin.» Réplique extraite de la plus célèbre moralité anglaise du xvᵉ siècle.

famille finit par lui accorder, poussée par la nécessité, pas tout à fait à contrecœur, mais d'une manière si routinière qu'elle semblait – qu'elle était, parfois – froide, impatiente, dénuée de tendresse. Jamais suffisante pour elle, jamais.

Les livres qu'on trouvait un peu partout sous les lits et sur les tables à travers la maison ont été rassemblés par Irlma qui leur a donné la chasse avant de les comprimer dans la bibliothèque du salon et de refermer sur eux la double porte vitrée. Mon père, loyal à son épouse, déclare qu'il ne lit presque plus du tout, qu'il a trop à faire. (Quoiqu'il aime bien regarder l'*Atlas historique* que je lui ai envoyé.) Irlma n'apprécie guère le spectacle des gens qui lisent parce que cela ne dénote pas un caractère sociable et qu'au bout du compte, qu'est-ce que cela donne de tangible? Elle pense que les gens se trouvent mieux de jouer aux cartes ou de fabriquer quelque chose. Les hommes peuvent travailler le bois, les femmes piquer et nouer des tapis ou faire du crochet ou de la broderie. On ne manque jamais de choses à faire.

Sans y voir de contradiction, Irlma fait honneur au fait que mon père ait entrepris d'écrire, dans sa vieillesse. «Il écrit très bien, sauf quand il est trop fatigué, m'a-t-elle dit. De toute manière il écrit mieux que toi.»

Il m'a fallu un moment pour comprendre qu'elle parlait de graphie. C'est ce qu'«écrire» a toujours signifié dans cette maison. L'autre affaire était ou est encore appelée «inventer des choses». Pour elle, les deux activités se rejoignent elle ne sait trop comment et sans qu'elle y fasse objection. Pas plus à l'une qu'à l'autre.

«Ça fait fonctionner sa tête», dit-elle.

Jouer aux cartes, croit-elle, aurait le même effet. Mais elle n'a pas toujours le temps de s'asseoir pour y jouer au milieu de la journée.

Mon père me parle de poser les plaques de protection sur la maison. «J'ai besoin d'un ouvrage comme celui-là pour me remettre dans la forme où j'étais il y a deux ou trois ans.»

Il y a quinze mois environ, il a eu une grave crise cardiaque.

Irlma dispose de grandes tasses à café, une assiette de crackers blancs et de crackers à la farine complète, du fromage et du beurre, des muffins au son, des biscuits à la levure et des carrés de gâteau aux quatre épices recouverts d'un glaçage.

« Il n'y a pas grand-chose, dit-elle. Je deviens paresseuse en vieillissant. »

Je dis que ça ne se produira pas, qu'elle ne sera jamais paresseuse.

« Le gâteau, c'est même un mélange tout prêt, du commerce, j'ai honte à te le dire. Tu vas voir que je finirai par l'acheter carrément tout fait. »

« Il est bon, dis-je. Il y a des poudres toutes prêtes qui sont vraiment bonnes. »

« Y a pas à dire », conclut Irlma.

Harry Crofton – qui est employé à temps partiel par l'élevage de dindons où mon père a travaillé naguère – passe le lendemain midi et après s'être dûment acquitté des protestations d'usage, se laisse convaincre de rester. On se met à table à midi pile. Nous mangeons des tranches de ronde aplaties, farinées et cuites au four, de la purée de pommes de terre avec de la sauce, des navets bouillis, de la salade de chou, des biscuits, des petits gâteaux aux raisins secs, de la confiture de pommes sauvages, de la tarte au potiron recouverte d'une couche de guimauve. Et aussi du pain et du beurre, divers condiments, et nous buvons du café instantané, du thé.

Harry est chargé d'un message par Joe Thoms, qui habite en amont sur la rivière dans une caravane, sans téléphone, et serait reconnaissant à mon père qu'il veuille bien lui apporter un sac de pommes de terre. Qu'il paierait, bien entendu. Il passerait les prendre lui-même s'il pouvait, mais il ne peut pas.

« Tu m'étonnes », dit Irlma.

Mon père couvre cette pique en me disant, « Il est en train de devenir quasiment aveugle ».

« Tout juste s'il trouve le chemin du marchand de spiritueux », dit Harry.

Tout le monde rit.

« Ce chemin-là, il le retrouverait au pif », dit Irlma. Et elle le répète avec délectation, comme elle fait souvent. « Il le retrouverait au pif ! »

Irlma est corpulente et rose, elle teint ses boucles en châtain clair et garde dans ses yeux marron une étincelle, un regard éveillé, réactif, toujours au bord de l'hilarité. Ou au bord de l'impatience virant à l'indignation. Elle aime faire rire les gens et rire elle-même. À d'autres moments elle pose les mains sur ses hanches, projette la tête en avant pour tenir des propos cassants, comme si elle cherchait la bagarre. Elle lie ce comportement au fait d'être irlandaise, et d'être née dans un train.

« Je suis irlandaise, tu vois. L'Irlandaise est bagarreuse. Et je suis née dans un train en marche. Je ne pouvais pas attendre. Kicking Horse Railway, qu'est-ce que tu dis de ça ? Quand on est né sur un cheval qui rue, on sait se défendre, y a pas à dire. » Puis, que ses auditeurs lui répliquent dans la même veine ou se recroquevillent dans un silence déconcerté, elle part d'un éclat de rire de défi.

Elle demande à Harry, « Joe a toujours la Peggy qui vit avec lui ? »

Je ne sais pas qui est Peggy et je pose donc la question.

« Tu te rappelles pas Peggy ? » répond Harry d'un air de reproche. Et à Irlma, « Plus que jamais ».

Harry travaillait pour nous du temps où mon père élevait des renards, quand j'étais petite. Il me donnait des rubans de réglisse sortis des profondeurs pelucheuses de ses poches, essayait de m'apprendre à conduire la camionnette et me chatouillait jusqu'à l'élastique de mes petites culottes.

« Peggy Goring ? reprend-il. Elle et ses frères habitaient plus haut le long des voies de ce côté-ci de Canada Packers. Mâtinés d'Indien. Hugh et Bud Goring. Hugh, qui travaillait à la laiterie ? »

« Bud était gardien à la mairie », ajoute mon père.

« Tu te les rappelles, maintenant ? » demande Irlma un peu sèchement. L'oubli de noms et d'événements du coin peut passer pour une forme d'impolitesse délibérée.

Je réponds oui alors qu'en réalité je ne me rappelle pas.

« Hugh est parti et on ne l'a jamais revu, dit-elle. Du coup Bud a condamné les trois quarts de la maison. Il habite la petite chambre du fond. Il touche sa retraite maintenant mais il est trop pingre pour chauffer la maison entière. »

« Il est devenu un peu bizarre, dit mon père. Comme nous tous. »

« Donc, Peggy, reprend Harry qui connaît et a toujours connu toutes les histoires, les rumeurs, les scandales et les paternités possibles à des kilomètres à la ronde. Peggy fréquentait Joe. Il y a de ça des années. Mais voilà qu'elle est partie en épouser un autre et s'installer dans le Nord. Et puis au bout d'un moment Joe est allé la rejoindre là-haut et il s'est mis à vivre avec elle mais ils ont eu une espèce de grande dispute et il est parti pour l'Ouest. » Il rit comme il l'a toujours fait, en silence, comme s'il se refermait sur une vaste dérision intérieure, contenue, qui lui secoue les côtes et les épaules.

« C'était comme ça entre eux, dit Irlma. Sans arrêt des histoires. »

« Du coup, après, c'est Peggy qui est partie dans l'Ouest sur ses traces, reprend Harry, et ils ont fini par vivre ensemble là-bas et apparemment il la battait quelque chose de carabiné, alors finalement elle a pris le train pour revenir ici. Il l'a tellement amochée avant qu'elle embarque qu'on a pensé arrêter le train pour la mettre à l'hôpital. »

« Il ferait beau voir, dit Irlma. Il ferait beau voir qu'un homme s'y risque avec moi. »

« Oui, bref, dit Harry. Mais elle a dû toucher un peu de sous ou demander à Bud de lui payer sa part de la maison parce qu'elle s'est acheté la caravane. Elle pensait peut-être qu'elle allait voyager. Mais Joe s'est pointé de nouveau et ils ont installé la caravane au bord de la rivière et ils se sont mariés. Son autre mari était mort, faut croire. »

« Mariés, c'est eux qui le disent », dit Irlma.

« Je ne sais pas, dit Harry. On dit qu'il la dérouille encore quand ça lui prend. »

« Celui qu'essaierait ça avec moi, dit Irlma, je le louperais pas. Je lui flanquerais mon pied où vous savez. »

« Voyons, voyons », dit mon père, feignant la consternation.

«Peut-être le sang indien qu'elle a y est pour quelque chose, dit Harry. Il paraît que les Indiens flanquent une volée à leur femme de temps en temps et qu'après elles les aiment encore plus. »

Je me sens contrainte de dire, « Oh, ça c'est seulement la façon dont les gens parlent des Indiens », et Irlma – flairant aussitôt l'arrogance ou un sentiment de supériorité – dit qu'il y a beaucoup de vrai dans ce qu'on raconte sur les Indiens, t'en fais pas.

« Ma foi, cette conversation est beaucoup trop animée pour un vieux bonhomme comme moi, dit mon père. Je crois que je vais monter m'allonger un moment. »

« Il n'est plus lui-même, dit Irlma après que nous avons écouté le pas lent de mon père dans l'escalier. Ça fait deux ou trois jours qu'il se sent mal. »

« Vraiment ? » dis-je, coupable de ne pas m'en être aperçue. Il m'a paru être dans l'état qui est toujours le sien désormais, chaque fois qu'une visite nous met en contact Irlma et moi – un peu fébrile et vaguement inquiet comme s'il lui fallait être sur ses gardes, consacrer une certaine énergie à nous expliquer l'une à l'autre, à nous défendre l'une auprès de l'autre.

« Il ne se sent pas bien, dit Irlma. Je le vois. »

Elle se tourne vers Harry qui a remis son blouson.

« Attends, j'ai quelque chose à te demander avant que tu sortes, dit-elle en allant se placer entre lui et la porte pour lui barrer le passage. Dis-moi… combien de ficelle faut-il pour attacher une femme ? »

Harry fait mine de réfléchir. « Une grande femme ou une petite, tu veux dire ? »

« N'importe quelle femme. »

« Bah, je pourrais pas te dire. J'en sais rien. »

« Deux pelotes et quinze centimètres », s'écrie Irlma, et un lointain gargouillis nous parvient, la réjouissance souterraine de Harry.

« Irlma, t'es une vraie cosaque. »

« C'est ça. Je suis une vieille cosaque. C'est ça. »

Je vais en voiture avec mon père apporter les pommes de terre à Joe Thoms.

«Tu ne te sens pas bien?»

«Pas au mieux.»

«Qu'est-ce qui ne va pas?»

«Je ne sais pas. Je n'arrive pas à dormir. Il se pourrait bien que je couve la grippe.»

«Tu vas appeler le médecin?»

«Si je ne me sens pas mieux, je l'appellerai. En lui demandant de venir maintenant, je lui ferais perdre son temps.»

Joe Thoms, qui doit avoir une dizaine d'années de plus que moi, est dans un état inquiétant, frêle, chancelant, il a de longs bras décharnés, un beau visage ravagé, pas rasé, les yeux recouverts d'un voile gris. Je ne vois pas comment il arriverait à frapper qui que ce soit. Il tâtonne à notre rencontre et prend le sac de pommes de terre, insiste pour nous faire entrer dans la caravane enfumée.

«Faut que je te les paye, celles-là, dis-moi combien elles valent.»

Mon père répond, «Allons, allons».

Une femme énorme est devant la cuisinière, remuant quelque chose dans une casserole.

Mon père dit, «Peggy, c'est ma fille. Ça sent bon ce que tu mijotes là.»

Elle ne répond pas et Joe Thoms dit, «C'est qu'un lapin qu'on nous a fait cadeau. Pas la peine d'y parler, c'est sa mauvaise oreille qu'est de ton côté. Elle est sourde et moi aveugle. Si c'est pas le diable ça tout de même. C'est qu'un lapin mais nous, le lapin, on aime bien. C'est propre, le lapin.»

Je vois à présent que la femme n'est pas aussi énorme des pieds à la tête. C'est la partie supérieure du bras le plus proche de nous qui est disproportionnée au reste de son corps, enflée comme une baudruche. La manche a été arrachée à sa robe, l'emmanchure en est effrangée avec des fils qui pendouillent, découvrant une grosse masse de chair luisante dans la fumée et la pénombre de la caravane.

Mon père dit, «Ça peut être très bon, le lapin, c'est vrai».

«Pardon de pas t'offrir un coup, dit Joe, mais on a plus rien à la maison. On boit plus.»

«J'en ai pas trop envie moi-même, à vrai dire.»

«Plus rien dans la maison depuis qu'on s'est convertis au Tabernacle, Peggy et moi, tous les deux. Tu l'as su?»

«Non, Joe. On ne m'a pas parlé de ça.»

«On s'est convertis. C'est un réconfort pour nous.»

«Bien.»

«Je me rends compte maintenant que j'ai passé une grande partie de ma vie dans le mal. Peggy, elle s'en rend compte aussi.»

«Mmm mmm», fait mon père.

«Je me dis que c'est pas étonnant que le Seigneur m'a rendu aveugle. Il m'a rendu aveugle mais je vois pourquoi Il l'a fait. Je vois le dessein du Seigneur. Il est pas entré une goutte d'alcool ici depuis le week-end du 1er juillet. C'était la dernière fois. Le 1er juillet.»

Il colle son visage tout près de celui de mon père.

«Tu vois le dessein du Seigneur?»

«Oh Joe, dit mon père avec un soupir. Joe, je pense que tout ça c'est des foutaises.»

J'en suis surprise, parce que mon père est très diplomate, d'ordinaire, et sait se montrer gentiment évasif. Il m'a toujours parlé, c'était presque une mise en garde, de la nécessité d'être accommodant, pour ne pas braquer les gens.

Joe Thoms est encore plus surpris que moi.

«C'est pas ce que t'as voulu dire. Tu parles pas sérieusement. Tu sais plus ce que tu dis.»

«Si, je t'assure.»

«Ben alors tu devrais lire la Bible. Tu devrais voir tout ce qu'y a d'écrit dans la Bible.»

Accès de nervosité ou agacement, mon père claque ses mains sur ses genoux.

«On peut être en accord ou en désaccord avec la Bible, Joe. La Bible n'est qu'un livre comme tous les livres.»

«C'est un péché de dire ça. Le Seigneur a écrit la Bible et Il a conçu et créé le monde et nous tous ici.»

Nouvelle claque. «Je n'en sais rien, Joe. Je ne sais pas. Pour ce qui est de concevoir le monde, qui dit qu'il a été conçu?»

«Ah oui, alors qui l'a créé?»

«Je n'ai pas la réponse à cette question. Et je m'en fiche.»

Je vois que mon père n'a pas son visage habituel, qu'il n'est pas conciliant (ce qui a été son expression la plus constante) et pas de méchante humeur non plus. Il est obstiné mais sans provocation, simplement retranché en lui-même dans une lassitude qui ne veut rien céder. Quelque chose en lui s'est fermé, un rouage s'est immobilisé.

Il a pris le volant pour aller à l'hôpital. Assise à côté de lui, j'ai un récipient sur les genoux, prête à le lui présenter s'il devait se ranger sur le bas-côté de la route, pris de nouvelles nausées. Il ne s'est pas couché de la nuit, vomissant souvent. Entre-temps, assis à la table de la cuisine, il feuilletait l'*Atlas historique*. Lui qui est rarement sorti de l'Ontario a des connaissances sur des fleuves d'Asie et d'antiques frontières du Moyen-Orient. Il connaît l'emplacement de la fosse océanique la plus profonde. Il connaît l'itinéraire d'Alexandre et celui de Napoléon et sait que les Khazars avaient leur capitale là où la Volga se jette dans la mer Caspienne.

Il se plaignait d'une douleur en travers des épaules et en travers du dos. Et de ce qu'il appelle son vieil ennemi, le mal de ventre.

Vers huit heures, il est monté pour essayer de dormir et Irlma et moi avons passé la matinée à bavarder en fumant dans la cuisine, espérant que c'était ce qu'il était en train de faire.

Irlma a évoqué l'effet qu'elle produisait autrefois sur les hommes. Cela avait commencé tôt. Un type avait tenté de l'entraîner pendant qu'elle regardait un défilé, elle n'avait que neuf ans. Et deux ou trois ans après son premier mariage, elle s'était retrouvée dans une rue de Toronto à la recherche d'une boutique dont elle avait entendu parler, où l'on vendait des pièces détachées d'aspirateur. Et un homme qu'elle ne connaissait ni d'Ève ni d'Adam lui avait dit,

«Permettez-moi de vous donner un conseil, mademoiselle. Ne vous promenez pas dans les rues d'une grande ville en arborant un sourire pareil. Il y a des gens qui pourraient l'interpréter dans le mauvais sens.»

«Je ne savais pas comment je souriais. Je ne voulais rien faire de mal. J'ai toujours préféré être souriante que renfrognée. J'ai été ébahie comme jamais de ma vie. *Ne vous promenez pas dans les rues d'une grande ville en arborant un sourire pareil.*» Elle se laissa aller en arrière sur sa chaise, les bras ouverts en signe d'impuissance, et éclata de rire.

«Une bombe, dit-elle. Et je ne le savais même pas.»

Elle me répète ce que mon père lui a dit. Il lui a dit qu'il aurait voulu qu'elle soit sa femme depuis toujours, et pas ma mère.

«Voilà ce qu'il a dit. Il a dit que j'étais celle qu'il lui aurait fallu. Qu'il aurait dû tomber sur moi la première fois.»

«Et c'est la pure vérité», ajoute-t-elle.

Quand mon père est redescendu, il a dit qu'il se sentait mieux, qu'il avait un peu dormi et que la douleur avait disparu, ou du moins qu'elle était, pensait-il, en train de disparaître. Il pouvait essayer d'avaler quelque chose. Irlma lui a proposé un sandwich, des œufs brouillés, de la compote de pommes, une tasse de thé. Mon père a essayé la tasse de thé, et puis il l'a vomie et a continué de vomir de la bile.

Mais avant de partir pour l'hôpital, il a fallu qu'il m'emmène à la grange pour me montrer où était le foin et comment le descendre et le donner aux moutons. Irlma et lui élèvent deux douzaines de moutons. Je ne sais pas pourquoi. Je ne crois pas que les moutons rapportent assez d'argent pour le travail qu'ils leur donnent. Peut-être est-il simplement rassurant d'avoir quelques bêtes. Ils ont Buster, bien sûr, mais ce n'est pas exactement un animal de ferme. Les moutons procurent des corvées, un travail de paysan, le genre d'ouvrage qu'ils ont connu toute leur vie.

Les moutons sont encore au pré, mais l'herbe qu'ils broutent est un peu moins nourrissante – il y a déjà eu une ou deux gelées –, il faut donc leur donner aussi du foin.

Je suis assise à côté de lui, tenant le récipient, et l'auto emprunte lentement le vieil itinéraire habituel – Spencer Street, Church Street, Wexford Street, Ladysmith Street – jusqu'à l'hôpital. La ville, contrairement à la maison, n'a guère changé – personne n'a entrepris de la rénover ou de la transformer. Elle a néanmoins changé pour moi. J'ai écrit à son sujet et l'ai entièrement vidée de sa substance. Voilà plus ou moins les mêmes banques, les mêmes commerces de quincaillerie et d'alimentation, et le coiffeur et le beffroi de l'hôtel de ville, mais tous les messages secrets dont ils regorgeaient pour moi sont taris.

Pas pour mon père. Il a vécu ici et nulle part ailleurs. Il n'a pas échappé aux choses en en faisant cet usage.

Deux petits faits un peu bizarres se produisent quand j'emmène mon père à l'intérieur de l'hôpital. On me demande son âge et je dis aussitôt, «Cinquante-deux ans», l'âge d'un homme dont je suis amoureuse. Puis je ris, m'excuse, cours jusqu'au lit du service des urgences où on l'a installé pour lui demander s'il a soixante-douze ou soixante-treize ans. Il me regarde comme si lui-même n'avait pas la réponse à cette question. Il dit, «Je te demande pardon?» cérémonieusement pour gagner du temps, puis est en mesure de me dire, soixante-douze. Il tremble un peu de tout le corps, mais son menton tremble très visiblement, tout comme celui de ma mère autrefois. Dans le court laps de temps qui s'est écoulé depuis son entrée à l'hôpital, une forme d'abdication a eu lieu. L'infirmière vient prendre sa tension et il s'efforce de retrousser sa manche de chemise en la roulant mais n'y arrive pas – elle doit le faire pour lui.

«Vous pouvez aller vous asseoir dans la pièce d'à côté, me dit l'infirmière. C'est plus confortable.»

La deuxième bizarrerie : le hasard veut que le Dr Parakulam, le médecin de mon père – que les gens du coin appellent le docteur hindou –, soit le médecin de garde aux urgences. Il arrive au bout d'un moment et j'entends mon père faire un effort pour le saluer avec affabilité. J'entends qu'on ferme les rideaux autour du lit. Après l'examen, le Dr Parakulam sort et s'adresse à l'infirmière qui s'affaire maintenant, assise au bureau dans la pièce où j'attends.

« Bon. On l'hospitalise. À l'étage. »

Il s'assied en face de moi pendant que l'infirmière téléphone.

« Non ? fait-elle au téléphone. Mais il veut qu'on l'admette là-haut. Non. D'accord, je vais lui dire. »

« Ils disent qu'il faut le mettre en 3-M. Ils n'ont pas de lit. »

« Je ne veux pas qu'on le mette en médecine générale », dit le médecin – peut-être lui parle-t-il d'une façon plus autoritaire, ou d'un ton plus mortifié, que celui qu'utiliserait un médecin élevé dans notre pays. « Je veux qu'on le mette aux soins intensifs. À l'étage. »

« Alors il vaudrait peut-être mieux que vous leur parliez, dit-elle. Vous voulez leur parler ? »

C'est une infirmière grande et mince, avec de vagues airs de garçon manqué quinquagénaire, enjouée et gouailleuse. Le ton qu'elle emploie avec lui est moins discret, moins correct et déférent que je l'attendrais d'une infirmière s'adressant à un médecin. Peut-être n'est-il pas le genre de médecin qui force le respect. Ou peut-être est-ce tout simplement que les femmes de la campagne et des petites villes dont les opinions sont en général si traditionnelles, n'en adoptent pas moins des manières souvent autoritaires et frisant l'insolence.

Le Dr Parakulam prend le téléphone.

« Je ne veux pas le faire admettre en médecine générale. Je veux le mettre à l'étage. Mais vous ne pourriez pas… Oui je sais. Mais pouvez-vous… ? C'est un patient… Je sais. Mais j'essaie de vous dire… Oui. Oui très bien. Entendu. Je vois. »

Il raccroche le téléphone et dit à l'infirmière, « Mettez-le en bas, au 3. » Elle prend le téléphone pour faire le nécessaire.

« Mais vous vouliez qu'on l'admette aux soins intensifs », dis-je, pensant qu'il doit bien exister un moyen de faire prévaloir les besoins de mon père.

« Oui. C'est ce que je voulais mais je n'y peux rien du tout. » Pour la première fois, le médecin me regarde directement et c'est maintenant moi qui suis peut-être son ennemie, et plus la personne qu'il avait au bout du fil. C'est un homme élégant, très brun, petit, avec de grands yeux vernissés.

« J'ai fait de mon mieux, dit-il. Que voulez-vous que je fasse de plus ? Qu'est-ce qu'un médecin ? Un médecin ça n'est plus rien, aujourd'hui. »

J'ignore qui est coupable selon lui – les infirmières, l'hôpital, le gouvernement – mais je n'ai pas l'habitude de voir des médecins s'enflammer de cette façon et la dernière chose que j'attends de lui est un aveu d'impuissance. Cela me semble de mauvais augure pour mon père.

« Je ne vous reproche rien… », dis-je.

« Très bien. Alors ne me reprochez rien. »

L'infirmière a fini sa conversation téléphonique. Elle me dit qu'il faut que j'aille aux admissions remplir quelques papiers. « Vous avez sa carte ? » demande-t-elle. Et au médecin, « On va amener un blessé, une collision sur l'autoroute Lucknow. J'ai cru comprendre que ce n'est pas trop grave. »

« Bon. Bien. Bon. »

« C'est votre jour de chance. »

On a placé mon père dans une chambre à quatre lits. Un des lits est vide. Dans le lit voisin du sien, près de la fenêtre, il y a un vieillard qui doit rester étendu sur le dos et qui est sous oxygène mais peut faire la conversation. Au cours des deux dernières années, dit-il, il a subi neuf opérations. Il a passé presque toute l'année dernière au Veterans' Hospital de la grande ville.

« Ils m'ont enlevé tout ce qu'ils pouvaient enlever, après quoi ils m'ont truffé de comprimés pour me renvoyer mourir à la maison. » Il dit cela comme un mot d'esprit qu'il a servi bien des fois avec succès.

Il a un poste de radio qu'il a réglé sur une station de rock. Peut-être la seule qu'il capte. À moins qu'il n'aime ça.

En face de celui de mon père il y a le lit d'un autre vieillard, qu'on a installé pour le moment dans un fauteuil roulant. Il a des cheveux blancs coupés court, encore épais, et la grosse tête et le corps frêle d'un enfant malade. Il porte une courte chemise de l'hôpital et est assis dans son fauteuil roulant les jambes écartées, révélant un nid de roustons bruns et desséchés. Il y a un plateau en travers de son fauteuil comme le plateau d'une haute chaise de bébé. On lui a donné un gant de toilette pour s'amuser. Il enroule le gant de toilette et l'écrase trois fois avec le poing. Puis il le déroule et l'enroule de nouveau, soigneusement, et l'aplatit de nouveau. Il le frappe toujours trois fois, une fois à chaque extrémité du rouleau, et une fois au milieu. Le processus se poursuit à un rythme qui ne varie pas.

« Dave Ellers », dit mon père à voix basse.

« Tu le connais ? »

« Ben oui. Un vieux cheminot. »

Le vieux cheminot nous lance un regard rapide, sans interrompre son jeu. « Ha », fait-il, menaçant.

Mon père dit, apparemment sans ironie, « Il a déjà fait un bout de chemin dans la descente. »

« En tout cas c'est toi le plus beau de la chambre, dis-je. Et aussi le mieux habillé. »

Et là, il sourit, faiblement mais comme il se doit. On l'a autorisé à porter le pyjama rayé bordeaux et gris qu'Irlma a sorti de son emballage pour lui. Un cadeau de Noël.

« Est-ce que tu as l'impression que j'ai un peu de fièvre ? »

Je touche son front, qui est brûlant.

« Peut-être un peu. Ils vont te donner quelque chose. » Je me penche pour me rapprocher et chuchote, « Je crois que tu as pas mal d'avance dans le domaine intellectuel, aussi. »

« Quoi ? demande-t-il. Ah. » Il fait le tour de la chambre des yeux. « Je ne vais peut-être pas la garder. » À peine a-t-il dit ça qu'il me lance le regard éperdu et désemparé que j'ai appris à interpréter depuis hier, et saisissant le bassin dans la table de chevet, je le tiens pour lui.

Pendant que mon père est secoué de bruyants haut-le-cœur, l'homme qui a subi neuf opérations monte le volume de sa radio.

Sitting on the ceiling
Looking upside down
Watching all the people
Goin' roun' and roun'[1]

Je rentre dîner avec Irlma. Je retournerai à l'hôpital après dîner. Irlma ira demain. Mon père a dit que mieux valait qu'elle n'y aille pas le soir même.

«Attendons qu'ils m'aient remis d'aplomb, a-t-il dit. Je ne veux pas qu'elle s'inquiète.»

«Buster est dehors quelque part, dit Irlma. Je n'arrive pas à le faire revenir. Et s'il ne revient pas quand je l'appelle, personne ne pourra le faire rentrer.»

En réalité Buster est le chien d'Irlma. Le chien qu'elle a amené quand elle s'est mariée avec mon père. Il a du berger allemand et du colley, il est très vieux, il sent mauvais et se traîne en général d'un air abattu. Irlma a raison – il ne fait confiance qu'à elle. À intervalles réguliers pendant le repas, elle se lève pour l'appeler sur le seuil de la cuisine.

«Ici Buster. Buster, Buster. Rentre à la maison.»

«Tu veux que je sorte l'appeler?»

«Ça ne marcherait pas. Il n'y ferait pas attention.»

Il me semble que sa voix est plus faible et plus découragée quand elle appelle Buster, alors qu'elle la surveille quand elle s'adresse à n'importe qui d'autre. Elle le siffle aussi vigoureusement qu'elle peut mais son sifflement manque de force, lui aussi.

«Je parie que je sais où il est, dit-elle. Au bord de la rivière.»

Je pense que, quoi qu'elle dise, il faudra que je chausse les bottes en

---

1. «Assis au plafond/ Je vois à l'envers/ Les gens qui sans arrêt/ Tournent en rond tournent en rond.»

caoutchouc de mon père pour me mettre à sa recherche. Puis, alors que je n'ai pas entendu le moindre bruit, elle lève la tête, se hâte de gagner la porte et appelle, «Ici, Buster mon vieux. Le voilà. Le voilà. Allez entre. Viens Buster. Le voilà mon vieux chien.»

«Où t'étais? demande-t-elle en se penchant pour le serrer dans ses bras. Où t'étais, hein? Vieux brigand? Je sais. Je sais. T'es allé te mouiller dans la rivière.»

Buster dégage une odeur d'eau croupie et de plantes aquatiques. Il s'étend de tout son long sur la carpette entre le canapé et la télévision.

«Il a ses ennuis d'intestins de nouveau, c'est ça. C'est pour ça qu'il est allé dans l'eau. Ça le brûle sans arrêt alors il va dans l'eau parce que ça le soulage. Mais il aura aucun vrai soulagement avant d'avoir fait. Sûr que non, dit-elle en le câlinant avec la serviette dont elle se sert pour le sécher. Pauvre vieux bonhomme.»

Elle m'explique comme elle l'a déjà fait que les ennuis d'intestins de Buster viennent de son habitude d'aller fouiner autour de l'élevage de dindons pour manger tout ce qu'il y trouve.

«Des vieux bouts de dindons morts. Avec des plumes dedans. Il se fourre ça dans le système digestif et il peut plus les ressortir comme ferait un chien plus jeune. Il peut pas les digérer. Tout ça s'accumule dans les intestins et ça bloque tout qu'il peut plus rien faire. Et il souffre le martyre. Y a qu'à l'écouter.»

Pas de doute, Buster gronde et grogne. Il se relève à grand-peine. *Humph. Humph.*

«Ce sera comme ça toute la nuit, peut-être. Je ne sais pas. Peut-être que ça sortira plus jamais. C'est de ça que je peux pas m'empêcher d'avoir peur. Si je l'emmène chez le véto, je sais qu'ils ne le soigneront pas. Ils me diront qu'il est trop vieux et ils voudront le piquer.»
Humph. Humph.

«Y a personne qui va se pointer pour me mettre au lit», dit Mr. Ellers, le cheminot. Il est au lit, adossé à ses oreillers. Sa voix est dure et forte mais il ne réveille pas mon père. Les paupières de mon père tremblent.

On lui a enlevé son dentier de sorte que les coins de sa bouche sont enfoncés, ses lèvres ont presque disparu. Sur son visage endormi, il y a une expression de la plus inaltérable déception.

«Arrêtez-moi ce raffut vous là-bas, dit Mr. Ellers au couloir silencieux. Fermez-la ou je vous colle une amende de cent quatre-vingts dollars.»

«Fermez-la vous-même, vieux cinglé», dit l'homme à la radio avant de l'allumer.

«Cent quatre-vingts dollars.»

Mon père ouvre les yeux, essaie de s'asseoir, retombe, et me dit d'un ton assez pressant, «Comment savons-nous que l'aboutissement du processus, c'est l'homme?»

Get yo' hans outa my pocket [1]...

«L'évolution, dit mon père. Peut-être qu'on a pris les choses par le mauvais bout, dans cette affaire. Il se passe quelque chose dont nous ne savons pas le premier mot.»

Je lui touche le front. Plus brûlant que jamais.

«Qu'est-ce que tu en penses?»

«Je ne sais pas, papa.»

Parce que je ne pense pas – je ne pense pas à ces choses-là. J'y ai pensé, naguère, mais je n'y pense plus. À présent je pense à mon travail, et aux hommes.

Il est déjà à court d'énergie pour faire la conversation.

«Peut-être qu'il vient… un nouveau Moyen Âge.»

«Tu crois?»

«Irlma a de l'avance sur toi et moi.»

Son ton me paraît affectueux, bien que triste. Puis il a un faible sourire. Je crois que le mot qu'il prononce est… *merveille.*

«Buster a réussi à faire.» C'est par ces mots qu'Irlma m'accueille quand je rentre à la maison. Une lueur de soulagement et de triomphe est répandue sur ses traits.

---

1. «Sors tes mains de ma poche…»

« Ah. C'est bien. »

« Juste après que tu es partie à l'hôpital, il s'y est mis. Je te sers une tasse de café dans une minute. » Elle branche la bouilloire électrique. Sur la table, elle a disposé des sandwichs au jambon, des pickles, du fromage, des biscuits, du miel foncé et du miel clair. Il y a à peine deux heures que nous avons fini de dîner.

« Il a commencé à grogner, à tourner en rond et à mordiller la carpette. C'était cette misère qui le rendait fou et je pouvais rien pour lui. Et puis vers sept heures et quart j'ai entendu le changement. Au bruit qu'il fait, je reconnais qu'il a réussi à déplacer ça dans une meilleure position où il peut faire l'effort. Il reste de la tarte, on l'a pas finie. Tu préfères de la tarte ? »

« Non merci. Ça, c'est très bien. »

Je prends un sandwich au jambon.

« Alors j'ouvre la porte et j'essaye de le convaincre d'aller dehors, là où il pourra faire. »

La bouilloire siffle. Elle verse de l'eau sur mon café instantané.

« Attends une minute, je vais te donner de la vraie crème – trop tard. En plein milieu de la carpette, là, qu'il a fait. Un tas comme ça. » Elle me montre ses deux poings l'un contre l'autre. « Et dur. Oh là là. J'aurais voulu que tu voies ça. Comme de la pierre. »

« Et j'avais raison, dit-elle. C'était bourré de plumes de dinde. »

Je remue le café brunâtre.

« Et après ça, *plouf,* il a sorti tout le mou. T'as fait sauter la digue, hein. » Elle dit ça à Buster qui a soulevé la tête. « Tu as empuanti la cuisine quelque chose de sévère, pas vrai ? Mais le plus gros est tombé sur la carpette alors je l'ai sortie pour la passer au jet, dit-elle en se tournant de nouveau vers moi. Ensuite je l'ai passée au savon et à la brosse en chiendent et j'ai rincé avec le jet une deuxième fois. J'ai récuré par terre aussi, j'ai vaporisé du Lysol et j'ai laissé la porte ouverte. Tu sens plus rien, non ? »

« Non. »

« Ça, j'ai été rudement contente de le voir soulagé. Pauvre vieux bonhomme. Il aurait quatre-vingt-quatorze ans pour un homme. »

Pendant la première visite que j'ai faite à mon père et Irlma après que j'ai quitté mon ménage pour venir dans l'Est, j'ai dormi dans la chambre qui était autrefois celle de mes parents. (Mon père et Irlma se sont installés à présent dans celle qui était la mienne.) J'ai rêvé que je venais d'entrer dans la chambre, où dans la réalité j'étais déjà endormie, et que j'y trouvais ma mère à genoux. Elle était en train de peindre la plinthe en jaune. Tu ne sais pas, demandai-je, qu'Irlma va peindre cette pièce en bleu et blanc? Si, je le sais, dit ma mère, mais j'ai pensé qu'en me dépêchant, j'arriverais à tout faire et qu'elle n'y touchera pas, elle ne prendra pas la peine de repeindre par-dessus de la peinture fraîche. Mais il va falloir que tu m'aides, dit-elle. Il va falloir que tu m'aides parce qu'il faut que je le fasse pendant qu'elle dort. »

Et c'était exactement comme elle autrefois – elle entreprenait quelque chose dans une grande bouffée d'énergie, puis enrôlait tout le monde pour l'aider à cause d'un soudain accès de fatigue qui la laissait désemparée.

« Je suis morte tu sais, m'explique-t-elle. Alors il faut que je le fasse pendant qu'elle dort. »

Irlma a de l'avance sur toi et moi.

Qu'est-ce que mon père a voulu dire par là?

Qu'elle connaît seulement les choses qui lui sont utiles mais que ces choses-là, elle les connaît très bien? Qu'on peut compter qu'elle prendra ce dont elle a besoin, en toutes circonstances ou presque? Étant une personne qui ne remet pas en question ses besoins, ne remet pas en question qu'elle a raison dans tout ce qu'elle éprouve, tout ce qu'elle dit et tout ce qu'elle fait.

La décrivant à une amie, j'ai dit, c'est une personne qui prendrait les chaussures d'un cadavre dans la rue. Et puis bien sûr j'ai ajouté, quel mal y a-t-il à cela?

… merveille.

C'est une merveille.

Il est arrivé quelque chose dont j'ai honte. Quand Irlma m'a dit que mon père aurait voulu avoir été avec elle tout le temps, qu'il la préférait à ma mère, je lui ai répondu d'un ton froid et judicieux – ce ton cultivé qui a en lui-même le pouvoir de blesser – que je ne doutais pas qu'il l'ait dit. (Je n'en doute d'ailleurs pas. Mon père et moi avons en commun l'habitude – pas forcément digne d'éloge – de souvent dire plus ou moins aux gens ce que nous croyons qu'ils ont envie d'entendre.) J'ai répondu que je ne doutais pas qu'il l'ait dit mais que je trouvais que c'était un manque de tact de sa part à elle de me le rapporter. *Un manque de tact*, oui, tels sont les mots que j'ai utilisés.

Elle a été ébahie qu'on puisse essayer de la faire souffrir à brûle-pourpoint de cette façon, quand elle était contente d'elle-même, épanouie. Elle a dit que s'il y avait une chose qu'elle ne pouvait supporter c'était qu'on se trompe sur ses intentions, qu'on prenne ce qu'elle disait en mauvaise part, que les gens soient si susceptibles. Et ses yeux se sont remplis de larmes. Mais ensuite mon père est descendu et elle a oublié ses propres malheurs – du moins provisoirement – dans son anxiété pour lui, anxieuse qu'elle était de s'occuper de lui, de lui fournir quelque chose qu'il puisse manger.

Dans son anxiété? Je pourrais dire, dans son amour. Son visage totalement radouci, rose, tendre, débordant d'amour.

Je parle avec le Dr Parakulam au téléphone.

«Pourquoi pensez-vous qu'il a autant de température?»

«Il doit faire une infection.» *Évidemment*, évite-t-il poliment d'ajouter.

«On lui donne... oui, enfin, j'imagine qu'on lui donne des antibiotiques?»

«On lui donne tout ce qu'il lui faut.»

Un silence.

«Où pensez-vous que l'infection...»

«J'ai demandé de nouveaux examens, qu'on lui fera aujourd'hui. Des analyses de sang. Un nouvel électrocardiogramme.»

« Vous pensez que c'est le cœur ? »

« Oui. Fondamentalement. C'est le principal souci. Son cœur. »

Le lundi après-midi, Irlma est allée à l'hôpital. Je devais l'y emmener – elle ne conduit pas – mais Harry Crofton est passé avec sa camionnette et elle a décidé d'y aller avec lui, pour que je puisse rester à la maison. Elle autant que mon père s'inquiètent et n'aiment pas *qu'il n'y ait personne.*

Je vais dans la grange, je descends une balle de foin, en coupe les liens pour aérer le foin et le répandre.

Quand je viens ici, j'y reste d'ordinaire du vendredi soir au dimanche soir, pas plus. Et maintenant que la semaine est entamée, on dirait qu'un aspect de ma vie échappe à ma maîtrise. Je ne suis plus si sûre qu'il s'agit d'une simple visite. Les autocars qui circulent d'un endroit à un autre, je ne suis plus si sûre qu'ils roulent pour moi.

Je porte des sandales ouvertes, des sandales en cuir de buffle bon marché. Le type de chaussures que portent beaucoup de femmes de ma connaissance et qui dénotent une préférence pour la vie à la campagne, le goût des choses simples et naturelles. Absolument pas pratiques pour ce que je suis en train de faire. Des bribes de foin et des crottes de mouton, qui semblent de gros raisins secs noirs, s'écrasent entre mes orteils.

Les moutons se pressent autour de moi. Depuis la tonte de cet été, leur laine a repoussé mais n'est pas encore très longue. Sitôt après la tonte, on est surpris de constater à quel point, vus d'une certaine distance, ils ressemblent à des chèvres, et encore maintenant leur silhouette n'est ni douce ni lourde. Avec la saillie de l'os de la hanche, le front buté. Je leur parle un peu artificiellement, en étalant le foin. Je leur donne de l'avoine dans la longue mangeoire.

Autour de moi, des gens disent que ce genre d'ouvrage permet de se ressourcer et possède une dignité propre, mais le connaissant depuis ma naissance, j'en ai un sentiment différent. Le temps et le lieu risquent de me rattraper pour m'enfermer, je risque d'avoir trop facilement l'impression de n'être jamais partie, d'être restée ici ma vie entière, comme si ma vie d'adulte était une espèce de rêve qui ne s'est jamais emparé de moi. Je ne me vois pas comme Harry et Irlma, qui sont parvenus à un certain épanouissement dans cette vie, ni comme mon père, qui s'y est modelé, mais plus comme ces inadaptés, ces captifs – presque inutiles, célibataires, rouillés – qui auraient dû partir mais ne l'ont pas fait, n'ont pas pu, et ne sont désormais plus à leur place nulle part. Je pense à un homme qui a laissé ses vaches mourir de faim, un hiver, après la mort de sa mère, pas parce que le chagrin le paralysait, mais parce qu'il ne prenait pas la peine de sortir et d'aller jusqu'à la grange les nourrir, et qu'il n'y avait personne pour lui dire qu'il le fallait. C'est une chose que je peux croire, que je peux imaginer. Je peux me voir en fille quinquagénaire qui a fait son devoir, est restée à la maison, pensant qu'un beau jour elle aurait sa chance et puis qui a fini par se réveiller et comprendre que cela n'arriverait pas. La voilà maintenant qui lit toute la nuit et ne répond pas quand on frappe à sa porte et sort dans une transe bourrue répandre du foin pour les moutons.

Ce qui arrive quand je suis en train de finir l'ouvrage avec les moutons, c'est que la nièce d'Irlma, Connie, entre en voiture dans la cour. Elle est allée chercher son fils cadet à l'école et vient voir comment nous nous débrouillons.

Connie est veuve avec deux enfants, deux garçons, et vit dans une petite ferme à quelques kilomètres. Elle travaille comme aide-soignante à l'hôpital. Tout en étant la nièce d'Irlma, c'est une petite-cousine à moi – c'est par son intermédiaire, je crois, que mon père a mieux fait connaissance avec Irlma. Ses yeux bruns étincellent, comme ceux d'Irlma, mais sont plus réfléchis, moins exigeants. Son corps est solide et capable, sa peau sèche, les muscles de ses bras durs, ses cheveux noirs coupés court grisonnent. Il y a un charme impulsif dans sa voix et son expression et elle a gardé les mouvements d'une bonne danseuse. Elle se met du rouge à lèvres et du mascara avant d'aller travailler et les retouche quand son travail est fini, elle émerge débordant de ce qu'on pourrait décrire inadéquatement comme de l'enthousiasme ou de la bonne humeur ou de l'humanité, d'une existence au cours de laquelle les choix n'ont pas été nombreux, ni la chance généreuse.

Elle envoie son fils fermer la barrière pour moi – j'aurais dû le faire – afin d'empêcher les moutons de s'éparpiller dans le champ du bas.

Elle dit qu'elle est passée voir mon père à l'hôpital et qu'il semble aller beaucoup mieux aujourd'hui, sa fièvre a baissé et il a mangé tout son repas.

«Tu dois avoir envie de retourner à ta vie», dit-elle comme si c'était la chose la plus naturelle du monde et exactement ce dont elle aurait envie à ma place. Elle ne sait certainement rien de ma vie qui consiste à rester assise dans une pièce en écrivant et à sortir de temps en temps pour voir une amie ou un amant, mais si elle savait, elle dirait probablement que c'est mon droit.

«Les garçons et moi, on peut passer faire ce qu'il y a à faire pour tante Irlma. Un des deux peut s'installer avec elle si elle n'aime pas être seule. On peut se débrouiller, pour l'instant en tout cas. Tu peux téléphoner pour voir comment les choses évoluent. Tu pourrais revenir le week-end. Qu'est-ce que tu en penses?»

«Tu es sûre que ça ne poserait pas de problème?»

«Je ne crois pas que ce soit si terrible, dit-elle. La façon dont ça se passe d'ordinaire, il y a un certain nombre d'alertes avant... tu sais bien, avant le rideau. D'ordinaire, en tout cas.»

Je pense que je peux être ici en vitesse en cas de besoin, que je peux toujours louer une voiture.

«Je peux passer le voir tous les jours, dit-elle. On est amis, lui et moi, il me parlera. Tu peux compter sur moi pour te faire savoir s'il y a quelque chose. Le moindre changement, quoi que ce soit.»

Et, bien, nous allons apparemment nous en tenir là.

Il me revient ce que mon père m'a dit un jour. *Elle a restauré ma foi dans les femmes.*

La foi dans l'instinct des femmes, leur instinct naturel, quelque chose de chaleureux, actif et direct. Quelque chose que je ne possède pas, avais-je pensé en regimbant. Mais à présent, parlant avec Connie, j'ai mieux vu ce que cela signifiait. Alors que ce n'était pas de Connie qu'il parlait. C'était d'Irlma.

En repensant à tout cela par la suite, je me rendrai compte que le coin de l'étable où je me tenais, pour répandre le foin, et où je fus saisie de ce début de panique, est le cadre du premier souvenir net de ma vie. Il y a dans ce coin une volée de marches de bois très raides menant au fenil, et dans la scène que je me rappelle, je suis assise sur la première ou la deuxième marche à regarder mon père traire la vache noir et blanc. Je sais de quelle année il s'agit – la vache noir et blanc est morte d'une pneumonie au cours du pire hiver de mon enfance, celui de 1935. Une perte aussi coûteuse n'est pas difficile à se rappeler.

Et puisque la vache est vivante et que je porte des vêtements chauds, un manteau de laine et des jambières, et qu'à l'heure de la traite il fait déjà noir – il y a une lanterne pendue à un clou à côté de la stalle – on est probablement à la fin de l'automne ou au début de l'hiver. Peut-être encore en 1934. Juste avant que la saison nous assaille dans toute sa rigueur.

La lanterne est pendue au clou. La vache noir et blanc semble remarquablement grande et le contour des taches de son pelage très précis, du moins en comparaison avec la vache rousse ou café au lait rougeâtre – qui lui survécut – dans la stalle voisine. Mon père est assis sur le tabouret de traite à trois pieds, dans l'ombre de la vache. Je me souviens du rythme des deux jets de lait heurtant le seau, mais pas tout à fait de leur bruit. Quelque chose de dur et léger, comme de minuscules averses de grêle ? Hors de la petite zone de l'étable éclairée par la lanterne, il y a les mangeoires, pleines de foin hérissé, l'abreuvoir où un chaton à moi se noiera quelques années plus tard ; les fenêtres envahies de toiles d'araignées, les grands outils brutaux – faux et haches et râteaux – accrochés hors de ma portée. Au-delà, le noir des nuits de la campagne quand peu d'autos s'aventuraient sur nos routes et qu'il n'y avait pas d'éclairage extérieur.

Et le froid qui devait déjà commencer à s'approfondir, jusqu'à atteindre celui de cet hiver extraordinaire qui tua tous les châtaigniers et de nombreux vergers.

Pour quelle raison voulez-vous le savoir ?

J'ai vu la crypte avant mon mari. Elle était sur le côté gauche, son côté de la voiture, mais il était concentré sur la conduite. Nous roulions sur une route étroite et cahoteuse.

« Qu'est-ce que c'était ? dis-je. Quelque chose de bizarre. »

Un gros tertre, pas naturel, couvert de gazon.

Nous avons fait demi-tour dès que ce fut possible, alors que nous n'avions pas beaucoup de temps. Nous étions en route pour dîner avec des amis qui habitent la baie Georgienne. Mais nous avons une attitude possessive par rapport à cette région et essayons de ne rien laisser nous échapper.

Il était là, au milieu d'un petit cimetière de campagne. Comme un gros animal laineux – comme une espèce de rat gigantesque se prélassant dans un paysage préhistorique.

Nous avons gravi un talus et ouvert une grille pour aller regarder le devant de cette chose. C'était un mur de pierre, entre une arche supérieure et une arche inférieure, et un mur de brique sous l'arche inférieure. Ni nom ni date. Rien qu'une croix maigrichonne grossièrement gravée dans la clé de voûte de l'arche supérieure, comme du bout d'un bâton ou d'un doigt. À l'autre extrémité, plus basse, de l'éminence, rien que de la terre et du gazon et quelques grosses pierres en saillie, probablement encastrées là pour maintenir la terre en place. Aucune marque sur cette face non plus – nul indice sur les gens ou les choses qui pouvaient être cachés à l'intérieur.

Nous sommes retournés à la voiture.

À peu près un an plus tard, j'ai reçu un coup de téléphone de l'infirmière du cabinet de mon médecin. Le médecin voulait me voir, rendez-vous fut pris. Je n'avais pas besoin de demander pour savoir sur quoi il porterait. Trois semaines environ auparavant, j'étais allée dans une clinique de la ville faire une mammographie. Je n'avais pas de raison particulière, aucun ennui. C'est seulement que j'ai atteint l'âge où on recommande une mammographie annuelle. Or j'avais manqué celle de l'année précédente parce que j'avais trop de choses à faire.

Les résultats de la mammographie avaient à présent été communiqués à mon médecin.

J'avais une grosseur dans le sein gauche, profonde, que ni mon médecin ni moi n'avions sentie. De nouveau, nous n'avons pas réussi à la sentir. Mon médecin a dit que, sur la mammographie, elle avait à peu près la taille d'un petit pois. Il avait pris rendez-vous pour moi chez un médecin de la ville qui pratiquerait une biopsie. Quand j'ai pris congé, il m'a posé la main sur l'épaule. Geste de sollicitude ou de réconfort. C'est un ami et je sais que la mort de sa première femme a commencé exactement de cette façon.

Il devait s'écouler dix jours avant que je voie le médecin de la ville. Je les ai remplis en répondant à des lettres, en me lançant dans un grand ménage chez moi, en classant mes dossiers et en invitant des gens à dîner. J'ai été surprise de m'occuper de cette façon au lieu de réfléchir à ce que l'on pourrait appeler des sujets plus profonds. Je n'ai fait aucune lecture sérieuse ni écouté de musique et ne suis pas tombée non plus dans une transe confuse comme cela m'arrive si souvent, regardant par la baie vitrée au petit matin, quand le soleil se faufile entre les cèdres. Je n'ai même pas eu envie d'aller me promener seule, mais mon mari et moi avons fait nos promenades habituelles ensemble, à pied ou en voiture.

Je me suis mis en tête que j'aimerais revoir la crypte et en apprendre un peu plus long à son sujet. Nous sommes donc partis, certains – ou raisonnablement certains – que nous nous rappelions la route au bord de laquelle elle était. Mais nous ne l'avons pas trouvée. Nous avons pris la route suivante et ne l'avons pas trouvée là non plus. Elle était sûrement dans le comté de Bruce, avons-nous dit, et sur le côté nord d'une route est-ouest non asphaltée, et il y avait beaucoup de conifères dans le voisinage. Nous avons passé trois ou quatre après-midi à la chercher, qui nous ont laissés perplexes et déconcertés. Mais c'était un plaisir, comme toujours, d'être ensemble dans cette partie du monde que nous pensons connaître si bien et qui toujours nous réserve une surprise d'un genre ou un autre.

Le paysage par ici est comme l'enregistrement d'événements anciens. Il a été formé par l'avancée, la présence et le retrait de la glace. La glace a mis en scène ses conquêtes et ses retraites ici à plusieurs reprises, se retirant pour la dernière fois il y a environ quinze mille ans.

Autant dire assez récemment. Assez récemment maintenant que je me suis habituée à une certaine façon d'envisager l'histoire.

Un paysage glaciaire comme celui-ci est vulnérable. Nombre de ses divers reliefs sont constitués de gravier, et le gravier est facile d'accès, facile à prélever et toujours très demandé. C'est le matériau qui rend carrossables toutes ces petites routes – le gravier des collines dévorées, des terrasses pillées, qui ont été transformées en trous dans le paysage. Et c'est un moyen pour les cultivateurs de se procurer un peu de numéraire. Un de mes premiers souvenirs est celui de l'été où mon père vendit le gravier des abords marécageux de la rivière sur nos terres, ce qui nous valut le divertissement des camions passant toute la journée et l'importance que nous conféra l'écriteau apposé à notre barrière. *Attention enfants.* C'était *nous.* Puis, quand les camions furent partis, le gravier enlevé, il y eut la nouveauté de ces fosses et de ces creux qui retenaient presque jusqu'au cœur de l'été les restes des inondations du printemps. Ces creux finissent par se garnir de plantes aux rudes touffes fleuries, puis d'herbe et de buissons.

Dans les grandes carrières de gravier, on voit des collines transformées en creux, comme si une partie du paysage s'était débrouillée, un peu au hasard, pour se retourner comme un gant. Et de petits lacs clapotent là où il n'y avait auparavant que des terrasses ou des berges marécageuses. Les parois abruptes des creux se couvrent avec le temps d'une verdure luxuriante qui les bosselle. Mais les traces du glacier ont disparu pour de bon.

Il faut donc sans cesse vérifier, noter les changements, voir les choses avant qu'elles disparaissent.

Nous avons des cartes spécialisées avec lesquelles nous voyageons. Elles sont vendues pour accompagner un livre intitulé *The Physiography of Southern Ontario* [1], de Lyman Chapman et Donald Putnam – que nous appelons, familièrement mais non sans révérence, Put et Chap. Ces cartes font apparaître comme d'habitude routes, villes et cours d'eau, mais on y voit aussi d'autres choses – des choses qui furent une complète surprise pour moi quand je les ai vues pour la première fois.

Considérons une seule de ces cartes – une partie du sud de l'Ontario au sud de la baie Georgienne. Routes, villes et cours d'eau sont là, de même que les limites des cantons. Mais voyons ce qu'il y a d'autre – des taches jaune vif, vert tendre, gris clair, gris plus foncé, et gris très pâle, et des éclaboussures et des veines et des bandelettes larges ou minces bleues, fauves, orange, roses, violettes et bordeaux. Des semis d'éphélides. Des rubans comme des couleuvres vertes. De minces hachures hésitantes comme tracées au stylo rouge.

Qu'est-ce que tout cela?

La couleur jaune symbolise le sable, pas le long des rives du lac mais accumulé à l'intérieur des terres, souvent en bordure d'un marais ou d'un lac depuis longtemps disparu. Les éphélides ne sont pas rondes mais en forme de losanges, et apparaissent dans le paysage comme des œufs en partie enfouis, le gros bout orienté à contre-courant de la glace. Ce sont des drumlins – serrés les uns contre les autres par endroits, éparpillés ailleurs. Certains prenant les proportions de grandes collines lisses, d'autres dépassant à peine du sol. Ils donnent leur nom au sol dans lequel ils apparaissent (till drumlinisé – fauve) et

1. Géographie physique du sud de l'Ontario.

à celui un peu plus grossier qui n'en renferme aucun (till non drum-linisé – gris clair). De fait le glacier les a bel et bien pondus comme des œufs, se débarrassant proprement et économiquement des maté-riaux qu'il avait entraînés dans son avance de bulldozer. Et là où il n'y est pas parvenu, le terrain est naturellement plus grossier.

Les bandelettes violettes sont des moraines terminales, elles indi-quent les endroits où la glace a fait halte dans sa longue retraite déposant un banc de débris à son rebord. Les gros traits vert vif sont des eskers, éléments les plus faciles à reconnaître quand on regarde par la fenêtre de la voiture, chaînes de montagnes miniatures, crêtes de dragon – ils indiquent le chemin des rivières qui creusaient des tunnels sous le glacier perpendiculairement à son front. Des torrents chargés de graviers qu'ils déposaient à mesure de leur progression. D'ordinaire, on trouve un ruisseau aux manières paisibles courant le long d'un esker – descendant direct de l'ancien torrent tumultueux.

La couleur orange est pour les déversoirs, les immenses chenaux qui évacuaient l'eau de fonte, et le gris foncé indique les marécages qui se sont créés dans les déversoirs et sont encore là. Le bleu indique le sol argileux, où l'eau de fonte prise au piège a donné des lacs. Ce sont des zones plates mais pas lisses et il y a quelque chose d'aigre et grumeleux dans ces champs argileux. Le sol est lourd, l'herbe rude, le drainage indigent.

Le vert prairie est pour le till en biseau, la surface merveilleusement lisse que l'ancien lac Warren a rabotée dans les dépôts le long de la rive du lac Huron d'aujourd'hui.

Les hachures et les pointillés rouges qu'on voit sur le till en biseau ou sur le sable voisin sont des restes de promontoires et les plages abandonnées de ces ancêtres des grands lacs, dont les contours ne sont plus discernables aujourd'hui que par un léger renflement du paysage. Qu'ils sont prosaïques, modernes, pleins d'autorité, les noms qu'on leur a donnés – lac Warren, lac Whittlesey.

Sur la péninsule de Bruce, il y a du calcaire sous une mince couche de sol (gris pâle), et autour d'Owen Sound et à Cape Rich, il y a du schiste argileux, au pied de l'escarpement du Niagara, apparent là où le calcaire est érodé. Roche friable dont on peut faire des briques de la même couleur que celle qui l'indique sur la carte – rose.

Mon préféré de tous les paysages est celui que j'ai laissé pour la fin. C'est le kame ou moraine kame, indiqué en marron chocolat tirant sur le bordeaux par la carte et généralement en taches, pas en rubans. Une grosse tache ici, une petite là. Les moraines kames apparaissent là où des glaces mortes se sont accumulées, coupées du reste du glacier en mouvement, déversant des matières par tous leurs trous et crevasses. Ou parfois là où deux lobes de glace se sont séparés et que la crevasse ainsi formée a été comblée. Les moraines termi-nales sont vallonnées d'une façon qui semble raisonnable, pas aussi lisses que les drumlins mais encore harmonieuses, rythmiques, tandis que les moraines kames sont toutes chaotiques, semées de creux et de bosses, imprévisibles, avec dans leur apparence quelque chose de fortuit et des secrets.

Je n'ai rien appris de tout cela à l'école. Je crois qu'on hésitait à l'époque à attaquer la Bible de front dans le domaine de la création de la Terre. Je l'ai appris quand je suis venue vivre ici avec mon second mari, qui est géographe. Revenue là où je ne me serais jamais attendue à me trouver, dans la région où j'avais grandi. Mes connaissances sont donc toutes fraîches, pas altérées. Je prends un plaisir naïf et bien particulier à apparier ce que je vois sur la carte avec ce que je vois par la fenêtre de la voiture. Et aussi à essayer de découvrir dans quel genre de paysage nous nous trouvons avant de regarder la carte, et de constater assez souvent que j'ai raison. Cela me passionne de repérer les limites, que ce soit entre les différentes plaines de till, ou bien à l'endroit où la moraine kame remplace la moraine terminale.

Mais il y a toujours plus que le vif plaisir de reconnaître et d'iden-tifier. Il y a le fait de ces domaines distincts, chacun avec son his-toire et sa raison, les cultures auxquelles ils se prêtent le mieux, ses arbres et ses plantes – les chênes et les pins, par exemple, poussant sur le sable, et les cèdres et les lilas épars sur le calcaire –, chacun avec son expression particulière, son effet sur l'imagination. Le fait de ces petites régions, tapies à l'aise dans une existence qu'on ne soupçonne pas, semblables et dissemblables comme peuvent l'être les rejetons d'une même portée, dans un paysage qui est d'ordinaire négligé, ou vite classé comme morne mosaïque agricole. C'est ce fait que l'on chérit.

Je croyais que mon rendez-vous était pour une biopsie mais il s'est avéré que non. C'était un rendez-vous pour permettre au médecin de la grande ville de décider si oui ou non il pratiquerait une biopsie et, après examen de mon sein et des résultats de la mammographie, il a décidé de la pratiquer. Il n'avait vu que les résultats de ma mammographie la plus récente – ceux de 1990 et 1991 n'étaient pas encore arrivés du petit hôpital local où je les avais fait faire. Date a été prise pour la biopsie deux semaines plus tard et on m'a remis une feuille d'instructions sur la manière de m'y préparer.

J'ai dit que deux semaines me paraissaient un délai plutôt long.

À ce stade de la partie, a répondu le médecin, deux semaines ne comptent pas.

Ce n'était pas ce qu'on m'avait donné à penser. Mais je ne me suis pas plainte – pas après avoir vu certaines des personnes assises dans la salle d'attente. J'ai la soixantaine passée. Ma mort ne serait pas une catastrophe. Pas comparée à celle d'une jeune mère, d'un chargé de famille, d'un enfant. Elle n'aurait pas l'apparence d'une catastrophe.

Cela nous tracassait de ne pas retrouver cette crypte. Nous avons décidé d'élargir notre recherche. Peut-être n'était-elle pas dans le comté de Bruce mais dans le comté voisin, celui de Grey ? Par moments nous étions certains d'être sur la bonne route mais chaque fois nous avons été déçus. Je me suis rendue à la bibliothèque de la ville pour consulter les atlas de comtés du XIXᵉ siècle et voir si les cimetières de campagne étaient éventuellement marqués sur la carte des cantons. Apparemment, ils étaient marqués sur les cartes du comté de Huron et pas sur celles de Bruce ni de Grey. (Ce n'était pas vrai, comme je l'ai découvert par la suite – ils étaient marqués, ou du moins certains d'entre eux, mais je m'étais débrouillée pour passer à côté des C petits et pâles.)

À la bibliothèque j'ai rencontré un ami qui était passé nous voir l'été précédent peu après notre découverte. Nous lui avions parlé de la crypte en lui donnant quelques indications sur la façon de s'y rendre parce qu'il s'intéresse aux vieux cimetières. Il m'a dit alors les avoir notées sitôt rentré à la maison. J'avais oublié les lui avoir données. Il est immédiatement retourné chez lui et a retrouvé le bout de papier – miraculeusement retrouvé, dit-il, dans un fatras d'autres papiers. Il est revenu à la bibliothèque où j'étais encore occupée à consulter les atlas.

Peabody, Scone, lac McCullough. Voilà ce qu'il avait noté.

Plus au nord que nous ne l'avions cru – juste au-delà du territoire que nous nous étions obstinés à explorer.

Nous avons donc retrouvé le bon cimetière, et la crypte recouverte de gazon, aussi surprenante, aussi primitive que dans notre souvenir. À présent nous avions assez de temps pour inspecter alentour. Nous avons vu que la plupart des anciennes pierres tombales avaient été rassemblées et disposées en forme de croix. Le plus grand nombre appartenait à des enfants. Dans n'importe lequel de ces vieux cimetières, les premières dates tendent à être celles d'enfants, de jeunes mères mortes en couches, ou de jeunes hommes morts accidentellement – noyés, écrasés par la chute d'un arbre, tués par un cheval emballé, ou au cours d'un accident pendant la construction d'une grange. Il n'y avait quasiment pas de gens âgés pour mourir, en ce temps-là.

Les noms étaient presque tous allemands et nombre d'inscriptions étaient entièrement rédigées en allemand. *Hier ruhet in Gott.* Et *Geboren*, suivi du nom de quelque ville ou province allemande, puis *Gestorben*, avec une date dans les années 1860 ou 1870.

Gestorben, ici dans le canton de Sullivan dans le comté de Grey dans une colonie anglaise, dans les bois.

Das arme Herz hienieden
Von manches Sturm bewegt
Erlangt den renen Frieden
Nur wenn es nicht mehr schlagt.

J'ai toujours l'idée que je sais lire l'allemand, alors qu'il n'en est rien. Je pensais que cela parlait du cœur, de l'âme, disant plus ou moins que la personne enterrée là était désormais à l'abri du mal et somme toute s'en trouvait mieux. *Herz* et *Sturm* et *nicht mehr* n'étaient pas difficiles à traduire. Mais quand, rentrée à la maison, j'ai cherché les mots dans un dictionnaire allemand-anglais – je les y ai tous trouvés à l'exception de *renen* qui était très probablement une mauvaise orthographe de *reinen* –, j'ai découvert que le quatrain n'était pas si réconfortant. Il semblait dire plutôt que le pauvre cœur enterré là n'avait jamais connu la paix avant de cesser de battre.

Mieux vaut être mort.

Peut-être cela venait-il d'un recueil d'épitaphes poétiques, et qu'il n'y avait guère le choix.

Pas un mot sur la crypte malgré nos recherches beaucoup plus approfondies que la fois précédente. Rien que cette unique croix tracée d'une main maladroite. Mais nous avons tout de même trouvé une nouvelle surprise dans le coin nord-est du cimetière. Il y avait là une deuxième crypte, beaucoup plus petite que la première, recouverte de ciment lisse. Ni terre ni gazon mais un cèdre de belle taille poussant dans une fente du ciment, ses racines trouvant leur nourriture dans ce qu'il y avait en dessous.

C'est dans la lignée des tertres funéraires, avons-nous dit. Quelque chose qui aurait survécu en Europe centrale depuis les temps préchrétiens ?

Dans la même grande ville où je devais subir ma biopsie et où j'avais fait ma mammographie, il y a une faculté où mon mari et moi avons autrefois été étudiants. Je ne suis pas autorisée à y emprunter des livres, parce que je n'en suis pas diplômée, mais je peux me servir de la carte de mon mari, et je peux fouiner à ma guise dans les rayonnages et les salles d'usuels. Lors d'un nouveau passage dans la ville, je me suis donc rendue dans la salle des ouvrages consacrés à la région pour consulter quelques livres sur le comté de Grey et voir ce que j'y pourrais trouver concernant le canton de Sullivan.

J'ai appris qu'une année, des pigeons migrateurs avaient entièrement détruit les récoltes vers la fin du XIXe siècle. Et que, dans les années 1840, un hiver terrible dura si longtemps et fut d'un froid si dévastateur que les premiers colons durent vivre de choux à vaches qu'ils déterraient. (J'ignore ce qu'étaient ces choux à vaches – des choux ordinaires conservés pour nourrir les animaux ou une plante sauvage plus dure, comme le chou putois ? Et comment pouvait-on les déterrer par un temps pareil dans un sol dur comme de la pierre ? Toujours des énigmes.)

Un nommé Barnes s'était laissé mourir de faim pour donner sa part à sa famille, et lui permettre ainsi de survivre.

Quelques années plus tard, une jeune femme écrivait à son ami à Toronto qu'il y avait une merveilleuse abondance de baies, plus que quiconque n'en pouvait cueillir pour les manger ou les faire sécher, et qu'étant sortie en cueillir elle avait vu un ours, de si près qu'elle distinguait les gouttes de jus de mûres qui étincelaient sur les poils de sa moustache. Elle n'avait pas eu peur, disait-elle – elle irait à pied à travers bois poster sa lettre, ours ou pas ours.

Je demandai des ouvrages historiques sur les églises, dans l'idée qu'il y aurait peut-être des choses concernant les églises allemandes, luthériennes ou catholiques, qui pourraient m'être utiles. Il est délicat de faire ce genre de demande dans les bibliothèques d'usuels parce qu'on vous pose souvent la question de ce que vous voulez savoir au juste et de la raison précise pour laquelle vous voulez le savoir. Parfois, il est même nécessaire de coucher ces raisons par écrit. Si l'on est en train de rédiger un article, une étude, on aura bien sûr une bonne raison. Mais qu'en est-il si l'on est *simplement intéressé* ? La meilleure chose est alors probablement de répondre qu'on rédige une histoire familiale. Les bibliothécaires ont l'habitude des gens qui le font – particulièrement des gens aux cheveux gris – et c'est en général considéré comme une façon raisonnable d'occuper son temps. *Simplement intéressé* a l'air d'une excuse, sinon d'un prétexte, et fait courir le risque de passer pour un oisif, traînant à la bibliothèque, un paumé, sans but respectable dans la vie, quelqu'un qui n'a *rien de mieux à faire*. J'ai pensé écrire sur mon formulaire : *Recherches pour un article concernant la survie du tertre funéraire dans l'Ontario des pionniers*. Mais je n'en ai pas eu le culot. J'ai craint qu'on me demande de le prouver.

J'ai réussi à dénicher une église qui pouvait, croyais-je, être liée à notre cimetière, ne s'en trouvant qu'à deux routes plus à l'ouest et une route au nord. Église évangélique luthérienne St. Peter – c'était son nom, si elle était encore là.

Dans le canton de Sullivan, on retrouve le souvenir de ce qu'était partout la physionomie des campagnes avant l'avènement des grosses machines agricoles. Les champs y ont conservé la taille permettant l'exploitation par la charrue à traction animale, la lieuse, la faucheuse. Il y a encore des clôtures de perches – çà et là un muret de pierres – et le long de ces limites poussent les aubépines, les cerisiers à grappes, les verges d'or, les viornes.

Ces champs n'ont pas changé parce qu'il n'y a rien à gagner au remembrement. Ce qu'on peut y cultiver n'en vaudrait pas la peine. Deux grandes moraines caillouteuses s'incurvent en travers de la partie méridionale du canton – les rubans violets se muant là en serpents renflés comme si chacun d'eux avait avalé une grenouille – et un déversoir marécageux s'étend entre eux. Au nord, la terre est argileuse. On n'y a probablement jamais cultivé grand-chose, mais il faut tenir compte du fait que les gens étaient autrefois plus résignés à travailler des terres ingrates, plus heureux d'en tirer ce qu'ils pouvaient, qu'ils ne le sont à présent. Là où cette terre est encore exploitée aujourd'hui, c'est pour des pâturages. Les zones boisées – le taillis – font un retour en force. Dans ce genre de région, la tendance n'est plus à la domestication du paysage et à l'accroissement de la population, mais plutôt l'inverse. La forêt ne se réinstallera jamais sur la totalité du territoire mais elle en occupe une bonne part. Les cerfs, les loups, qui avaient presque complètement disparu, ont réoccupé une partie de leur territoire. Peut-être y aura-t-il bientôt des ours, qui feront de nouveau bombance de mûres, de framboises, et de fruits dans les vergers redevenus sauvages. Peut-être y sont-ils déjà.

À mesure que s'estompe l'idée agricole, des entreprises inattendues surgissent pour la remplacer. On a du mal à croire qu'elles dureront. VIGNETTES SPORTIVES À GOGO, proclame une pancarte qui s'efface déjà. VENTE DE NICHES À DEUX PORTES. Là, on peut faire rempailler ses chaises. SUPERMARCHÉ DU PNEU. Brocantes et salons de beauté. Œufs bruns, sirop d'érable, leçons de cornemuse, coupe de cheveux unisexe.

Nous arrivons à l'église luthérienne St. Peter un dimanche matin au moment précis où la cloche appelle à l'office et où les aiguilles du clocher indiquent onze heures. (Nous apprenons par la suite que ces aiguilles ne donnent pas l'heure, elles indiquent toujours onze heures. L'heure d'aller à l'église.)

St. Peter est grande et belle, bâtie en blocs de calcaire. Le clocher est surmonté d'une haute flèche et un avant-porche moderne, en verre, la protège du vent et de la neige. Il y a aussi une longue remise pour les attelages, bâtie en pierre et en bois – rappel du temps où les gens venaient à l'église en cabriolet ou en traîneau. Une jolie maison de pierre, le presbytère, est entourée de fleurs d'été.

Nous roulons jusqu'à Williamsford par la Route 6 pour y manger, laissant au pasteur le temps de récupérer de l'office du matin, avant d'aller frapper à la porte du presbytère en quête de renseignements. À moins de deux kilomètres de là sur la route, nous attend une découverte décourageante. Un autre cimetière – celui de l'église St. Peter, avec lui aussi des dates anciennes et des noms allemands –, ce qui rend notre cimetière, si proche, encore plus énigmatique, orphelin.

Nous n'en revenons pas moins, aux environs de deux heures. Nous frappons à la porte principale du presbytère et au bout d'un moment, une petite fille se montre qui tente de déverrouiller la porte. N'y parvenant pas, elle nous invite par signes à faire le tour par-derrière. Elle arrive en courant à notre rencontre.

Le pasteur n'est pas là, dit-elle. Elle est allée diriger l'office de l'après-midi à Williamsford. Il n'y a là qu'elle-même et sa sœur, pour s'occuper du chien et des chats du pasteur. Mais si nous voulons savoir quoi que ce soit concernant des églises ou des cimetières, ou encore l'histoire, nous devrions aller demander à sa mère, qui habite plus haut sur la colline, dans la grande maison de rondins neuve.

Elle nous dit s'appeler Rachel.

Notre curiosité ne semble pas surprendre la mère de Rachel plus que notre visite n'a l'air de la déranger. Elle nous invite à entrer dans sa maison où il y a un chien bruyant et intéressé et un mari flegmatique attablé devant la fin d'un dîner tardif. Le rez-de-chaussée de la maison consiste en une seule et vaste pièce avec une large vue sur des champs et des arbres.

Elle apporte un livre que je n'avais pas vu à la bibliothèque. Un vieux volume broché, l'histoire du canton. Elle pense qu'il y a un chapitre consacré aux cimetières.

Et tel est le cas. Peu de temps après, nous nous mettons elle et moi à lire ensemble une partie consacrée au cimetière Mannerow, « célèbre pour ses deux caveaux voûtés ». Il y a une photo qui a beaucoup de grain de la plus grande des deux cryptes. On dit qu'elle a été construite en 1895, pour recevoir le corps d'un garçon de trois ans, un des fils de la famille Mannerow. D'autres membres de la famille y ont été placés au cours des années qui ont suivi. Un couple d'époux Mannerow repose dans la crypte plus petite, au coin du cimetière. Ce qui était à l'origine un cimetière familial est devenu public par la suite, et son nom a changé de Mannerow à Cedardale.

À l'intérieur des caveaux, la voûte est en béton.

La mère de Rachel dit qu'il ne reste plus à l'heure actuelle qu'un seul descendant de cette famille vivant dans le canton. Il habite Scone.

« La porte à côté de la maison de mon frère, dit-elle. Vous savez qu'il n'y a que trois maisons à Scone ? C'est tout ce qu'il y a. Il y a la maison de briques jaunes, et ça c'est celle de mon frère, et celle du milieu, c'est chez Mannerow. Peut-être qu'on vous dira quelque chose de plus si vous y allez pour demander. »

Pendant que je parlais avec la mère de Rachel et que je regardais le livre d'histoire, mon mari est allé s'asseoir à la table pour parler avec le mari. C'est ainsi que doit se dérouler une conversation comme il faut dans notre région. Le mari a demandé d'où nous venions et, en apprenant que nous étions du comté de Huron, il a dit qu'il le connaissait très bien. C'est là qu'il était allé directement en débarquant, dit-il, quand il est arrivé de Hollande peu de temps après la guerre. En 1948. Oui. (C'est un homme considérablement plus âgé que sa femme.) Il a vécu un moment près de Blyth et travaillé dans un élevage de dindons.

Je l'entends dire cela et, quand ma propre conversation se termine, lui demande si c'était à l'élevage Wallace qu'il travaillait.

Oui, dit-il. C'était là. Et sa sœur a épousé Alvin Wallace.

« Corrie Wallace », dis-je.

« C'est ça. C'est elle. »

Je lui demande s'il connaissait des Laidlaw dans le coin et il dit non.

Je dis que, s'il travaillait chez Wallace (une autre règle de notre région est de ne jamais dire *les* Wallace, seulement le nom), il connaissait forcément Bob Laidlaw.

« Il élevait des dindons aussi, lui dis-je. Et il connaissait Wallace depuis le temps où ils allaient à l'école ensemble. Il a même travaillé avec eux. »

« Bob Laidlaw ? fait-il d'une voix plus aiguë. Oui, bien sûr, je le connaissais. Mais j'ai cru que vous vouliez dire autour de Blyth. Il habitait plus haut, vers Wingham. À l'ouest de Wingham. Bob Laidlaw. »

Je dis que Bob Laidlaw a grandi près de Blyth, sur la ligne 8 du canton de Morris, et que c'est comme ça qu'il a connu les frères Wallace, le père et l'oncle d'Alvin. Ils ont tous fait l'école à la S.S. n° 1 de Morris, juste à côté de la ferme Wallace.

Il me regarde de plus près et se met à rire.

«Ne me dites pas que c'était votre père, tout de même? Ne me dites pas que vous êtes Sheila?»

«Non, Sheila, c'est ma sœur. Je suis l'aînée.»

«Je ne savais pas qu'il y avait une aînée, dit-il. Ça, je ne le savais pas. Mais Bill et Sheila, je les connaissais. Ils venaient travailler aux dindons avec nous, avant Noël. Vous ne veniez jamais?»

«Je n'étais plus chez nous, à l'époque.»

«Bob Laidlaw. Bob Laidlaw, votre père. Ça alors. J'aurais dû y penser tout de suite. Mais quand vous avez parlé des environs de Blyth, j'ai pas saisi. Je me disais, Bob Laidlaw était de plus haut, à Wingham. Et puis d'abord je n'ai jamais su qu'il était de Blyth.»

Il rit et tend sa main par-dessus la table pour serrer la mienne.

«Bien sûr maintenant. Je le vois. La fille de Bob Laidlaw. C'est autour des yeux. Ça fait longtemps. Bien longtemps.»

Je ne sais pas trop s'il a voulu dire qu'il y a longtemps que mon père et les enfants Wallace allaient à l'école dans le canton de Morris, ou s'il y a longtemps que lui-même était un jeune homme fraîchement débarqué de Hollande, et travaillait avec mon père, mon frère et ma sœur à préparer les dindes de Noël. Mais je lui manifeste mon accord puis nous disons tous deux que le monde est petit. Nous le disons comme les gens le disent habituellement, en trouvant que c'est à la fois merveilleux et reposant. (Ceux que cette découverte ne réconforte pas évitent d'ordinaire de la faire.) Nous poussons l'exploration de ce lien aussi loin qu'elle peut aller, découvrant vite qu'il n'y a pas grand-chose de plus à en tirer. Mais nous sommes heureux l'un et l'autre. Lui, qu'on lui rappelle le jeune homme qu'il était, nouveau venu dans le pays, capable de s'attaquer à n'importe quel travail, plein de confiance dans ce que la vie lui réservait. Et à en juger par cette maison bien bâtie et sa vaste vue, son épouse pleine d'entrain, sa jolie Rachel, son propre état physique, encore gaillard, on dirait vraiment que la vie lui a souri.

Et moi, heureuse de trouver quelqu'un qui me voit encore comme faisant partie de ma famille, qui se rappelle mon père et l'endroit où mes parents ont travaillé et vécu pendant toute leur vie de couple, d'abord dans l'espoir puis dans une honorable persévérance. Endroit devant lequel je passe rarement en voiture et que j'arrive à peine à relier à la vie que je mène à présent, alors qu'il n'est guère éloigné de plus d'une trentaine de kilomètres.

Et certes il a changé, il a totalement changé, pour devenir une casse automobile. La cour principale et la cour latérale et le potager et les plates-bandes de fleurs, le pré, le buisson de seringa, les lilas, la souche du châtaignier, le pâturage et le terrain que couvraient autrefois les enclos des renards, tout et tous sont envahis d'une marée de pièces automobiles, de carrosseries éventrées, de phares brisés, de calandres, de pare-chocs, de sièges auto retournés montrant leur rembourrage pourri, boursouflé – monceaux de métal peint, rouillé, noirci, miroitant, intact ou tordu, de métal têtu, survivant comme un défi.

Mais ce n'est pas la seule chose qui le dépouille de toute signi-fication pour moi, non. C'est justement le fait qu'il n'est qu'à une trentaine de kilomètres, que je pourrais le voir chaque jour si je le voulais. Le passé demande qu'on parcoure une certaine distance pour l'aborder.

La mère de Rachel nous demande si nous aimerions voir l'inté-rieur de l'église avant de partir pour Scone et nous répondons que nous aimerions bien. Nous descendons la colline et elle nous invite en hôtesse accueillante à pénétrer dans l'église, foulant sa moquette rouge. Elle sent un peu l'humidité ou le moisi comme le font souvent les bâtiments de pierre même tenus parfaitement propres.

Elle nous parle de la façon dont les choses se sont passées pour cette bâtisse et sa paroisse.

L'église a été surélevée voilà quelques années pour qu'on y ajoute l'école du dimanche et la cantine qu'il y a en dessous.

La cloche sonne encore pour annoncer la mort de chaque paroissien. Un coup par année de vie. Tous ceux qui l'entendent peuvent compter le nombre de coups afin de chercher à savoir pour qui elle sonne. Parfois c'est facile – une personne dont la mort était attendue. Parfois c'est une surprise.

Elle indique que l'avant-porche de l'église est moderne, comme nous devons l'avoir remarqué. Il y a eu un grand débat quand il a été installé, entre ceux qui le jugeaient nécessaire et même le trouvaient à leur goût, et ceux qui n'étaient pas d'accord. Pour finir il y a eu scission. Ceux à qui cela ne plaisait pas sont partis à Williamsford et y ont installé leur propre église, quoique avec le même pasteur.

Le pasteur est une femme. La dernière fois qu'il a fallu en engager un, cinq candidats sur sept étaient des femmes. Celle-ci est mariée à un vétérinaire et a été vétérinaire elle-même. Tout le monde l'aime bien. Encore qu'un membre de l'association Foi Luthérienne, de Desboro, s'est un jour levé pour quitter un office funèbre quand il a découvert que c'était elle qui allait prêcher. Il ne supportait pas l'idée qu'une femme prêche.

Foi Luthérienne fait partie du Synode du Missouri et ses membres sont comme ça.

Il y a eu un gros incendie dans l'église voilà quelque temps. Il a détruit une bonne partie de l'intérieur mais laissé la carcasse intacte. Quand on a nettoyé par la suite les murs intérieurs qui avaient survécu, des couches de peinture ont été enlevées avec la suie et les traces de fumée et il y avait une surprise en dessous. Un texte pâle en allemand, en caractères gothiques, qui n'avait pas été entièrement effacé. Il avait été masqué par la peinture.

Et le voici. Ils ont un peu restauré la peinture, et le voici.

Ich hebe meine Augen auf zu den Bergen, von welchen mir Hilfe Kommt. C'est sur un des murs latéraux. Et sur le mur opposé : *Dein Wort ist meines Fusses Leuchte und ein Licht auf meinem Wege.*

Je lèverai mes yeux vers les collines d'où viendra mon secours.

Ta parole est une lampe sous mes pas et une lumière sur mon chemin.

Personne ne le savait, personne ne s'était rappelé qu'il y avait ces mots écrits en allemand, jusqu'à ce que l'incendie et le nettoyage les révèlent. On avait dû les recouvrir de peinture à une époque, après quoi personne n'en avait plus parlé, de sorte que le souvenir de leur présence s'était totalement éteint.

À quelle époque ? Très vraisemblablement au début de la Première Guerre mondiale, la guerre de 14-18. Pas le moment d'afficher de l'allemand, même un texte sacré. Et mieux valut ne pas en parler pendant bien des années par la suite.

D'être dans cette église avec cette femme pour guide, je me sens un peu perdue, ou vaguement éberluée, comme si je comprenais tout à l'envers. Les paroles inscrites sur le mur m'atteignent au cœur mais je ne suis pas croyante et elles ne font pas de moi une croyante. Elle a l'air de considérer son église, y compris ces paroles, comme si elle était la gardienne, en ménagère vigilante. Elle signale d'ailleurs sur un ton critique qu'un petit morceau de peinture – dans le « L » enluminé de *Licht* – s'est estompé ou écaillé et devrait être remplacé. Mais c'est elle la croyante. On dirait qu'il faut toujours se préoccuper de ce qui est en surface, et que ce qui est derrière, dans sa troublante immensité, se débrouillera tout seul.

Les vitraux des fenêtres portent sur des panneaux distincts les symboles suivants :

La Colombe (au-dessus de l'autel).

Les lettres Alpha et Omega (la fenêtre du fond).

Le Saint Graal.

La Gerbe de Blé.

La Croix et la Couronne.

Le Navire à l'Ancre.

L'Agneau de Dieu portant la Croix.

Le Pélican Mythique, aux plumes d'or, dont on croit qu'il nourrit ses petits du sang de ses entrailles ouvertes, comme le Christ l'Église. (La seule ressemblance du Pélican Mythique ici représenté avec le pélican réel se résume au fait que c'est un oiseau.)

Quelques jours seulement avant la date prévue de ma biopsie, je reçois un appel téléphonique de l'hôpital de la grande ville m'annonçant que l'intervention a été annulée.

Je dois néanmoins me présenter au rendez-vous pour avoir une conversation avec la radiologue mais je n'aurai pas besoin d'être à jeun.

Annulée.

Pourquoi? Renseignements fournis par les deux autres mammographies?

J'ai connu autrefois un homme qui entrait à l'hôpital pour se faire retirer du cou une petite grosseur. Il posa ma main dessus, sur cette dérisoire petite grosseur, et nous rîmes ensemble de l'idée que nous pourrions en exagérer la gravité, pour lui obtenir deux semaines de congé et partir en vacances ensemble. La grosseur fut examinée mais toute intervention chirurgicale annulée parce qu'on avait découvert tant et tant d'autres grosseurs. Le verdict était que toute opération serait inutile. D'un seul coup, il fut un homme marqué. Fini de rire. Quand j'allai le voir il me dévisagea, les yeux écarquillés par une colère qui lui ôtait presque tous ses moyens. Il ne pouvait la dissimuler. *La maladie avait tout envahi*, disait-on.

J'entendais dire la même chose autrefois quand j'étais enfant, toujours d'une voix soudain étouffée qui semblait ouvrir tout grand la porte, comme malgré soi, à la calamité. Comme malgré soi, avec même une nuance obscène d'invitation.

Nous nous rendons effectivement à la maison du milieu, à Scone, pas après la visite de l'église mais le lendemain du coup de téléphone de l'hôpital. Nous sommes à la recherche d'une diversion. Il s'est déjà produit un changement – nous remarquons à quel point le paysage du canton de Sullivan, et l'église, et les cimetières, et les villages de Desboro et de Scone, et le bourg de Chesley, commencent à nous sembler familiers, à quel point les distances entre les divers lieux ont raccourci. Peut-être avons-nous découvert tout ce qu'il y a à découvrir. Peut-être reste-t-il une petite explication – l'idée du caveau a pu venir de la répugnance à mettre en terre un enfant de trois ans – mais ce qui nous avait tellement interpellés se ramène à présent à un schéma de choses que nous connaissons.

Personne ne répond à la porte extérieure. La maison et le jardin sont bien tenus. Je fais des yeux le tour des plates-bandes éclatantes de fleurs annuelles, de l'hibiscus, et du petit négrillon assis sur une souche, un drapeau canadien à la main. On ne voit plus autant de négrillons qu'autrefois dans les jardins des gens. Leurs enfants devenus adultes, devenus citadins, les ont peut-être mis en garde – je ne crois pourtant pas qu'une insulte raciste fît jamais partie des intentions conscientes. C'était plutôt que les gens trouvaient qu'un petit négrillon ajoutait une touche de charme un peu crâne.

La porte extérieure donne sur une étroite galerie. J'y pénètre pour sonner à la porte de la maison. Il y a juste assez de place pour passer devant un fauteuil recouvert d'un châle et deux tables d'osier portant des plantes en pot.

Là encore, personne ne vient. Mais j'entends un chant religieux tonitruant dans la maison. C'est un chœur qui chante, «En avant, soldats du Christ». Par le carreau de la porte, je vois les chanteurs sur un écran de télévision dans une pièce du fond. Toges bleues, nombreux visages dodelinant sur fond de soleil couchant. Le Chœur du Tabernacle Mormon?

J'écoute les paroles, que je connaissais par cœur autrefois. Si je ne me trompe, les chanteurs sont à peu près à la fin du premier couplet. Je ne touche plus à la sonnette avant qu'ils aient fini.

J'essaie de nouveau et Mrs. Mannerow vient ouvrir. C'est une petite femme d'allure compétente aux cheveux brun-gris en boucles serrées, vêtue d'un haut bleu fleuri assorti à son pantalon bleu.

Elle dit que son mari est très dur d'oreille et que ça ne servirait donc pas à grand-chose de lui parler. Et qu'il est rentré de l'hôpital depuis quelques jours seulement, de sorte qu'il n'a guère envie de soutenir une conversation. Elle-même n'a pas beaucoup de temps pour bavarder parce qu'elle s'apprête à sortir. Sa fille va venir de Chesley la chercher. Elles vont à un pique-nique familial célébrer les cinquante ans de mariage des beaux-parents de sa fille.

Mais elle ne voit pas d'inconvénient à me dire tout ce qu'elle sait.

Seulement, étant entrée dans la famille par alliance, elle n'a jamais su grand-chose.

Et la famille elle-même ne sait pas grand-chose.

Je remarque un changement dans la bonne volonté de ces deux femmes, celle-ci, d'un certain âge, et la femme plus jeune, énergique, de la maison de rondins. Elles n'ont pas l'air de trouver bizarre que des gens souhaitent s'instruire au sujet de choses qui ne leur seront d'aucun bénéfice particulier et n'ont pour eux aucune importance pratique. Elles ne laissent pas entendre qu'on leur fait perdre leur temps parce qu'elles ont d'autres préoccupations. C'est-à-dire des préoccupations réelles. Un travail réel. Pendant mon adolescence, l'appétit pour des connaissances dénuées de caractère pratique quelles qu'elles soient n'était pas encouragé. Savoir quel champ convient à telle et telle culture était recevable mais savoir quoi que ce soit de la géographie glaciaire, dont j'ai parlé, ne l'était pas. Il était nécessaire d'apprendre à lire mais pas le moins du monde désirable de finir le nez dans un bouquin. S'il fallait bien apprendre l'histoire et les langues étrangères pour sortir diplômé de l'école, il était tout naturel d'oublier ce genre de choses le plus vite possible. Autrement, on se faisait *remarquer*. Et ce n'était pas une bonne idée. Et se poser des questions sur *l'ancien temps* – ce qu'il y avait ici autrefois, ce qui s'était passé là, pourquoi, pourquoi ? – était un des moyens les plus sûrs de se faire remarquer.

Certes, ce genre d'attitude est attendu des gens qui ne sont pas des nôtres, des citadins, qui ont du temps à perdre. Peut-être est-ce ce que cette femme pense que je suis. Mais la femme plus jeune a appris que ce n'était pas le cas, sans apparemment cesser de juger ma curiosité compréhensible.

Mrs. Mannerow dit qu'elle-même s'est posé des questions autrefois. Quand elle venait de se marier, elle s'est demandé, pourquoi mettaient-ils leurs morts là-dedans comme ça, d'où leur était venue cette idée ? Son mari ne savait pas pourquoi. Les Mannerow partaient tous du principe que c'était comme ça. Ils ne savaient pas pourquoi. Ils partaient de ce principe parce que c'était ainsi qu'ils avaient toujours fait. C'était leur façon de faire. Et jamais ils ne s'avisaient de demander pourquoi, ni où leur famille avait pris cette idée.

Savais-je que l'intérieur du caveau était entièrement en béton ?

Et l'extérieur du plus petit aussi. Oui. Elle n'était pas allée au cimetière depuis un bout de temps et avait oublié l'existence de celui-là.

Elle se rappelait par contre les dernières obsèques qu'ils avaient célébrées quand ils avaient mis la dernière personne dans le grand caveau. La dernière fois qu'on l'avait ouvert. C'était pour Mrs. Lempke, qui était née Mannerow. Il ne restait plus qu'une seule place et elle fut pour elle. Ensuite il n'y avait plus de place pour personne.

Ils ont creusé à l'extrémité et ouvert le mur de brique et alors on a pu voir un peu à l'intérieur, avant qu'ils y introduisent le cercueil. On voyait qu'on y avait mis des cercueils avant le sien, des deux côtés. Depuis combien de temps, personne ne le savait.

« Ça m'a donné un sentiment bizarre, dit-elle. Pas de doute. Parce qu'on est habitué à voir les cercueils quand ils sont neufs, pas tellement quand ils sont vieux. »

Et puis, cette petite table directement à l'aplomb de l'entrée, une petite table tout au fond. Une table avec une bible ouverte dessus.

Et à côté de la bible, une lampe.

Rien qu'une lampe ordinaire, comme autrefois, le genre dans lequel on brûlait du pétrole.

Elle y est encore tout pareil aujourd'hui. Tout enclose, et personne ne la verra plus jamais.

« Personne ne sait pourquoi ils le faisaient. Ils le faisaient, c'est tout. »

Elle me sourit avec une espèce de perplexité aimable, ses yeux presque décolorés agrandis, comme ceux d'un hibou, par ses lunettes. Elle hoche à plusieurs reprises sa tête un peu tremblotante. Comme pour dire, ces choses-là nous dépassent, n'est-ce pas ? Une telle multitude de choses, qui nous dépassent. Oui.

La radiologue dit qu'en examinant les mammographies arrivées de l'hôpital local, elle a constaté que la grosseur était là en 1990 et en 1991. Qu'elle n'a pas changé. Toujours au même endroit, toujours la même taille. Elle dit qu'on ne peut jamais être absolument certain à cent pour cent qu'une telle grosseur est sans danger, à moins de pratiquer une biopsie. Mais enfin, on peut être assez sûr. La biopsie en elle-même est une intervention intrusive, et à ma place elle n'en ferait pas faire. Elle ferait plutôt une nouvelle mammographie dans six mois. S'il s'agissait de son sein à elle, elle le surveillerait mais pour le moment n'y toucherait pas.

Je demande pourquoi personne ne m'a rien dit de la grosseur quand elle est apparue pour la première fois.

Bah, dit-elle, ils ne l'auront pas vue.

Voilà, c'est la première fois.

Des frayeurs de ce genre arriveront puis repartiront.

Et puis il y en aura une, non. Qui ne repartira pas.

Mais pour le moment, le blé est en fleur, on entre dans le cœur de l'été, le temps s'ouvre et il y a de nouveau place pour les bisbilles et les brouilles. Les journées ont perdu leur mordant, le sentiment de la fatalité ne parcourt plus vos veines en bourdonnant comme un essaim d'insectes minuscules et acharnés. Retour là où nul grand changement ne semble être promis au-delà de celui des saisons. Un certain laisser-aller, une certaine insouciance, voire une vague éventualité d'ennui renouvelée, dans l'étendue de la terre et du ciel.

Sur le chemin du retour de l'hôpital, je demande à mon mari, « Tu crois qu'ils avaient mis du pétrole dans cette lampe ? »

Il sait aussitôt de quoi je parle. Il dit qu'il s'est posé la même question.

Épilogue

Messager

Mon père avait écrit que le paysage créé par les efforts des pionniers avait très peu changé de son temps. Les exploitations conservaient la taille qui avait été gérable à l'époque, les parcelles boisées étaient au même endroit et les clôtures, bien que réparées à de nombreuses reprises, étaient encore là où elles étaient autrefois. De même que les grandes granges à étage – pas les premières granges mais des bâtisses créées et érigées autour de la fin du XIXe siècle, principalement pour servir de greniers à foin et d'abris pour le bétail pendant l'hiver. Et bien des maisons – maisons de briques ayant succédé aux premières constructions de rondins – étaient là depuis les années 1870 ou 1880. Des cousins à nous avaient en fait conservé la maison de rondins construite par les premiers fils Laidlaw dans le canton de Morris, se contentant d'y adjoindre à diverses périodes des constructions qui l'agrandissaient. L'intérieur de cette maison était déroutant et enchanteur avec d'innombrables tournants et recoins et de curieuses petites volées de marches.

À présent cette maison a disparu, les granges ont été abattues (et aussi l'étable à vaches d'origine construite en rondins). La même chose est arrivée à la maison dans laquelle mon père était né, et à celle où vivait ma grand-mère quand elle était enfant, à toutes les granges et à toutes les remises. La terre sur laquelle se dressaient les bâtiments est peut-être identifiable par un léger renflement du sol et par quelques lilas – pour le reste, elle n'est devenue qu'un bout de champ.

Dans les premiers temps, le comté de Huron faisait grand commerce de pommes – des dizaines de milliers de quintaux étaient expédiés, m'a-t-on dit, ou vendus à l'évaporateur de Clinton. Cette activité s'est interrompue voilà bien des années quand les vergers de Colombie-Britannique ont commencé à produire, avec l'avantage d'une saison plus longue. Il ne reste à présent que deux ou trois arbres portant de petites pommes pustuleuses. Et ces éternels buissons de lilas. Ce sont les seuls survivants de l'exploitation disparue, nul autre signe que des gens aient jamais habité là. Les clôtures ont été abattues partout où il y a des cultures et pas de bétail. Et bien sûr, depuis les dix dernières années, sont apparues ces granges basses aussi longues que des pâtés de maisons. Aussi rébarbatives et secrètes que des établissements pénitentiaires. Où les bêtes sont logées perpétuellement à l'abri du regard – poulets, dindons et porcs, élevés selon la méthode moderne, efficace et profitable.

La disparition de tant de clôtures, de vergers, de maisons et de granges, me semble avoir eu pour effet que les campagnes ont l'air d'avoir rapetissé, et non de s'être agrandies – de la même manière que l'espace autrefois occupé par une maison semble étonnamment exigu quand on n'en voit plus que les fondations. Tous ces poteaux, ces fils de fer, ces haies, ces coupe-vent, ces rangées d'arbres pour donner de l'ombre, ces usages variés des parcelles, chacune de ces colonies de maisons habitées entourées de granges et de dépendances utiles, tous les quatre ou cinq cents mètres environ – tout cet aménagement qui abritait des vies à la fois connues et secrètes. Tout cela faisait que chaque coin de clôture, chaque tournant d'une rivière semblait remarquable.

À croire qu'on voyait plus à l'époque, s'il est vrai qu'à présent on voit plus loin.

Pendant l'été 2004, je suis allée visiter Joliet à la recherche d'une trace quelconque de la vie de William Laidlaw, mon arrière-arrière-grand-père, qui mourut là. Partant de l'Ontario en voiture, nous traversâmes le Michigan par ce qui était autrefois l'autoroute de Chicago, et avant cela, l'itinéraire suivi par La Salle et de nombreuses générations de voyageurs des Premières Nations et est à présent la Route 12 qui traverse les vieilles villes de Cold Water, Sturgis et White Pigeon. Les chênes étaient magnifiques. Chênes blancs, chênes rouges, chênes à gros fruits, leurs branches se rejoignant en arche au-dessus des rues dans les villes et de certaines portions des routes de campagne. Et aussi de magnifiques noyers, des érables, bien sûr, toute la luxuriance de la zone carolinienne, qui me dépayse légèrement parce qu'elle est au sud de la région que je connais. Le sumac vénéneux y atteint des hauteurs d'un mètre au lieu de tapisser le sol de la forêt, et vignes et plantes grimpantes semblent envelopper chaque tronc d'arbre, si bien qu'on ne peut pas regarder à l'intérieur des bois qui bordent la route – à cause des draperies et des rideaux de verdure qui envahissent tout.

Nous écoutions de la musique sur National Public Radio et quand le signal est devenu faible, nous avons écouté un prédicateur répondre à des questions sur les démons. Les démons peuvent posséder des animaux, des maisons, des éléments de paysage aussi bien que des êtres humains. Parfois des paroisses entières et des religions. Le monde en est infesté et les prophéties se vérifient selon lesquelles ils proliféreront au cours des Derniers Jours. Qui sont sur nous à présent.

Drapeaux partout. Pancartes. Dieu bénisse l'Amérique.

Puis les autoroutes au sud de Chicago, chaussées en réfection, guichets de péage inattendus, ce restaurant bâti sur une bretelle, aujourd'hui vide et sombre, qui fut une merveille en son temps. Et Joliet, encerclée des maisons neuves de la banlieue, comme l'est toute ville de nos jours, hectares de maisons, kilomètres de maisons, côte à côte ou séparées, et se ressemblant toutes. Et celles-là mêmes sont préférables, me semble-t-il, à l'espèce plus grandiose des maisons neuves que l'on rencontre aussi, isolées, pas tout à fait semblables mais toutes parentes, avec de vastes garages et des fenêtres assez hautes pour une cathédrale.

On n'enregistrait pas les morts à Joliet avant 1843. Aucun Laidlaw ne figure dans la première liste de colons ni parmi ceux qui furent inhumés dans les premiers cimetières. Quelle singulière folie que la mienne de venir dans un endroit pareil – c'est-à-dire, n'importe quel endroit qui ait prospéré ou simplement connu une certaine croissance, au cours du siècle dernier – dans l'espoir d'y trouver une vague idée de ce à quoi ressemblaient les choses voilà plus de cent cinquante ans. En quête d'une tombe, d'un souvenir. Une seule rubrique attire mon attention.

Cimetière inconnu.

Dans un recoin du canton de Homer, un lieu de sépulture, où deux pierres tombales seulement ont été retrouvées mais dans lequel on dit qu'il en exista au moins une vingtaine à un moment donné. Les deux pierres restantes, selon les listes, portent les noms de gens qui moururent en 1837. Certains supposent que parmi les autres auraient pu figurer celles de soldats morts pendant la guerre de Black Hawk.

Cela signifie qu'il existait un cimetière avant la mort de Will.

Nous y allons, nous roulons jusqu'au coin de la 143ᵉ et de Parker. Au nord-ouest, un terrain de golf, au nord-est et au sud-est, des maisons récentes avec jardins paysagers. Au sud-ouest, des maisons, assez récentes elles aussi, mais dont les jardins ne vont pas jusqu'à la rue et en sont séparés par une haute clôture. Entre cette clôture et la rue, s'étend un bout de terrain redevenu complètement sauvage.

Je m'y faufile difficilement sous le sumac vénéneux qui prolifère. Une fois parmi les jeunes arbres et les broussailles presque impénétrables, cachée de la rue, je fouille des yeux alentour – les branches des arbres m'empêchent de me redresser. Je ne distingue aucune pierre tombale brisée, tombée ou de guingois ni aucune plante – un rosier par exemple – qui pourraient signaler qu'il y eut ici des tombes autrefois. C'est inutile. Je commence à m'inquiéter des effets du sumac vénéneux. Je ressors à tâtons.

Mais pourquoi ce bout de terrain a-t-il subsisté là ? Une sépulture humaine est l'une des très rares raisons pour lesquelles une terre est laissée intacte, de nos jours, quand tout ce qui l'entoure a été utilisé.

Je pourrais m'obstiner. C'est ce que font les gens. Une fois qu'ils ont commencé, ils sont prêts à suivre la moindre piste. Des gens qui ont très peu lu de leur vie entière se plongent dans des documents, et certains qui auraient du mal à vous dire quand débute et finit la Première Guerre mondiale citent en abondance des dates des siècles passés. On se laisse prendre au piège. Cela se produit surtout quand on est vieux, quand l'avenir personnel se referme et qu'on ne peut imaginer – parfois, qu'on ne peut croire – à l'avenir des enfants de nos enfants. On ne résiste pas à aller fourrager dans le passé, triant minutieusement des indices peu fiables, établissant des liens entre des noms épars, des dates et des anecdotes discutables, se raccrochant à des fils, s'obstinant à être rattachés à des morts, et par conséquent à la vie.

Un autre cimetière, à Blyth. Où le corps de James fut transporté pour être inhumé, des dizaines d'années après qu'il avait été tué par la chute d'un arbre. Et c'est ici que Mary Scott est enterrée. Mary qui écrivit cette lettre d'Ettrick pour séduire et faire venir l'homme dont elle voulait qu'il l'épouse. Sur sa pierre tombale à elle, il y a le nom de cet homme, *William Laidlaw*.

Mort en Illinois. Et enterré Dieu sait où.

À côté d'elle il y a le corps et la pierre tombale de sa fille Jane, celle qui naquit le jour de la mort de son père, le nourrisson qu'on transporta depuis l'Illinois. Elle avait vingt-six ans quand elle mourut, en mettant au monde son premier enfant. Mary ne mourut que deux ans plus tard. Elle eut donc cette perte, aussi, à supporter avant d'en avoir fini.

Le mari de Jane repose non loin. Il s'appelait Neil Armour et mourut jeune, lui aussi. C'était un des frères de Margaret Armour, qui était l'épouse de Thomas Laidlaw. C'étaient les enfants de John Armour, le premier maître d'école à la S.S. n° 1 du canton de Morris, où de nombreux Laidlaw ont été en classe. L'enfant qui coûta la vie à Jane s'appelait James Armour.

Et là, un souvenir vivant tressaille dans mon esprit. Jimmy Armour. *Jimmy Armour.* J'ignore ce qui lui est arrivé mais je connais son nom. Et pas seulement ça – je crois l'avoir vu une fois, ou plus d'une fois, vieil homme venu en visite de l'endroit où il vivait alors à celui où il était né, vieil homme parmi d'autres vieilles gens – mon grand-père et ma grand-mère, les sœurs de mon grand-père. Et je m'avise maintenant qu'il dut avoir grandi avec ces gens-là – mon grand-père et mes grands-tantes, les enfants de Thomas Laidlaw et Margaret Armour. Après tout, c'étaient ses cousins germains, doublement germains, ma tante Annie, tante Jenny, tante Mary, mon grand-père William Laidlaw, le «papa» des mémoires de mon père.

Et voilà que tous ces noms que j'ai rappelés se rattachent à des gens vivants dans mon esprit, et aux cuisines disparues, où trônait l'indispensable cuisinière noire aux garnitures de nickel bien astiquées, l'égouttoir de bois blanchi, qui ne séchait jamais tout à fait, la lumière jaune des lampes à pétrole. Les bidons de crème sur la galerie, les pommes dans le cellier, les tuyaux de poêle qui passaient par un trou dans le plafond, l'étable réchauffée en hiver par le corps et l'haleine des vaches – ces vaches auxquelles nous parlions encore avec les mots communs déjà du temps de Troie. *So bos. So bos.* Le froid salon encaustiqué où l'on exposait le cercueil quand les gens mouraient.

Et dans l'une de ces maisons – je ne me rappelle pas celle de qui –, un butoir de porte magique, un gros coquillage de nacre en qui je reconnaissais un messager du proche et du lointain, parce que je pouvais le coller à mon oreille – quand personne n'était là pour m'en empêcher – et découvrir le prodigieux battement sourd de mon propre sang, et de la mer.

Table

Avant-propos   9

PREMIÈRE PARTIE
Aucun avantage

Aucun avantage   13
Du côté de Castle Rock   35
Illinois   93
Les terres vierges du canton de Morris   115
Travailler pour gagner sa vie   131

DEUXIÈME PARTIE
Chez nous

Des pères   175
Couchée sous le pommier   199
Employée de maison   227
Mauvais cheval   255
Chez nous   283
Pour quelle raison voulez-vous le savoir ?   313

Épilogue

Messager   339

EXTRAIT DU CATALOGUE

Gil Adamson
  La Veuve
Georges Anglade
  Les Blancs de mémoire
Emmanuel Aquin
  Désincarnations
  Icare
  Incarnations
  Réincarnations
Denys Arcand
  L'Âge des ténèbres
  Le Déclin de l'Empire américain
  Les gens adorent les guerres
  Les Invasions barbares
  Jésus de Montréal
Gilles Archambault
  À voix basse
  Les Choses d'un jour
  Comme une panthère noire
  Courir à sa perte
  De l'autre côté du pont
  De si douces dérives
  Enfances lointaines
  La Fleur aux dents
  La Fuite immobile
  Les Maladresses du cœur
  Nous étions jeunes encore
  L'Obsédante Obèse et autres agressions
  L'Ombre légère
  Parlons de moi
  Les Pins parasols
  Les Rives prochaines
  Stupeurs et autres écrits
  Le Tendre Matin
  Tu ne me dis jamais que je suis belle
  La Vie à trois
  Le Voyageur distrait

Un après-midi de septembre
Une suprême discrétion
Un homme plein d'enfance
Margaret Atwood
  Comptes et Légendes
  Cibles mouvantes
  L'Odyssée de Pénélope
Edem Awumey
  Les Pieds sales
Michel Bergeron
  Siou Song
Hélène de Billy
  Maurice ou la vie ouverte
Nadine Bismuth
  Êtes-vous mariée à un psychopathe?
  Les gens fidèles ne font pas les nouvelles
  Scrapbook
Lise Bissonnette
  Choses crues
  Marie suivait l'été
  Quittes et Doubles
  Un lieu approprié
Neil Bissoondath
  À l'aube de lendemains précaires
  Arracher les montagnes
  Cartes postales de l'enfer
  La Clameur des ténèbres
  Tous ces mondes en elle
  Un baume pour le cœur
Marie-Claire Blais
  Augustino et le chœur de la destruction
  Dans la foudre et la lumière
  Naissance de Rebecca à l'ère des tourments
  Noces à midi au-dessus de l'abîme
  Soifs
  Une saison dans la vie d'Emmanuel

Elena Botchorichvili
Faïna
Sovki
Le Tiroir au papillon

Gérard Bouchard
Mistouk
Pikauba
Uashat

Jean-Pierre Boucher
La vie n'est pas une sinécure
Les vieux ne courent pas les rues

Emmanuelle Brault
Le Tigre et le Loup

Jacques Brault
Agonie

Chrystine Brouillet
Rouge secret
Zone grise

Katerine Caron
Vous devez être heureuse

Louis Caron
Le Canard de bois
  Les Fils de la liberté I
La Corne de brume
  Les Fils de la liberté II
Le Coup de poing
  Les Fils de la liberté III
Il n'y a plus d'Amérique
Racontages
Tête heureuse

André Carpentier
Gésu Retard
Mendiant de l'infini
Ruelles, jours ouvrables

Nicolas Charette
Jour de chance

Jean-François Chassay
L'Angle mort
Laisse
Les Taches solaires

Ying Chen
Immobile
Le Champ dans la mer
Le Mangeur
Querelle d'un squelette
  avec son double
Un enfant à ma porte

Ook Chung
Contes butô
L'Expérience interdite

Joan Clarke
La Fille blanche

Matt Cohen
Elizabeth et après

Normand Corbeil
Ma reine

Gil Courtemanche
Un dimanche à la piscine à Kigali
Une belle mort

Judith Cowan
La Loi des grands nombres
Plus que la vie même

Esther Croft
Au commencement était le froid
La Mémoire à deux faces
Tu ne mourras pas

France Daigle
Petites difficultés d'existence
Un fin passage

Francine D'Amour
Écrire comme un chat
Pour de vrai, pour de faux
Presque rien
Le Retour d'Afrique

Fernand Dansereau
Le Cœur en cavale

Edwidge Danticat
Le Briseur de rosée

Louise Desjardins
Cœurs braisés
Le Fils du Che
So long

Germaine Dionne
Le Fils de Jimi
Tequila bang bang

Fred Dompierre
Presque 39 ans, bientôt 100

David Dorais et Marie-Ève Mathieu
Plus loin

Christiane Duchesne
L'Homme des silences
L'Île au piano

Louisette Dussault
Moman

Irina Egli
Terre salée

Gloria Escomel
Les Eaux de la mémoire
Pièges

Michel Faber
La Rose pourpre et le Lys

Jacques Folch-Ribas
Les Pélicans de Géorgie

Jonathan Franzen
Les Corrections

Christiane Frenette
Après la nuit rouge
Celle qui marche sur du verre
La Nuit entière
La Terre ferme

Marie Gagnier
Console-moi
Tout s'en va

Robert Gagnon
La Mère morte

Lise Gauvin
Fugitives

Simon Girard
Dawson Kid

Douglas Glover
Le Pas de l'ourse
Seize sortes de désir

Anne-Rose Gorroz
L'Homme ligoté

Scott Griffin
L'Afrique bat dans mon cœur

Louis Hamelin
Betsi Larousse
Le Joueur de flûte
Sauvages
Le Soleil des gouffres
Le Voyage en pot

Bruno Hébert
Alice court avec René
C'est pas moi, je le jure!

David Homel
Orages électriques

Michael Ignatieff
L'Album russe
Terre de nos aïeux

Suzanne Jacob
Les Aventures de Pomme Douly
Fugueuses
Histoires de s'entendre
Parlez-moi d'amour
Wells

Emmanuel Kattan
Nous seuls

Marie Laberge
Adélaïde
Annabelle
La Cérémonie des anges
Florent
Gabrielle
Juillet
Le Poids des ombres
Quelques Adieux
Sans rien ni personne

Marie-Sissi Labrèche
Borderline
La Brèche
La Lune dans un HLM

Dany Laferrière
L'Énigme du retour
Je suis un écrivain japonais
Pays sans chapeau
Vers le sud

Robert Lalonde
Des nouvelles d'amis très chers
Espèces en voie de disparition
Le Fou du père
Iotékha'
Le Monde sur le flanc de la truite
Monsieur Bovary ou mourir au théâtre
Où vont les sizerins flammés en été?
Que vais-je devenir
jusqu'à ce que je meure?
Un cœur rouge dans la glace
Un jardin entouré de murailles
Le Vacarmeur

Monique LaRue
Copies conformes
De fil en aiguille
La Démarche du crabe
La Gloire de Cassiodore
L'Œil de Marquise

Hélène Le Beau
Adieu Agnès
La Chute du corps

Rachel Leclerc
Noces de sable
Ruelle Océan
Visions volées

Louis Lefebvre
Guanahani
Table rase
Le Troisième Ange à gauche

François Lepage
Le Dilemme du prisonnier

Robert Lévesque
Récits bariolés

Alistair MacLeod
La Perte et le Fracas

Francis Magnenot
Italienne

André Major
L'Esprit vagabond
Histoires de déserteurs
La Vie provisoire

Gilles Marcotte
Une mission difficile
La Vie réelle
La Mort de Maurice Duplessis et autres nouvelles
Le Manuscrit Phaneuf

Yann Martel
Paul en Finlande

Alexis Martin
Bureaux

Alexis Martin et Jean-Pierre Ronfard
Transit section nº 20
   suivi de *Hitler*

Maya Merrick
Sextant

Stéfani Meunier
Au bout du chemin
Ce n'est pas une façon de dire adieu
Et je te demanderai la mer
L'Étrangère

Anne Michaels
La Mémoire en fuite

Michel Michaud
Cœur de cannibale

Marco Micone
Le Figuier enchanté

Christian Mistral
Léon, Coco et Mulligan
Sylvia au bout du rouleau ivre
Vacuum
Valium
Vamp
Vautour

Hélène Monette
Le Blanc des yeux
Il y a quelqu'un?
Plaisirs et Paysages kitsch
Thérèse pour Joie et Orchestre
Un jardin dans la nuit
Unless

Pierre Monette
Dernier automne

Caroline Montpetit
L'Enfant
Tomber du ciel

Lisa Moore
Alligator
Les Chambres nuptiales
Open

Pierre Morency
Amouraska

Yan Muckle
Le Bout de la terre

Alice Munro
Fugitives

Pierre Nepveu
Des mondes peu habités
L'Hiver de Mira Christophe

Émile Ollivier
La Brûlerie

Michael Ondaatje
Divisadero
Le Fantôme d'Anil

Véronique Papineau
Petites Histoires avec un chat dedans
   (sauf une)

Eduardo Antonio Parra
Terre de personne

Viktor Pelevine
Minotaure.com

Nathalie Petrowski
Il restera toujours le Nebraska
Maman last call

Daniel Poliquin
L'Écureuil noir
L'Homme de paille
La Kermesse

Monique Proulx
Les Aurores montréales
Champagne
Le cœur est un muscle involontaire
Homme invisible à la fenêtre

Pascale Quiviger
La Maison des temps rompus

Rober Racine
Le Cœur de Mattingly
L'Ombre de la Terre

Bruno Ramirez et Paul Tana
La Sarrasine

Mordecai Richler
Un certain sens du ridicule

Noah Richler
Mon pays, c'est un roman

Yvon Rivard
Le Milieu du jour
Le Siècle de Jeanne
Les Silences du corbeau

Louis-Bernard Robitaille
Le Zoo de Berlin

Alain Roy
Le Grand Respir
L'Impudeur
Quoi mettre dans sa valise?

Hugo Roy
L'Envie

Kerri Sakamoto
Le Champ électrique

Jacques Savoie
Les Portes tournantes
Le Récif du Prince
Une histoire de cœur

Mauricio Segura
Bouche-à-bouche
Côte-des-Nègres

Gaétan Soucy
L'Acquittement
Catoblépas
Music-Hall!
La petite fille qui aimait trop les allumettes

France Théoret
Les apparatchiks vont à la mer Noire
Une belle éducation

Marie José Thériault
Les Demoiselles de Numidie
L'Envoleur de chevaux

Pierre-Yves Thiran
Bal à l'abattoir

Miriam Toews
Drôle de tendresse
Les Troutman volants

Lise Tremblay
La Sœur de Judith

Su Tong
Le Mythe de Meng

Guillaume Vigneault
Carnets de naufrage
Chercher le vent

Ce livre a été imprimé sur du papier certifié FSC.

MISE EN PAGES ET TYPOGRAPHIE:
LES ÉDITIONS DU BORÉAL

ACHEVÉ D'IMPRIMER EN SEPTEMBRE 2009
SUR LES PRESSES DE MARQUIS IMPRIMEUR
À CAP-SAINT-IGNACE (QUÉBEC).